La luz del estallido

La luz del estallido

Miguel Pajares

1

Tras salir de la librería con su compra debajo del brazo, Carlos se dirigió al cruce del teatro Regina para enfilar hacia la Diagonal y coger el metro en el Paseo de Gracia. Encontrarse con el librero, amigo de su padre, no le había gustado, pero esperaba que no comentasen entre ellos la adquisición que acababa de hacer, sobre todo porque era un libro que ya tenía en casa y su padre podría decirle que era de idiotas comprar lo que ya se tiene. De idiotas. ¡Lo decía tantas veces! Carlos estaba acostumbrado a los comentarios secos y desdeñosos de su padre, de modo que deberían darle lo mismo, y, sin embargo, seguía preocupándole lo que dijera o dejara de decir, cosa que le disgustaba pero no sabía cómo evitar. Su mayor deseo era volver a marcharse de casa, alejarse de sus progenitores, pero no podía hacerlo si antes no encontraba un trabajo. Un maldito trabajo, fuera cual fuese, le decía también su padre, y cada día le recordaba que los trabajos no se encuentran si no se buscan, y que con 31 años, sin oficio ni beneficio, no sabía qué futuro le esperaba. ¡Como si fuera tan fácil encontrar ahora un trabajo, tal y como estaban las cosas!

Antes de entrar en el metro, decidió tomarse una cerveza en un bar que le venía de camino. Bien fría la pidió, como lo hacía siempre aunque no hiciese calor. Se la sirvió un camarero sudamericano, sin decirle aquí la tiene, ni tome usted, ni nada parecido. Tampoco antes le había dado las buenas tardes. Ya no había educación ni camareros atentos como los de antes. Con toda esa gente nueva, se había perdido la profesionalidad, en eso sí tenía razón su padre.

Vertió la cerveza en la copa, observó el burbujeo durante unos instantes y dio el primer sorbo con el que vació la mitad de su contenido. El refrescante amargor de la cerveza facilitó que su padre desapareciera de sus pensamientos y volviera a ellos la que los ocupaba de forma más continuada: Matilde. «A ver qué le parece este libro». Él había querido demostrarle que también leía cosas y sabía de libros y de autores, aunque bien cierto era que nunca podría ponerse a su altura, porque Matilde era una intelectual de primera línea con la que pocos podían competir. En una conversación que mantuvieron haría unos quince días, ella habló de un teórico italiano, y Carlos creyó recordar que su padre tenía algunos libros de ese autor, aunque él no había leído ninguno. Cuando llegó a casa ese día, encontró uno, y lo fue leyendo en los días siguientes, hasta que lo acabó esta tarde y fue directo a comprarlo.

Abandonó estos pensamientos para prestar atención a la apertura de puertas del vagón del metro, porque, ojo avizor, había divisado un asiento libre. Así, en cuanto pudo entrar, se precipitó hacia él tomando la delantera a una señora que a punto estuvo de quitárselo. A la mirada de reproche de la mujer, él respondió con un movimiento de hombros y una sonrisa de «así es la vida», y después concentró su atención en el envoltorio para regalo que le habían hecho en la librería. ¿No quedaba un poco ridículo darle de esta forma el libro a Matilde, sin que fuese su cumpleaños ni nada parecido? ¿Y si Oriol ya estaba con ella? Matilde le había propuesto encontrarse a las ocho de la tarde en el sitio de siempre y le había dicho que Oriol llegaría más tarde, pero, por si acaso, Carlos se guardó el libro en su talego porque, si la encontraba con Oriol, dejaría el regalo para otro día.

Sonó su móvil en el momento en que subía por las escaleras mecánicas que conducían a la calle. En la pantalla apareció el nombre de Oriol.

—Hola, tío.

—¿Por dónde andas, Carlos?

—Acabo de salir del metro. Voy para el Born. ¿Y tú?

—Llevo una hora esperándote —dijo Oriol, con una voz pausada que sonaba severa.

—¿Esperándome? —preguntó Carlos, algo confuso por esas palabras y el tono de voz.

—Matilde me dijo que vendrías a eso de las siete.

—Habíamos hablado de vernos a las ocho. ¿Está ella contigo?

—No, se ha quedado en casa. Venga, te espero.

¡Vaya! Contaba con verse a solas con Matilde y quien lo esperaba era Oriol. De pronto, se sintió grotesco por la idea que había tenido de comprarle un libro a ella. Al fin y al cabo, ni Oriol ni Matilde daban muestras de que estuviesen a punto de romper la relación que mantenían. Cierto era que Oriol, con mucha frecuencia, menospreciaba a Matilde, y que a veces se peleaban hasta insultarse, pero sus enfados nunca habían durado más de un par de días. Carlos había depositado demasiadas veces sus esperanzas en esos berrinches como para no saber que la relación entre ellos podía ser duradera. Y eso que ni Oriol ni Matilde decían que fueran novios. «Sólo somos amigos», así lo decía ella. «¡Amigos!», exclamó Carlos para sí, «Yo también soy su amigo, pero el que está tirándosela es Oriol».

Cuando giraba la esquina de la iglesia del Mar, se dijo que lo que tenía que hacer era dejar de pensar de esta forma respecto a Matilde. Entre otras cosas porque también Oriol era ahora uno de sus amigos, aunque hacía poco tiempo que lo conocía. Los tres formaban parte de un grupo más amplio, pero en los últimos meses Oriol había sido el amigo con el que Carlos se había visto con más frecuencia. Y si descubría que él estaba pirrado por Matilde, haría un ridículo espantoso. «Tiene gracia, o más bien es bastante lamentable, que yo fuese el primero que conoció a Matilde, hace ahora más de un año, y que él apareciera hace tan sólo cuatro meses, precisamente cuando yo creía tenerla ya en el bote». El primer día que Matilde conoció a Oriol, ambos tuvieron un encontronazo bastante desagradable, y después, a solas con Carlos y otro amigo, ella dijo: «a ese gilipollas no lo quiero en el grupo». Eso fue a principios de diciembre. En el segundo encuentro no se dirigieron la palabra. Y en el tercero, unos días antes de navidad, Carlos se los encontró morreándose con tal regodeo que él dio un respingo como si le hubiesen pegado un puñetazo en el estómago. Fue un golpe bajo. Lo que él llevaba meses deseando con desesperación, lo hacía un recién llegado, así, sin más, como si fuese tan fácil, como si los labios de Matilde hubieran estado a su alcance desde el primer día y todo el problema se redujera a que él no se había decidido a tomarlos. ¡Qué confuso se sintió aquel día!

Pero lo cierto era que después, al menos en los dos últimos meses, había entablado amistad con Oriol. Parecía un buen tío. Aunque, en realidad, no era fácil saber lo que tenía dentro de la cabeza. A veces resultaba extraño y distante, e incluso se mostraba huraño; pero otras hacía confidencias que Carlos percibía como muestras de honda amistad y camaradería. Y era tan reflexivo… Tenía convicciones tan firmes que arroyaba con sus ideas y argumentos.

Hacia el final del paseo, lo vio sentado en la terraza de un bar con una botella de cerveza sobre la mesa. Lo saludó, pero Oriol tenía la mirada puesta en la fachada del mercado del Born y no dio muestras de enterarse de su presencia. Sintiéndose un poco invisible, Carlos se sentó junto a su amigo y, al hacerlo, el ruido de la silla atrajo la atención de Oriol. Éste giró la cabeza, pero su rostro y su mirada no mostraban que hubiese acabado de salir del trance en el que parecía sumido. Sin embargo, habló, aunque sin apenas mover ningún músculo de la cara.

—Hoy te diré su nombre.

Una vez más, Carlos tuvo la sensación de que Oriol le hacía una confidencia, pero, de momento, no sabía de qué estaba hablándole. Con todo, hizo un gesto de asentimiento, como si hubiese entendido la frase, y quedó a la espera de que Oriol añadiera algo más. Pero éste volvió a girar la mirada hacia el Born y adoptó la misma pose con la que Carlos lo había encontrado.

Así era Oriol. Unas veces tan cercano y otras tan ausente. Tan solo tenía tres años más que Carlos, pero en ocasiones parecía dotado de la madurez de quien lleva medio siglo de militancia. Hablaba de acontecimientos históricos como si los hubiese vivido, y a Carlos le parecía que tenía la formación de un auténtico líder. En eso se asemejaba a Matilde, y quizás éste era el motivo de su atracción mutua. Carlos sabía que no estaba a su altura —a la de ninguno de los dos— y se esforzaba para que no lo notaran demasiado. Desde que estaba con ellos, lamentaba no haber dado continuidad a lo que inició en su adolescencia. Cuando tenía catorce años, su padre le dio a leer algunos de sus libros, pero le resultaron aburridos, y su progenitor no tardó en tirar la toalla y renunciar a esa labor instructiva. Con dieciséis años, sin embargo, tuvo la iniciativa de vincularse a un grupo juvenil que supuso sería del agrado de su padre. Pero no fue así. «Quítate esas ropas que pareces un payaso», le dijo. «Las ideas se llevan en la cabeza, no en las botas ni en la cazadora», añadió. Y desde aquel día, Carlos no volvió a interesarse por todo aquello que constituía el peculiar mundo de su padre. Hasta que conoció a Matilde y quiso demostrarle que él era de los suyos. Volvió a leer, a hablar y a imbuirse de las cosas que siempre habían estado en su ambiente familiar. Pero esta vez no quiso dar explicaciones a su padre, quizá porque temía ser víctima de un nuevo chasco.

Como Oriol seguía en su nube, sin prestar atención a Carlos, éste optó por poner de manifiesto que no había entendido lo que acababa de decir.

—El nombre. ¿A qué nombre te refieres?

Oriol volvió a girar la cara hacia Carlos, pero no habló de inmediato. Hoy estaba raro. Más de lo habitual, pensó Carlos. Su mirada era fría, y su faz, siempre pálida, ahora parecía la de un muerto.

—Estamos destinados a hacer grandes cosas —dijo al fin.

Carlos asintió con un movimiento de cabeza. Comenzaba a sentirse incómodo sin saber muy bien por qué.

—Voy adentro, a pedir una cerveza. ¿Quieres tú otra más?

El que asintió ahora con un gesto similar fue Oriol, pero antes de que Carlos se hubiera levantado de la silla, dijo:

—Sé que puedo confiar en ti. Por eso voy a decírtelo. Quiero contar contigo.

Carlos se quedó inmóvil, agarrado a los brazos de la silla como si fuera a levantarse pero sin acabar de hacerlo.

Hubo un nuevo silencio que rompió Carlos.

—El nombre. Ibas a decirme el nombre.

—Sí. Nuevo Renacer Luminoso.

Carlos hizo un gesto de aprobación, aun sin saber a qué se refería tal nombre.

—Y el lema, ¿lo quieres saber?

—Claro.

—Nación e Identidad.

Esto a Carlos no le sonó muy novedoso, pero dicho por Oriol parecía adquirir cierta trascendencia.

2

Samuel Montcada estaba disfrutando lo suyo. La novela que tenía en sus manos era uno de los pocos libros que se llevó consigo cuando se separó de su mujer dos años atrás, uno de los pocos que en aquel momento consideró enteramente suyo. La mayor parte de los libros que tenían los habían adquirido juntos, y el momento de la separación no parecía el apropiado para ponerse a discutir con qué libros se quedaba cada uno; Samuel era el que se iba de casa y, por tanto, se llevó su ropa y poco más: lo mínimo imprescindible; ya pasaría más adelante a recoger su parte de cerámica, libros y cuadros. Nunca pasó, como cabía suponer desde el principio, aunque, a decir verdad, tampoco echó nada en falta; y si alguna vez había requerido algún libro o algún adorno, su exmujer se lo había dado sin más trámites. Pero este libro sí se lo llevó, y cuando miró ayer sus estanterías para decidir qué novela se traía para estos tres días que iba a pasar en la montaña, se tropezó con *El Topo* y le pareció una opción excelente. Hacía tantos años que la había leído —más de treinta—, que ahora, mientras la releía, ni siquiera tenía presente quién, de entre los personajes que aparecían, era el traidor al que Smiley tenía que descubrir. Recordaba que ésa fue una de las novelas que leyó con mayor fruición en su juventud, y que lo introdujo en el género del espionaje y más tarde en la novela negra. De la caída del muro de Berlín lo que más lamentó Samuel fue el declive de las novelas de espías.

Se concentró en la lectura, pero entre párrafo y párrafo levantaba la vista hacia la puerta que daba a las habitaciones del hotel, porque Raúl no debería tardar en dejarse ver. Samuel había venido con su hijo a esta zona de esquí de Andorra, en la que aún quedaban los restos de la nieve del invierno ya pasado, acompañados por un compañero de colegio del chico y sus padres. Raúl, su amigo y los padres de éste se habían pasado el día esquiando, para disfrute de Samuel que se lo había pasado leyendo, y al caer la tarde habían ido a las habitaciones para quitarse los bagajes, ducharse y arreglarse para bajar a cenar; cosa ésta que ya estaba haciendo bastante gente de la hospedada en el hotel por lo que Samuel contaba con que los suyos no tardaran en aparecer.

Pero como no era así, optó por abandonar la lectura y subir a la habitación para ver en qué especiales dificultades se encontraba Raúl en lo tocante a vestimenta y demás. Como ya esperaba, vio las botas de esquí una en cada punta de la habitación, la ropa de esquí y las demás prendas que Raúl se había quitado distribuidas entre la cama, el suelo, una silla y el alféizar de la ventana, y la toalla con la que se había secado ubicada en forma de bola sobre la tapa del retrete; pero el niño ya estaba vestido y no parecía que lo hubiese hecho de forma desastrosa.

—Venga, recoge todo esto que hay que bajar a cenar.

—Sí, vamos, que a lo mejor ya han bajado los otros.

—¿No me has oído?

—¿Qué?

—Que recojas.

—¿Y qué hago con las cosas, si aquí no hay donde colocarlas?

Samuel se preguntó si el espacio que veían los adolescentes a su alrededor era distinto del que veía el resto de los mortales, pero no hizo ningún comentario al respecto, se limitó a explicar que las dos botas de esquí podían ponerse juntas en una esquina, el traje sobre los colgadores y la ropa sucia amontonada. A lo que no supo dar solución fue a qué hacer con la toalla: en el baño no había elemento alguno sobre el que pudiera colgarse. ¿En qué pensaban los que construían los hoteles y sus posteriores dueños cuando decidían qué componentes había que incluir en un baño? La colgó él mismo sobre una silla de la habitación, como había hecho con la que había utilizado por la mañana.

Durante la cena, el tema inicial de conversación fue el mal estado de las pistas, pero después fueron pasando a otros asuntos. Los padres del amigo de Raúl hicieron intentos para que Samuel relatase los crímenes que había investigado últimamente, pero él logró evadirse con comentarios generales sin que sus respuestas parecieran descorteses, o así lo creyó. Sin embargo, en el postre acabó explicando el resultado de su investigación más reciente: la del tipo que asesinó a los padres de su expareja y después a la hija de ésta, con la pretensión de convencerla así de que debía volver a su lado. Estaba narrando a sus atentos oyentes cómo logró detenerlo, cuando le sonó el teléfono.

Era su jefe, Artur Rueda, el que dirigía el Área de Investigación Criminal de Barcelona de los Mossos d'Esquadra, por lo que Samuel se levantó de la mesa y se apartó para atender la llamada.

—Tienes que volver de inmediato a Barcelona.

—¿De inmediato qué es? ¿Hoy, sábado? ¿Ahora, de noche?

—Hay un homicidio. Vuelve mañana a primera hora.

—Estoy con mi hijo en Andorra. No tuve vacaciones en navidad... ¿Me voy a quedar también sin estos días de fiesta?

—Ya harás las fiestas que tengas que hacer. Ahora te quiero aquí.

—Eulalia puede iniciar la investigación, yo me incorporaré el...

—Sí, la subinspectora Planells ya ha iniciado la investigación, pero tú eres el inspector de homicidios y este caso tiene que resolverse con la máxima rapidez.

—¿Este caso? ¿Quién es el muerto?

—Mateu Estrada.

—¿Estrada, el de...?

—Sí, el expresidente de Resistencia por la Libertad.

—¡Joder!

Se produjo un instante de silencio, pero antes de que Rueda dijera nada, Samuel preguntó:

—¿Y por qué hemos de investigarlo nosotros, si ese tío es de..., de no sé qué comarca?

—Porque el crimen se ha cometido esta tarde en el local que ese partido tiene en Barcelona.

—Bueno, en cualquier caso, no creo que nos corresponda a nosotros. Me parece más bien un asunto que tendrán que llevar los de la Central. Los de la Comisaría General de Información, o...

—No, porque en la Central nadie ha dicho que quiera librarnos del muerto. Es un homicidio cometido en Barcelona y te toca, ¡joder! Además, el autor está prácticamente identificado. Sólo hay que localizarlo.

—¿Identificado? ¿Y por qué es tan importante que yo vaya de inmediato?

—Porque tengo una presión de tres pares de cojones que viene de lo más alto del gobierno catalán —dijo Rueda casi gritando—. Quieren que esto esté resuelto antes de que comencemos a tener manifestaciones de la extrema derecha acusándonos del asesinato de uno de sus líderes. El asesino es un antisistema, o antirracista, o lo que hostias sea, que fue a increpar a Estrada en una charla que dio hoy por la mañana en el barrio del Clot.

—¿Hoy por la mañana? ¿No decías que el crimen se ha producido por la tarde?

—Sí, por la mañana hubo la trifulca, y se supone que el antirracista fue por la tarde al local de Resistencia para asesinarlo.

—¿Esas son las pruebas que hay contra él? ¿Una trifulca?

—Le dijo a Estrada que esta misma noche estaría muerto.

¡Qué mal le sonaba todo esto a Samuel! ¿Desde cuándo una amenaza de ese tipo constituía una prueba digna de consideración? No era, desde luego, un caso tan sencillo como estaba pintándoselo Rueda.

—¿Cómo lo asesinó?

—Un tiro en la nuca.

—¡¿Un antirracista que pega un tiro en la nuca?! ¡Venga ya!

—¡Pues si no ha sido el puto antirracista, a ti te toca esclarecerlo!

Sí, eso estaba muy claro. Si los jefes habían decidido que él tenía que investigar este crimen, no le quedaba más remedio que hacerlo. Y, dada la magnitud de caso, bien cierto era que tenía que volverse de inmediato a Barcelona. De modo que dijo a su jefe que así lo haría y dieron por concluida la conversación.

Volvió a la mesa en la que todavía tenía el postre a medio comer y comentó la situación a los demás. Acordaron que él se volvería solo a Barcelona al día siguiente, domingo, y que Raúl volvería el lunes con los padres de su amigo. Lo llevarían directamente a casa de su madre, ya que la semana próxima le tocaba con ella.

3

Eran las diez de la mañana y el teléfono había sonado ya cuatro veces, o quizá más. Desde la cama, y pese a que la puerta de su habitación estaba cerrada, Carlos oía a su padre hablar cada vez que atendía una llamada o cada vez que él mismo la hacía. Y además, la televisión estaba encendida. Era desesperante. ¿Se había desatado una guerra o qué era lo que provocaba tanto alboroto? Estaba claro que ya no iba a poder conciliar de nuevo el sueño y, si no quería ponerse cada vez más nervioso, lo mejor sería levantarse de la cama. Los domingos nunca lo hacía antes de las doce, pero hoy parecía haber un complot para no dejarlo dormir tranquilo.

En la sala de estar, vio a su padre sentado frente al televisor, en calzoncillos y con esa camiseta que solía ponerse a modo de pijama. Carlos dio los buenos días, pero no obtuvo respuesta. Como siempre, parecía que su presencia no le interesaba a nadie. El aspecto de su padre le resultó extraño: así, semidesnudo, con esas piernas delgadas contrastando con su abultada barriga, parecía más viejo. La melena blanca que le caía hasta los hombros, naciente de los lados de su cabeza salvados de la alopecia, habitualmente tan bien peinada, ahora estaba revuelta, los cristales de sus gafas estaban sucios, su mirada era vidriosa y los surcos de su rostro parecían haber crecido de ayer a hoy. Le pareció vulnerable, lo que constituyó una sensación nueva, ya que Carlos siempre había admirado —o temido, dependiendo del momento— la fortaleza de su padre. Se le acercó un poco más para sentarse junto a él frente al televisor, pero le llamó la atención que hubiera cuatro diarios sobre la mesa, y todos de fecha de hoy, 20 de abril. Su madre —a la que oyó trajinar en la cocina— los habría comprado cuando salió a por el pan, pero, ¿por qué tantos?

Lo supo enseguida, ya que los titulares eran de letra gruesa: «Mateu Estrada, asesinado», decía *La Vanguardia*; «Un antirracista asesina a Mateu Estrada», decía *El Mundo*; «Terrorismo anarquista», decía *La Razón*; «Estrada, asesinado», decía *El Periódico*.

—Ayer tan vivo y hoy tan muerto —dijo su padre sin dejar de mirar al televisor, mientras en éste se oían menciones a Estrada y su asesinato.

Carlos creyó en un principio que su padre le hablaba, pero como éste no dejó de mirar el televisor, llegó a la conclusión de que sólo hablaba para sí mismo, de modo que volvió a concentrar su atención en las portadas de los diarios. Una de ellas decía que el asesinato se había producido en torno a las siete de la tarde de ayer sábado, lo que a Carlos lo llevó a establecer una relación que le produjo un ligero escalofrío. A esa hora, él estaba entrando en la librería de otro conocido miembro del nacionalismo español: si el asesino hubiera elegido a éste en lugar de Estrada, también él podría estar muerto.

Enseguida pensó que eso era una tontería y se fue hacia la cocina atraído por el olor del café. Allí saludo a su madre con un gruñido.

—Este país se ha llenado de criminales —dijo ella—. Ya veremos qué consecuencias tendrá esto. Tu padre está muy preocupado.

¿Preocupado? ¿Por qué había de estarlo?, se preguntó Carlos. Su padre siempre había dicho que Estrada era un prepotente, un ignorante, un chorizo y un borracho. Pero lo último que quería Carlos era ponerse a hablar de política con su madre, así que cogió unas galletas y una taza de café con leche recién preparada y se giró para salir de la cocina.

—Ese café era para tu padre —dijo ella, pero Carlos decidió no haberla oído.

Se tomó el desayuno en su habitación y se disponía a ir al baño para darse una ducha, cuando le sonó el teléfono móvil. Era Matilde.

Descolgó tan rápido que de inmediato se dijo que debería haberla hecho esperar unos segundos, pero trató de poner su voz más simpática para dar los buenos días a su amiga. Ésta, en cambio, no estaba para devaneos.

—¿Qué haces? ¿Por dónde andas? —dijo con evidente mal humor—. Venga tío, que estamos aquí, en el local de Paco, preparando acciones para esta misma mañana.

—Joder, y yo qué sabía. ¿Acciones para qué?

—¿No te ha llamado Oriol?

—No.

—¿No te has enterado…?

—Te refieres a que han matado al cretino ése.

—Era un cretino, pero era *nuestro* cretino. Lo ha matado el enemigo. ¡O sea, que si no somos capaces de dar una respuesta rápida es que no valemos una mierda!

—Vale, vale, tranquila, que voy para allí de inmediato.

¡Qué difícil era entender a las mujeres! Oriol siempre decía que la inteligencia de las mujeres era sólo emocional. Carlos no sabía muy bien qué quería decir con eso, pero algo de razón debía de tener. Matilde echaba pestes cuando hablaba de Estrada y de su partido, e incluso había llegado a sugerir acciones para destruir sus locales, y ahora parecía que había que honrar su muerte como si se tratase de un héroe de guerra. Quizás ello tenía que ver con su antigua militancia en ese partido. Carlos recordó cómo conoció a Matilde. Caminaba por Hospitalet hacia una estación de metro y vio un grupo de gente a la puerta de una nave que parecía industrial; algunos repartían hojas de propaganda. No pensó en detenerse, pero, cuando se le acercó ella para darle uno de esos papeles y le sonrió, quedó como petrificado. El papel decía «primero los de casa», y él vio enseguida que se trataba de un acto de Resistencia por la Libertad. Entonces quiso decirle a la chica que él era de los suyos, aunque realmente hacía años que no se consideraba tal cosa —ni siquiera había votado a Estrada en ninguna de las elecciones a las que se había presentado—, pero ella dejó de prestarle atención, por lo que Carlos optó por quedarse en el mitin para ver si tenía oportunidad de entablar un nuevo contacto. Ésa fue la primera y última vez que vio y oyó a Estrada en directo, y, a decir verdad, le gustó lo que dijo. A Carlos no le interesaba la política, pero lo que no soportaba era ver a toda esa gente oscura que ahora se veía por todas partes, y Estrada había hablado de eso sin tapujos. A la salida del mitin, no se le ocurrió otra forma de contactar con la chica que acercársele para decirle que quería afiliarse a su partido.

Así comenzó su amistad con Matilde. No llegó a afiliarse porque, la segunda vez que se encontraron, ella despotricaba llena de ira contra el partido y más aún contra su líder, diciendo cosas muy parecidas a las que él había oído decir en más de una ocasión a su padre. Lo que a Matilde le había pasado con el partido, o con Estrada, Carlos no llegó a saberlo, pero tampoco le importaba, lo único que él quería era que ella lo incluyera entre sus amistades, y eso sí lo logró.

Ya duchado y vestido, se colgó el talego para salir, pero su peso le recordó que llevaba el libro que quería regalar a Matilde. Se detuvo a pensar qué hacer y optó por dejar el libro sobre su mesita. Hoy no estaba el horno para bollos.

4

Hubiera preferido entrar en algún bar para tomar un café, después de las casi cuatro horas que había empleado conduciendo hasta Barcelona, pero, tras aparcar el coche, se dirigió directamente a la sede de Resistencia por la Libertad, porque allí lo esperaba la subinspectora Eulalia Planells. Mientras conducía, había abusado del manos-libres y al menos había mantenido diez conversaciones telefónicas, la mayor parte de ellas con la subinspectora, pero también habló con su jefe, con el sargento Bernat Anclado, con el juez que instruía el caso y hasta con Raúl para ver cómo se las arreglaba sin él. Esta última llamada resultó ser completamente innecesaria, ya que su hijo no mostró el más mínimo indicio de estar echándolo de menos.

Así, lo que ya sabía era que el cuerpo había sido encontrado por un militante de Resistencia por la Libertad que pasó por el local y vio la puerta abierta ayer a las ocho de la tarde; que el juez había levantado el cadáver unas horas después, tras la primera inspección realizada por Eulalia Planells y los de la policía científica; que éstos habían concluido su trabajo a eso de las diez de la mañana de hoy, o sea, hacía un par de horas; que el sargento Bernat Anclado y otros policías estaban en el barrio del Clot tratando de localizar a los antirracistas que habían increpado a Estrada ayer por la mañana, con el propósito de averiguar quién fue el que lo amenazó; que Eulalia había ordenado a los cabos Ramón Jiménez y Catalina Vergés que interrogasen a todos los dueños y empleados de los establecimientos que había junto a la sede de Resistencia, para ver qué habían visto en la tarde de ayer; y que el responsable de esa sede, un tal Severiano Pi, había sido localizado en Lloret, donde pasaba el fin de semana, y acababa de llegar al lugar al que también Samuel Montcada se dirigía.

Al girar una esquina vio un grupo de gente curioseando, varios fotógrafos haciendo su trabajo y dos patrullas de los Mossos d'Esquadra haciendo el suyo, lo que le hizo suponer que estaba llegando al lugar donde se había cometido el crimen. Enseguida vislumbró a Eulalia, que se hallaba en la acera de la calle hablando con el que Samuel supuso que sería Severiano Pi. Al verlos, le vino un número a la cabeza: el diez. Eulalia, alta y delgada, estaba situada a la izquierda desde el punto de vista de Samuel, y sería el uno, mientras Severiano, cabeza y pies pequeños pero voluminoso por la cintura hasta casi perecer una esfera, sería la cifra complementaria. En ese instante, Samuel se palpó su propia barriga con la mano derecha. Había conseguido mantenerla estable en el último año, y tal vez incluso reducirla un poco, pero, por si acaso, debería incrementar el ejercicio físico y reducir las ingestas.

—Buenos días, inspector —dijo ella, atenta y sonriente—. Te presento a Severiano Pi. Él es quien se cuida de esta sede que Resistencia por la Libertad tiene en Barcelona.

Se saludaron.

—Ahora estaba preguntándole —añadió Eulalia— cuántas personas tienen llaves del local, y dice que sólo las tenían tres: él mismo, el secretario de organización de Resistencia, Paulino Lacapilla, y el expresidente, Mateu Estrada.

—Bien… —Samuel se mostró dubitativo—. Pero ahora querría hablar un rato contigo. Si no le importa —dijo dirigiéndose a Severiano—, espere aquí un momento que enseguida estamos con usted.

Severiano hizo un gesto de aceptación y Samuel cogió del brazo a Eulalia para apartarla un poco.

—Necesito un café con la máxima urgencia. He visto un bar antes de doblar esa esquina. Vamos y me vas contando.

Ocuparon una mesa del bar después de haber pedido cafés con leche para ambos y un bocadillo para él.

—Estás hecho polvo. ¿Has hecho el trayecto de un tirón?

—Siempre con tus comentarios agradables sobre mi aspecto.

—Venga, que desde que vienes conmigo al gimnasio estás estupendo. Pero ahora haces cara de cansado.

En instantes como éste, en los que se imponía un clima de familiaridad entre ellos dos, Samuel no acababa de saber con qué ojos veía a Eulalia, aunque tenía claro que ella lo veía a él como una mezcla de jefe y de hermano mayor. Las casi dos décadas que distanciaban sus edades no favorecían el cambio de este estatus, por lo que no le agradaban las sombras de duda que a veces se instalaban en su mente. Aunque lo cierto era que, si bien en él había crecido la idea de que debería encontrar una nueva pareja, tampoco miraba a Eulalia bajo ese prisma, pese a su evidente atractivo físico. También para él era como una hermana después de los años que llevaban trabajando juntos, o así le parecía las más de las veces.

—A ver, aclárame eso que has comenzado a explicarme por teléfono sobre lo que podía estar haciendo Estrada en el local de Resistencia —preguntó el inspector.

—Por lo que me ha dicho Severiano Pi, aunque Estrada no era ya presidente del partido, ya sabes que lo expulsaron, seguía teniendo muchos adeptos dentro de él. Y parece que los que se reunían en esta sede eran de los suyos, de modo que él seguía utilizando el local como si aún fuera el jefe.

—Severiano Pi era leal a Estrada, entonces.

—Sí, así me lo ha reconocido. Y dice que Estrada seguía teniendo llaves de este local. Podía utilizarlo para hacer reuniones sin dar explicaciones a nadie.

—Bueno, luego hablamos de eso; cuéntame primero qué viste nada más llegar.

—Como te dije, el cuerpo de Estrada estaba en el vestíbulo de entrada, junto a la máquina de café. Había un vaso lleno de café en la misma máquina, lo que indica que le pegaron el tiro antes de que pudiera cogerlo; pero hay otra cosa más, que antes no te comenté y ahora creo que tiene importancia. En el suelo, a un par de metros del cuerpo, había otro vaso y café derramado.

—¿Mucho café?

—Sí, como si se hubiese derramado el vaso lleno.

—Me estás diciendo que había sacado dos cafés de la máquina, uno para él y otro para... Para su asesino.

—Exacto.

—O sea, a ver si lo entiendo: viene un antirracista con el que se ha discutido por la mañana y lo que Estrada hace es ofrecerle un café. ¿Es ésta tu teoría? —preguntó el inspector en tono sarcástico.

—¿Pero tú todavía te crees lo del antirracista?

—La verdad es que no. Pero la prensa de hoy lo da por hecho. Vi los diarios en una gasolinera y se me revolvió el estómago. O sea que esto es lo primero que tenemos que esclarecer.

Muy revuelto, de todas formas, no lo tenía, porque, en cuanto el camarero depositó el bocadillo de jamón y pan con tomate sobre la mesa, a Samuel se le hizo la boca agua y se lanzó a darle el primer bocado, aun antes de que el hombre hubiera acabado de servir los cafés con leche.

—Sí, y además... Supongo que el jefe, Artur Rueda, no te ha explicado lo que está pasando por el barrio del Raval —dijo Eulalia—, porque me ha llamado poco antes de que llegases y me ha dicho que te lo comentara.

—¿Por el Raval?

—Hay grupos de jóvenes ultras haciendo pintadas racistas, rompiendo escaparates y mobiliario urbano, y han agredido a un senegalés y dos paquistaníes; uno está en el hospital. Un niño, el hijo del senegalés, está siendo atendido en estos momentos por psicólogos porque presenció la paliza que le dieron a su padre. Hay varias dotaciones de compañeros de la Brigada Móvil tratando de imponer el orden, pero parece que aún no lo han conseguido.

—¡Joder! ¿Ves como lo primero que tenemos que aclarar es lo del antirracista que amenazó a Estrada? He hablado antes por teléfono con Bernat y dice que casi lo tienen identificado. Se ve que han dado con algunos de los que fueron a insultar a Estrada y coinciden en la descripción del que lo amenazó. A Bernat, por cierto, no le cabe ninguna duda de que ese chico es el asesino.

—Ya. Para el sargento Anclado todos los antirracistas son delincuentes.

—Y para ti todos unos santos —replicó Samuel, pese a tener la boca llena.

—No me vengas con estas comparaciones.

—Tranquila. Era broma. Sigue con lo que me explicabas antes, lo de los cafés...

—Lo de los cafés indica, supongo que estamos de acuerdo, que Estrada y su asesino se disponían a tomar un café juntos.

—Se conocían, sí.

—Y luego está lo que te dije por teléfono de los vasos en la sala de reuniones.

—Que indican que se había producido una reunión de unas... ¿Cuántos vasos me dijiste que había?

—Cinco. Tres con restos de café y dos de agua. Pero lo importante es lo que estaba diciéndome el tipo ése..., Severiano Pi, instantes antes de que tú llegases: él se fue del local el viernes por la noche, dejando todo cerrado, y en la sala de reuniones no había ningún vaso sobre la mesa.

—La reunión, por tanto, se hizo ayer sábado —dedujo el inspector.

—Eso creo yo. Una hipótesis sería que el asesino es alguno de los presentes en esa reunión. Los de la científica se han llevado los vasos para obtener huellas y muestras del ADN. También han sacado huellas de la mesa de reuniones.

—Y el Severiano ése, ¿qué sabe de la reunión?

—Nada. Él dice que no le constaba que tuviera que haber ninguna durante el fin de semana —respondió Eulalia, y en el instante de silencio que se produjo, aprovechó para dar un largo sorbo a su café con leche.

—Me dijiste que también Lacapilla y Estrada tenían llaves de ese local. ¿El actual presidente de Resistencia por la Libertad no las tiene?

—Los de esta agrupación no simpatizan con él. Nunca ha visitado esta sede. Es como si éstos ya no fueran de ese partido. Aunque mantienen buenas relaciones con el secretario de organización.

—Paulino Lacapilla —agregó Samuel en tono reflexivo—. Hay que dar con él lo antes posible. Es concejal de un municipio del Baix Penedès, ¿no?

—Sí, pero no responde al teléfono, y eso que además del de su casa tengo ya su móvil. Ramón está tratando de localizarlo.

—¿Y ese militante de Resistencia por la Libertad que encontró el cadáver?

—Luego te muestro la declaración que le tomamos anoche. Iba paseando con su mujer, una hija y un perro cuando vio que la puerta del local estaba abierta... La mujer y la hija corroboran que estaban con él. Otro matrimonio con el que se encontraron por la calle minutos antes también lo ha corroborado. Quien no nos ha dicho nada ha sido el perro, pero vaya...

Samuel miró a Eulalia esperando que abandonara la sorna e

hiciera alguna aclaración más, pero ella cogió la taza para apurar su café, de modo que él hizo lo mismo. Con la taza ya vacía pero aún en la mano, pensó que quizá Ramón no era la persona más adecuada para localizar a Lacapilla; era el mayor de su equipo y le faltaba poco para jubilarse; Samuel lo apreciaba como persona, como amigo y por su destreza para las tareas que requerían meticulosidad; pero era flemático y poco apto para todo aquello que demandase celeridad. Quizá Catalina, la otra cabo y la más joven del grupo, sería más adecuada para esa tarea.

Dejó la taza sobre el plato y llamó al camarero para que le cobrase.

—Bueno, vamos a ver qué más nos cuenta el amigo Severiano que tenemos esperándonos —dijo, mientras echaba mano de su cartera

5

Le dio un vuelco el corazón al ver que la puerta se abría. El portal estaba oscuro, pero con ese portón exterior abierto entraba suficiente luz como para que lo vieran, ya que no había ningún recoveco en el que esconderse. Por un momento, pensó en subir por las escaleras, pero ya no podía hacerlo sin ser descubierto por quienes estaban entrando, y lo único que pudo hacer fue quedarse inmóvil, como estaba. Dos siluetas se dibujaron en el vano de la puerta. Dos hombres grandes, altos, fuertes..., pero no uniformados. No eran policías. Carlos había salido corriendo en el momento en el que varios agentes de los Mossos d'Esquadra lo divisaron, a él y a los otros dos colegas con los que estaba haciendo una pintada —«moros asesinos»—; los policías fueron a por ellos, y él, a la desesperada, empujó una puerta para ver si lograba esconderse, con la suerte de hallarla abierta. Pero no sabía si los policías lo habían visto entrar en este portal, y por eso sintió cierto alivio al comprobar que esos dos hombres no vestían de uniforme.

Sin embargo, el alivio duró sólo un instante. Los que entraban tenían la piel oscura. ¡Eran negros! No, negros no, ¡moros! Él, situado junto a la escalera, volvió a pensar en escalarla; aunque quizá era mejor quedarse quieto, aparentar que no les tenía miedo; pero se dio cuenta de que su corazón había comenzado a palpitar tan fuerte que hasta ellos podrían oírlo. Y mientras él no podía hacer otra cosa más que seguir paralizado, ellos iban acercándosele por el alargado portal. A Carlos le parecían cada vez más fuertes y su piel cada vez más oscura. Esos rostros mal rasurados, esas cabelleras negras como el carbón y esos brazos peludos que dejaban ver sus camisas arremangadas, eran la mayor amenaza que había sufrido en su vida. ¿Qué iban a hacer con él? Se apretó las mandíbulas para que los dientes no le rechinasen cuando ellos ya estaban a escaso metro y medio. ¿Podría esquivarlos y correr hacia la calle? No podría hacer eso ni ninguna otra cosa porque se sentía agarrotado.

Cuando llegaron a su lado, los dos hombres sonrieron, dieron los buenos días y enfilaron escaleras arriba. Carlos también quiso saludar, pero sólo pudo hacer una mueca, porque su boca estaba tan seca y sus músculos tan flácidos que no era capaz de articular palabra. Comenzó a avanzar por el pasillo hacia la puerta exterior sin tener claro si le convenía hacerlo despacio, aparentando tranquilidad, o salir corriendo; y cuando al fin atravesó el umbral y puso un pie sobre la acera, respiró hondo y sus mandíbulas se relajaron, pero también notó la humedad que se había adueñado de su entrepierna y que descendía hasta su bota derecha. Entonces sintió un odio renovado hacia esos dos hombres que tan mal momento le habían hecho pasar, hacia ellos y hacia todos los de su calaña, y lamentó no haber acabado de hacer uso de la barra de hierro que media hora antes había blandido frente a un niño negro. Parecía ser el hijo de otro negro al que unos compañeros de razia pateaban a gusto. Uno le había dado primero un golpe en la cabeza con un bate de beisbol y, cuando cayó al suelo, se sumaron otros dos para patearlo; y, entre tanto, el niño, de unos ocho o diez años, se había pegado contra una pared sin dejar gritar, de llorar y de mirar a su padre. Carlos vio ahí la oportunidad de oro para estampar su hierro contra la cara de un negro, ya que hasta el momento no se había atrevido a golpear a ninguno y temía que sus compañeros estuviesen percatándose de ello. Pero cuando hubo alzado el brazo, y el niño lo miró con unos ojos como platos, sintió una confusión que lo paralizó. ¿Qué estaba haciendo? ¿Quería de verdad abrirle la cabeza a un niño?

Ahora, en cambio, lamentaba no haber concluido su acción; al fin y al cabo, esos niños de hoy eran los delincuentes de mañana; eso era algo inevitable porque lo llevaban en los genes; y a ese niño no le hubiera ido mal recibir una primera lección para que supiera que lo mejor que podía hacer era volverse cuanto antes a su país.

De pronto se sobresaltó. Se dio cuenta de que, abstraído con esos pensamientos, había salido del portal sin preguntarse si los Mossos d'Esquadra seguían por allí. Alzó la cabeza para mirar a ambos lados de la calle y comprobó con alivio que no había ningún policía a la vista. Tampoco se divisaba a ninguno de sus amigos. Lo mejor sería salir cuanto antes de este barrio tan peligroso. Se dirigió hacia la Rambla con paso decidido, deseando ser invisible mientras avanzaba por las estrechas calles del Raval, acosado por sonidos de lenguas extrañas, y sólo cuando llegó a las Drassanes comenzó a sentirse menos amenazado. Pero el orín acumulado en su bota derecha, que parecía chapotear con cada paso que daba, estaba comenzando a amargarle, y no por el escozor que iba aumentándole en la entrepierna, sino porque le recordaba algo que trataba de apartar de su mente: había sentido pánico. Casi deseaba reencontrarse con sus compañeros y volver con ellos al portal del que había salido para buscar, piso por piso, a los dos moros que tanto lo habían humillado. ¿Por qué tenía que soportar él las amenazas de esa gente tan agresiva y tan violenta, venida de mundos extraños y atrasados?

Aunque, por otra parte, ¿por qué se metía en estos líos a sus 31 años? Cuando se encontró con Matilde por la mañana, ya estaban todos preparados, unos con sprays, otros con bates de beisbol o barras de hierro, otros con puños americanos..., pero él toda esta mierda ya la vivió cuando tenía 16 años, y la verdad era que ahora no le veía mucho sentido. Por un momento había pensado en escabullirse, pero Matilde desplegaba tanta energía y tanto empuje que él se vio momentáneamente imbuido de su coraje. Después, con las carreras que provocó la aparición de la policía, la perdió de vista y acabó con tres compañeros a los que apenas conocía. Con ellos siguió durante más de una hora, pero acompañándolos a desgana, ya que, si bien compartía las ideas por las que esta mañana habían salido al frente de batalla, hacía años que él no se sentía soldado de nada ni de nadie. Si al menos pudiera explicar a su padre que estaba jugándose el tipo por defender estas ideas...; pero su padre también hacía años que no parecía interesado en nada de lo que él hiciera o dejara de hacer.

Volvió a pensar en Matilde y deseó llamarla por teléfono, pero no podía juntarse con ella oliendo como suponía que debía de oler. ¿Y Oriol? A él no lo había visto en ningún momento. No estaba a primera hora con Matilde, Paco y los demás. ¿Estaría con otros comandos por algún otro barrio? En cualquier caso, tampoco podía verlo ahora; lo primero que tenía que hacer era ir a casa para cambiarse de pantalones, calzoncillo, calcetines y zapatos; y ojalá tuviera la suerte de no cruzarse con su padre antes de haberlo hecho.

Abrió la puerta con su llave y lo primero que vio fue a su padre en el pasillo mirando fijamente hacia el punto por el que él aparecía. Estaba esperándolo. Un latigazo de angustia le recorrió las entrañas. Su padre debía de haberse enterado de la batida realizada por el Raval. ¿Lo felicitaría por la gesta? ¿Le echaría una bronca por considerarla una acción infantil? Sin duda, lo segundo; pero esto poco importaba ante la posibilidad de que viera que se había orinado. ¿Qué explicación podía darle de tal hecho? Estas preguntas se agolparon en su mente durante los dos primeros segundos, pero Carlos se percató enseguida de que su padre llevaba el móvil pegado a la oreja y, si bien lo estaba mirando, no parecía verlo. «Necesitaba hablar contigo», dijo el hombre, pero se lo decía a quien estuviese al otro lado de la conexión telefónica. Con todo, Carlos se sintió obligado a decir «hola»; pero su padre bajó la vista, concentrado en lo que estuviera diciéndole su interlocutor, y no respondió al saludo. Él no supo si se sentía aliviado por no tener que dar explicaciones, o herido por la insignificancia a la que quedaba reducido.

En cuanto se hubo duchado y vestido con ropa y zapatos nuevos, Carlos tuvo la sensación de que la escena del portal podía perderse en el olvido. No pensaría más en ella. Sencillamente, no había sucedido. Se sintió animado y volvió a pensar en llamar a Matilde, pero también tenía ganas de encontrarse con Oriol. Quería verlos a los dos, aunque últimamente se había dado cuenta de que prefería verlos por separado. No soportaba las caricias que a veces Matilde le hacía a Oriol —a las que, por suerte, éste no respondía con mucho entusiasmo—.

—Hola, Oriol, ¿por dónde andas?

—En mi taller.

Su taller era algo que Oriol había mencionado en varias ocasiones, pero Carlos no sabía dónde estaba ni qué era, y un par de veces que había preguntado al respecto, todo lo que recibió por respuesta fue el gesto de desgana de quien se ha cansado de hablar.

—¿Nos vemos en algún sitio?

—Es casi hora de comer.

Era cierto, aunque Carlos no se había dado cuenta hasta este momento. No tenía hambre, y su estómago estaba un poco revuelto, pero su madre tendría ya preparada la comida, o sea que ahora no podía salir de casa.

—¿A la tarde?

—Sí, pero hacia la noche. A las ocho. Y no en el Born. Quedamos en el bar del Poblenou de otras veces y después te enseño mi taller.

¡Vaya! Oriol le daba otra nueva muestra de confianza.

—¿Con Matilde?

—No. La misión que yo tengo no es cosa de mujeres.

—¿No le has hablado a ella de Nuevo Renacer Luminoso?

—De momento no. Quizá más adelante formemos una sección femenina.

Se despidieron, y Carlos se percató de que su autoestima había experimentado un súbito incremento. Oriol le hacía a él confidencias que ni siquiera había hecho a Matilde. Se fiaba de él. Sintió que la misión de Oriol, fuera cual fuese, podía ser también la suya. Quizá con su amigo pudiera hacer algo que de verdad valiera la pena.

6

Tras interrogar a Severiano Pi, el inspector Samuel Montcada pidió a la subinspectora Eulalia Planells que se fuera a comisaría y concentrara sus esfuerzos en la búsqueda del antirracista que había amenazado de muerte a Estrada ayer por la mañana. Esa labor estaba realizándola el sargento Bernat Anclado, pero el inspector quería darle prioridad y que Eulalia se pusiera al frente. Había que hablar con los periodistas que pudieran haber hecho fotos, los responsables del local en el que se celebró el mitin, los simpatizantes que estuvieron en él, los vecinos que hubieran visto alguna cosa y, por supuesto, las entidades antirracistas que apoyaron la protesta contra Mateu Estrada.

El interrogatorio de Pi no había aportado nada, porque nada sabía el hombre sobre lo que había ocurrido en la sede de su partido desde que él la cerró el viernes por la noche, y tampoco estuvo en el mitin que el sábado por la mañana dio Estrada, de modo que Samuel lo había dejado marchar, y él estaba entreteniéndose en husmear por la sala de reuniones y los despachos, tratando de captar detalles, señales y hasta vibraciones que le aportasen alguna inspiración para intuir lo ocurrido en esas oficinas durante la tarde anterior.

Fue revisando todo lo que encontraba en los cajones, sobre las mesas y en las estanterías, preguntándose si valía la pena llevarse algo que a los de la científica no les hubiera parecido importante; y algunas cosas metió en bolsas de plástico: una pequeña libreta con notas que no parecían tener interés a primera vista, pero que habría que leer más despacio, una grabadora de voz que parecía en desuso porque no tenía pilas... Pero comenzaba a pensar que ya había abierto suficientes cajones y observado de sobra los despachos como para estar seguro de que nada nuevo iba a encontrar que resultase de interés para la investigación. Y estaba harto de ver en todas las paredes carteles con la cara de Estrada y eslóganes como «controlemos la inmigración», «ellos son el problema» y otros parecidos; a lo que se sumaba lo que había dentro de los cajones, en los que incluso había visto llaveros con la cruz gamada y pegatinas descoloridas de Fuerza Nueva. Así que se disponía a irse también él, cuando otro policía le anunció que acababa de llegar Paulino Lacapilla, el secretario de organización de Resistencia por la Libertad.

—Estaba a punto de pedirle al juez una orden de busca y captura contra usted. No había manera de localizarlo —dijo Samuel a modo de saludo.

Lacapilla tuvo un primer gesto de sorpresa por este recibimiento, pero enseguida alzó la cabeza y sacó pecho.

—Creo que lo importante es que localicen ustedes al izquierdista que ha asesinado a Mateu Estrada. Yo he venido en cuanto me he enterado de los hechos.

—¿Y cuándo se ha enterado usted de los hechos?

—Esta mañana. Por la prensa.

—Ayer noche ya había militantes de su partido que estaban informados de lo sucedido —espetó el inspector—. ¿Nadie contactó con usted? ¿Nadie ha contactado esta mañana?

—Nadie.

Samuel enarcó las cejas, apretó los morros y ladeó la cabeza. Resultaba extraño que ningún militante de Resistencia hubiera querido hablar con el secretario de organización sobre el asesinato del que fue presidente del partido, cuando habían pasado ya quince o veinte horas desde que se había producido. Pero, por otra parte, el inspector no sabía si Paulino Lacapilla era de los que seguían siendo fieles a Estrada o era leal al actual presidente. Pensó que necesitaba que algún experto en ultraderecha le diese información rápida y veraz sobre los intestinos de Resistencia por la Libertad. Además, el tipo que tenía delante no estaba produciéndole la sensación de ser alguien de quien pudiera fiarse. No quería dejarse llevar por prejuicios o primeras impresiones precipitadas, pero lo que veía ante sí, esa chaqueta a cuadros combinada con camisa y corbata a rayas, ese rostro cuadrado de rasgos duros, digno de un capataz de película de esclavos, esas espaldas anchas de quien ha dedicado muchas horas de su vida al ejercicio físico y ese pelo negro —teñido— y abundante, peinado hacia atrás y cargado de gomina, no le producían ninguna confianza en las respuestas que Lacapilla podía dar a sus preguntas.

—¿Ha hablado con el actual presidente de su partido?

—Acabo de hacerlo por teléfono. Tampoco él sabía nada hasta que yo se lo he dicho. Supongo que usted sabe que está fuera de España.

—Sí —respondió Samuel—. Lleva un par de semanas en Estados Unidos. Negocios inmobiliarios, ¿no?

—Esa es su profesión. Tiene empresas allí.

—Sí, eso tengo entendido. Dígame: ¿cuándo vio usted a Estrada por última vez?

—Ayer en una… En un acto público que se hizo por la mañana en un centro social del barrio del Clot.

—¿Centro social? Por lo que he oído, muy social no es —replicó Samuel; aunque le alegró saber que tenía ante sí a un testigo del acto en el que Estrada fue amenazado—. Pero explíqueme una cosa: si Estrada ya no era de su partido, ¿cómo es que hacían actos políticos juntos?

—Él seguía siendo un líder del nacionalismo español, y tenía mi respeto como tal. El mío y el de mucha gente del partido.

O sea, pensó Samuel, que Lacapilla era de los leales a Estrada.

—Y dígame: ¿qué otros militantes del partido participaron en ese acto?

—Cuatro de nuestros afiliados del barrio. Los demás asistentes eran vecinos. Gente harta de los políticos y que quiere oír a alguien que diga las cosas como son. Alguien que les diga que se va a acabar con los privilegios que se dan a los…

—Sí, vale. La propaganda déjela para otro momento, que yo estoy aquí para investigar un asesinato.

—¡Y eso es lo que queremos todos: que se encuentre a los asesinos y se los castigue como se merecen! Han asesinado a un hombre de Estado; a uno de los pocos que podían salvar a este país; a alguien dotado de…

—¿Qué puede decirme de las amenazas que sufrió Estrada en ese acto... *social?*

Lacapilla se tomó un par de segundos para responder.

—A todos nuestros actos democráticos van jóvenes radicales con la intención de reventarlos. Por eso procuramos salir de la forma más discreta posible. Yo salí primero, y fui víctima de todo tipo de insultos, pero no pude presenciar los que le hicieron a Estrada. Quienes nos agreden se dicen antifascistas pero son fascistas en realidad, porque...

—¡Vale...! Necesito los nombres de esos cuatro militantes de su partido que, según usted, estuvieron en el mitin.

—Se los doy de inmediato. Con sus teléfonos, incluso —dijo Lacapilla, al tiempo que sacaba su móvil y comenzaba a tocar la pantalla.

Pero también el móvil del inspector Montcada había salido en ese instante de su letargo. Vio que la llamada era del sargento Anclado.

—Dime, Bernat.

—Inspector, hemos localizado e interrogado a tres de los radicales que trataron de reventar el acto de Mateu Estrada en el Clot.

A Samuel le molestó la coincidencia que acababa de producirse entre el lenguaje de su subordinado y el del tipo que tenía frente a sí, pero lo apremió a que continuase.

—¿Y?

—Sus declaraciones concuerdan en las señas que dan sobre el que amenazó a Estrada. Aunque dicen que es un chico pacífico y que las amenazas sólo eran para molestar. Ellos qué van a decir. Tengo datos suficientes como para localizarlo: vive en Vilanova i la Geltrú, se llama...

—Dale todos los datos a la subinspectora Planells. Enseguida hablaré con ella.

El inspector se guardó el teléfono al tiempo que Lacapilla preguntaba:

—¿Alguna novedad?

—Escríbame en un papel esos nombres de los que hablábamos, y también sus teléfonos.

—Sí, por supuesto. Pero, ¿hay alguna novedad?

Samuel Montcada desoyó por segunda vez la pregunta, se apartó de Paulino Lacapilla y se dirigió al policía que hacía guardia en la puerta para darle instrucciones sobre los datos que debía tomar acerca de cualquier militante de Resistencia que apareciese por el local. Después, se volvió hacia Lacapilla y lo encontró sirviéndose un vaso de agua de un dispensador que había en el pasillo, lo que en su mente generó una asociación de ideas.

—¿Tiene ya el papel con los nombres?

—Sí, tome.

—Esta tarde le tomaremos declaración. Mantenga el teléfono disponible para que podamos decirle la hora a la que ha de pasarse por la comisaría de Les Corts.

Paulino Lacapilla pareció querer decir algo, quizá repetir la pregunta que había hecho ya dos veces, pero el inspector se dio la vuelta sin esperar comentario alguno. Se acercó al otro policía y le dijo en voz baja:

—¿Ves el vaso con el que está bebiendo ese tipo? Arréglatelas para que acabe dentro de una bolsa de plástico y lo llevas a comisaría, que necesito sus huellas dactilares.

Sin más, salió del local de Resistencia y se fue a buscar su coche para dirigirse hacia la comisaría de Les Corts. Comería algo por aquella zona, en alguno de los bares de menú del día que conocía a la perfección por la asiduidad con la que los visitaba, aunque reparó en que los domingos no eran días de menú y la comida iba a costarle más cara. Pero no había alternativa: en el frigorífico de su casa no quedaba ni una triste pizza. Sólo se acordaba de hacer compra cuando se iniciaba la semana en la que tenía a su hijo, pero para la semana en la que no lo tenía, ni ensaladas podía hacerse, y la que se iniciaba mañana era de éstas.

Mientras conducía, repasó lo que había hecho en las casi tres horas que llevaba en Barcelona y llegó a la conclusión de que no estaba coordinando bien la investigación. Era urgente interrogar al antirracista de Vilanova, porque eso era lo que demandaban los mandos, las autoridades y los medios de comunicación, pero para Samuel era puro trámite porque estaba convencido de que ese hilo no llevaba a ningún ovillo. Y para seguir otras líneas de investigación, había que visitar lo antes posible la casa de Mateu Estrada e interrogar a sus familiares, averiguar quiénes se reunieron ayer en la sede de Resistencia, revisar todo lo que hubiera en los ordenadores... Menos mal que los de la Unidad Central de Informática Forense ya estaban encargándose de los ordenadores, pero sólo de los que había en el local de Barcelona; sería conveniente ir a otras sedes de Resistencia... En fin, que tendría que coordinarse con sus jefes para organizar todo esto. ¿Por qué le habían encargado a él esta endiablada investigación? ¿Qué sabía él de crímenes políticos? ¿Le habían dado alguna asignatura sobre eso en alguno de los muchos cursillos que había hecho? Quizá lo primero que debiera hacer fuera volver a hablar con Artur Rueda para declinar esta tarea; aunque… eso sí sería perder el tiempo soberanamente.

El sonido de su móvil, o más bien el del manos-libres del coche, lo sacó de estos pensamientos. Tocó el botón para recibir la llamada.

—Hola, Samuel. —Era la voz de la subinspectora.

—Dime, Eulalia.

—Jaume, de la científica, está con el forense y acaba de pasarme información. El tiro se lo pegaron a corta distancia con una pistola calibre 7,65. Pero te llamaba porque ya está localizado el chico que amenazó a Estrada, y desde la Central han ordenado a los compañeros de la comisaría de Vilanova i la Geltrú que lo detengan. Si quieres interrogarlo tú, se lo comunico a…

—Estoy llegando con mi coche a nuestra comisaría. Baja, te montas y nos vamos los dos para allí. Por el camino hacemos las llamadas que haya que hacer.

Samuel detuvo el coche antes de que Eulalia apareciera y aprovechó este lapsus para hablar por teléfono con el juez de instrucción del caso. Le comentó las últimas novedades así como las pesquisas que tenía intención de realizar, y el juez le hizo algunas observaciones que sobre todo se centraron en la premura que requería esta investigación. Cuando acabó la conversación, el inspector sintió el agobio de saber que iba a tener que trabajar contra reloj y volvió a pensar en declinar el caso, pero ya estaba montándose Eulalia en el coche y tal idea se le fue de la cabeza.

7

—Me amenazó más él a mí que yo a él. A mí y a todos los que estábamos allí protestando contra su propaganda racista.

—Sí, eso ya me lo ha dicho dos veces —le espetó el inspector—, pero quiero que me diga ahora qué fue exactamente lo que le dijo usted.

Antes de responder, el joven, del que Samuel ya sabía que tenía 23 años, se quitó del cuello el pañuelo palestino que llevaba y se arremangó un poco la camisa. El inspector pensó que los nervios le daban calor.

—Le dije…, no sé. Algo como que los tipos como él estarían mejor muertos… Pero fue porque él se me había encarado y…

—Lo que un periodista le oyó decir a usted fue: «esta noche estarás muerto».

El abogado del detenido abrió la boca como para protestar, pero el joven se le adelantó con un exabrupto.

—¡No sé qué cojones le dije! Pero yo no me dedico a matar gente. Y ya le he dicho no sé cuántas veces lo que estuve haciendo ayer durante toda la tarde.

—Sí, pero volvamos a lo que le dijo a Estrada. Explíqueme la escena. Quiero la secuencia exacta.

—Estrada salió a la calle acompañado por el madrileño… Salmuera.

—¿Madrileño? ¿Se refiere a alguno de los militantes que Resistencia tiene en el Clot?

—No, joder. ¿No sabe quién es Rafael Salmuera?

—¿Tenía que saberlo?

—Es uno de los líderes de la extrema derecha madrileña. Pero como a ustedes, los policías, no les preocupan los neonazis... No me extraña que no los conozcan.

El inspector miró fijamente al chico, y éste bajó la vista mostrándose ligeramente amedrentado. Pero lo que pasaba por la mente de Samuel nada tenía que ver con el joven que tenía delante. ¿Por qué Paulino Lacapilla no le había dicho que en el mitin de Estrada se encontraba también un ultraderechista madrileño?

De pronto, al inspector se le pasaron las ganas de seguir con este interrogatorio. Miró al detenido, miró al abogado, miró al policía que los acompañaba tomando notas y dijo que salía un momento. Fuera de la sala, sacó el teléfono de su bolsillo y llamó a la subinspectora.

—A ver, Eulalia, ¿qué has averiguado sobre la coartada de este chico?

—Me falta hablar con otro de los actores, pero los tres a los que he entrevistado, más el director de la obra y el portero del teatro, dicen todos lo mismo. Lo mismo sin discordancia alguna. Que el chico estuvo toda la tarde de ayer ensayando. Acabaron los ensayos a las nueve de la noche y tres de los actores se fueron con él a tomar unas cervezas. Me falta localizar a uno de ellos, pero...

—Sí, la cosa está clara. Aquí estamos perdiendo el tiempo. Supongo que les habrás dicho a todos que pasen por la comisaría para que les tomen declaración.

—Sí, pero... ¿qué hago? ¿Sigo intentando localizar a...?

—No. Vámonos para Barcelona. Es más importante que volvamos a interrogar a Paulino Lacapilla. En lo poco que he hablado con él esta mañana, ya me ha dicho una mentira. Y no parece que sea una mentira sin importancia.

Tomaron la autopista Pau Casals para volver, aunque Samuel odiaba pagar peajes que consideraba abusivos, y, mientras Eulalia manejaba el volante, él optó por usar su teléfono con el manos-libres apagado. Llamó al sargento Bernat Anclado para ordenarle que se concentrara en los interrogatorios a los vecinos y comerciantes de la zona en la que estaba el local de Resistencia por la Libertad, y al cabo Ramón Jiménez para pedirle que localizara a

Paulino Lacapilla y lo citara en comisaría a las seis de la tarde. Después telefoneó a su jefe, Artur Rueda, le explicó cómo estaban las cosas y acordaron que se hiciera una nota de prensa de inmediato para desmentir la implicación del antirracista al que los medios daban como seguro culpable —o seguro presunto culpable— del asesinato de Estrada. En la nota, simplemente añadirían que estaban abiertas otras líneas de investigación. Por su parte, Rueda informó a Samuel de que la intendente de la División de Investigación Criminal, y por tanto jefa de ambos, había decidido implicarse directamente en esta investigación, de modo que Samuel debería informarle directamente a ella sobre la marcha de la misma. Rueda también había conseguido hablar con el actual presidente de Resistencia por la Libertad que se encontraba en Estados Unidos. Llevaba allí tres semanas e iba a estar un mes más. Por lo que parecía, sus negocios le interesaban mucho más que los asuntos del partido, y Rueda no creía que pudiera aportar nada de interés para la investigación, aunque le había dicho que le tomarían declaración, de una manera o de otra.

Cuando devolvió el teléfono móvil al bolsillo, se retrepó en el asiento y se dio cuenta de que estaba cansado. Pero aún le quedaban muchas tareas para esta tarde, lo que indicaba que sería conveniente hacer algo para reponer fuerzas.

—¿Qué tal si paramos en un área de servicio y comemos cualquier cosa? Son ya las cuatro y media.

—Le acabas de decir a Ramón que cite a Lacapilla a las seis en comisaría. Si paramos, no...

—¡Que se espere! ¡Menudo tipejo: ensalzando las bondades de Estrada mientras yo lo interrogaba! Si me descuido, me afilia a su partido.

—No te veo cantando el *Cara al sol*. Más que nada por lo mucho que desafinas. —Eulalia esbozó una sonrisa burlona—. Bueno, paro en la próxima estación de servicio que encontremos.

—Por cierto, Rueda me ha dicho que la intendente Pilar Truyol quiere estar permanentemente informada de esta investigación. O que la quiere dirigir ella. Tocará ir a Sabadell cada dos por tres.

—Bueno, siempre es mejor despachar con Truyol que con Rueda, ¿no?

—Sí, desde luego. Lo malo es que habrá que despachar con los dos. —Samuel admiraba la eficiencia de la intendente, justo lo contrario de lo que le pasaba con su jefe directo, y sabía que Eulalia compartía esos juicios.

Un coche los adelantó a tal velocidad que sonó como un avión volando a su lado. Samuel quiso leer su matrícula pero no le dio tiempo. ¡Lástima! Aunque luego pensó que el tráfico no era asunto de su competencia, y que ya tenía bastante con lo que le había caído encima como para añadirse otras responsabilidades. Investigar el asesinato de un político le generaba cierta inquietud, porque sabía que iba a tener a sus jefes echándole el aliento sobre el cogote a todas horas. ¿Por qué no se hacían cargo de ello desde la Central?, volvió a preguntarse. Quizá aún podría declinar esta tarea si insistía un poco en que no le correspondía. O tal vez, ahora que se sabía que no había sido cosa del joven que amenazó a Estrada, y que la investigación iba a ser más complicada de lo que pareció en un primer momento, los jefes le quitasen el caso sin más trámites.

—Al menos —añadió la subinspectora después de un rato de silencio— este viaje a Vilanova ha servido para algo. Si ese chico no te lo dice, hubiéramos tardado en saber que ayer estuvo con Estrada un madrileño de la extrema derecha.

—Así es. Por cierto, ¿qué sabes sobre Rafael Salmuera?

—Nada. Me suena su nombre, y que su partido sacó algún concejal en algún municipio de Madrid, pero no estoy muy segura —respondió Eulalia.

—¿Qué podía estar haciendo en Barcelona junto a Estrada?

Eulalia giró la cara hacia Samuel e hizo un gesto con el que parecía decir: «¿y cómo quieres que lo sepa?»

—Luego me das el teléfono de tu amiga María, de la Central, que ahora está en la Comisaría General de Información —agregó el inspector—. Necesitamos saber más sobre la ultraderecha, la catalana, la madrileña y la de todas partes. Tendremos que hacer un cursillo acelerado. Eso si no nos quitan el caso, claro.

—¿Por qué iban a quitárnoslo?

—¿Crees que el grupo de homicidios de Barcelona es el equipo adecuado para investigar un crimen como éste?

—Tú has resuelto casos muy complejos, y los jefes lo saben.

—Bah. No me hagas la pelota que tus futuros ascensos no dependen de mí.

Eulalia sonrió y volvió a producirse otro largo silencio. Tras las últimas palabras de la subinspectora, Samuel reconoció, aunque sólo para sí, que tenía sensaciones ambivalentes respecto al caso al que se enfrentaba: por un lado, era cierto que le disgustaban las presiones que podría sufrir para resolver cuanto antes un asesinato que preocupaba a los políticos; pero, por el otro, quizás estaba ante un crimen de causas complejas que podría requerir una ardua investigación. Y a Samuel le motivaban los retos. Se crecía ante las dificultades, y, de hecho, ya había comenzado a advertir ese gusanillo que le aparecía en las entrañas cuando se enganchaba anímicamente a una investigación. Era en estas ocasiones cuando sentía que la profesión de policía era la que él había querido tener, y se olvidaba de los muchos momentos en los que la monotonía y la burocracia que tenía que sortear le llevaban a preguntarse qué había hecho con su vida y por qué seguía estancado en un cargo de inspector en el que ya llevaba un montón de años. Cuando se enfrascaba en una investigación difícil, se ponía a prueba su capacidad de razonamiento lógico y su creatividad, y acaso él no estuviera sobrado de ninguna de las dos cosas, pero el desafío le gustaba.

Tras percibir estas sensaciones, se impuso otra más perentoria. Su mente pasó a estar ocupada únicamente por el bocadillo que engulliría en cuanto parasen en un área de servicio.

—Las Suplicantes —dijo Eulalia.

—¿Cómo?

—La obra que ensayaba ese chico al que has interrogado.

—Ah.

—Una tragedia griega que habla sobre la violencia familiar y el dolor femenino. Muy actual, por cierto.

—Joder, ¿llevas el cerebro conectado a Google?

—No. Quizá me interesan algunas cosas que a ti no. Tendré que llevarte algún día al teatro.

—Vale, pero antes tendremos que resolver este jodido homicidio, porque si no, la tragedia vamos a vivirla nosotros.

***

Eran las siete menos cuarto de la tarde cuando el inspector Montcada se dirigía a la sala de interrogatorios en la que esperaba Paulino Lacapilla. Pero antes de entrar, quiso probar suerte: a ver si la científica tenía ya algo sobre las huellas dactilares de los vasos encontrados en la sede de Resistencia por la Libertad. De modo que volvió sobre sus pasos y se dirigió al despacho de la Unidad de Policía Científica. Jaume estaba de pie charlando con otro compañero.

—¿Te llegó el vaso que usó esta mañana el secretario de organización de Resistencia, no? —preguntó Samuel tras los saludos iniciales.

—Sí, y las huellas están claras, pero ¿qué quieres que haga con ellas?

—¿Has obtenido también las huellas de los vasos que os llevasteis ayer de la sala de reuniones?

—Sí... Ah, vaya, creo que adivino lo que quieres —dijo Jaume—. Pues no, las huellas de Paulino Lacapilla no estaban en los vasos que nos llevamos anoche. Lo cual no quiere decir que no estuviera en la reunión, claro.

Samuel se despidió contrariado.

Después, entró en la sala de interrogatorios. Dentro estaba, junto a Lacapilla, el agente que tomaba las notas.

—Esta mañana no me dijo usted nada sobre la reunión que mantuvieron ayer en el local de Resistencia —dijo el inspector, sin saludo previo y con tono de enfado.

—¿Reunión...? Bueno, no..., no sé...

Lacapilla hizo el gesto de no saber de qué estaba hablándole, pero a Samuel le pareció muy teatral. Él optó por no sentarse y caminó hasta colocarse a espaldas del interrogado.

—¿Qué es lo que no sabe?

—Pero vamos a ver —Lacapilla levantó la voz, como si también quisiera mostrar enfado—. ¿Por qué pierden ustedes el tiempo conmigo? ¿Han detenido ya al...?

—¡Las preguntas las hago yo! —gritó el inspector, pese a que él procuraba evitar esa frase tan *policial* en los interrogatorios—. ¡Y si sigue diciendo mentiras, lo detengo como sospechoso del asesinato del expresidente de su partido!

—¿Mentiras? ¿Pero por qué dice...?

—¡Esta mañana no me dijo que también estaba Rafael Salmuera!

—¿No se lo dije? —Ahora Lacapilla titubeaba y miraba con gesto implorante al inspector, con la cabeza girada porque éste seguía colocado a su espalda.

—Mire hacia adelante. Y dígame quién más estaba junto con Estrada y Salmuera.

—¿En la reunión?

—No, en... ¡Sí, claro, en la reunión!

En la mente de Samuel se había producido un vuelco mientras

decía esas palabras. Él había preguntado por los que estaban en el mitin, pero Lacapilla había interpretado que preguntaba por la reunión, y ello podía indicar que tanto Salmuera como Lacapilla hubieran participado en la misma.

—Esta mañana no le dije nada de la reunión porque usted no me lo preguntó. —Toda la petulancia de los primeros instantes había desaparecido de la expresión del interrogado—. Mi intención es facilitarle a usted toda la información que...

—Déjese de rollos y dígame quienes estaban en la reunión y para qué se hizo.

Samuel dio la vuelta a la mesa y se sentó frente a Lacapilla. Éste bajó la cabeza y habló en voz baja y queda, como si estuviese haciendo una confidencia.

—Sí, Rafael Salmuera estaba. Y, además de Mateu Estrada, había otros dos: Emili Milletino y Pere Llop. Y yo, claro.

8

Casi había anochecido cuando se acabaron las cervezas y Oriol le dijo a Carlos que ya podían ir a su taller, pero antes de abandonar el bar, le dio instrucciones sobre cómo llegar para asegurarse de que nadie los seguía. Ahora simularían que estaban despidiéndose y saldrían por separado del bar; después, cada uno iría por un camino distinto hasta otro bar, el Candiles, del que Oriol le dio a Carlos indicaciones para encontrarlo. De ese nuevo bar saldrían juntos, pero por una puerta trasera que daba a un callejón cercano al taller.

Oriol repitió estas instrucciones, se despidieron y Carlos comenzó a caminar contando las calles que cruzaba. En la cuarta tenía que girar a la derecha, para después volver a girar a la izquierda en el segundo cruce y avanzar hasta que viera el letrero del Candiles. Y en todo el recorrido tenía que ir haciendo pequeñas paradas para asegurarse de que nadie lo seguía. Este acto de clandestinidad realzaba en él la sensación de que iba a ver el sancta sanctorum de su amigo, lo que le generaba cierta ansiedad, pero también reforzaba ese sentimiento de orgullo que había ido embargándolo por la confianza que le depositaba Oriol. Éste, además, le había dicho que al salir del Candiles se fijase en el recorrido que hacían para cuando tuviera que hacerlo él solo; o sea que iba a darle acceso continuado a su guarida, cosa que ni siquiera había hecho con

Matilde. Carlos se dijo a sí mismo que hacía tiempo que nadie lo trataba con tanta consideración.

No le resultó difícil asegurarse de que nadie lo seguía hasta que divisó el Candiles, porque un domingo por la tarde, y en esa zona del barrio del Poblenou, apenas caminaba gente por la calle. Entró en el bar y de inmediato vislumbró a Oriol al fondo. En cuanto éste lo vio a él, se giró para avanzar hacia una puerta que parecía la entrada de los lavabos, y Carlos lo siguió hasta internarse en un pasillo en el que, efectivamente, estaban los servicios, pero también una puerta que daba al exterior. Carlos continuó detrás de Oriol por el callejón oscuro al que habían accedido y después por un pasaje aún más estrecho, caminando entre paredes deterioradas de edificios bajos que parecían talleres en desuso, hasta que su amigo se detuvo ante una vieja puerta, sacó sus llaves del bolsillo y la abrió. Juntos avanzaron por un pasillo aún más lóbrego que acabó en un patio interior lleno de trastos viejos e iluminado por una débil bombilla, y de nuevo Oriol utilizó sus llaves para abrir otra herrumbrosa puerta de metal. Ambos la traspasaron agachando un poco la cabeza, porque su altura era menor del metro ochenta que los dos superaban.

La oscuridad del interior era mitigada por unos ventanucos que dejaban pasar la tenue luz de la bombilla exterior. A Carlos le sorprendió percatarse de que era un local más grande de lo que esperaba por la forma como habían accedido a él, y, en cuanto Oriol encendió la luz de un flexo, lo primero que vio fue una mesa grande con tres pantallas de ordenador y un buen surtido de aparatos electrónicos. La luz que apuntaba sobre esa mesa se irradiaba débilmente por el resto del local, pero resultaba suficiente para apreciar los objetos que lo llenaban. Había otras dos mesas, un banco de carpintero, varias sillas, un sofá viejo, un frigorífico, una máquina de taladrar de columna y otra máquina grande de taller mecánico cuyo uso era desconocido para Carlos. Una puerta entreabierta dejaba ver un pequeño retrete. Las paredes estaban recargadas de todo tipo de cosas: estanterías con herramientas, carteles, banderas, más estanterías con libros y aparatos electrónicos.... Carlos le hizo un gesto a Oriol señalando la zona en la que se encontraban las herramientas y el taladro de columna.

—¿Haces algo con eso?

—No. Era de los que me alquilaron el taller. No creo que nada esté en buen uso.

Carlos se fijó en los carteles que había sobre las paredes. No hacía falta que le preguntase a Oriol si éstos los había colocado él, ya que resultaba evidente que así era. Uno contenía veinticuatro runas vikingas, otro era la imagen de una espada flamígera emitiendo destellos en un fondo oscuro, otros eran reproducciones de pinturas que mostraban guerreros sobre sus cabalgaduras... Había también una bandera de tela con la esvástica en el centro, y un tablero de corcho con muchos recortes de periódico enganchados con chinchetas. Carlos se acercó para ver de qué hablaban esos recortes, pero su atención fue captada por varias espadas que descansaban sobre clavos en otro tablero.

—¿Son tuyas?

—Sí. Hace unos años quise coleccionarlas, pero después me cansé. Si quieres alguna...

Carlos ladeó la cabeza pero no respondió. No se imaginaba qué explicación podría darle a su padre si se presentaba en casa con una espada. Siguió observando los objetos que tenía ante sí. Sobre el banco de carpintero había dos bidones pequeños de metal y varias garrafas de vidrio que dejaban ver los líquidos que contenían. Algunas tenían etiquetas adheridas con nombres escritos a lápiz: acetona, ácido sulfúrico... Después, se acercó a una mesa en la que había libros amontonados y se entretuvo leyendo los títulos de algunos. Sólo encontró uno que conociera, *Rebelión en la granja*, porque lo había leído años atrás; los demás le resultaron desconocidos, aunque había dos que le sonaban de algo y sólo podía ser de que estuviesen en las estanterías de su casa: *El pensamiento wagneriano* era uno, y *Manú, por el hombre que vendrá* el otro. Junto a éste había un cuaderno que parecía hecho a base de fotocopias en el que leyó: *Manual del jefe, por Corneliu Zelea Codreanu*.

Oriol sacó dos cervezas del frigorífico, las colocó sobre una mesa y acercó dos sillas. Los dos amigos se sentaron, alzaron las botellas a modo de brindis y dieron el primer trago. Después, Carlos quedó a la espera de lo que Oriol tuviera que decirle: si lo había traído hasta aquí sería para algo. Sin embargo, éste siguió bebiendo a pequeños sorbos con la mirada puesta en la pared de enfrente, acaso en la esvástica, y Carlos pensó que quizás esperaba que él dijera algo. Pero, ¿qué podía decir?, ni siquiera sabía por qué su amigo lo había invitado a su taller. Y, mientras Carlos dudaba sobre cómo iniciar la conversación, fue Oriol el que habló.

—Tienes que prepararte para el cometido que nos ha sido encomendado. No es una cuestión de entrenamiento, es, sobre todo, un ejercicio de mentalización. En todo momento, tienes que saber qué has de hacer y cómo hacerlo.

—Sí..., bueno... ¿De qué se trata? —preguntó Carlos en voz baja y tono dubitativo.

—Se trata de que somos amigos. Yo sé cómo eres; Matilde me habló de ti, de lo que hiciste de adolescente, de quién es tu padre..., pero después he sido yo quien ha visto tu interior..., y eres lo que un hombre ha de ser. En ti puedo confiar. Créeme. —Oriol hizo una pausa y miró hacia el tablero de corcho en el que estaban los recortes de periódico—. Lo nuestro es un estilo de vida. No damos cuenta a nadie; no nos vanagloriamos ante nadie de lo que hacemos; no esperamos el aplauso de nadie. Nuestro éxito está en pasar desapercibidos. Nuestra victoria en hacer lo que tenemos que hacer.

La angustia y la inseguridad que a Carlos le producía no acabar de entender a Oriol, se mezclaba con la agradable intuición de que alguien lo consideraba apto para hacer cosas importantes. Oriol parecía estarle dando entrada en un proyecto de envergadura, y ello significaba que veía en él cualidades que otros no habían visto. Si su padre se encontrara aquí en este momento, tendría que reconocer lo equivocado que estaba por la inutilidad que atribuía a su único hijo.

—Sí. Ya sabes que por mí... Lo que tengamos que hacer... —dijo Carlos, con la esperanza de que Oriol concretase un poco más.

Oriol se tomó unos segundos para continuar.

—Cuando supe lo que yo quería ser, comencé por pequeñas cosas. Fui comprobando que nadie me descubría; me hice invisible para la policía y hasta para la gente cercana. Fui perfeccionando el método y elevando mi potencial. La soledad me daba fuerzas. Tú también has hecho cosas, pero has dependido de otra gente; ahora se trata de que seas tú mismo, que eleves tu espíritu, que te prepares para los grandes acontecimientos. No deberás confiar en nadie; sólo yo soy tu vínculo con el destino. Ahora eres un soldado, pero no tienes jefes. Los coroneles, también actúan solos. Somos muchos, pero cada uno es él sólo.

Carlos estrujaba su mente para encontrar el vínculo entre lo que Oriol decía ahora y el proyecto de organización que el día anterior había mencionado. Después de decir el nombre, no quiso hablar más de ello, pero parecía claro que se trababa de formar un partido político, o quizás una orden secreta o una organización clandestina, y que Carlos iba a tener un lugar en la estructura.

—¿Y la organización...?

Oriol hizo un gesto de aflicción. Carlos pensó que tal vez le resultase triste comprobar que él no acababa de entenderle. Temió que Oriol pensara que no era digno de la alta consideración que estaba otorgándole, y se apresuró a aclarar su pregunta.

—Me refiero a Nuevo Renacer Luminoso.

—Eso está en otra dimensión —dijo Oriol—. La organización tiene su cometido, y tú vivirás su momento de triunfo, pero a su debido tiempo; ahora deberás tener paciencia, porque antes hay que hacer otras cosas. Nuevo Renacer Luminoso recogerá los frutos de nuestra acción. Será la vanguardia que guíe al pueblo liberado. —Bebió un trago de cerveza y miró a los ojos de Carlos de forma incisiva—. Y no importa si a nosotros se nos reconoce o no nuestro papel en la historia. De eso no has de preocuparte; tu éxito es para ti, ya te lo he dicho; pero tú alcanzarás el cénit cuando compruebes que tu acción ha sido crucial. El lobo solitario no comparte con nadie su éxito cuando atrapa una gran presa.

Carlos comenzaba a sentirse un poco aturdido; necesitaba llevar la conversación hacia formas más comprensibles y le incomodaba no ser capaz de hacerlo. Quizá no estaba a la altura de Oriol, pero no quería romper el vínculo que estaba formándose entre ellos. Debería esforzarse para poner sus conocimientos y su plática al nivel que Oriol requería. Además, quería aprender de él, ya que no le cabía ninguna duda de que lo que a Matilde le había gustado de Oriol era su extraordinaria capacidad para desarrollar pensamientos profundos y la seguridad con la que mostraba sus convicciones.

—Ésos son nuestros modelos —añadió Oriol.

Al oírlo, Carlos no supo a qué se refería, pero vio que la mirada de su amigo estaba fijada en el tablero de corcho al que estaban enganchados los recortes de periódico y otras hojas de papel con fotos y escritos, y creyó que con esas palabras lo invitaba a acercarse a leerlos.

Hizo ademán de levantarse de la silla para aproximarse al tablero, pero Oriol se giró hacia él y siguió hablando.

—Lo de las manifestaciones y las cacerías como la que habéis hecho esta mañana por el Raval son acciones de escasa utilidad. No te digo que no participes; puedes hacerlo si quieres, pero has de destacar lo menos posible; no intentes lucirte con toda esa gente con la que va Matilde, porque muchos de ellos son confidentes de la policía.

Esta mención a los hechos de la mañana le produjo cierto desasosiego a Carlos. No quería recordar el miedo que experimentó, y menos ahora que, junto a Oriol, estaba sintiéndose parte de algo trascendente, algo que iba a requerir valor y determinación. Por otro lado, no entendía muy bien la afirmación que su amigo hacía sobre la inutilidad de las batidas contra los inmigrantes y los guarros; ¿no era de esto de lo que se trataba? Días atrás Oriol había dicho que había que limpiar el país; pero, ¿cómo se los podía echar si no era con este tipo de acciones? Había que infundirles temor, demostrarles que éste no era su sitio ni su país. ¿Acaso Oriol tenía en mente otras formas más eficaces de hacer esto?

—No he hablado con Matilde después de lo de esta mañana. ¿Sabes tú algo de ella? ¿Sabes si tuvo algún problema con los Mossos d'Esquadra? —preguntó Carlos.

—Iré a su piso esta noche. Pero hablé con ella antes de verte a ti y no me ha dicho nada de que hubiera tenido problemas.

Carlos se arrepintió de haberle preguntado por Matilde. La mención que su amigo hizo a que pasaría la noche con ella lo dejó abatido de celos. Pero de inmediato se recriminó a sí mismo tal sensación. Ya iba siendo hora de que aceptase la realidad: ellos eran novios y él sólo era el amigo de ambos. Y ahora quizá era más amigo de Oriol que de Matilde; al menos, Oriol estaba incluyéndolo en sus planes; de modo que debería ir despegándose de la chica y poner los cinco sentidos en la misión que le estaba siendo encomendada; debía concentrarse en esto que tenía que hacer junto a Oriol, que, si bien aún no acababa de saber qué era, sí tenía claro que se trataba de algo importante.

9

Eran casi las diez de la mañana cuando el coche patrulla que los llevaba se detuvo en los aparcamientos de la Policía Local de Esplugues del Llobregat. Desde ahí, el inspector Samuel Montcada y la subinspectora Eulalia Planells se dirigieron a pie hacia la dirección que llevaban anotada, acompañados por un policía que los guiaba por las estrechas callejas del centro urbano.

—¿Crees que estará en su casa? —preguntó Samuel al policía local.

—Desde que nos avisasteis, la hemos vigilado y no ha salido. Y no sólo es su casa, es también su oficina. Ahí tiene la sede de su editorial y de la revista mensual que edita su partido.

—Así, será un domicilio con mucho movimiento; gente entrando y saliendo... —supuso Eulalia.

—No..., al menos que yo sepa. La gente de ese partido debe tener otros lugares de reunión. Además, no creo que sean muchos.

Continuaron el camino en silencio, entre otras cosas, porque ahora lo hacían por una acera estrecha que los obligaba a avanzar en fila india. El hombre al que Samuel y Eulalia iban a interrogar era uno de los que asistieron a la reunión del sábado en la sede de Resistencia por la Libertad en la que fue asesinado Estrada. La reunión no fue un encuentro de miembros disidentes de Resistencia, leales al expresidente, como en principio había supuesto Samuel, sino de líderes de distintos partidos; y su objetivo, según Paulino Lacapilla, era establecer una coalición para las elecciones del próximo año. En el interrogatorio, Lacapilla dijo que él había estado entrando y saliendo, haciendo otras gestiones y sin prestar demasiada atención a la marcha de la reunión, porque no tenía muy claro si debía implicarse en el proyecto que allí estaba diseñándose, y menos cuando el actual presidente de Resistencia no sabía nada del asunto. Sobre posibles enfrentamientos que se hubiesen producido entre los asistentes, Lacapilla confesó que algunos hubo, pero sólo verbales, y mencionó los que había protagonizado Pere Llop. Por eso Samuel decidió que éste sería el primero a visitar. Aunque tampoco había muchas opciones: o comenzaban por Pere Llop o lo hacían por Emili Milletino, ya que Rafael Salmuera se había vuelto a Madrid el mismo sábado por la noche, o esto era al menos lo que Lacapilla creía saber.

El policía local se detuvo ante un edificio de dos plantas que ninguna señal tenía de albergar una editorial y tocó al timbre. Alguien contestó por el interfono, y el policía preguntó por Pere Llop y mencionó a los dos mossos que lo querían ver. Unos segundos después, se abrió la puerta y apareció un hombre de unos cincuenta años, ligeramente obeso, de rostro afable y bien rasurado, y vestido con un jersey rojo que dejaba ver una camisa a cuadros y una corbata.

—Yo soy Pere Llop. Ya suponía que no tardarían en hacerme una visita. Pasen, por favor.

El policía local se despidió ahí mismo, y tanto Samuel como Eulalia acabaron sentados frente a una mesa de despacho, en una sala cuyas paredes estaban totalmente cubiertas por estanterías repletas de libros. A Samuel le sorprendió el aire intelectual que envolvía, tanto por su aspecto como por este entorno bibliotecario, al hombre al que se disponía a interrogar. Casi era como una invitación a mostrarse más educado de lo que había previsto.

—Supongo que sabe que Mateu Estrada fue asesinado poco después de que concluyera el encuentro al que usted asistió —dijo el inspector después de rechazar la oferta de café hecha por el anfitrión.

—Lo sé, pero yo me fui antes de que acabase la reunión.

—Sí, sabemos que fue el primero en abandonarla. ¿Volvió usted por el local de Resistencia en las horas posteriores a esa reunión?

—No. Cuando salí, cogí mi coche y me vine para Esplugues.

—Queremos que nos explique con todo detalle cómo transcurrió la reunión.

—¿No se lo han explicado ya?

—Queremos su versión.

***

Las cuatro paredes de la sala, como las de los pasillos por los que habían accedido a ella, estaban llenas de carteles electorales de Resistencia por la Libertad, y en todos ellos aparecía la misma cara, la de quien ahora decía a todos los presentes que, por favor, tomaran asiento.

—Os agradezco a todos que hayáis venido, especialmente a ti, Rafael, que te has desplazado desde Madrid —dijo Mateu Estrada, cuando todos estuvieron sentados menos él, que se había situado detrás de su silla y apoyaba las manos sobre el respaldo, como si ésa fuera la postura que encontraba más adecuada para dirigirse a los presentes— Rigoberto Carnaza no ha podido venir, pero me ha dicho que se siente debidamente representado por la concurrencia de Milletino en esta cumbre.

«Se siente debidamente, concurrencia, cumbre... ¡Qué forma de hablar tan fatua!», pensó Llop.

Varios rostros se giraron hacia Emili Milletino, y éste hizo ademán de ir a tomar la palabra, pero fue la voz de Estrada la que siguió oyéndose.

—Me ahorro los prolegómenos porque todos sabéis el motivo de este encuentro. Estamos aquí para unir fuerzas. Como veis, a pesar de que yo ya no formo parte de Resistencia por la Libertad, la reunión se hace en un local de este partido y con la participación de Paulino Lacapilla, su secretario de organización, lo que prueba que por nuestra parte buscamos la unidad. Pero lo que queremos es que en esta unidad concurran todas las fuerzas políticas que estamos en el mismo lado de la trinchera. Ahora concurren unas condiciones óptimas para que podamos preparar juntos las próximas elecciones; unas condiciones que no han concurrido en los últimos 30 años, en los que las filas patriotas no han estado prietas porque nos hemos perdido en un cúmulo de rencillas y divisiones. Ahora contamos...

—¿Las filas patriotas? —interrumpió Llop, harto ya de tanta *concurrencia* y de otros términos de Estrada— ¿Vamos a construir una coalición llamada Las Filas Patriotas? ¿A estas alturas?

Su arranque sólo provocó una risita de Emili Milletino.

—¿Tienes algo contra el patriotismo? ¿Tú, precisamente? —Preguntó Estrada con gesto iracundo.

—No, pero creo que si vamos a hacer algo juntos, no nos vendría mal un cursillo acelerado sobre buenos modos y lenguaje actual.

—Seamos positivos —espetó Rafael Salmuera—, que no me he pegado el viaje desde Madrid para empezar con broncas ya en el primer minuto. Si no me equivoco, esta reunión se hace a propuesta de Rigoberto Carnaza, ¿no? Dijo que iba a ser muy importante, y el muy cabrón se queda en su casita en Valencia.

—Le han surgido asuntos que no ha podido soslayar —aclaró Milletino.

—Sí, bueno, es igual. Tú eres de su partido, o sea que por qué no nos explicas de qué va todo esto. Qué es eso del *tapado*, de los apoyos que tendríamos... —inquirió Salmuera dirigiéndose a Milletino.

Aquí no todos tenían la misma información, pensó Llop. A él, cuando Carnaza lo llamó por teléfono, le dijo que habría apoyos importantes en el caso de que se uniesen las fuerzas nacionalistas, pero nada mencionó acerca de un *tapado*. Iba a hacer la pertinente pregunta cuando vio que Milletino se ponía de pie para tomar la palabra. ¡Qué manía con levantarse para hablar, cuando sólo eran cinco las personas reunidas en torno a una mesa de cuatro metros cuadrados!

—Tendríamos importantes apoyos si hacemos una candidatura unitaria para las elecciones del año que viene. Muy importantes —dijo Milletino con el aire altanero de quien cree tener las mejores bazas de la reunión.

—¿Muy importantes? Explícate mejor —clamó Llop.

Milletino tosió un poco para aclararse la garganta, como si lo que fuese a decir mereciera la máxima atención de los demás, pero fue Estrada quien se le adelantó de nuevo.

—También en Europa hay gente dispuesta a poner dinero para que dejemos de ser una de las pocas naciones sin un partido nacionalista popular que tenga representación parlamentaria. De modo que...

—¿En Europa? —interrumpió Llop— ¿Con quién hablas tú en Europa? Mi partido forma parte de principal alianza de movimientos nacionalistas, y no...

—Bueno, lo importante —intervino por primera vez Paulino Lacapilla— es que ahora se dan mejores condiciones. Los inmigrantes siguen aquí, a pesar de los años que llevamos de crisis económica; hay mucho desencanto con la derecha y se reclama a gritos una fuerza nacional que dé respuesta a toda esta mierda. Y además, urge hacerlo, porque el nacionalismo español está perdiendo la oportunidad de capitalizar el cabreo de la gente, y quien está haciéndolo es Podemos, y aquí el independentismo catalán, nuestros peores enemigos.

—Yo no tengo tan claro que ésos sean nuestros peores enemigos. Quizá sean los que nos preparan el terreno —dijo el madrileño.

—Vale, no es ése el debate ahora —espetó Lacapilla—. No nos vayamos por las ramas. Dejemos que Milletino continúe.

Las miradas se volvieron hacia el mencionado.

—Sí, continúo, pero déjame aclararte, Pere —repuso Milletino—, que en esa alianza europea de movimientos nacionales en la que está tu partido, no están todas las fuerzas nacionalistas importantes de Europa...

—La más importante sí está.

—¿Los franceses? Ya están en otra. Tu alianza ya es historia, perdona que te lo diga, Pere.

—Y tampoco están los alemanes —volvió a terciar Estrada—. Y precisamente de dinero alemán es de lo que yo hablo.

A Llop le pareció que había cierto compadreo entre Estrada y Milletino; ya lo había notado en los saludos que se hicieron antes de entrar a la reunión. Un compadreo llamativo, puesto que Milletino siempre había dicho pestes sobre Estrada. Bastaba con echar un vistazo a su blog para ver los apelativos que le dedicaba. Pero también había competencia entre ambos por mostrar las mejores cartas, aunque, en realidad, ninguno acababa de mostrarlas. Milletino hablaba de importantes apoyos en España, y Estrada de dinero procedente de Alemania. Y, además, los dos seguían de pie, lo que creaba un ambiente extraño: ¿cómo podía desarrollarse con normalidad una reunión entre tres personas sentadas y dos de pie? Pero trató de superar su malestar y se limitó a hacer una simple pregunta.

—¿Dinero de qué partido alemán?

Estrada abrió la boca para contestar, pero tardó unos instantes en hacerlo.

—Eso no importa. Lo que importa es que están dispuestos a aportar mucho dinero para nuestra próxima campaña electoral si logramos que sólo se presente una fuerza política de derecha nacionalista.

—Yo no soy de derechas —dijo Llop levantando la voz—, soy nacional-revolucionario.

—Y por eso tu partido está en esa alianza con buena parte de la extrema derecha europea —añadió Rafael Salmuera, gritando un poco más que Llop—. ¡Venga ya! ¿Quieres dejar de joder, que es lo que llevas haciendo desde que hemos comenzado? ¿Quieres dejar que se expongan las propuestas de una puta vez?

—¿Tú me hablas de extrema derecha? —Preguntó Llop con sarcasmo.

—Tranquilicémonos un poquito, ¿eh? —dijo Lacapilla— ¿Por qué no dejamos que Milletino continúe?

—Sí, que continúe —añadió Llop—. Y, de paso, explícanos qué es eso que he oído sobre un *tapado*, y de lo que nadie me había advertido.

—Hay un destacado dirigente del PP que estaría dispuesto a encabezar una lista de derecha nacionalista si todos nos unimos.

—¿Y quién es?

—Eso no puedo decírtelo.

—No puedes decírmelo a mí, o no puedes decírnoslo a todos.

—Estás muy suspicaz y así no vamos a ningún sitio.

—Lo que estoy es cabreado conmigo mismo por haber venido a esta reunión. ¡Dinero alemán! ¡Un *tapado* del PP! ¡Que os jodan!

***

—Me levanté de la silla y me fui.

—¿Se fue usted así, sin saber en qué acababa la reunión? —Preguntó el inspector Montcada.

—¿A qué tenía que esperar? ¿Cómo podía construirse la unidad nacionalista española con un borracho pendenciero como Estrada, que en paz descanse, con un informador de los servicios secretos como Milletino, con un mafioso como Carnaza, el valenciano que no asistió a la reunión, y con un bruto ignorante como Salmuera, el madrileño?

—¿Y para qué fue a la reunión?

—¡Qué sé yo! Me insistieron...

—¿No volvió por el local de Resistencia esa misma tarde?

—¿Para qué iba a volver?

Tras unos instantes de silencio, el inspector apremió:

—Le he hecho una pregunta.

—No, no volví. Allí no se me había perdido nada.

—¿Y qué hizo desde el momento en que salió del local?

—Me estaba meando.

—¿Y?

—Entré en una cafetería y pedí un café.

—¿Le vio alguien? ¿Habló con alguien?

—Sí... No.

—¿Sí, qué? ¿No, qué?

—No, no vi a nadie conocido.

A Samuel no acabó de convencerlo esta respuesta, porque el gesto de Pere Llop le hizo intuir que escondía algo, pero prefirió seguir preguntándole sobre todo lo que había hecho esa tarde y noche después de la reunión. Como coartada, sus respuestas fueron endebles, ya que ninguna probaba que Llop no hubiera podido volver al local de Resistencia y asesinar a Estrada, pero el inspector pensó que no obtendría mucho más de él y decidió dar por concluido el interrogatorio.

Eran las 11:50 de la mañana cuando se despidieron de Pere Llop a la puerta de su casa.

10

Carlos oyó los inconfundibles pasos de su padre aproximándose a la habitación.

—¿A qué hora piensas levantarte de la cama? ¿Sabes que ya son las doce, o ni siquiera te molestas en mirar el reloj?

—Hoy es lunes...

—¡Para ti, todos los días son iguales! —gritó— ¡Acabarás siendo una nulidad, incapaz de labrarte un porvenir! No acabarás siéndolo, ¡ya lo eres! Cuando nosotros faltemos, serás rata de los comedores de beneficencia. ¡Inútil!

Y, con un sonoro portazo, desapareció.

Carlos se asustó. Hacía tiempo que su padre no le decía cosas tan fuertes. De hecho, últimamente no le decía casi nada, ni fuerte ni de ningún otro tipo; lo que hacía más bien era ignorarlo. Las pocas veces que Carlos había intentado entablar conversación con su padre, sólo había logrado monosílabos, y pocos. Estaba claro que el hombre no esperaba ya nada de su hijo, o ésta era la sensación que él tenía. Pero hoy había irrumpido en su habitación como movido por la perentoria necesidad de descargar su mala leche contra alguien, y esto a Carlos no le gustaba, porque su padre había tenido etapas en las que había sido bastante violento, más con su madre que con él, pero para él había resultado angustioso. Ahora, hacía algún tiempo que no se oían gritos en casa; ni gritos ni casi otras voces, porque el hombre tampoco conversaba mucho con su mujer. Esto no era agradable, pero Carlos lo prefería a las broncas. O sea que lo mejor que podía hacer ahora era levantarse y que su padre lo viera en movimiento.

Se incorporó, se dio una ducha rápida, se vistió y fue a la cocina, donde también su padre estaba a la mesa, leyendo un diario y con una taza de café entre las manos.

—Me tomo un café con leche y me voy rápido, que quiero visitar a un amigo que me ha dicho que podían necesitar a alguien donde él trabaja —mintió Carlos.

—Nadie que te conozca te dará nunca un trabajo.

A Carlos casi le entran ganas de llorar. ¿Por qué lo trataba con tanto desprecio? ¿Cómo era posible que su padre lo viera de esta forma, cuando alguien como Oriol pensaba que él era apto para importantes responsabilidades? ¿Y qué culpa tenía él de que las cosas estuvieran como estaban? ¿Acaso había alguien que ahora encontrara trabajo?

No había pensado en decírselo, pero quizá, si su padre supiera que ayer estuvo en el barrio del Raval, dando al enemigo su merecido, comenzaría a verlo con otros ojos.

—¿Te enteraste de lo que hicimos por el Raval?

Su padre efectuó primero un movimiento de hombros, dando una muestra clara de que no iba ni a molestarse en contestar, pero un instante después frunció el ceño y fulminó a Carlos con una agresiva mirada.

—¿Cómo que *hicimos*? ¿Estabas tú entre los descerebrados que se liaron a hostias con los inmigrantes y luego se cagaron cuando aparecieron los Mossos d'Esquadra? ¡¿Me estás diciendo que ahora pierdes el tiempo con esos nazis?!

A Carlos le entró pánico. Había vuelto a equivocarse. Y no entendía por qué su padre le hacía semejante reproche; las estanterías de su casa estaban llenas de libros de contenidos nacionalistas, esotéricos, contra los judíos, contra la inmigración, contra los musulmanes... Y el historial de su progenitor era muy claro. Así, ¿a qué venía tanto enfado? ¿Era porque pensaba que él no tenía aptitudes para seguir sus pasos y que cualquier cosa que hiciese resultaría un fiasco?

—Bueno..., yo fui con ellos, pero yo no...

—Tú te measte en las bragas —concluyó con displicencia, y bajó la vista hacia el diario.

A Carlos se le formó un nudo en la garganta y se encogió de angustia. Además, temió haberse puesto colorado. Era como si su padre hubiera adivinado lo que pasó en aquel portal. Trató de concentrar su atención en el café con leche que quería hacerse, y fue realizando los preparativos, evitando en todo momento que su padre le viese la cara porque temía que pudiera percatarse del desasosiego que lo había invadido. Si tuviera valor para ello, daría un puñetazo en la mesa, delante de las narices de su padre, y se iría de casa para no volver jamás. Y cuando hubiese triunfado con el partido político de Oriol, dejaría que su padre viera sus éxitos a través de la prensa, porque él ni siquiera se molestaría en dirigirle la palabra. Tal vez entonces se daría cuenta de lo equivocado que había estado respecto a su hijo.

Carlos se recreó en esta idea y recuperó con ella algo de sosiego. Quizá consiguiera en política lo que su padre había deseado toda su vida y no había sido capaz de lograr. Desde que él era pequeño, recordaba a su padre haciendo reuniones, hablando de política con unos y con otros, dando charlas… Lo vio alumbrando nuevos partidos que al cabo de un tiempo desaparecían. Pasó de creerse un gran líder del nacionalsocialismo, a abandonar la política activa y concentrarse en el mundo esotérico, para volver finalmente a la política defendiendo el nacionalismo popular. Lo oyó cómo denostaba el cristianismo en defensa de los ritos nórdicos, y cómo, años después, se entregaba con armas y bagajes al ultracatolicismo. No podía decirse que hubiera tenido una carrera de éxito, y acaso ésta era la razón de su carácter iracundo. Pero Carlos no tenía la culpa de esa historia de fracasos. «Si de mí depende», pensó, «lo humillaré aún más logrando los éxitos políticos que él tanto ha ansiado».

—Solo me faltaría —añadió su padre— que la policía me relacione con esas pandillas de mocosos que hacen la justicia por su cuenta.

11

Samuel y Eulalia llegaron a Barcelona de vuelta de Esplugues de Llobregat cuando faltaban veinte minutos para la una de la tarde. Por el camino, el inspector había recibido la llamada telefónica de su jefe apremiándolo a que acelerara la investigación, porque todo el mundo, mandos de los Mossos, políticos, periodistas y hasta el arzobispo, estaba preguntando por los avances que se hacían para dar con el asesino. A punto estuvo Samuel de decirle a su jefe que para este caso deberían pedir más ayuda de la Central, pero no lo hizo, y lo que se propuso, después de concluir esa conversación, fue aprovechar al máximo las siguientes horas para ver si lograba dibujar alguna hipótesis sobre el crimen, algo que, de momento, no tenía en absoluto, ya que lo que sabía sobre la reunión que se hizo antes de que mataran a Estrada no le permitía dirigir sus sospechas hacia nadie en concreto. Por eso le había dicho a Eulalia que, en cuanto entraran en Barcelona, irían directamente a casa de Emili Milletino para interrogarlo. Después, volverían a salir de Barcelona para visitar la casa del difunto Mateu Estrada, interrogar a su mujer y ver qué encontraban. Pero cuando ya estaban a punto de aparcar el coche, volvió a sonar el teléfono de Samuel, y esta vez quien llamaba era Pilar Truyol, la intendente de la División de Investigación Criminal.

Por la cabeza del inspector pasó la idea de que lo llamaba para quitarle el caso. Sin embargo, lo que la intendente dijo fue que se dirigiese de inmediato a la Central para participar en una reunión.

—No aparques. Vamos a Sabadell. A la Central —le dijo Samuel al conductor mientras volvía a guardarse el teléfono en el bolsillo.

—¿Qué te ha dicho la intendente? —preguntó Eulalia.

—Que en la reunión estará también María Guerrero, tu amiga. Que, por cierto, me la ha mencionado como inspectora. ¿Sabías que ya lo fuera?

—Sí, la ascendieron hace poco más de un mes.

—Vaya carrera que está haciendo esa chica en la Comisaría General de Información.

—Es muy buena —agregó la subinspectora.

El inspector pensó que también Eulalia Planells era muy buena. Y que a sus treinta y cinco años era joven aún, pero si hubiese estado en otra estructura de los Mossos d'Esquadra, quizá ya la hubieran ascendido. María Guerrero sólo tenía tres años más que Eulalia y ya era inspectora. Samuel se dijo para sí que mientras Eulalia siguiera en el grupo de homicidios de Barcelona, pocas posibilidades de ascenso tenía, porque él hacía de tapón. Él ya se lo había dicho alguna vez, pero ella aducía que estaba muy a gusto donde estaba y que se dejara de tonterías. Y lo cierto era que también él agradecía que Eulalia no hubiera optado por un cambio de destino.

En la Central fueron directos al despacho de la intendente y la encontraron con la inspectora Guerrero. Samuel no prestó mucha atención a los saludos y frases iniciales porque su mente quedó ocupada tanto por el efecto que le produjo María Guerrero como por tratar de disimularlo. Tejanos y blusa ceñidos que permitían apreciar una figura escultural, melena rubia ondulada, ojos grandes y labios carnosos en una faz bien delineada, el toque justo de maquillaje... Hacía bastantes meses que no la veía, pero no recordaba que la última vez le hubiera producido tal impresión. Acaso ahora también él estaba más impresionable, dos años después de su separación.

—Quiero que tú sigas dirigiendo la investigación —dijo Truyol, mirando al inspector Montcada, en cuanto los cuatro se hubieron sentado—, pero en la Comisaría General de Información ya está trabajando un equipo, a las órdenes de la inspectora Guerrero, para ayudarte en todo lo necesario. Yo quiero estar permanentemente informada y me encargaré de la relación con el juez instructor, aunque vosotros podéis hablar con él cuando lo creáis conveniente. Ah, he hablado ya dos veces con el actual presidente de Resistencia por la Libertad, que está en Estados Unidos: no parece que pueda aportarnos mucha información de interés, pero puedo seguir telefoneándolo para cualquier cosa que me digáis vosotros. El equipo de la Comisaría General de Información... —Truyol miró a María como apremiándola a intervenir.

—Sí, hemos comenzado por los ordenadores del local de Resistencia en el que se produjo el asesinato —dijo María—. Pero necesitamos los que hubiera en casa de Estrada, o sea que hay que ir allí, y creo que deberíais hacerlo en cuanto acabe la reunión.

—Íbamos a hacerlo esta tarde, pero después de visitar a Emili Milletino —dijo Samuel.

—Sí, eso también es urgente —terció la intendente—. Si no te importa, Samuel, podemos enviar una patrulla a la casa de Estrada, para que vosotros vayáis ya a interrogar a Milletino. Ahora mismo pediré la orden judicial para requisar los ordenadores de Estrada.

—De acuerdo —repuso Samuel—. Y hablando de cosas urgentes, también habría que interrogar a Rafael Salmuera. Tendríamos que hacer gestiones con la Policía Nacional para que lo interroguen en Madrid, o ir allí uno de nosotros. Y han de intervenirse los teléfonos de los cuatro que se reunieron con Estrada y el de la mujer de éste.

Concretaron alguna cosa más y Truyol dio por acabada la reunión. Pero antes de salir de la sala le pidió a María que hiciera una explicación lo más amplia posible a Samuel y a Eulalia sobre los personajes que había en el caso.

—La verdad es que necesitamos esta explicación —dijo Samuel—. Yo le había dicho a Eulalia que tendríamos que hacer un cursillo acelerado sobre ultras. Pero, ya que nos hemos quedado los tres solos, ¿qué os parece si hablamos mientras comemos en algún restaurante de la zona?

Así lo acordaron. Pero en el trayecto hacia el restaurante, y también cuando ya estaban comiendo, quienes hablaban eran

Eulalia y María, y no sobre ultras, sino sobre sus vidas personales. Parecía que las dos amigas tenían mucho que contarse. Samuel se enteró de este modo de que María se había divorciado, y no pudo impedir que tal noticia le resultara de interés. A otros podría parecerles que María no era tan guapa como Eulalia, pero a él le resultaba mucho más atractiva; quizá porque con Eulalia tenía esa familiaridad que amortigua el atractivo sexual, cosa que no le ocurría con María. ¿Cómo podría arreglárselas para coincidir con ella a solas en algún contexto en el que pudieran hablar de forma distendida y de cosas triviales? ¿Serían obstáculo los dieciséis años que la llevaba? Se preguntó cómo lo veía a él María. Se sabía bien parecido, pero no era muy alto, aunque quizá un par de centímetros más que ella; la calva..., había mujeres a las que no les desagradaba; no era gordo... En fin, mejor dejaba estas elucubraciones para otro rato.

Samuel sacó a relucir el tema que los congregaba, aprovechando que se había producido un momento de silencio mientras el camarero recogía los platos.

—Sí, a ver —dijo María—, tenemos a Estrada, muerto el pobre, a Lacapilla, a Llop, a Milletino y a Salmuera. Ah, y a Carnaza, el valenciano, que no asistió a la reunión pero la instigó. De momento no han aparecido más nombres de personas que puedan haber tenido algo que ver con el asesinato, salvo que incluyamos a la mujer de Estrada, que motivos para matarlo no debían faltarle, y a todos los inmigrantes, gays, musulmanes, gitanos y demás gente a la que en un momento u otro había insultado.

—Mejor nos ceñimos a los seis nombres que has dicho. Bueno, a cinco, si excluimos al propio muerto.

Los tres comensales se callaron cuando el camarero vino a preguntarles por el postre. Eulalia y María dijeron de inmediato y con firmeza: «postre, no», como si de un exceso se tratase, y pidieron café, y Samuel se sintió estúpido pidiendo también café cuando lo que quería era uno de esos pastelitos que había visto servir en la mesa de al lado.

—De Paulino Lacapilla poco hay que decir —continuó María—. Es un racista de tomo y lomo, y ya le han puesto algunas querellas por ese motivo. Estrada lo puso de secretario de organización porque era su fiel escudero, y creo que la relación entre ambos seguía siendo buena. Cuando a Estrada lo expulsaron de Resistencia, encargó a sus leales que preparasen la salida del mayor número posible de militantes porque quería formar un nuevo partido, y supongo que Lacapilla estaba metido en ese berenjenal, si no, no se explica que estuvieran juntos en la reunión del sábado. Con esto no digo que debamos descartarlo como asesino. Quizá lo mató porque quería ocupar el liderazgo entre los leales a Estrada; aunque, si éste era un asno, el otro ni os cuento.

»Rafael Salmuera lidera un partido de extrema derecha en Madrid, y a él no le hemos hecho seguimiento nosotros. Pero, vaya, tampoco es una lumbrera. De jovencito, en los ochenta, estuvo en Falange Española Auténtica, los que decoraban sus locales con retratos del Che Guevara junto a los de José Antonio y se decían antifranquistas, pero al final de esa década cambió los símbolos falangistas por los nazis, y del ¡viva José Antonio! pasó al ¡sieg heil! En los noventa tuvo alguna relación con el grupo neonazi que estuvo implicado en el asesinato de Guillem Agulló.

—Me suena... —dijo Eulalia.

—Sí, fue uno de los asesinatos más sonados de los muchos que han hecho los neonazis.

—Ah, sí, leí algo recientemente. Creo que el asesino sólo estuvo cuatro años en la cárcel, ¿no?

—Así fue. La Audiencia Provincial de Castellón no consideró oportuno aplicar el agravante de crimen de odio, pese a que la víctima era un antirracista, y sus agresores se despidieron con el saludo nazi y cantando el *Cara al sol* mientras el chico se desangraba.

—Bueno, volvamos a nuestros personajes —terció Samuel.

—Sí, sigo. Ahora que ya es mayorcito, Salmuera quiere dar una imagen más moderada, pero no ha conseguido que su partido obtenga representación electoral; aunque a partir de 2001 mejoró un poco sus resultados electorales porque centró su discurso en la inmigración: los españoles primero y esas cosas. Tiene algunos concejales en municipios de Madrid.

»Él siempre ha buscado coaliciones, o sea que no es extraño que viniese a Barcelona por este motivo. Pero lo cierto también es que otros líderes ultras huyen de él como de un apestado.

—Y Llop..., y Milletino... —dijo Samuel.

María se tomó unos segundos para responder porque el camarero llegaba con los cafés.

—Pere Llop tiene una larga historia que comienza en CEDADE, aunque sólo tiene cincuenta y dos años. Ahora sigue lo que llaman la línea nacional-republicana, o social-republicana. Si entráis en su web, veréis que se define como republicano y socialista, y también como revolucionario, o nacional-revolucionario. Es antisemita y critica a los que ahora se han hecho amigos de Israel cuando antes eran amigos de los líderes árabes. Él sigue viendo al Islam como un aliado contra el judaísmo.

»En este aspecto, Emili Milletino es lo contrario. Fue profundamente antisemita, pero ahora es de los que ven a Israel como un aliado contra los musulmanes; como otros líderes de la extrema derecha europea, que también se han vuelto proisraelíes cuando han centrado sus objetivos en el combate contra el Islam, o contra lo que ellos llaman la islamización de Europa.

—Sí, háblanos de Milletino, que es al que hemos de ver esta tarde —dijo Samuel.

—De todos, es el que cuenta con la historia más lúgubre. Ahora tiene sesenta y cuatro años, pero empezó, cuando aún vivía Franco, fundando un partido nazi que curiosamente era semiclandestino. Después estuvo implicado en atentados, pasó un tiempo en la cárcel, vivió en otros países donde se vinculó con antiguos nazis... En fin, nunca se tomó un descanso. Lo último que ha hecho ha sido sumarse al partido de Rigoberto Carnaza; cosa extraña, porque en su blog siempre se había mofado de él. Como también se mofaba de Mateu Estrada, por cierto.

—Parece ser —dijo Eulalia— que Carnaza no vino a la reunión porque ya se sentía representado por Milletino. O así lo ha declarado Pere Llop.

—Sí, pero resulta extraño que si Carnaza tenía ese as en la manga, lo del *tapado* que me comentaste, no viniese él mismo a presentarlo. Rigoberto Carnaza lidera un partido de extrema derecha nacido en Valencia pero con cierta expansión por otras partes de España. Es un empresario bastante mafioso que va con pistola y al que los sindicatos han puesto varias denuncias por maltrato a sus trabajadores. Una joya. Ah, y sobre Emili Milletino un par de cosas más: la primera, que es uno de los teóricos más relevantes de la ultraderecha. Ha escrito un montón de libros. Y la segunda, que mucha gente lo considera un colaborador habitual de los servicios secretos españoles, primero de SECED, después de su sucesor, el CESID, y por último del que sustituyó a éste, el CNI.

—¡Joder! ¡Vaya pájaros tenemos en el puchero! —exclamó Samuel.

12

Carlos vio a Matilde sentada con Oriol en un banco del paseo. Ella, retrepada en el asiento, dejaba caer la cabeza hacia atrás, y él, sentado sobre el respaldo, le acariciaba el pelo. Ganas no le faltaron de darse la vuelta, pero se obligó a sí mismo a comportarse como un adulto y a aceptar la realidad tal como era. Ya más cerca de ellos, no pudo evitar el hormigueo que le produjo ver que ella vestía, bajo la cazadora abierta, una camiseta blanca muy escotada, y se propuso evitar que sus ojos giraran sin control en búsqueda del canalillo que quedaba al descubierto. Así, lo que hizo fue mirar a la cara de Oriol, justo en el momento en el que éste dejaba de acariciar a Matilde y levantaba la mano en señal de saludo.

Cruzaron las primeras palabras y Carlos se sentó a un lado del banco, dejando a Matilde en medio. A su mente volvió la visita que ayer hizo al taller de Oriol, pero sabía que de eso no podía hablar en presencia de Matilde. Hubiera querido preguntarle a ella cómo le fue en la batida del Raval, pero tampoco le apetecía sacar este tema, de modo que lo que hizo fue preguntar si alguien sabía algo sobre el asesinato de Mateu Estrada.

—La prensa dice hoy que no fue el *antifa* —comentó Matilde—, pero para mí que la policía está encubriéndolo. Será algún hijo de papá.

Carlos miró a Oriol a la espera de su opinión, pero éste parecía haberse ausentado de la conversación, como hacía tantas veces, por lo que volvió a dirigirse a Matilde.

—¿No haremos más acciones…?

—¡Bah! —respondió ella.

El silencio se instaló entre los tres, y Carlos, para romperlo, sacó un paquete de tabaco y ofreció a sus amigos.

—Estoy preparando un grupo para ir a la manifestación de pasado mañana —dijo Matilde después de un rato en el que los tres se habían limitado a dar caladas a sus cigarrillos.

—¿Qué manifestación? —Preguntó Carlos, algo inseguro por evidenciar que no estaba al corriente de las actividades que organizaban los suyos— ¿Estamos montando una mani?

—No. Es una manifestación contra los recortes en no-sé-qué. No irá mucha gente, porque es Sant Jordi, pero es igual, nosotros sólo vamos para convertirla en un acto revolucionario.

—¿Con quienes estás preparándolo?

—Con los de Hospitalet —respondió Matilde.

—Esos que se creen vikingos —dijo Oriol, mientras bajaba del respaldo y se sentaba a la altura de los otros dos—, que adoran a Wotan y llevan el martillo de Thor tatuado en el brazo, pero que no saben una mierda de todo eso y desprestigian esas creencias. Ya le he dicho a ésta que no cuente conmigo. Ese grupo de niñatos son unos gilipollas.

—No le hagas caso —dijo Matilde, dirigiéndose a Carlos—. Tú ven, que te lo pasarás bien. Además, joder, la revolución nacional se hace así, aprovechando toda la mierda que tenemos a mano.

—Yo tengo otros planes de más envergadura —objetó Oriol sin mirar a sus dos amigos.

—Joder, Oriol, últimamente estás muy raro.

Matilde catapultó con los dedos la colilla hasta el otro extremo del paseo y los tres se quedaron mirando hacia allí en silencio. A Carlos le gustaban las situaciones de malestar que se producían entre ella y Oriol, aunque no se hacía ilusiones de que eso acabara separándolos.

—A mí los de Hospitalet me caen bien —comentó Carlos para continuar con la conversación, o para que Matilde supiera que estaba de su lado.

—Son unos niñatos. Oriol tiene razón —afirmó Matilde, mientras pasaba su brazo por la espalda de Oriol y le acariciaba la nuca—. Pero están bien conectados con los guarros; saben dónde van a actuar, cuándo y cómo; y de esa forma podemos juntarnos con ellos.

A Carlos no le hizo gracia el gesto de afinidad de Matilde hacia Oriol, y respondió con menos preocupación por sintonizar con ella.

—Esa es la parte que no me gusta, que en las manifestaciones no podamos formar nuestros propios comandos y tengamos que juntarnos con esos guarros que se dicen antisistema, pero que son punk, o anarquistas, o antifascistas, o independentistas o lo que cojones sean. Y encima tenemos que ir camuflados, sin nuestros símbolos, aparentando que somos de ellos.

—¡Bah! No hay tantas diferencias —repuso Matilde—. Esos guarros son antiglobalización, como nosotros; están contra la Unión Europea, como nosotros; están contra los políticos, como nosotros; están contra los bancos y el capitalismo, como nosotros; son antisistema, tú lo has dicho, como nosotros...

—Vale. Lo sé, Matilde. Pero no me vengas con que no hay tantas diferencias...

—Sí, hay una jodida diferencia. ¿Queréis saber cuál es?

Matilde giró la cabeza a un lado y otro, interrogando con la mirada a sus dos compañeros, pero Oriol había vuelto a ausentarse de la conversación. Tenía la mirada perdida en algún punto de las fachadas de enfrente y parecía sumido en sus pensamientos.

—¿Quieres saber cuál es, Carlos? Pues te lo voy a decir. Ellos no tienen un plan político y nosotros sí. Ellos no quieren hacer política y nunca apoyarán a ningún partido político, mientras que nosotros somos los soldados de futuro partido nacionalista que triunfará en España.

—Ese partido no existe —dijo Oriol, con lo que pareció descender de su nube.

—Yo he hablado de futuro, gilipollas.

Matilde volvía a picarse con Oriol y, como siempre, Carlos intentaba aprovechar la oportunidad.

—Vale, iré contigo y con los de Hospitalet a la manifestación. Espero que los guarros no vayan con moros o negros, porque eso sí que no lo soporto.

—A veces pareces tonto, Carlos —replicó Matilde—. ¿Has visto alguna vez a un moro o a un negro con los antisistema en una manifestación? Además, qué cojones, nosotros no somos racistas.

—¿Ah, no? —preguntó Oriol en tono sarcástico.

—Tú no sé, yo no. Y lo he dicho muchas veces. Lo que es bueno para nosotros es también bueno para los moros, los negros y todos los putos inmigrantes. Cada uno en su país desarrollando su propia cultura. Yo no quiero nada malo para ellos, lo que quiero es que puedan desarrollar su cultura en su país. Y no digo que su cultura sea mejor ni peor que la nuestra, sólo digo que no se han de mezclar.

Oriol asintió con un gesto y volvió a perder la mirada en el horizonte.

—Y, aunque todavía no tengamos un auténtico partido nacionalista —añadió Matilde mirando a Oriol—, llegaremos a tenerlo; y cuando lo tengamos —giró la cara hacia Carlos—, resultará que todos los izquierdistas antisistema habrán estado trabajando para nosotros. ¿Quién se lleva por casi toda Europa el voto de protesta, el voto antisistema, si no son los partidos nacionalistas? Son los nuestros los que acaban llevándose esos votos, ¿o no?

Oriol volvió a mostrar interés por la conversación y le contestó a Matilde como si le escupiera las palabras:

—Aquí, de momento, ese puto voto se lo lleva Podemos.

—El de los más antisistema no. No creo. Además, ya veremos lo que le dura el voto de protesta a Podemos. Para los radicales tiene más consistencia el voto identitario. A la vista está en todos los países europeos. O en casi todos.

—El voto identitario. Ya. El problema, no sé si te has enterado, es que nosotros estamos en Cataluña, y aquí el voto identitario se lo llevan otros.

—¡¿Y qué, joder?! ¡¿Y por eso hemos de quedarnos con los brazos cruzados?! A los independentistas les pasará lo mismo que a los izquierdistas: que acabarán generando tanto desencanto que a nosotros nos bastará con pasar después con el buldócer y recoger los escombros.

Cuando le oía decir cosas así, y con esa convicción, con esa entereza, Carlos renovaba su admiración por Matilde. «¡Qué tía! Para ser mujer, hay que ver lo inteligente que es. Si fuera hombre, sería un auténtico líder ario». Pero a él le gustaba así, como mujer; y en estos instantes en los que crecía su fervor por ella, también sus deseos sexuales experimentaban un repentino auge que le hacía sentirse muy frustrado por lo lejos que estaba de poder satisfacerlos.

Durante un rato, los tres se mantuvieron callados. Hasta que Oriol, sin dejar de mirar a las casas de enfrente, dijo con voz pausada y trémula:

—De eso se trata, de recoger los escombros. Pero primero hay que hacerlos. Y hay otras formas.

13

El inspector Samuel Montcada tocó el timbre del segundo tercera y, unos segundos después, una voz de mujer respondió por el interfono. Él se identificó, dijo que lo acompañaba la subinspectora Planells y preguntó si Emili Milletino se encontraba en casa, tras lo cual fue invitado a subir.

Quien los recibió esta vez, presentándose como Milletino, no tenía el porte juvenil y aseado que Samuel percibió en Pere Llop. Llevaba el pelo algo revuelto y barba de varios días, vestía un poco desaliñado, con una chaquetilla de punto que debía de tener sus años y que caía más de un lado que del otro, y calzaba las zapatillas de andar por casa. Quizás era el teórico más destacado del populismo nacionalista español, como había dicho María Guerrero, pero su traza lo situaba más bien —en el imaginario de Samuel— en un oscuro archivo arrastrando los mismos papeles año tras año. Sin embargo, cuando los hizo pasar a su escritorio, y volvieron a ver una biblioteca con cientos, acaso miles, de volúmenes, Milletino quedó imbuido de un halo intelectual que Samuel no había sabido apreciar en el primer momento.

El inspector fue directo al grano: las cuatro personas que estuvieron reunidas con Estrada fueron las últimas en verlo con vida, al menos que se supiera, y el asesinato se produjo poco después de celebrado el encuentro. Además, Pere Llop fue el primero en marcharse, antes de que acabara la reunión, y Paulino Lacapilla se fue en cuanto acabó, de modo que sólo quedaron Rafael Salmuera y Emili Milletino.

—Si el último en marchar es el principal sospechoso, ése soy yo —dijo Milletino con la voz ronca que Samuel ya había advertido y cierto tono de enfado, o quizá de prepotencia.

—Explíquese —dijo el inspector.

—Lacapilla se había marchado hacía rato, y Salmuera dijo que tenía prisa porque quería coger el AVE para Madrid. Yo me rezagué para hablar un poco más con Estrada, pero él dijo «salgamos juntos», y así lo hicimos. Cerró el local, y los dos caminamos un rato por la calle en dirección a una estación de metro.

—Comencemos por el principio —dijo el inspector—. Explíquenos para qué se hizo la reunión y cómo se desarrolló.

Emili Milletino hizo un relato de la primera parte de la reunión que no difería del realizado por Pere Llop, salvo por el hecho de que, en la versión de Milletino, Llop había sido el único culpable de que la bronca se adueñase del ambiente desde los primeros minutos.

—¿Cómo transcurrió la reunión tras la salida de Llop?

—Cuando él se fue, yo pensé que el debate sería más fluido y provechoso, pero enseguida comenzó Estrada a preguntar por el *tapado* que tenía Carnaza. Yo le dije que no conocía su identidad, pero Estrada insistió.

***

—¿Cuántas veces quieres que te diga que no sé quién es? —espetó Milletino ante la insistencia de Estrada—. El que lo sabe es Rigoberto Carnaza y nos lo dirá a su debido tiempo. Hemos de confiar en él.

—¿Confiar en Carnaza? Bueno… Ya le puedes decir que no aceptaremos a cualquiera. Sea quien sea ese tapado, tiene que haber sido muy conocido como dirigente del PP para que yo lo acepte.

Milletino recordó el comentario que Carnaza le había hecho cuando hablaron de este tema: «no será fácil que Estrada acepte que alguien que no sea él mismo encabece la coalición. Su afán de protagonismo es desmedido». Pero Carnaza le había pedido que procurase que de la reunión saliera algún acuerdo, y, habiéndose largado ya Pere Llop, si seguían por este camino, la coalición se iría al traste.

—Por supuesto, cuando se sepa quién es, tendrá que ser aceptado por todos. Las cosas han de decidirse por consenso. Pero creo que todos vemos claro que un líder que salga del centro-derecha tiene más posibilidades para hacer triunfar una coalición nacionalista que cualquiera de nosotros. En Europa hay ejemplos que conocemos bien: mirad el éxito de Wilders en Holanda, o el de...

—Hay otros que también han triunfado y no venían del centrismo —replicó Estrada—. Ni Le Pen, ni Haider, ni Dewinter, ni muchos otros venían de partidos moderados. Además, no todos los líderes de las fuerzas identitarias españolas dan la misma imagen. A los resultados me remito.

Para Milletino estaba claro que Estrada se refería a sí mismo con la presunción de que alguno daba buena imagen. Y no era momento para decirle lo cretino, maleducado, chorizo y pendenciero que todos lo veían, incluidos los presentes en la reunión.

—Os propongo que dejemos el tema del liderazgo para un próximo encuentro. Mateu, podrías hablarnos sobre esa financiación alemana...

—A mí me pasa lo mismo que a ti, que me concurren algunas circunstancias que me impiden revelar mis fuentes —repuso Estrada con displicencia—. Pero dinero hay, y como llega a través de mí, seré yo quien ponga las reglas.

«Reglas que, por supuesto, tendrán que *concurrir* con tus cojones», pensó Milletino, aunque se limitó a hacer un gesto de resignación.

—Ya veo que he perdido el tiempo viniendo desde Madrid hasta aquí —dijo Rafael Salmuera, mientras se revolvía en la silla y echaba un bufido— ¿No os parece que deberíamos comenzar por el programa político? Si hay que hacer coalición, tendremos que definir con qué objetivos, ¡digo yo! No, mejor aclaradme otra cosa primero: ¿en esta coalición qué partido estará, Resistencia por la Libertad —miró a Paulino Lacapilla— o el partido que tú —miró a Mateu Estrada— estás montando? Porque estamos reunidos en un local de Resistencia, pero a mí me parece que a este partido estáis haciéndole la cama.

—Eso es lo de menos —espetó Estrada—. Yo tengo apoyos importantes en Cataluña y los pondré al servicio de la coalición. Y probablemente podamos incluir a Resistencia. Eso es lo que Paulino está intentando.

Emili Milletino no se creyó esa explicación. Él suponía que lo que Paulino estaba haciendo en Resistencia era tratar de romperla y llevarse sus huestes al nuevo partido de Estrada. Pero esto, en realidad, le importaba un comino, lo que quería era que al menos uno de esos dos partidos estuviera en la coalición, y por tanto, lo mejor era pasar por alto de cualquier cosa que enmarañara este encuentro. Iba a cambiar de tema, pero se le adelantó Salmuera.

—De acuerdo. Cómo os arregléis vosotros me tiene sin cuidado. Volvamos a los objetivos de la reunión.

—¿Leísteis el documento que envió Rigoberto Carnaza? —preguntó Milletino para dar un giro al debate, aprovechando lo dicho por Salmuera sobre el programa.

—¿Documento? ¿Te refieres a aquellas tres páginas escasas que venían con el último correo del valenciano? —replicó Estrada.

—Eran sólo unas bases.

—La línea que yo he mantenido funciona adecuadamente —sentenció Estrada—. El acento hay que ponerlo en la inmigración, y mientras dure la crisis, más aún.

—Y con eslóganes sencillos, como los que usamos nosotros —agregó Lacapilla en apoyo a Estrada—, que a la gente no le gusta pensar mucho.

—Eso se da por supuesto —dijo Milletino—. Pero si nos fijamos en lo que triunfa en Europa, creo que hay que hacer especial hincapié en nuestra oposición a la Unión Europea y a la globalización. Y respecto a la inmigración, hay que concretar un poco más: los musulmanes. Está claro que su religión es incompatible con la democracia, y es bueno que nosotros lo digamos y machaquemos con este tema...

—Eso también lo estamos haciendo ya todos los que estamos aquí. Y desde hace años. ¿Por qué no nos dices algo nuevo? —preguntó Salmuera, indolente.

—Lo que quiero decir es que hemos de presentarnos como los principales garantes de la democracia frente a los musulmanes. Hemos de ser los más radicales defensores de la libertad.

—Pero sin pasarnos —replicó Estrada—. A ver si vamos a convertirnos en los defensores de los maricones, como ese Wilders que tanto te gusta.

—No se trata de eso —dijo Milletino—, pero...

—Propuestas nacionales y populares. Eso es lo que hemos de hacer —interrumpió Salmuera—. Y algunos vais a tener que esconder mejor vuestro pasado franquista, o de Fuerza Nueva.

—Mira quien fue a hablar —dijo Lacapilla—. Tú que empezaste con la cruz gamada, y que todavía debes de tenerla tatuada en el culo. Pero hombre, si cuando os manifestáis por Madrid, seguís pareciendo una pandilla de skinheads...

—¡Bah! Me parece que voy a hacer lo mismo que Pere Llop —dijo con desgana Salmuera. Pero lo que hizo fue acercarse a la cafetera y servirse otro café.

A Milletino le parecía que esto se le iba de las manos. Quizás Rigoberto Carnaza había sido un iluso al creer que podía establecerse un acuerdo con esta pandilla de ineptos. Llop, que era el único que tenía preparación doctrinal, ya se había ido, y Salmuera estaba a punto de hacerlo. Claro que Salmuera era absolutamente prescindible: era tosco y poco inteligente, incapaz de elaborar un triste documento político; un tipo que había ido excluyendo gente de su partido hasta quedarse con un minúsculo grupito, y que nunca había demostrado capacidad política, ni cualidades de liderazgo. Un inútil.

La reunión siguió por los mismos derroteros que había tomado desde el principio y acabó como el rosario de la aurora. Lo más concreto que se logró fue el acuerdo de intentar realizar un próximo encuentro. Primero salieron Lacapilla y Salmuera, y Milletino quiso aprovechar que se habían quedado solos para hacer un último intento con Estrada.

—Con gilipollas como Pere Llop y Rafael Salmuera no iremos a ninguna parte —le dijo a Estrada, tratando de acercar posiciones con él.

—Ya se lo dije a Carnaza cuando me propuso esta reunión. Y yo he hecho todo lo posible para que saliera bien, ya lo has visto. Pero no te preocupes, yo sí creo en la coalición. Lo único que no me convence mucho es lo de ese *tapado* que tiene Carnaza. Además, qué cojones, para hacer una buena coalición no necesitamos ni a Llop ni a Salmuera; mejor buscamos la concurrencia de los mediáticos que todos sabemos, tertulianos y tal, y de los sectores más fiables de la Conferencia Episcopal. —Estrada hizo una pausa—. Y lo del dinero alemán es cierto. Aunque no sé cómo se han enterado los alemanes de que estábamos montando esto.

***

—¿Qué quería decir con eso? —preguntó la subinspectora Planells.
—No tengo ni idea. Yo también se lo pregunté, pero estaba cla-

ro que no quería soltar prenda sobre el dinero alemán —respondió Milletino.

—¿Qué hicieron después, usted y Estrada?

—Salimos juntos del local de Resistencia, como les dije antes. Yo iba a coger el metro y él se ofreció a acompañarme hasta la estación, pero a mitad camino dijo que tenía que hacer otra gestión y se volvió. Yo monté en el metro y me fui a mi casa. Llegué a las siete de la tarde, que, por lo que dice la prensa, fue la hora a la que asesinaron a Estrada.

—¿Lo vio alguien en el metro, caminando...? —preguntó el inspector Montcada.

—Nadie conocido, que yo sepa. Pero mi mujer podrá decirles la hora a la que llegué a casa.

—Tendrá que procurarse una coartada mejor. Supongo que es consciente de que usted fue la última persona que estuvo con Estrada. Que sepamos.

—La última fue su asesino. Que yo sepa.

El inspector no respondió a ese aserto. Desde luego, no estaba ante un patán como cuando había hablado con Paulino Lacapilla. Emili Milletino era un hueso más duro de roer. A diferencia de lo que había hecho Lacapilla, Milletino había explicado la reunión con todo lujo de detalles, como también lo hizo Pere Llop; parecía que ambos quisieran demostrar que no escondían nada, y quizá fuera así, o acaso hablando holgadamente sobre la reunión alejaban el foco de lo que tuvieran que esconder.

Samuel miró el ordenador que había sobre la mesa y se preguntó qué excusa podría argüir para llevárselo. Pero enseguida se dio cuenta de que no podía hacerlo: a Milletino aún no podían acusarlo de nada. Miró a Eulalia, como preguntando si ella tenía alguna cuestión más que plantear, pero la subinspectora le devolvió la mirada con un simple arqueo de las cejas, y el inspector se incorporó para dar por concluido el interrogatorio.

Emili Milletino volvió a mostrarse distante en la despedida que les brindó cuando ya se encontraban en la escalera.

***

¿Se detenía en el bar de debajo de su casa, o se hacía él mismo una tortilla para cenar? Huevos aún le quedaban en el frigorífico, pero el pan lo tendría que descongelar. Entró en el bar.

Justo en el momento en el que el camero le depositaba el boca-dillo ante sus ojos, y sus glándulas salivares comenzaban a desa-rrollar una frenética actividad, le sonó el teléfono móvil, ¡joder! No iba a coger la llamada, pero vio el nombre de María Guerrero en pantalla, y ello le generó otra sensación interna tan aguda como la producida por la visión del bocadillo. Era la primera vez que ella lo llamaba, ya que, si en anteriores investigaciones había te-nido que decirle alguna cosa, solía llamar a Eulalia para que se la transmitiera.

—Hola, María, ¿qué te cuentas? ¿Hay algo ya sobre el conteni-do de los ordenadores?

—Hola, Samuel. No. Bueno, estamos acabando con los orde-nadores que había en el local de Resistencia y, de momento, no ha aparecido nada de interés, pero te llevaré el informe mañana. Y con el ordenador que Estrada tenía en su casa estamos comenzan-do ahora. Nos quedaremos hasta la hora que sea necesaria para llevar también mañana la información.

—Lamento que tengas que trabajar hasta tan tarde. Tienes una niña..., ¿no?

—No te preocupes, hoy la tiene mi ex. Y tú, ¿cómo te lo montas con tu hijo...?

—Esta semana no lo tengo. Pero yo, a diferencia de tu ex, lo tengo por semanas alternativas. Aunque el mío ya tiene trece años y va y viene solo al colegio.

María hizo un sonido bucal, como si no supiese si añadir algo o no a lo que estaban tratando, con lo que Samuel se acobardó y sintió la imperiosa necesidad de cambiar de tema.

—Así, mañana me darás... Tenemos reunión del grupo de ho-micidios a las diez y media de la mañana. Si puedes venir un poco antes...

—Sí, trataré de estar a las diez en Les Corts. Pero ahora te lla-maba por otra cosa.

—¿Sí?

—Los compañeros que hacen el seguimiento de las webs del islamismo radical me acaban de comunicar que en una web yiha-dista han reivindicado el asesinato de Estrada. Ellos no estaban buscando nada relacionado con el caso, pero se lo han encontrado por casualidad.

—¡Vaya! ¿Y qué indicios ven de que...?

—Ellos dicen que no es creíble. Es una web nueva, recién creada, y no sigue algunas de las pautas habituales de las webs yihadistas. Suponen que ha sido creada por algún islamista aficionado con ganas de dar notoriedad a sus ideas.

—¿No será algún impostor...?

—Está escrita en árabe.

—En cualquier caso, no me imagino cómo podría iniciar yo otra línea de investigación a partir de este hecho. Tendría que esperar a que los compañeros nos digan algo más.

—Sí, están tratando de localizar el ordenador desde el que se ha realizado, aunque ya sabes que eso puede tener muchas dificultades. Pero, por lo que me han comentado, no creo que debas cambiar la marcha de la investigación. Ya te digo que no parece muy verosímil. Ah, otra cosa: te he enviado por correo electrónico la lista de todo lo que nos hemos llevado de la vivienda de Mateu Estrada; en cuanto esté analizado te hago un informe.

Cuando llegó a su casa, Samuel no resistió la tentación de abrir su ordenador portátil para leer el correo, a pesar de que se encontraba bastante cansado. El mensaje de la inspectora María Guerrero contenía el archivo adjunto que ella le había anunciado. Lo abrió. Además de los ordenadores, de la casa de Estrada se habían llevado una agenda, tres libretas con apuntes, cinco archivadores con documentación que parecía ser del partido que había presidido, varias notas sueltas que estaban sobre su escritorio, una pistola Smith & Weson 38 falsa pero de apariencia muy verosímil... El listado seguía con algunos objetos que a Samuel le parecieron de escaso interés. El último apunte se refería a tres llaves, halladas envueltas con un ajado folio de papel, unidas cada una a un cartoncito que contenía un número —el uno, el dos y el tres—, de las que la esposa de Mateu Estrada dijo no saber nada. No eran de su casa.

14

Nada más entrar en la comisaría, a las nueve y media de la mañana, el inspector Samuel Montcada se dirigió al despacho de su jefe, Artur Rueda, para la reunión que a esa hora acostumbraban hacer. A esos encuentros matinales solía asistir también Jaume, el inspector que dirigía la Unidad de Policía Científica, pero hoy Samuel sabía ya que estaría solo frente a su jefe.

Apenas hubieron cruzado el saludo de buenos días, Rueda lo apremió a que lo pusiera al corriente, y Samuel le explicó lo que había dado de sí la investigación del caso Estrada hasta el momento. Poca cosa, en realidad. Rueda mostró su decepción y su enojo por no estar todavía en condiciones de decir a sus jefes y a la prensa algo que mereciera el calificativo de sustancial.

—Hay algo más —añadió Samuel—. Desde la Central me dijeron anoche que una web yihadista ha reivindicado el atentado. Lo extraño es que reivindicaciones de ese tipo no hayan aparecido ya unas cuantas.

—Mmm... Eso quizá sea interesante.

—A ellos no les parece creíble.

—Lo importante no es si es creíble o no —espetó Rueda—. Lo que cuenta es si tenemos algo que dar a los buitres o no lo tenemos. Un crimen islamista es perfecto, porque nadie esperaría que lo resolviéramos en cuatro días. Los americanos tardaron diez años en capturar a Bin Laden.

—Ya, pero nuestros analistas no le dan ninguna validez; y lo único que haríamos sería confundir...

—Tú sigue investigando, y deja que sea yo quien decida qué explicamos y qué no. Hoy es martes, y el asesinato se produjo el sábado, ¿crees que puedo ir diciendo que todavía no tenemos nada, cuando todo el mundo está tocándome los cojones con este jodido crimen?

Así acabó el encuentro, y lo único que el inspector sacó de él fue una irritación que antes de entrar en ese despacho no tenía.

Pero desde el pasillo vislumbró a Eulalia Planells y a María Guerrero, que se encontraban de charla junto a la máquina de café, y su ánimo mejoró un poco. Los tres se saludaron con simpatía y Eulalia ofreció un café a Samuel que éste aceptó.

—Acabo de cometer un error —dijo el inspector, mientras la subinspectora recogía el vaso, ya lleno, y se lo entregaba—. Le he explicado a Rueda lo de la web yihadista y parece que lo va a difundir a los cuatro vientos. Dice que así parecerá que la investigación avanza por algún sitio.

—¡Pero si María acaba de decirme que eso no tiene ninguna credibilidad! —exclamó Eulalia.

—Así se lo he dicho yo también a él, pero...

—A mí me parece un poco imprudente —dijo María.

—Pues a mí más bien me parece indecente, y no un poco —espetó Eulalia con rabia.

—Eh, de los jefes hay que hablar bien —dijo Samuel, acompañando sus palabras con un gesto de jocosa severidad.

Eulalia no apreció la broma contemporizadora y continuó dando rienda suelta a su rebeldía.

—Parecemos a esos políticos malos que enseguida buscan chivos expiatorios para encubrir sus fracasos. Y los chivos suelen ser siempre los mismos. Sólo faltaba esto para volver a poner el foco sobre los colectivos musulmanes. ¿Qué hará Rueda cuando los fachas comiencen a quemar mezquitas o cosas así? ¿No vio lo que pasó en el Raval el domingo por la mañana? Ya la cagamos bastante, me parece a mí, cuando no desmentimos a tiempo lo del antifascista, y ahora volvemos a...

—Tienes razón —la interrumpió Samuel—. La culpa ha sido mía por habérselo dicho.

—¡Bah! A ver si a Rueda lo ascienden de una vez y nos lo sacan de aquí —añadió ella con desdén.

—Bueno, dejemos esto y vamos a mi despacho, que la reunión del grupo la hacemos dentro de un cuarto de hora.

Cuando estuvieron sentados, María se dispuso a explicarles lo que se había encontrado en los ordenadores, pero sonó el móvil de Samuel y vio que se trataba de la intendente Pilar Truyol. Atendió la llamada, y ella le explicó que ya había hablado con el juez del caso y con la Policía Nacional para el interrogatorio de Rafael Salmuera en Madrid. Se desplazaría allí alguien de los Mossos comisionado por el juez y tendría el apoyo de la Policía Nacional. Quizá la subinspectora Planells, sugirió ella. Samuel aprovechó para comentarle su charla con Artur Rueda y plantear la inconveniencia de que se difundiese lo de la web yihadista, cosa con la que Pilar Truyol se mostró de acuerdo, aunque no añadió nada que indicase que fuera a impedir a Rueda transmitir tal información a la prensa. Tras guardar el móvil, Samuel dijo a las dos mujeres que tenían que irse a la sala de reuniones porque posiblemente ya estarían los demás esperándolos.

Así lo hicieron y, efectivamente, en la sala se encontraron al sargento Bernat Anclado y a los cabos Ramón Jiménez y Catalina Vergés.

—Todos conocéis ya a la inspectora María Guerrero. Ella participará directamente en la investigación, junto con un equipo de la Central. Hoy nos trae información sobre lo que había en el ordenador de Estrada, pero antes de entrar en eso, hagamos un repaso de lo que tenemos.

El inspector explicó lo que se sabía de las cuatro personas que estuvieron reunidas con Estrada antes de que lo asesinaran, y los resultados de los interrogatorios ya realizados a tres de ellas.

—Para interrogar a la cuarta, a Rafael Salmuera, Pilar Truyol sugiere que vayas tú a Madrid, Eulalia, y a mí me parece bien.

—Bueno... Pues voy —dijo la subinspectora con desgana—. Luego me pongo a hacer gestiones para ver si puedo interrogarlo mañana mismo.

—Por cierto —observó Samuel—, no sé si todos sabéis que Bernat comprobó ya a qué hora tomó Salmuera el AVE para Madrid. Fue a las siete y media de la tarde, lo que indica que no dispuso de mucho tiempo desde que salió de la reunión. Es difícil que pudiera volver, asesinar a Estrada y tomar ese tren. Esto casi lo descarta como asesino; lo cual no quita importancia al interrogatorio —

añadió mirando a Eulalia.

Después, comentaron las conversaciones telefónicas producidas con los teléfonos que tenían intervenidos, aunque concluyeron que ninguna contenía nada de interés. Y, a continuación, el inspector reclamó una explicación detallada de lo que habían averiguado los cabos y el sargento durante el día de ayer. Los tres estuvieron por los alrededores de la sede de Resistencia por la Libertad, entrando en todos los locales de negocio y llamando piso por piso para ver si alguien había visto algo que tuviera relevancia. El resultado fue decepcionante porque no aportó nada nuevo.

—Quiero que uno de vosotros siga hoy con eso —dijo el inspector—; quizá tú, Ramón. Si es verdad que todos salieron del local de Resistencia al acabar la reunión, incluido Estrada, éste tuvo que volver después, y si volvió acompañado por alguien, es muy importante que tengamos una descripción. Ahora, pasemos a lo del ordenador de Estrada. María, cuéntanos.

—Sí, pero antes de ver lo que tenía Estrada en el ordenador de su casa, os cuento lo que había en un ordenador de la sede de Resistencia.

—Ayer me dijiste que no había nada de interés —repuso Samuel.

—Y realmente no es de mucho interés para la investigación, pero es curioso. Se trata del ordenador de Severiano Pi, el responsable del local de Resistencia en Barcelona, y resulta que el tipo intercambia correos a diario con Paulino Lacapilla.

—Eso tiene poco de curioso —dijo el sargento Bernat Anclado—. Lacapilla es el secretario de organización del partido.

La inspectora Guerrero miró al sargento como si hubiese quedado un poco extrañada por su interrupción y por el tono respondón que había tenido.

—Sigue María —dijo Eulalia.

—Lo curioso no había llegado todavía —alegó María mirando al sargento—. Sigo. Lo primero que nos llamó la atención fue un correo en el que Lacapilla pedía a Pi que elaborase un listado con cuatrocientos nombres, de los que el noventa por ciento tenían que sonar extranjeros: nombres de chinos, árabes, etcétera, y el resto españoles. Después, por los correos sucesivos, vimos que el objetivo era difundirlo como una lista del Ayuntamiento de Barcelona sobre las ayudas al alquiler de vivienda concedidas el año anterior. Hace tiempo, habíamos recibido una petición de la Dirección General de Inmigración para que averiguáramos quiénes difundían ese tipo de bulos, pero no lo hicimos, y mira por dónde ahora nos aparece.

—De modo que los rumores sobre lo mucho que los inmigrantes se benefician de las ayudas no surgen espontáneamente —agregó Eulalia.

—No todo son rumores infundados —objetó Bernat—. Todos sabemos que los inmigrantes reciben más ayudas que nadie, y particularmente los moros...

—Supongo —terció Samuel, a la vista de que Eulalia ya había abierto la boca y fruncido el ceño para replicar al sargento— que no vamos a ponernos a discutir eso ahora.

Eulalia apretó los labios y se produjeron unos instantes de silencio. Samuel comprendió que a ella le resultara molesto que, ante su amiga María, un miembro de su equipo se refiriera a los magrebíes con el término despectivo de moros y que reprodujera estereotipos sobre los inmigrantes, y más cuando estaba investigándose un crimen cometido en un entorno racista. Eulalia, además, era especialmente sensible para estas cosas; Samuel recordaba un correo electrónico que ella había pasado a distintos miembros de la comisaría con algunas instrucciones sobre lenguaje: decía que debían sustituir los términos moro y morito por magrebí o norteafricano, si hacía falta referirse a su origen, o por musulmán, si era de esa religión y hacía falta referirse a ella; sustituir sudaca por sudamericano o latinoamericano; y sustituir moreno, negrata o negrito por negro, si hacía falta mencionar su color de piel; pero el sargento Bernat Anclado hizo caso omiso de tales instrucciones y, cuando hablaba delante de la subinspectora, enfatizaba los términos vedados, soltando las sílabas como si escupiera proyectiles por la boca. Al inspector Montcada también le resultaban molestas esas actitudes del sargento, y estaba empezando a pensar que debería dejarlo un poco apartado de esta investigación. Bernat ya se había llevado una decepción cuando supo que el antirracista no era el autor del crimen, pero seguiría dejándose llevar por sus prejuicios en la búsqueda de culpables.

Samuel vio cómo María volvía a dirigir la vista a sus notas, y esos pensamientos que se le habían agolpado en la mente desaparecieron.

—Lo cierto es que el rastreo que hemos hecho de los correos entre Lacapilla y Pi, y los documentos que hemos encontrado en el ordenador de éste, muestran que la construcción de bulos era una actividad que llevaban bastante tiempo desarrollando. Han elaborado y difundido estadísticas sobre las becas de comedor, para demostrar que se las llevan todas los hijos de los inmigrantes; han elaborado informaciones atribuyendo exenciones fiscales a todos los extranjeros que montan negocios; han escrito cartas, como si hubiesen sido redactadas por empleados de los servicios sociales, con informaciones parecidas, etcétera. En fin, ya digo que esto tiene poco que ver con la investigación en curso, pero ha sido todo un hallazgo.

»Lo relevante para el caso que nos ocupa está en el ordenador de Estrada. Hay correos intercambiados con Emili Milletino, con Paulino Lacapilla y con Rigoberto Carnaza, relacionados con los preparativos de la reunión que celebraron, pero no aportan nada que no sepamos ya. Sin embargo, hay dos correos, que intercambia con alguien que firma como Adolfo, y en cuya dirección de correo el nombre de usuario es adolf88, en los que se habla del dinero alemán. Éstos son —dijo María mientras extendía dos folios a Samuel.

—¿Adolf88? —preguntó el inspector.

—Sí, es claramente un nick, o sea que Adolfo no tiene por qué ser su nombre real —respondió la inspectora—. Y probablemente se trata de un neonazi; ya sabéis que el número 88...

—Sí —dijo Samuel.

—Como ves —continuó María, dirigiéndose a Samuel—, en el primer correo, el tal Adolfo menciona a un alemán al que parece que Mateu Estada conocía, y eso le sirve como carta de presentación. En la respuesta de Estrada, queda claro que se fía de Adolfo. Hemos hecho indagaciones sobre el alemán mencionado y resulta que es el director de una revista ecologista de Berlín creada el año pasado.

—¿Ecologista? —preguntó Eulalia, extrañada.

—Sí, la extrema derecha alemana está haciendo sus pinitos en el medioambientalismo, supongo que como forma de mejorar su imagen. Pero ese alemán que montó la revista estaba ya fichado como nacionalista, según la policía alemana.

—¿Nacionalista? —inquirió Bernat en tono de réplica.

—Sí, así lo describe la policía alemana. Quieren decir nacional-socialista; nazi, vaya. Sigo con los correos de Adolfo. En el segundo, dice que han de acordar una cita para hablar en persona de la forma como ha de hacerse la entrega del dinero. No hay correos posteriores en los que esa cita se concrete, lo que nos indica que los contactos que mantuvieron después pudieron ser telefónicos. Y claro, lo que no sabemos es si ese encuentro llegó a producirse o no. Por cierto, los correos están escritos en catalán.

—¿De qué fechas son? —preguntó la cabo Catalina.

—El primero, del día siete, y el segundo, del día diez de abril, nueve días antes de que asesinaran a Estrada —respondió María.

—Esto podría ser relevante —masculló Samuel sin levantar la vista de los folios que leía y releía—. A Estrada le dieron el dinero, y alguien que lo sabía lo mató para quitárselo... O no se lo dieron, y Estrada se puso violento y lo mataron... O... En fin, en torno al dinero podrían darse muchas situaciones que condujeran al asesinato.

Se impuso un denso silencio durante un rato. Como si cada uno esperase que a otro se le encendiera alguna bombilla. Pero finalmente María volvió a tomar la palabra.

—Hay otro correo extraño. Se lo envía Estrada a Lacapilla y es del uno de abril, o sea, de hace tres semanas. Éste está en castellano. Os lo leo textualmente: «Paulino, tienes que ir a ver al Viejo a Sitges. Y hazlo pronto, por favor. Dile que lo que pretende no tiene sentido y vamos a llenarnos de mierda. Sobre todo ahora, que hay perspectivas interesantes para formar una coalición electoral. Nosotros hemos de apostar por esto. Hazme este puñetero favor, Paulino. Tienes que convencerlo. Ponle como excusa que a mí me han expulsado del partido, o lo que quieras. Háblale en su idioma, si hace falta. Dile que no voy a darle lo que me pidió. No puedo dárselo». —María levantó la vista del papel e hizo un ademán de negación con la cabeza—. No hubo respuesta a este correo, lo que hace suponer que lo que siguieran hablando al respecto, lo hicieron en persona.

Todos quedaron como obnubilados. Estaba claro que nadie entendía el significado de la petición que Estrada había hecho a Lacapilla. En ese correo, además, aparecía un nuevo personaje, el Viejo, pero resultaba difícil adivinar si tenía o no algún interés para la investigación. Samuel pensó que con Paulino Lacapilla había que volver a hablar, y pronto.

15

Conducía despacio porque así le había dicho Oriol que lo hiciera. Era importante que el paquete que llevaba en el maletero llegara a su destino, y él no debía arriesgarse a sufrir un accidente o a ser parado por la policía de tráfico. Carlos se había levantado temprano y, con el coche de su padre, fue hasta La Junquera, a la dirección que Oriol le dio, para recoger allí una entrega que estaría ya preparada con el nombre de «Tierra Media». Todo había ido bien: gracias al GPS, no tuvo dificultad para encontrar la dirección y, en cuanto mencionó esas dos palabras, le dieron el paquete sin más. Ahora tenía que llevarlo hasta el taller de Oriol y, como ya estaba entrando en Barcelona, seguía de nuevo las indicaciones del GPS. Oriol le había dado la dirección para que no tuviera que llegar hasta el taller cruzando el bar Candiles, que era el recorrido que Carlos conocía.

Aparcó en cuanto el dispositivo le dijo que había llegado al punto de destino, se bajó del coche y miró a su alrededor. En un primer momento no reconoció nada, pero se aproximó a un callejón y vio la puerta de atrás del bar por la que había salido el domingo siguiendo a Oriol, de modo que volvió al coche para cargar con el paquete. Se lo puso sobre el hombro izquierdo, con cierta dificultad porque su peso era considerable, e hizo el recorrido que ya conocía hasta la primera puerta que tenía que abrir. En su bolsillo llevaba las llaves que le había prestado Oriol, una para esta puerta y otra para la siguiente, de modo que, haciendo equilibrios con el paquete a cuestas, logró abrir, accedió al patio interior que anteayer había visto débilmente iluminado por una bombilla, y finalmente abrió la puerta del taller. La traspasó con aprietos, porque el paquete le obligaba a pasar agachado, pero finalmente pudo depositarlo sobre la primera mesa que encontró.

La luz diurna que se colaba por una claraboya y por un ventanuco situado a metro y medio del suelo daba al taller de Oriol un aspecto distinto al que Carlos apreció el primer día, pero no logró identificar dónde estaban las diferencias. Ahora, lo que tenía que hacer era enviar un mensaje a Oriol para decirle que la misión había sido cumplida y esperarlo a que llegara.

Lo envió y se sentó en sofá.

Decidió fumarse un cigarrillo, a pesar de que Oriol le había dicho que en el taller era preferible no fumar, y se sintió relajado mientras daba las primeras caladas recostado en el sofá. Había cumplido su primera misión y lo había hecho bien. No sabía de qué se trataba: ni qué contenía el paquete, ni por qué tenía que ser recogido en La Junquera, pero esto poco importaba; lo que todo buen soldado tenía que hacer era cumplir las órdenes con eficacia, y él así lo había hecho. Oriol dijo que la misión era importante, y se pondría contento al ver el paquete sano y salvo sobre la mesa. Comprobaría que podía seguir confiando en él. Cuando le dijo ayer lo que tenía que hacer, y le dio las direcciones y las llaves del taller, Carlos decidió que pondría todo su empeño en hacerlo bien. Esas llaves que le entregaba eran como un salvoconducto a un círculo exclusivo al que Carlos deseaba de todo corazón pertenecer. Con ello se rompía una regla que siempre había regido en sus relaciones con otros amigos: jamás había conseguido pertenecer al núcleo duro de ningún grupo; siempre le hicieron sentirse como alguien que está de más, alguien de quien se puede prescindir, alguien a quien no se consulta cuando hay que decidir qué hacer. O quizá el problema era que nunca había tenido amigos de verdad. De hecho, cuando conoció a Matilde, pasaba por un momento en el que no tenía amigos, ni de verdad ni de ningún otro tipo. Pero los del grupo de ella también lo trataban con cierta indiferencia. Hasta que llegó Oriol. Con él conoció otra forma de ser tratado.

Cuando el cigarrillo llegaba a su fin, Carlos se levantó para buscar algo sobre lo que apagar y dejar la colilla, pero no lo encontró y acabó pisándola con el zapato. Al alzar la vista, encontró ante sí el tablero de corcho con hojas y recortes de prensa enganchados, y recordó que Oriol había dicho algo sobre «los modelos» mientras dirigía la vista a este tablero.

Algunos de los recortes de prensa parecían antiguos, pero otros aún no habían adquirido el tono amarillento que dan los años al papel. También había hojas impresas que contenían fotos y textos encontrados en Internet, y Carlos centró en éstas su atención. Vio la foto de un feo barbudo y el nombre que había debajo, Timothy McVeigh; nada le decía tal nombre, pero leyó la mención a un antiguo atentado en Oklahoma, con gran número de muertos, que algo le sonaba. También se fijó en otro llamado Theodore Kaczynski, que llevaba la palabra *Unabomber* a continuación; y otro llamado Eric Robert Rudolph que se repetía en varias hojas. En un espacio lateral del tablero había varios recortes de prensa y hojas impresas que se tocaban entre sí. Todos parecían referirse a la misma persona, Gianluca Casseri, y hacían mención a su tiroteo en Turín, a los dos senegaleses que dejó muertos y a su suicidio posterior. Cerca de éstos había tres recortes de periódico que mencionaban a un tal Wade Michael Page que a Carlos no le sonaba de nada. Pero el mayor cúmulo de papeles, que montaban unos sobre otros, estaba en la parte inferior del corcho y todos hablaban de Anders Behring Breivik y de a sus atentados de 2011 en Oslo y Utoya. Se podían ver artículos que relataban los atentados y otros que se referían a su juicio posterior, como también varias fotos de él en las que aparecía bien peinado y trajeado.

¿Por qué tenía Oriol todo esto? Del ataque de Breivik no hacía muchos años, y Carlos recordaba lo que su padre había dicho al respecto: Breivik era un neonazi que desprestigiaba el nacionalsocialismo con crímenes como ése y daba argumentos a quienes decían que Hitler había sido un criminal y difundían mentiras como la del Holocausto. Seguro que Oriol había coleccionado estos recortes para tener presente los errores que no debían ser cometidos. Breivik era un ejemplo de lo que no debía de hacerse. O quizá no fuera esta la razón, pero a Carlos le daba igual. Si Oriol le decía que de estos personajes había algo que aprender, él trataría de aprenderlo.

De pronto, oyó unas voces débiles que procedían del patio. Eran extrañas; sonaban muy raro. Se acercó al ventanuco y miró hacia fuera, pero no había nadie. Lo abrió un poco y acercó la cara a los barrotes para ampliar su ángulo de visión. Entonces oyó las voces con mayor claridad y comprobó que procedían de otro taller que tenía el portón abierto. Pero lo preocupante era el idioma en el que se proferían: ¡árabe!, o quizás otro, pero, en cualquier caso, de algún país extraño; gente peligrosa, en definitiva.

Se sobresaltó al percibir que alguien accionaba la cerradura de la puerta, pero en cuanto ésta se abrió, vio que era Oriol quien entraba. Reprimió un suspiro de alivio.

—Hola, Carlos, ¿cómo te ha ido?

—Bien… Ahí tienes el paquete. Ningún problema. Creo que todo habrá llegado bien; puedes comprobarlo.

—No hace falta. No tenía ninguna duda en que cumplirías con éxito tu misión —dijo Oriol, mientras dejaba su bolso sobre la mesa, al lado de los ordenadores—. Vamos fuera a fumar.

Los dos salieron y, mientras encendían los cigarrillos, Carlos observó el portón abierto del que ahora, además de las voces extrañas, salían ruidos mecánicos.

—¿Hay moros ahí…?

—Son tres paquistaníes. Arreglan motos y no sé qué más. Su taller tiene entrada por una calle, pero a veces abren esa puerta trasera.

—¿Y no convendría denunciarlos?

—¿Por qué?

—Joder. Moros ilegales… No sé, pero…

—Bah. No te preocupes. Éstos son inofensivos. Además, nosotros nos reservamos para las grandes acciones. No estamos destinados a perder el tiempo en pequeñas cosas. Por cierto, ayer le dijiste a Matilde que irías con ella a la manifestación de mañana… En fin, eres libre de hacerlo, pero no es muy conveniente que la policía se fije en ti.

—No iré, no te preocupes.

Carlos sintió un pinchazo en el pecho al renunciar a verse con Matilde sin la presencia de Oriol. Si perdía estas ocasiones, ella acabaría distanciándose de él. De pronto le pareció que Matilde y Oriol eran como dos caminos que se bifurcaban ante él, y que tendría que elegir cuál de ellos tomar.

—El viernes nos iremos de excursión.

—¿Quiénes? ¿Matilde y tú? —preguntó Carlos, un poco confundido por el cambio de tema que había hecho su amigo.

—Ya te dije que Matilde todavía no está en esto. Iremos tú y yo. Al Pirineo de Huesca. Todo el fin de semana. A ella no hay que decirle nada.

—Vale. Cojonudo. Me apetece de verdad.

Oriol dejó caer su colilla al suelo y miró a Carlos con semblante serio.

—Me alegro de que te apetezca, aunque lo importante no es si nos apetece o no, lo importante es hacer lo que tenemos que hacer. Será tu primer acto con Nuevo Renacer Luminoso.

—Claro, cojonudo.

16

El inspector Montcada hubiera querido interrogar de nuevo a Paulino Lacapilla en cuanto acabó la reunión que mantuvo con su grupo de homicidios y con María Guerrero en la comisaría de Les Corts, pero cuando lo localizaron, resultó que se hallaba en la provincia de Lérida, concretamente en Cervera, participando en una reunión de su partido. Habló por teléfono con él para pedirle que volviera de inmediato, cosa a la que se resistió Lacapilla arguyendo que tenía responsabilidades insoslayables, pero Samuel le dejó claro que o lo hacía *motu proprio* o se lo traían los Mossos con una orden de detención. Finalmente, acordaron verse a las cinco de la tarde en el despacho que Lacapilla utilizaba en el ayuntamiento del que era concejal, cosa que pudo parecer una concesión del inspector, pero en realidad respondía a su interés por conocer el entorno en el que el secretario de organización de Resistencia por la Libertad realizaba su actividad institucional.

Así, lo que quedaba de la mañana, Samuel lo dedicó a repasar los papeles que acababa de acumular, tanto los que María le había dejado, como los informes sobre las conversaciones que hasta el momento se habían mantenido desde todos los teléfonos que los Mossos tenían pinchados. Cuando acabó de leer estos últimos se lamentó de que ninguna de las conversaciones transcritas aportara información de gran interés. Emili Milletino había hablado con distintas personas sobre el asesinato de Estrada, pero siempre para mostrar preocupación o para elucubrar sobre la identidad y los motivos del asesino; nada indicaba que él estuviera escondiendo algo. La conversación que resultaba más críptica fue una que mantuvo con Rigoberto Carnaza, ya que éste parecía inquieto porque no saliese a la luz lo del *tapado* y decía que ahora había que mantener la actividad bajo mínimos hasta que se calmaran las aguas. Pero después de leer y releer esta transcripción, el inspector descartó que tuviera interés para la investigación. Tampoco las conversaciones de Pere Llop mostraban cosas nuevas y lo único que de ellas llamaba la atención era lo densamente cargadas que estaban de insultos hacia el difunto.

Por su parte, Paulino Lacapilla había hablado por teléfono con muchas personas, pero todas parecían ser miembros de Resistencia por la Libertad, y más concretamente del sector que siguió siendo fiel a Estrada. Quedaba claro que, antes de que éste fuera asesinado, estaban preparando una fracción dentro del partido para salirse en masa y engrosar las filas de la nueva formación política que Estrada estaba montando. Las transcripciones también dejaban ver que Lacapilla desarrollaba una actividad frenética entre los suyos para asumir el liderazgo que el muerto había dejado vacante, con convocatorias de reuniones en todas las comarcas y ciudades catalanas en las que tenían militancia. Lacapilla se mostraba interesado por asistir a todos los encuentros, y a veces hablaba con sus interlocutores sobre lo que debería hacerse y lo que no, como si Estrada llevase meses muerto, o incluso como si nunca hubiera existido. A Samuel le pareció que lo del muerto al hoyo y el vivo al bollo se quedaba corto frente al buitre voraz que parecía Lacapilla tratando de acumular trozos de poder entre los partidarios de Estrada. Si aplicaba el principio de buscar al criminal preguntándose a quién beneficiaba el crimen, Lacapilla no era, desde luego, alguien a quien descartar como asesino.

Explicó estas impresiones a Eulalia cuando ambos iban en un coche patrulla hacia el lugar en el que se encontrarían de nuevo con el secretario de organización de Resistencia, y ella se mostró un poco escéptica ante la idea de situarlo como principal sospechoso.

—Lo que sí creo —dijo la subinspectora— es que sabe cosas que aún no nos ha contado. Ese correo que le envió Estrada sobre el Viejo de Sitges...

—Sí, claro, ése es el asunto que más nos interesa. También nos convendría saber si tiene algún conocimiento sobre el dinero alemán del que hablaba Estrada: quién tenía que proporcionárselo y cómo. Pero, antes de sacar estos temas, hemos de intentar amilanarlo un poco con alguna otra cosa, como lo de la fabricación de bulos.

El coche aparcó a unos veinte metros del edificio del ayuntamiento y, en cuanto se apearon, el inspector se percató de que Paulino los esperaba en el umbral de la puerta.

—Síganme —dijo secamente sin ni siquiera haberles tendido la mano, y Samuel pensó que lo que el edil merecía era haber sido sacado del ayuntamiento por una patrulla y con las muñecas esposadas.

El despacho era pequeño —el que correspondía a la escasa representación que su partido tenía en el consistorio, supuso Samuel— y Lacapilla se sentó tras la única mesa que había e invitó a los policías a sentarse en las dos únicas sillas que quedaban libres. Samuel sí tomó asiento, pero Eulalia comenzó a pasear al tiempo que leía los lomos de los pocos libros que había en unas estanterías, se fijaba en los papeles que descansaban sobre la mesa, tocaba una pequeña bandera de España que colgaba de un clavo en la pared, como si estuviese calibrando la calidad de la tela... Lacapilla la observaba con gesto adusto, acaso dolido por esta violación de su espacio personal, pero parecía dudar sobre si podía quejarse o no de tal intromisión.

—No dispongo de mucho tiempo —dijo, cuando dejó de mirar a la subinspectora y dirigió la vista hacia el inspector.

Samuel iba a contestar con un exabrupto, pero Eulalia se le adelantó.

—Nosotros tampoco —replicó, sin dejar de mirar a la bandera—. De modo que si nos lo hace perder, lo llevamos detenido a la comisaría, duerme en el calabozo y lo interrogamos mañana.

Lacapilla la miró atónito. Samuel supuso que lo que peor digería no era la amenaza que acababa de oír, sino el hecho de que fuese una mujer quien la hubiese formulado y con tan claro tono despectivo.

El hombre volvió a dirigir la mirada hacia Samuel para hablar.

—Si se me acusa de algo, más vale que me lo diga ya.

Pero fue de la subinspectora de quien de nuevo recibió la respuesta.

—De momento, el fiscal especial para delitos de odio y discriminación ya tiene copia de toda la documentación que demuestra su esmerada labor en la construcción de bulos racistas.

No era verdad lo que acababa de decir Eulalia, pero Samuel pensó que tampoco era mala idea poner en manos de la Fiscalía todo lo que habían encontrado sobre los bulos en el ordenador de Severiano Pi. Además, estaba gustándole el arranque ofensivo que ella protagonizaba, porque parecía descolocar a Lacapilla, que ahora la miraba estupefacto, de modo que el inspector se limitó a apoyar a su compañera soltando algunos papeles encima de la mesa.

Eulalia apoyó los puños sobre la mesa e inclinó el tronco hacia el interrogado, luego cogió uno de los papeles y se lo acercó al hombre hasta casi tocarle la nariz.

—Ayudas al alquiler de vivienda —dijo, y dejó caer el papel sobre el regazo de Lacapilla antes de coger otro nuevo y volver a ponérselo ante los ojos—; becas de comedor —repitió la acción—; ayudas a los comerciantes chinos...

Y así continuó hasta que se agotaron los ocho folios que el inspector había dejado caer en la mesa. El interrogado callaba estupefacto, como si hubiera perdido toda capacidad de réplica, lo que Samuel aprovechó para participar en el ataque.

—¿Quién es ese tapado del PP que iba a unirse a la coalición?

—¿Tapado? Yo... ¿Cómo quiere usted que yo lo sepa? —Lacapilla titubeaba— Eso era cosa de Milletino... y de Carnaza, el valenciano. Ni siquiera Estrada lo sabía.

—Es la tercera vez que hablo con usted y no ha hecho más que ocultarnos información. Todos se desviven por explicar lo que saben menos usted. Hábleme del dinero alemán que iba a recibir Estrada. ¡Dígame alguna jodida verdad!

—¿Dinero...? Sí, él dijo algo de eso, pero a mí no me lo había explicado. Ya no éramos del mismo partido.

—¡Déjese de chorradas. Usted seguía siendo de la confianza de Estrada!

—No sé quién iba a darle ese dinero. Ni cuánto era. ¡No tengo ni idea! —Lacapilla adelantó el tronco como para recomponer la compostura—. Estrada no confiaba en nadie. Joder, había sido una especie de dictador dentro del partido, o no lo saben ustedes.

—¡¿Quién contactó con él para ofrecer el dinero?!

Lacapilla volvió a negar todo conocimiento sobre ese tema y siguió descargando injurias sobre quien había sido su presidente, de modo que Samuel creyó que había llegado el momento de cambiar de asunto. Pero fue Eulalia quien lo hizo.

—El Viejo.

Lacapilla quedó como petrificado, pero lentamente fue girando la vista hacia la subinspectora.

—¿Qué?

—El Viejo —repitió ella con la vista clavada sobre Lacapilla y los brazos cruzados.

El edil se encogió de hombros y mostró las manos, pero mantuvo la boca cerrada. Los dos policías tampoco hablaron. Quedaron a la espera.

Hasta que finalmente Lacapilla balbuceó:

—No sé...

—¡Sí sabe!

—¡No conozco a nadie con ese apodo!

Que se refiriese al «viejo» como apodo, y no lo interpretase como una forma de aludir a alguien anciano, hizo pensar a Samuel que Lacapilla sabía algo sobre ese personaje. Algo que quería esconder.

El inspector se levantó de la silla, colocó otro folio ante el interrogado y soltó un manotazo sobre el papel.

—¡En este correo, Estrada le dice que vaya a ver al Viejo, que a usted le escuchará! ¡¿Quién es el Viejo?!

Paulino Lacapilla miró el papel y se mantuvo inmóvil y cabizbajo durante unos instantes. Pero después alzó la vista, se incorporó para situarse a la altura de los dos policías y gritó.

—¡No sé quién es el Viejo! Recibí ese correo, es verdad, pero no supe de qué iba. Le repito que no conozco a nadie con ese apodo.

A partir de ese momento, ya no hubo forma de reconducir el interrogatorio. Los dos policías siguieron insistiendo sobre las mismas preguntas, pero Lacapilla se había metido dentro de la coraza del no-sé-nada y no lograron encontrar ninguna fisura.

El inspector decidió dar por concluida la entrevista, pero tenía aún en la mano el folio con el correo enviado por Estrada a Lacapilla y sus ojos se posaron sobre la última frase. Tuvo idea.

—¿En qué países ha vivido usted, aparte de España?

Lacapilla miró desconcertado al inspector, como si no entendiese la pregunta, o no supiese a qué venía. Pero la contestó.

—Mi padre emigró a Alemania en 1963 y al año siguiente nos

fuimos allí toda la familia. Pero nos volvimos a finales de los setenta. Después, siempre he vivido en España.

—¿Sique teniendo allí algún familiar?

—No.

—¿Amigo?

—No.

Samuel dudó sobre si cabía preguntar algo más, pero no tuvo claro qué y dio por acabado el interrogatorio.

En el viaje de vuelta a Barcelona, el inspector expresó a su compañera la pesadumbre que le producía no ver avances concretos en la investigación. Los personajes que tenían en el caso eran repulsivos, pero eso no los convertía en sospechosos de asesinato; y lo malo era que no sabía muy bien qué tenía que hacer en las próximas horas y los próximos días para generar resultados rápidos.

—Tenemos que poner vigilancia durante las veinticuatro horas del día a Lacapilla y a los otros dos, Llop y Milletino. Y mañana deberíamos visitar otras sedes de Resistencia e interrogar a todos sus dirigentes locales.

—Yo mañana voy a Madrid. Ya sabes.

—Ah, sí. El día de Sant Jordi, precisamente.

—Precisamente. Decimos que los madrileños nos invitan a reuniones sin tener en cuenta nuestras festividades, pero ésta la hemos montado nosotros. En fin… Cambiando de tema: ¿por qué has preguntado a Lacapilla en qué países ha vivido?

—Para ver qué idiomas sabía. Estrada dijo en el correo: «háblale en su idioma, si hace falta». El Viejo podría ser alemán.

Eulalia pareció rumiar lo que acababa de oír y vaciló un poco mientras cuestionaba la conclusión del inspector.

—Esa frase podría ser metafórica…, o podría referirse al catalán o al castellano.

—Podría —concedió Samuel.

***

Acertó a hacerse unos espaguetis para cenar y, en cuanto hubo recogido la mesa, llamó a su hijo. No lo hacía desde la mañana del domingo. Le preguntó cómo le había ido el lunes en la montaña y hoy martes en el colegio, y Raúl a todo dijo que bien. Por teléfono siempre era así, contestaba con monosílabos y resultaba difícil lograr de él frases con las que expresara alegrías, éxitos, dificultades, tropiezos, o cualquier otra cosa que a Samuel le permitiese entrar en el mundo de su hijo. Pero en las semanas en las que no lo tenía en casa, lo llamaba día sí y día no, porque, pese a la parquedad de sus respuestas, necesitaba oír su voz y que el chico supiera que pensaba en él. Además, a veces conseguía que le explicase alguna cosa, e incluso podía darle algún consejo, lo que dejaba en él la agradable sensación de estar cumpliendo con su labor de padre. Por suerte, en las semanas en las que lo tenía consigo, las conversaciones no eran tan infrecuentes, y casi podía decir que lograba comunicarse con su hijo, aunque mucho menos de lo que a él le hubiera gustado.

Dejó el teléfono y encendió el televisor, pero antes de haberse sentado en el sillón, le sonó el móvil. Era María Guerrero. Apagó el televisor.

—Perdona que te llame a estas horas...

—No, qué dices. Puedes llamarme a la hora que quieras. ¿Estás todavía en la Central?

—Sí, hay cierto revuelo por aquí. ¿Tú estás ya en casa?

—Incluso me he hecho la cena —respondió él—. Unos espaguetis que son mi especialidad más elaborada. Algún día tendrías que probarlos...

—Pues sí... Un encuentro culinario, sin crímenes en el menú, no estaría nada mal.

Samuel quiso añadir algo, cualquier cosa que los permitiera avanzar un poco más sobre lo que ambos acababan de insinuar, pero las musas lo abandonaron de golpe, y además lo asaltó el temor a estar precipitándose. Las dudas se convirtieron en unos molestos instantes de silencio que él se apresuró a concluir con una frase que de inmediato le pareció estúpida.

—Estaría muy bien, sí.

—Te llamaba porque hay una novedad importante.

Él se relajó al percatarse de que comenzaban ya a hablar de trabajo.

—A ver. Cuenta.

—Supongo que te llamará tu jefa, Pilar Truyol. Si no esta noche, mañana a primera hora. Habrá una reunión aquí, en Sabadell, a las once de la mañana, a la que van a convocarte. También participarán los intendentes de otras divisiones y dos comisarios: el de la Comisaría General de Información y el de la Comisaría de Investigación Criminal. En fin, mis jefes y los tuyos.

—Me tienes en ascuas.

—Desde hace mes y medio se investiga una amenaza yihadista de atentado. Comenzó investigándolo la policía francesa, y hace un mes nos incorporamos nosotros porque se sospecha que se realizará en Barcelona.

—No sabía nada. Pero... ¿eso qué tiene que ver conmigo?

—Se ha descubierto un vínculo informático entre la fuente de la que surge la amenaza de atentado y la web yihadista desde la que se reivindicó el asesinato de Estrada.

—¡Joder! Entonces es creíble que...

—Sí, la autoría yihadista es creíble.

—Entonces...

—El comisario jefe ha dicho que la investigación pasa íntegramente a la Central.

—Me quitan el caso.

—Quieren que vengas a la reunión de mañana para que presentes un informe sobre lo que tengas hasta el momento.

—Y después me quitan el caso.

—Sí.

17

Así ocurrió. Le habían quitado el caso. El asesinato de Mateu Estrada, expresidente de Resistencia por la Libertad, seguiría investigándose desde la Central, por el mismo equipo que investigaba la amenaza detectada de un atentado yihadista.

Era la una de la tarde, de un miércoles en el que se contaba el cuarto día tras el asesinato de Estrada, y Samuel estaba de nuevo en su despacho de la comisaría de Les Corts, pensativo e indolente. La reunión de Sabadell la vivió como un acto de traspaso de poderes. Explicó todo lo que él y su equipo habían hecho y todo lo que habían averiguado sobre el asesinato, dejó un pendrive con el informe, recibió un par de palmaditas en la espalda, buen trabajo chico, y se largó. Ahora debería estar contento por haberse quitado de encima una investigación de ésas que están en el punto de mira de todo el mundo y sirven para recibir palos por todos los lados, pero no lo estaba, y no sabía por qué. O sí lo sabía: le jodía, para qué engañarse, que lo apartasen de un caso con enjundia; le gustaban las investigaciones complejas, y abandonar una ya iniciada le dejaba un vacío difícil de ignorar.

¿O era la pérdida de posibilidades de verse con María Guerrero lo que le fastidiaba más? Ahora se daba cuenta de que en estos tres últimos días había pensado en ella más de lo que hubiera debido; pero, joder, ¡si parecía que el interés era recíproco! ¿Qué podía hacer? Ella en Sabadell y él en Barcelona. No se veía capaz de llamarla y proponerle una cita que no estuviera motivada por el quehacer policial, y sería tan difícil que volviera a producirse pronto una situación que les permitiera coincidir en el trabajo... Irían pasando las semanas y los meses, y cuando volviera a verla, ella tendría ya una nueva pareja. ¿A cuento de qué una mujer como María iba a estar mucho tiempo sola? Claro que Eulalia, que era algo más joven y quizá más guapa, llevaba dos o tres años sin pareja desde que rompió su última relación. En fin, había cosas que él no llegaría a entender nunca. Lo que sí sabía era que estaba desmoronándose el castillo de naipes que casi inconscientemente había construido en los días pasados.

Se acercó a la ventana y volvió a ver el puesto de rosas que unas gitanas habían colocado en la acera de enfrente de la comisaría. Un año más, él no tenía a quién regalarle la rosa. Lo mismo que en el Sant Jordi del año pasado, pero aquel día no tuvo la sensación de duelo o de vacío que tenía hoy. «Maldita sea; mejor hubiera sido no tropezarme con María Guerrero en esta jodida investigación». Se consoló pensando que por la tarde se daría un paseo por los puestos de libros para comprarle uno a su hijo.

El teléfono sonó.

Era su jefe, Artur Rueda. Había que volver a la realidad.

—¿Qué te dije yo? ¿Eh?

—¿Cómo?

—Te dije que la reivindicación del asesinato de Estrada por un grupo yihadista era de interés, ¿o no?

—Sí, lo dijiste —«aunque sólo preocupado por dar carnaza a los medios de comunicación», estuvo a punto de añadir Samuel.

—Bueno, lo importante es que ya sabemos que la opción yihadista era la acertada y que el caso lo llevan desde la Central. Menudo peso nos hemos quitado de encima. Te he dejado sobre tu mesa un informe hecho por una patrulla sobre una reyerta producida en La Barceloneta. Hubo un herido, ya lo habrás visto. —Rueda se calló durante un par de segundos—. ¿Lo has visto o no?

—Sí —mintió el inspector.

—Pues quiero que lo investigues. Y retoma aquel otro asunto de las amenazas anónimas al empresario aquel...

—Sí, vale.

Efectivamente, había que volver a la realidad.

Pensó en llamar a Eulalia como primer paso antes de sumergirse en la rutina, y se percató de que aún no le había dicho que ya no llevaban el caso Estrada. Ella, además, estaba en Madrid, y a estas horas habría acabado ya el interrogatorio a Rafael Salmuera. Tendría que haberle explicado la nueva situación en cuanto salió de la reunión de Sabadell; no hacerlo había sido un poco desconsiderado por su parte. Debería pedirle disculpas.

Lo hizo.

—¿Pero tan clara es la conexión? —preguntó la subinspectora cuando Samuel hubo acabado de explicarle el motivo por el que los habían apartado del caso.

—Ellos la ven clara.

—Pues yo no —replicó Eulalia.

—Ya. Yo tampoco. Pero así son las cosas.

—Hubo un neonazi rondando por las inmediaciones del local de Resistencia el sábado por la tarde, antes de que asesinaran a Estrada.

—¿Qué?

—Lo ha confesado Rafael Salmuera.

—A ver. Explícate.

—Cuando Salmuera salió de la reunión, entró a comprar tabaco en el bar que está a pocos metros del local de Resistencia, y vio sentado a la barra a un joven al que reconoció por haber coincidido con él en Copenhague. El año pasado, Salmuera asistió allí a un encuentro de organizaciones antiislamistas de toda Europa. Según él, eran principalmente partidos nacionalistas, pero también había neonazis; bueno, yo supongo que todos debían de ser muy parecidos, pero él ha hecho esa distinción. La cosa es que en una comida, Salmuera tuvo frente a sí, en la misma mesa, a un alemán lleno de tatuajes que dejaban poca duda sobre su filiación: el águila de la Wehrmacht en el cuello, una efigie de Rudolf Hess en un brazo, etcétera; y dice que el nazi se pasó toda la comida muy concentrado en una conversación que mantenía con otro.

—Y ese otro era...

—Efectivamente: ese otro era el que volvió a ver el sábado en ese bar.

—¿Pero está seguro de ello?

—Él dice que en aquella comida estuvo mirándoselos un buen rato por el contraste que hacían: el nazi iba cargado de tatuajes, cuero y metal, y parecía un gorila rapado, mientras que el otro vestía con elegancia, era delgado, rubio, bien peinado y bien parecido.

Joven. De unos treinta años.

—¿Alemán, también?

—Hablaban en alemán.

—Y, cuando se vio el sábado con él…, ¿cruzaron algún saludo? ¿Hablaron…?

—No. Y Salmuera cree que el otro no lo reconoció, porque en Copenhague, seguramente, ni siquiera había reparado en él. Asegura que su participación en aquel encuentro fue más de espectador que otra cosa.

Se produjo un silencio en la línea. Samuel Montcada trataba de digerir la información que acababa de darle Eulalia Planells, y, mientras la digería, una suerte de malestar crecía en su interior. Y sabía a qué era debido: abandonaba una investigación justo en el momento en el que aparecían datos relevantes.

—Bueno —dijo el inspector tras esa pausa—, haz un informe y se lo pasamos a la intendente de la División de Investigación Criminal. A ver si quiere tenerlo en cuenta. ¿A qué hora vuelves?

—En el AVE de las cinco de la tarde.

Se despidieron y Samuel siguió dándole vueltas al asunto durante un buen rato, lo que no hizo sino acrecentar su congoja. Todo lo que él había averiguado en relación con el asesinato de Estrada, se circunscribía al ámbito de la extrema derecha, y, sin embargo, en la Central descartaban esta línea de investigación porque habían dado validez a la reivindicación yihadista del crimen. Un neonazi, acaso alemán, se hallaba cerca del local de Resistencia poco antes de que asesinaran a Estrada. Éste esperaba recibir dinero alemán. Estrada y su asesino confraternizaron, puesto que el primero estaba sacando dos cafés de la máquina…

¡Joder! ¡Había coherencia en todo eso!

Dio un puñetazo sobre el informe que su jefe le había dejado en la mesa y lo apartó violentamente de la vista. Después, se llevó las manos a la nuca, se retrepó en el asiento y fijo la mirada en el techo. ¿Qué podía hacer?

Nada. Sólo olvidarse de esta investigación y concentrarse en las otras banales que tenía encomendadas. Casi deseó que volviera a producirse un asesinato en algún punto de Barcelona esta misma mañana para que su mente pudiera liberarse del caso Estrada; pero, de momento, lo que hizo fue recomponer la postura y comenzar a leer el informe sobre la reyerta acaecida en La Barceloneta.

18

—Vamos con los guarros. ¿Esto qué quiere decir? Pues sudaderas, pantalones piratas, zapatillas de deporte…, ese tipo de cosas.
No quiero ver a nadie con unas Doc Martens, o con una cazadora
bomber, o con un cinturón con mucho hierro…, y los tatuajes os
los tapáis bien. ¿Está claro? —Matilde parecía cansada de repetir
cosas que deberían ser obvias para todos los presentes.

Carlos había llegado tarde a la reunión, porque se había deba-
tido durante más de una hora con la decisión sobre asistir o no. El
día anterior le dijo a Oriol que no participaría en la manifestación,
y ésta era la reunión en la que se preparaba cómo iban a intervenir
en ella, de modo que no tenía sentido acudir; pero deseaba encontrarse con Matilde, y sabía que Oriol no estaría con ella, así que
se dijo que podía asistir a esta reunión que se hacía a última hora
de la mañana y después no ir a la manifestación de la tarde. Ya
se inventaría cualquier excusa. Cuando llegó al almacén de Paco,
todos los demás estaban sentados, unos en sillas, otros en cajas de
botellas y otros en el suelo. Diecinueve contó Carlos, incluyendo a
Matilde, que, a diferencia de los demás, se había sentado sobre una
mesa y tenía las piernas colgando. Él tomó asiento justo enfrente,
y, desde hacía un buen rato, lo que acaparaba su atención eran los
muslos de Matilde, enfundados en unos tejanos estrechos, y los
movimientos rítmicos que realizaba con las piernas, abriéndolas y

cerrándolas, de forma que sus rodillas iban chocando entre sí.

¿Haría lo mismo si en lugar de tejanos hubiera traído falda? Pensó en la visión que él tendría, desde la posición en la que se hallaba, de haber sido así. Cuando las rodillas se separaban, veía la costura del pantalón en el punto en el que se juntaban los muslos, y se los imaginaba desnudos, dejando ver una contraída braga que apenas cumpliera su función de cubrir lo que debiera ocultar. Imaginaba ese abrir y cerrar de piernas, con una falda cada vez más corta, una luz creciente que aumentara la calidad de la imagen en cada movimiento y la ausencia de todos los que ahora escuchaban a Matilde. Ella y él solos, y ella haciendo esos movimientos para que él los disfrutara. Tan concentrado estaba en este ensueño que tardó en percatarse de que Matilde lo estaba mirando a los ojos, y se sobresaltó temiendo que ella hubiera adivinado sus pensamientos. Pero Matilde se giró enseguida para prestar atención al que había comenzado a hablar.

—No me convences, Matilde. Eso ya lo hemos hecho otras veces y estoy harto de que nuestros símbolos y nuestras consignas no aparezcan en estas acciones —dijo, con voz ronca, uno muy corpulento y de enorme cabeza que se hallaba sentado a horcajadas sobre una caja a la izquierda de Carlos.

—Lo importante es agudizar las contradicciones del sistema —replicó ella—. Iremos bien cargados de piedras y destrozaremos las vidrieras de los bancos y los comercios pijos del Paseo de Gracia. Lo que a nosotros nos interesa es…

—Y si encontramos algún *doner* o algún *paqui* —la interrumpió uno de los más jóvenes, feo y bajito, que tenía una voz chillona bastante desagradable— nos lo cargamos también.

—No seas gilipollas, Pulga, ¿cuántos *paquis* hay por el Paseo de Gracia? —dijo otro que vestía precisamente de la manera que Matilde había rechazado para ir a la manifestación: botas con punta de hierro, pantalón militar de camuflaje y tirantes con la bandera española.

Entre las risas que se produjeron volvió a alzarse la voz de Matilde.

—Lo que nos interesa, os decía, es lanzar un mensaje claro contra el capital financiero y los políticos. Llevaremos también espráis para hacer pintadas, pero sólo escribiremos consignas antisistema. Yo he pensado en frases como —fijó la vista en un pequeño papel que llevaba en la mano—: capitalistas y políticos, pagad vosotros la crisis; políticos, todos igual de corruptos; políticos, sindicalistas y banqueros, la misma mierda son; bueno, frases de este tipo.

—Y después nos vamos al Raval —dijo el Pulga.

—¿A qué? —preguntó Matilde un poco cabreada.

—A seguir con lo que hicimos el domingo. Hay que vengar el asesinato de Estrada, ¿o no?

—A Estrada se lo cargó uno de su partido, o del que fue su partido.

—Venga, Matilde, no digas chorradas —dijo el de los tirantes rojigualdos—. No sé qué te pasó a ti en Resistencia, pero has de ser más objetiva. La prensa dice que han sido los islamistas, o sea que ahora tenemos más motivo para responder.

—Yo prefiero —intervino el de la cabeza grande— ir con los míos a hacer acciones contra los musulmanes. Y de paso, jodemos el Sant Jordi a los catalanistas. Lo de ir camuflados con los guarros a la manifestación no acabo de verlo. En otros momentos, sí, pero ahora, tal y como están las cosas, creo que hemos de dar la batalla a pecho descubierto.

—Pues claro, joder —chilló el Pulga—, hay que fortificar las posiciones ganadas el domingo. ¡Con dos cojones!

Carlos había dejado de pensar en los muslos de Matilde y lo que ahora veía era la cara de mala leche que a ella estaba formándosele. Parecía claro que la reunión se le iba de las manos. Ella lideraba a un grupo de fieles seguidores, pero ninguno de ellos había abierto la boca, ni siquiera Paco, que la idolatraba, y en esta reunión había otros liderzuelos a los que no les gustaba que una mujer llevara la voz cantante, cosa que Carlos comprendía perfectamente. Tampoco las otras tres chicas presentes habían dicho ni mu; nunca lo hacían en las reuniones, como era natural. Lo de Matilde era una anomalía. Ella era la más inteligente de todos, de eso no cabía duda, pero era lógico que a algunos les molestase que quisiera marcar las pautas. Debería comprender que eso no le tocaba a una mujer. Pero Carlos no sabía cómo decirle estas cosas. Lo que ahora le hubiera gustado era decir algo a favor de las propuestas de Matilde, para demostrarle que estaba de su parte, pero no sabía qué; no se le ocurría nada.

El encuentro acabó con más pena que gloria, y Carlos ni siquiera llegó a enterarse de si finalmente irían todos juntos a la manifestación o sólo lo harían los fieles de Matilde. A él le hubiera gustado quedarse con ella al concluir la reunión, pero como la vio tan enfadada optó por escabullirse discretamente. Sin embargo, cuando salía del almacén, la oyó a sus espaldas.

—Carlos, ¿tienes prisa?

—No, qué va, ninguna.

—¿Comemos algo por aquí?

—Claro, por mí...

—Pues venga. Alejémonos de esta pandilla de lerdos. Conozco un bar que hacen unos bocadillos de calamares que están de muerte.

Carlos se sintió feliz porque ella lo hubiese escogido a él, entre todos los que habían estado reunidos, para comer juntos. Además, mientras le decía lo del bar de los calamares, lo cogió del brazo como para guiarlo, y lo mantuvo asido durante los primeros cinco o seis pasos, lo que a él le generó una sensación de proximidad con ella que no experimentaba desde que Oriol había aparecido en escena unos meses atrás. Cuando ella le soltó el brazo, sus manos se rozaron y él se preguntó qué pasaría si le tomaba la mano, aunque sabía que estaba muy lejos de atreverse a hacer una cosa así.

Después, en el bar, mientras esperaban los bocadillos, Carlos quiso llevar la conversación hacia lo personal, porque quería saber cómo le iba a ella con Oriol, pero Matilde parecía tener necesidad de vomitar todos los argumentos políticos que no había podido expresar en la reunión. La sociedad estaba sometida a los dictados de los mercados financieros internacionales; éstos estaban manejados por los americanos y el lobby judío, y no había solución a la crisis mientras la gente no se diera cuenta de que todos los políticos eran unos corruptos que se dejaban manejar como marionetas mientras iban llenándose los bolsillos; la identidad europea se iba al garete, tanto por la globalización como por la nueva colonización a la que estábamos sometidos con la llegada de millones de inmigrantes; la islamización de Europa avanzaba a pasos agigantados; y lo peor de todo era que las fuerzas identitarias se mostraban incapaces de defender nuestra milenaria civilización frente a todo eso; una incapacidad que en España llegaba a límites demenciales; ¿por qué no podíamos tener aquí una fuerza nacionalista que se hiciera oír, como en otros países?; claro que con cernícalos como algunos de los que habían asistido a la reunión era imposible construir un movimiento sólido.

Carlos iba asintiendo a los asertos de su amiga, pese a que todos ellos le resultaban un poco abstractos y algunos no acababa de comprenderlos. Él lo que quería era besar esos labios que no necesitaban carmín para tener el color rosa de unos caramelos que comía de pequeño, esos labios que se abrían y se cerraban mientras ella soltaba su discurso. ¡Dios, cómo le gustaba esta chica! Odiaba a Oriol en momentos como éste.

Pero no podía odiarlo, porque Oriol confiaba en él.

Matilde se calló cuando les trajeron los bocadillos; pagó la cuenta y comenzó a mordisquear el suyo en silencio. Ninguno de los dos habló mientras se los comían, y, cuando casi los estaban acabando, Carlos tuvo necesidad de decir algo, incómodo por el alejamiento que parecía haberse producido entre ambos.

—¿Vendrá Oriol a la manifestación?

—¿Y cómo quieres que yo lo sepa, Carlos?

—No sé…, tú y él…

—No sabes nada.

—Perdona…

Volvieron a guardar silencio, hasta que ella lo rompió.

—Oriol va a la suya. ¿No te has dado cuenta? ¿Crees que a mí me explica algo? Menudo capullo está hecho. Es más machista que el Papa de Roma.

Carlos no supo qué le producía más placer, si saber que Oriol le explicaba a él lo que no explicaba a nadie más, o la posibilidad de que Matilde estuviera distanciándose de su amante. Pero era un placer dañino, que le generaba más malestar que otra cosa, porque ninguno de sus dos amigos acababa de estar a su alcance; a ninguno lo acababa de entender del todo. No sabía si Matilde estaba de verdad dispuesta a romper con Oriol, y mucho menos si tal ruptura le aportaría a él alguna posibilidad de relación con ella; y tampoco tenía claro si Oriol le había abierto del todo las puertas de su mundo, si lo consideraba un amigo en quien se puede depositar toda confianza. Y él necesitaba a Matilde, la deseaba, y necesitaba también tener un amigo digno de tal mención. Necesitaba el afecto de Oriol. Como había necesitado siempre el de su padre. Oriol estaba comenzando a dárselo, cosa que jamás había hecho su padre.

—Tendrá cosas que hacer. A lo mejor te lo explica todo más adelante.

—No lo justifiques tanto, Carlos. Tú eres un buen tío; no tienes secretos, eres atento… De verdad, estoy harta de Oriol.

—Yo te apoyaré en lo que haga falta…

—Gracias. Lo sé —dijo ella mientras le hacía una caricia en el antebrazo que Carlos apoyaba sobre la mesa.

—Te compré un libro —se animó a decir—. Si quieres nos vemos después de la manifestación y te lo doy.

—¿Me compraste un libro? —preguntó ella, esbozando una sonrisa que podía ser tanto de sorpresa como de agradecimiento, al tiempo que volvía a apoyar la mano sobre el brazo de Carlos.

—Bueno…, pero no tiene nada que ver con que hoy sea Sant Jordi —agregó él, acobardado—. Lo compré el sábado. Es uno de aquellos de los que hablamos…

—Ah, gracias. Pero si es de ésos, entonces no lo lleves a la manifestación.

—No, yo digo después. A la manifestación no estoy seguro de si podré ir…

El semblante de Matilde se tornó serio.

—Haz lo que te salga de los cojones.

Se levantó de la silla y se fue.

19

Hacía bastantes meses que no obraba de esta manera, pero hoy, a las cinco de la tarde, se cansó de estar en la comisaría y se largó. Las pesquisas realizadas por el sargento y los cabos de su equipo sobre la reyerta producida en la Barceloneta habían dado sus frutos: se sabía ya todo lo que hacía falta saber para dejar el asunto en manos del juez; y el otro tema que le había encargado su jefe, el de un empresario amenazado de muerte tras haberse llevado el dinero de la empresa a Andorra y haber despedido sin indemnización a sus trabajadores, no le apetecía iniciarlo hasta mañana. En cuanto salió de la comisaría y volvió a ver los puestos de rosas, recordó que aún no le había comprado el libro a su hijo, así que se dirigió hacia la Illa de la Diagonal, uno de los muchos lugares en los que los libreros instalaban puestos en el día de Sant Jordi, y después de pasear durante un buen rato, compró uno que tenía un dragón con mucho colorido en la portada. Con el libro debajo del brazo, continuó deambulando sin prisas de puesto en puesto, observando los títulos y las cubiertas que más llamaban su atención, con intención de comprar otro para sí, pero también con la sensación de estar simplemente matando el tiempo ya que no acababa de interesarse por ninguno. Y no porque no fuera un lector asiduo de novela, sino porque hoy estaba un poco desganado para todo. De modo que lo que hizo fue dirigirse al cine que le quedaba más cerca y, después de ver la cartelera, eligió la película que se iniciaba más pronto, sin tener muy claro qué era lo que se disponía a ver.

Había anochecido cuando salió del cine y pensó en buscar un bar para comer algo que pudiera parecerse a una cena, pero lo primero que hizo fue sacar el móvil del bolsillo para poner el volumen del timbre en su posición ordinaria. Tenía dos llamadas perdidas y eran recientes. Reconoció al autor: era uno de los agentes de la Unidad Central de Seguimientos encargados de seguirle los pasos a Paulino Lacapilla. De inmediato, el inspector pensó que debería haberles comunicado que él ya no llevaba la investigación del asesinato de Estrada, aunque enseguida dio por supuesto que ya se lo habría dicho alguien.

—Hola compañero. Buenas noches.

—Hola inspector. Estamos siguiendo a Lacapilla, y ahora entra con su coche por...

—Sí, bueno, sobre ese seguimiento... —El inspector dudó. Parecía que este agente no estaba informado de que él ya estaba fuera de la investigación. Pensó en ponerle al día sobre la nueva situación, pero por su mente se cruzó un soplo de curiosidad—. ¿Por dónde dices que va?

—Por el paseo de Vilafranca.

—¿Y eso dónde está?

—Es la entrada desde la autopista hacia el centro de Sitges.

Samuel Montcada no vaciló ni un instante.

—Voy para allí.

Sabía que su deber hubiera sido llamar a la intendente Pilar Truyol para que ella diera las órdenes que creyera conveniente sobre la vigilancia a Lacapilla; pero Samuel no siempre seguía las pautas a las que obligaba el rigor jerárquico y, por otra parte, seguía resistiéndose a abandonar la investigación del asesinato de Estrada. Aunque bien sabía él que esta actitud no era sino la pataleta de un niño despechado, y más pronto que tarde debería abandonarla de todo y dejar que resolvieran el caso quienes ahora lo tenían asignado.

Ya en la autopista, telefoneó al compañero que lo había llamado antes y éste le comunicó que el coche de Lacapilla se había detenido. El inspector anotó en el GPS la dirección que el otro le dio y le ordenó que si se producía algún movimiento volviera a llamarlo para darle las nuevas coordenadas. Veinte minutos después, recibió la información de que el coche seguía detenido, pero Lacapilla había caminado unos quinientos metros, callejeando por el centro de Sitges, hasta entrar en el hotel Medium Sitges Park. El agente propuso a Samuel encontrarse al inicio de la calle Sant Bartomeu, entrando desde la avenida Artur Carbonell, y el inspector lo anotó en su GPS.

No hubo más comunicaciones hasta que Samuel llegó a Sitges. El GPS le dijo enseguida que había llegado a su destino, pero lo que se evidenció al primer vistazo fue que no había espacios para aparcar, de modo que el inspector buscó alternativas. Y encontró una: subió el coche a la acera y lo dejó obstruyendo por completo la puerta de una iglesia situada justo enfrente de la calle Sant Bartomeu. «Nadie viene a misa a estas horas», pensó.

En cuanto salió del coche, divisó al agente que lo esperaba.

—El otro compañero sigue vigilándolo y acaba de decirme que Lacapilla continúa estando solo, sentado en una butaca de la recepción del hotel. Lleva así más de veinte minutos.

—Vamos a acercarnos.

Caminaron deprisa por la calle Sant Bartomeu. Según el agente, tenían que llegar hasta donde acababa la calle, girar a la izquierda y enseguida encontrarían la entrada del hotel; pero antes de alcanzar la esquina, el policía recibió una llamada telefónica.

—¡Joder! ¡El compañero dice que lo ha perdido!

—¡¿Cómo que lo ha perdido?! ¿No lo tenía sentado en la recepción?

—Dice que Lacapilla se ha adentrado en una terraza interior del hotel y que, de momento, no lo ve.

—¡Vamos! —ordenó el inspector, y se puso a correr.

Entraron raudos en la recepción del hotel y buscaron al fondo la puerta hacia la terraza interior. Allí vieron al otro agente, boquiabierto y mirando en todas las direcciones. El inspector lo interrogó con un gesto, pero el policía sólo supo repetir lo que ya había dicho. La terraza no era muy grande, de unos doscientos metros cuadrados, pero albergaba una piscina, unas cuantas tumbonas, una barra de bar en el lado derecho y cuatro mesas de jardín rodeadas de sillas. Todas las mesas estaban ocupadas y algunas tumbonas también, pero Lacapilla no estaba en ninguna de ellas. ¿Había ido al lavabo? ¿Tenía el hotel otra salida? El inspector Montcada no tardó más de cinco segundos en percatarse de que esa terraza podía tener otra comunicación con el exterior distinta a la recepción del hotel: en la parte opuesta al lugar en el que ellos se encontraban, había unas vidrieras que dejaban ver un restaurante y, aunque no se distinguía bien, una de ellas podía ser una puerta. Era muy posible que el restaurante tuviera entrada por una calle que no sería la que ellos habían utilizado para acceder al hotel. Así, Samuel se vio obligado a improvisar un rápido dispositivo de búsqueda.

—Tú quédate aquí, por si Lacapilla reaparece, y tú y yo nos vamos allí —dijo, señalando lo que le pareció una puerta de acceso al restaurante.

Era una puerta y la cruzaron. Dieron una vuelta entre las mesas fijándose en los pocos comensales que había, y, al punto, el inspector descubrió la otra puerta que hubiera deseado no ver. Salieron a una calle peatonal, miraron hacia los dos lados y Samuel ordenó:

—Venga, tú hacia ese lado y yo hacia el otro.

Él había elegido el lado que hacía pendiente hacia abajo, hacia el mar.

Avanzó a paso rápido pero sin dejar de fijarse en las puertas y comercios que iba sobrepasando y en los peatones con los que se cruzaba, tratando de dejarlo todo bien anotado en su mente, hasta que alcanzó un cruce y se quedó petrificado: tenía que elegir entre cuatro de las cinco calles que daban a esa intersección. Mientras miraba hacia todas ellas para intentar descubrir en alguna la silueta de Lacapilla, recibió la llamada del agente que había ido en dirección contraria.

—Lo tengo. Va con otro hombre.

—Voy hacia ti. No los pierdas de vista. Descríbeme por dónde vas.

—La calle en la que nos hemos separado da a una plaza de la que salen otras calles. He corrido por dos de ellas y vuelto a la plaza, pero en la tercera los he visto. Es Sant Bartomeu, la misma por la que tú y yo vinimos antes.

—Vale, la encontraré. ¿Cómo es el otro hombre?

—Parece muy mayor, pero camina a buen ritmo. Diría que…, sí, cojea un poco.

—No los pierdas. Voy corriendo.

Ya corría cuesta arriba cuando dijo eso y colgó. Pasó por el punto en el que se había separado del agente, llegó a la plaza indicada por éste, giró a la derecha y enseguida a la izquierda para seguir subiendo por la calle Sant Bartomeu. Habría unos doscientos metros desde este extremo de la calle hasta el opuesto, que era precisamente donde Samuel había aparcado su coche.

Cuando había cubierto, más o menos, la mitad de esa distancia, y ya le faltaba el resuello, recibió otra llamada del agente.

—Están llegando al final de la calle.

—Acércate lo que haga falta para no perderlos cuando giren hacia un lado u otro de la avenida —Samuel hablaba entre jadeos.

—Se han detenido en la esquina.

El inspector se temió lo peor.

—¿Se para algún coche ante ellos?

—No, sólo hablan… ¡Sí, joder! ¡Un coche! Se… ¡Se montan!

—¡La matrícula! ¡Corre, no pierdas la matrícula!

Se produjo un silencio al otro lado de la línea, aunque Samuel oía los bufidos y los pasos del policía que avanzaba a la carrera, entremezclados con sus propios resoplidos.

—¡La matrícula! —volvió a gritar el inspector, aun sin saber si el otro tenía el teléfono pegado a la oreja.

—No…, no… Lo siento. No he llegado a tiempo. Es un coche… oscuro…, grande, quizás un Mercedes, o…

El inspector se paró en seco, apoyó las manos sobre las rodillas para respirar mejor, maldijo su suerte y se arrepintió de la estúpida ocurrencia que tuvo en el momento que decidió venirse para Sitges. Pensó que lo único que le faltaría para rematar este calamitoso día de Sant Jordi era que, cuando llegara hasta su coche, lo encontrara con una multa o se lo hubiera llevado la grúa.

***

Al día siguiente, lo primero que quiso hacer Samuel, tras entrar en la comisaría, fue tomarse un café con Eulalia, y no para hablar sobre ninguna investigación concreta, sino para desahogarse con alguien de su plena confianza. La jornada laboral ya la comenzaría un rato después, asistiendo a la reunión matinal que Artur Rueda mantenía con los inspectores de su Área.

Encontró a Eulalia con la vista clavada sobre la pantalla de su ordenador.

—Subinspectora, te invito a un café.

—Sí, venga, inspector. Yo también estaba pensando en sacarme uno de la máquina.

—Nada de máquinas. Vamos al bar. Total, para el trabajo que tenemos...

—No te veo muy animado.

—¿Tendría algún motivo para estarlo?

En el bar, Eulalia pidió el anunciado café, pero Samuel quiso además un bocadillo de jamón, pan con tomate.

—Supongo que esta tarde sí vendrás conmigo al gimnasio, porque con estos desayunos que te pegas...

—Hoy haré sesión doble.

—Vale, pero no añadas: «para el trabajo que tenemos...», que eso ya lo has dicho antes.

—¿Acaso hemos de perder nosotros el tiempo investigando las merecidas amenazas que le han hecho a ese empresario de mierda? ¡Por favor! Y mientras tanto, los de la Central navegando sin rumbo tras la pista yihadista en el caso Estrada.

—Acabo de hablar con María Guerrero.

—¿Y?

—Dice que también continúan con la investigación que habíamos iniciado nosotros. Y se encarga ella. Me ha comentado que esta misma mañana iba a ponerse en contacto con todos los agentes que hacen el seguimiento a los sospechosos que nosotros teníamos.

En el silencio que se produjo entre ellos, mientras aparecían sobre la mesa los cafés y el bocadillo, la mente de Samuel se concentró en las implicaciones de lo que Eulalia acababa de decir, y más aún en tratar de disimular el abatimiento que esas palabras le habían producido. María Guerrero había llamado a Eulalia, no a él. Ayer parecía que la comunicación sobre el caso Estrada estaba siendo establecida directamente con él, y que eso, además, tenía algo que ver con la simpatía —¿atracción?— que estaba produciéndose entre ambos. ¿O acaso esto no eran más que especulaciones propias del mundo ilusorio que se había construido? Tal vez, María había hablado con él simplemente porque lo lógico era que la comunicación se hiciera entre los dos inspectores. Ahora, lo que le parecía más probable era que él había confundido sus deseos con la realidad. Por otra parte, en cuanto María se pusiera en contacto con los policías que hacían el seguimiento a Lacapilla, se enteraría de que ayer noche, cuando ya estaba apartado del caso, él había participado en una persecución callejera del sujeto. Y lo que era peor, que se les había escapado sin que pudieran llegar a identificar al hombre con el que fue a verse a Sitges. ¡Qué ridículo! No le quedaba más remedio que explicar su acción a la intendente Truyol. O acaso a la propia María Guerrero. No, esto último lo descartó de inmediato. Él no la llamaría. Faltaría más.

Pero María sí lo llamó a él.

Cuando Samuel estaba de nuevo en su despacho, después de haberle explicado a Eulalia sus andanzas de la pasada noche, recibió con sorpresa la llamada de María.

Antes de descolgar, le entró pánico ante la idea de que la inspectora lo llamase para reprocharle su acción. Si era así, se dijo, la contestaría con crudeza. No permitiría amonestaciones de una colega dieciséis años más joven que él.

—Hola inspectora —dijo con un atisbo de aspereza.

—Hola, Samuel. Te llamaba porque iré luego a Barcelona. He quedado a las cuatro de la tarde con un experto en movimientos ultras. Es un profesor al que ya en otras ocasiones he consultado cosas y siempre me ha sido muy útil. Eulalia me comentó que tú pensabas que el Viejo podría ser alemán... No sé, he pensado que quizá podrías venir conmigo.

—Por supuesto, encantado. Pero, ¿seguís valorando la posibilidad de que el asesino de Estrada sea alguien de su entorno?

—Sí, bueno, yo al menos sí. No creo que haya que descartar eso.

—Entiendo. Así..., ¿a qué hora nos vemos?

—Yo había pensado que..., si te va bien... El otro día me hablaste del dominio que tienes sobre bares de menú del día... Quizá me podrías decir algún restaurante por el centro. O podemos comer juntos... Vaya, si no tienes otra...

Samuel se dio cuenta de que con su silencio estaba forzando a María a prolongar su petición, y lamentó su falta de rapidez verbal en situaciones como ésta.

—Sí, sí. Comemos juntos. Claro.

Acordaron verse delante del MACBA, en el barrio del Raval, cerca de la Facultad de Geografía e Historia, que era dónde después de comer habían de encontrarse con el profesor. Samuel sintió que volvía en su interior, con fuerza renovada, la alegría que en estos últimos días le había producido pensar en María.

Era una sensación que no había experimentado durante mucho tiempo y que había cambiado su forma de ver su propia situación personal. De hecho, en el último año ya había logrado familiarizarse con la soledad, y no era porque le faltara talento para acercarse a las mujeres, creía él, sino porque ninguna de las que conocía lo motivaban lo suficiente como para hacer el esfuerzo que requiere la conquista. Tampoco estaba dispuesto a aceptar rechazos, ni a pasar por las incomodidades de esperar mientras la mujer va deshojando la margarita. El sexo lo echaba de menos, por supuesto, pero se había hecho a la idea de que ya llegaría cuando tuviera que llegar. Sin embargo, todo ese constructo mental se desmoronó a partir del lunes, cuando le pareció ver que había un mensaje oculto en la forma como María le sonreía. El acomodo a la soledad se tornó por el apremio de la compañía, y la casi lograda indiferencia hacia el sexo fue reemplazada por la imperiosa necesidad del mismo. Por eso, la llamada de teléfono que acababa de recibir lo sacaba del abatimiento que le había provocado la pérdida del contacto con María en las últimas horas. Por otra parte, que ella lo llamara para asistir juntos a la entrevista con el profesor, quería decir que no estaba del todo apartado de la investigación, cosa que también le resultaba gratificante.

A las dos de la tarde se vieron en el lugar acordado y Samuel llevó a la inspectora a un restaurante de la calle de los Ángeles que, a su juicio, contaba con el suficiente aire apacible como para inspirar la seducción. Pero, de entrada, los dos centraron la conversación en el trabajo. Hablaron sobre el encuentro de Lacapilla con alguien en Sitges, y María pareció apreciar positivamente la determinación que mostró Samuel cuando decidió ir allí. Además, comentó que estaba valorando la conveniencia de interrogar de nuevo a Lacapilla, aunque prefería esperar a ver si las escuchas telefónicas aportaban algo más.

—No cabe duda —concluyó la inspectora— de que aquel hombre podría ser el Viejo que Estrada mencionaba en el correo que escribió a Lacapilla. De esto es de lo que quiero hablar con el profesor Nadal.

—¿Y qué podría saber él...?

—El Viejo podría ser un nazi alemán. Ha habido unos cuantos viviendo en Sitges y en otros lugares de nuestra costa mediterránea, acogidos primero por Franco y después por todos los gobiernos que hemos tenido en democracia.

—Así, no estamos hablando de neonazis, sino de gente de la Alemania nazi. Pero éstos han de estar ya todos muertos.

—Quizá no todos —apuntó María.

Poco a poco fueron pasando a otros temas de conversación. Pero cuando entraban en los aspectos más personales, resultaba difícil hablar de otra cosa que no fueran sus hijos, sobre los que parecía haber temas suficientes como para conversar durante días enteros: los colegios, las dificultades de combinar su atención con el trabajo, la preadolescencia, etcétera. Samuel se temía que iba a llegar la hora de ir a ver al profesor sin haber avanzado gran cosa en la posibilidad de acordar nuevos encuentros que no estuvieran motivados por el trabajo.

Pero se equivocó.

—¿Y ahora no tienes pareja? —preguntó ella, con decisión, como si hacer tal pregunta fuese la cosa más normal del mundo, a pesar de que él habría necesitado un buen número de encuentros antes de atreverse a formularla.

—Pues no. ¿Y tú...?

—Tampoco. Algún domingo, podríamos ir con los niños a alguna parte...

Lo dijo con esa naturalidad que a Samuel siempre le había sorprendido de las mujeres con las que había tratado. Antes de separarse de su exmujer, él se había pasado meses pensando en cómo decirle que lo mejor sería concederse mutuamente un período de reflexión, hasta que un día, mientras él le explicaba algo sobre la reserva que convenía hacer para las vacaciones, ella le replicó: «¿y si las hacemos por separado?», para después añadir un conjunto de comentarios que dejaban la puerta claramente abierta a la ruptura de la pareja. Lo que a él le hubiera costado un buen número de rodeos, ella lo verbalizaba como quien pregunta en qué pared queda mejor este cuadro. Y ahora, con María, tuvo de nuevo la sensación de que él era un lerdo cuando se trataba de plantear cosas que afectaran a los sentimientos y las relaciones personales. Pero ella había roto el hielo, aunque hubiera metido a los hijos de por medio, y esto lo animaba a desplegar sus mejores recursos de seducción.

—Me gustaría mucho. La verdad es que me encuentro muy a gusto contigo.

María le sonrió, y él no supo si se trataba de una sonrisa de complicidad, o era una forma de decirle que no fuera tan deprisa, que ella sólo había hablado de juntar a los niños.

Quizá se había precipitado.

20

La puerta del despacho se abrió y el inspector Montcada vio a un hombre distinto al que había imaginado. Era alto, tenía la cabeza totalmente cubierta por un cabello plateado que peinaba con la raya al lado izquierdo, vestía de manera informal y lucía unas gafas de escasa montura que dejaban ver unos contornos de ojos en los que no abundaban las arrugas.

—Pasad, por favor.

Su voz era cálida y firme, y completaba el aspecto de alguien más joven de lo que en realidad era. María le había dado a Samuel algunos datos: el profesor Nadal tenía sesenta y cuatro años y en su primera juventud había sido preso de Franco por pertenecer a no sabía qué partido de la extrema izquierda, después había militado en el Partido Socialista, y ahora estaba más cerca de los herederos del 15-M que de ninguna otra cosa, pero, desde hacía unos quince años, se había especializado como historiador en la extrema derecha. Tenía un montón de libros publicados, y su blog era una herramienta de consulta imprescindible para cualquiera que quisiera bucear un poco en el lodo que seguía incubando el huevo de la serpiente.

—¿Nos sentamos aquí o preferís que bajemos al bar y tomemos un café? —preguntó el profesor, después de que María hubiera hecho las presentaciones.

El despacho no medía más de seis metros cuadrados y alberga-ba dos mesas y unas estanterías, amén de los posters que llenaban las paredes libres —anunciando más manifestaciones que jornadas académicas—. La mesa más grande era la del profesor, ocupada por el ordenador y altas pilas de libros y papeles, y la otra era re-donda, pequeña y parecía servir para las reuniones porque estaba rodeada por tres sillas —no cabían más—, de modo que la opción del bar era, sin duda, la más atrayente, y Samuel deseó que así lo viera también María.

En el bar de la facultad, hicieron la correspondiente cola para pagar y recoger los cafés, y después se acomodaron en una de las mesas que los dejaba más apartados de los grupos de estudiantes que ocupaban otras.

—He visto las últimas entradas de tu blog —dijo la inspecto-ra—. Pareces decidido a advertirnos de que además del terrorismo yihadista, hay un terrorismo islamófobo al que tenemos que pres-tar más atención.

—Sí, de hecho, algunos de los atentados más graves de los últi-mos años en Europa son de naturaleza islamófoba, y no parece que estén poniéndose los medios policiales necesarios para atajar esta amenaza. Más bien se tiende a verlos como hechos aislados, y yo creo, en cambio, que hay estructuras organizativas cada vez más fuertes detrás de todo eso. Pero, en fin, yo sólo soy un historiador, y, además, me parece que vosotros me habéis pagado el café para hablar de otra cosa.

—Así es —concedió María con una sonrisa—. Ya te comenté por teléfono que buscamos a alguien al que llaman el Viejo, que puede vivir en Sitges y está vinculado a la ultraderecha.

—Me dijiste que pudiera ser un nazi...

—Bueno, eso sólo es una conjetura, pero tenemos algún indicio de que podría ser alemán, y por la edad...

—No sé si podré seros de gran ayuda. No conozco a nadie al que llamen de esa forma, y ahora tampoco tengo muy controlados a los nazis alemanes que puedan seguir viviendo en la costa. Los que conocía están todos muertos.

—¿Ha habido muchos? —preguntó Samuel.

—En 1945 entraron en España a cientos. Oficiales de alta gra-duación del Tercer Reich, muchos de ellos, que después ocuparon puestos destacados en las estructuras del franquismo, o simple-mente se dedicaron a hacer negocios. España fue una de las rutas de fuga más importantes para ellos, aunque hubo otras, como la llamada ruta de los conventos que organizó el Vaticano. No todos los que entraron por España se quedaron: parte de ellos se fue a Suramérica, principalmente a Argentina, donde Perón los acogió y a muchos los convirtió en asesores militares, o a Bolivia... Pero los que se instalaron aquí lo hicieron sobre todo en la costa mediterránea. Ha habido importantes colonias en Málaga, concretamente en Marbella, en Alicante..., y, por supuesto, en la costa catalana: en Sitges y en otros puntos.

El profesor dio un sorbo a su café y los inspectores lo imitaron. Samuel lamentó que unos ruidosos estudiantes hubieran ocupado una mesa cercana.

—¿Qué pasó con toda esa gente cuando llegaron los gobiernos democráticos?

—¡Nada! ¡Ni siquiera se los molestó durante los gobiernos de Felipe González, y menos después! Ahí tenéis el caso del general de las SS, Léon Degrelle, del que Hitler decía que era como el hijo que le hubiera gustado tener, que vivió en Málaga hasta que murió en 1994, y no dejó en ningún momento de ser un gran activista político. Muchos jóvenes neonazis españoles se formaron en sus charlas y conferencias. Y hubo otros muchos oficiales nazis, reclamados por la justicia en sus países, a los que nunca se extraditó.

—El que nosotros buscamos —dijo el inspector Montcada— mide menos de metro setenta, cojea de la pierna derecha y ha podido tener algún tipo de relación con Resistencia por la Libertad.

Nadal se rascó el mentón y soltó una risita suave.

—¿Eso es todo?

Samuel se encogió de hombros y devolvió la sonrisa al profesor.

—Entre la gente de la ultraderecha ha habido siempre mucha interrelación, y ello incluye a los nazis acogidos por Franco —observó Nadal—. Algún tipo de relación con Resistencia ha podido tenerla cualquiera de ellos.

—Resistencia por la Libertad no es un partido tan antiguo —objetó Samuel.

—Pero muchos de sus dirigentes, incluido el difunto Estrada, habían pasado por experiencias en otros partidos. Para no remontarnos muy atrás, podríamos partir de Fuerza Nueva, que a finales de los años setenta aglutinó a muchos miles de jóvenes en toda España, no penséis que sólo aglutinaba a viejos carcamales del franquismo, y algunos de aquellos jóvenes son los veteranos de hoy en las filas ultras. No todos proceden de Fuerza Nueva, claro, puesto que desde entonces ha habido otras muchas tentativas políticas: en los ochenta nació Juntas Españolas, que fue el primer intento de dejar atrás la nostalgia franquista y apostar por el nacionalismo populista que comenzaba a triunfar en Europa. Y no hemos de olvidar la Falange, y menos aún el sector neonazi que se organizó en CEDADE, del que también salió gente para todos los partidos que han ido formándose en este flanco. CEDADE fue, en su momento, una de las organizaciones neonazis más destacadas de Europa, y por ella pasó mucha gente, incluidos algunos de los nazis alemanes acogidos en España. En los ochenta, y más aún en los noventa, se incorporaron nuevas generaciones de ultras a los grupos de skinheads o a organizaciones como Bases Autónomas, muy vinculadas a las hinchadas del fútbol, pero luego se mezclaron con los viejos dirigentes en los partidos que seguían funcionando o que se creaban de nuevo. Lo cierto es que, si analizas las biografías de los actuales dirigentes de la derecha nacional-populista, o extrema derecha, llamadla como queráis, observas que han ido pasando por casi todos los partidos y coaliciones que han existido en ese lado del espectro político.

—Con lo cual —Samuel se adelantó a la conclusión del profesor—, que un nazi haya tenido relación con los dirigentes de Resistencia no aporta ningún elemento distintivo.

—Me temo que así es.

—Quizá podrías repasar tus archivos… —sugirió María.

Los estudiantes que se habían sentado cerca se levantaban para irse, lo que incrementó los decibelios que estaban padeciendo. El profesor esperó a que hubieran desaparecido para hablar, mientras Samuel observaba que sólo una parte de ellos recogía las tazas y vasos que habían utilizado.

—Suponiendo que tenga menos de noventa años, es difícil que fuera un nazi en activo, ya que en 1945 debería tener… —Nadal miró al techo y frunció el ceño— unos veinte años, o menos. Podría ser el hijo de un nazi, puesto que muchos vinieron con toda la familia, y, en ese caso, él vino siendo aún niño o adolescente y, por tanto, no sería tan viejo ahora. Veré qué tengo al respecto. Si encuentro alguna cosa, os lo digo enseguida.

El profesor se explayó con comentarios sobre hijos de nazis que habían saltado a los medios de comunicación, como uno imputado en Málaga en el caso Malaya, pero no tardó en decir a los inspectores que tenía que irse porque ya habría comenzado una reunión de departamento a la que no debería faltar. Así, intercambiaron tarjetas para contactar de nuevo con facilidad si era necesario y se despidieron.

Fuera de la facultad, Samuel sugirió a María tomar cualquier cosa en cualquier otro sitio, pero ella tenía que rescatar a su hija de la canguro que la había recogido del colegio y dijo que lo lamentaba pero tenía que irse. Él se ofreció a acompañarla hasta la comisaría del Raval, donde ella tenía el coche, y esto les permitió disponer de un rato más de charla. Samuel quería asegurarse de dos cosas: la primera, que no se marchara sin haber concretado un poco más eso de quedar algún día con los niños, y la segunda, que le aclarara si él podría tener aún alguna participación en el caso Estrada.

El primer comentario de María pareció dirigido a aclarar esta segunda cuestión.

—Le dije a la intendente Truyol que iba a pedirte que me acompañaras para la entrevista que hemos hecho.

—¿Ah, sí? ¿Y qué dijo?

—No le pareció mal, pero insistió en que sólo podíamos pedirte colaboraciones puntuales, y dejando siempre claro que el caso se lleva desde la Central.

—¿Y tú qué dices?

—¿Qué digo de qué?

—De si conviene que yo siga participando, aunque sea puntualmente —el inspector remarcó esta palabra con cierto tono de chanza.

—Bueno…, a mí sí me gustaría… Aunque hemos de tener claro que la hipótesis de que a Estrada lo asesinase alguien de su entorno, que es la que tú investigabas, no es en estos momentos la principal. Seguimos acumulando datos sobre la conexión yihadista y cada vez nos parece más verosímil.

Una suerte de malestar dominó a Samuel. Temió estar dando la impresión de que mendigaba algunas migajas de la investigación y, por supuesto, esto era algo que no pensaba hacer. O estaba o no estaba, pero no iba a quedarse a la espera de que fueran pidiéndole colaboraciones puntuales. Y lo que menos deseaba era que María le diese entrada en el caso por algún extraño sentimiento de compasión. Con todo, Samuel quiso ahondar un poco en lo que María pensaba al respecto.

—¿Y lo del Viejo? Tú fuiste la que dijo que podía ser importante.

—Sí, podría serlo, pero, por ahora, sólo tenemos aquel correo que Estrada envió a Lacapilla, y eso, en principio, no aporta ninguna conexión con el asesinato.

—O sea que no vas a dedicarle mucho tiempo a esta pista.

—No olvides que tenemos una amenaza de atentado yihadista. A esto hemos de darle toda la prioridad. Y como la conexión entre esta amenaza y el asesinato de Estrada les parece muy clara a nuestros informáticos, vamos a centrarnos sobre todo en eso.

—Entiendo.

Lo que el inspector entendía era que tenía que sacarse de la cabeza el caso Estrada. Y, de paso, lo que en este momento le apetecía era sacudirse también las ilusiones que se había hecho respecto a María Guerrero. Aún faltaba un tramo hasta alcanzar el lugar en el que ella tenía el coche, pero si tuviese el valor necesario para ser maleducado, se despediría ya y se daría media vuelta.

Caminaron un rato en silencio. Quizás ella había advertido el malestar de Samuel y no sabía qué añadir para mitigarlo. Pero habló cuando ya estaban llegando a la comisaría del Raval.

—Tengo que irme ya, pero, no sé..., ya nos veremos...

—Sí, me mantienes informado si hay novedades.

Él le tendió la mano, pero ella acercó la cara y se dieron dos besos cruzados. A Samuel le pareció que ella sostenía el segundo beso unas décimas de segundo más de lo normal, y además, se le había acercado tanto que sus caderas se tocaban, de modo que en ese preciso instante se arrepintió de haber sido tan hosco. Pero ya no supo qué más hacer o decir, y ambos se dieron la vuelta y se fueron cada uno por su lado.

***

El inspector Montcada optó por emplear lo que quedaba de la tarde en el gimnasio, y cuando llegó Eulalia, él ya llevaba una hora haciendo músculos en todos los aparatos de pesas que había disponibles, pero al verla se dio cuenta de lo mucho que le apetecía charlar con su compañera, y ambos ocuparon dos bicicletas estáticas contiguas.

—Parece que desde que nos vemos con María te tomas más en serio el gimnasio —bromeó Eulalia en cuanto hubieron comenzado a pedalear.

A Samuel no le sorprendió el atrevimiento de su compañera.

Había familiaridad entre ellos dos para eso y más; y tampoco era extraño que ella hubiese apreciado algún tipo de cambio de actitud en él cuando estaba en presencia de María. Pero la broma no podía haberla hecho en momento más inoportuno, justo cuando acababa de despedirse de María de una forma que invitaba poco a la continuidad del contacto. Sin embargo, tampoco era cuestión de descargar sobre Eulalia la frustración que sentía, de modo que se limitó a hacer un gesto que podía ser tanto de duda como de desinterés.

—¡Bah!

Pero ella debió de captar también una triza de amargura.

—Era una broma, ¿eh? Pero anda, cuéntame cómo os ha ido con el profesor Nadal.

El inspector la puso al corriente, no sólo de la entrevista, sino también de las pocas posibilidades que había de que a ellos los mantuvieran de alguna forma dentro de la investigación y de lo que opinaban en la Central sobre el caso. Como cabía esperar, ella soltó varios exabruptos, ya que, si él pensaba que debía seguirse investigando al entrono ultra de Estrada, la subinspectora aún parecía más convencida de ello.

Al final, optaron por aumentar el ritmo de la pedalada, como si de una competición se tratase, y se mantuvieron callados durante un buen rato, atentos sólo a los aparatos que medían las vueltas y la velocidad. Hasta que Samuel detuvo las piernas y miró a su compañera.

—El profesor Nadal dice que entre ellos se conocen todos.

Eulalia también dejó de pedalear y lo miró a él.

—Cabe la posibilidad —añadió el inspector— de que Emili Milletino sepa quién es el Viejo.

21

La luz diurna tendía a desaparecer, pero las montañas aún dibujaban su silueta sobre un cielo gris. El fin de semana iba a ser lluvioso: así lo decían los pronósticos, y los nubarrones que se habían cernido sobre sus cabezas durante todo el trayecto no lo desmentían. La estrecha carretera por la que hicieron el último tramo los había internado en un pueblecito de calles angostas, oscuras, llenas de baches, por las que apenas si se habían cruzado con media docena de personas, todas ellas de avanzada edad. Oriol conducía con pericia y decisión, como si conociera bien el camino, y en pocos minutos atravesaron el pueblo, dejaron atrás las últimas casas y volvieron a aparecer ante sus ojos las montañas del Pirineo de Huesca. Entonces divisaron, a un lado de la carretera, cinco coches aparcados y un grupo de personas deambulando cerca de ellos o sentadas en derredor. Algunos vehículos tenían la puerta trasera abierta y dejaban ver las mochilas y otros enseres que había en los maleteros. Oriol aparcó detrás de ellos y apagó el motor.

—Éstos son.

Carlos esperó para bajar del coche a que lo hubiera hecho su amigo, ya que no contaba con conocer a ninguno de los que se encontraban junto a los otros coches y ahora los miraban y parecían moverse lentamente hacia ellos. Pese a que la luz comenzaba a escasear, pudo apreciar que eran jóvenes, de entre los veinte y los treinta y cinco, o alguno quizá más mayor, vestían ropa de montaña, o acaso de combate, pantalones y chalecos con muchos bolsillos, algunos tenían barba, todos llevaban el pelo bastante corto, varios eran musculosos y lo demostraban caminando con los brazos bien separados de tronco. Todos habían comenzado a sonreír cuando Oriol bajó del coche y avanzó hacia ellos. Eran unos quince, o más.

Hubo saludos, apretones de manos y algunos abrazos. Carlos tuvo la impresión de que Oriol tenía un marcado ascendente sobre los demás.

—Este es Carlos, jefe de nuestra sección de Barcelona.

De inmediato, los saludos afectuosos que había recibido Oriol se dirigieron hacia Carlos, aunque con algo menos de vigor. Muchos le dijeron sus nombres, pero él supo que se le olvidarían de inmediato y que necesitaba estar un tiempo con ellos para que fueran quedándosele en la memoria. Además, estaba rumiando las palabras de Oriol. Ese cargo que le había asignado… ¿era algo a lo que realmente él estaba destinado? Quizá sólo era una forma de realzarlo frente a los demás, que parecían gente experimentada en el combate, para que no lo menospreciaran y lo ignoraran desde el primer momento. Fuera como fuere, a Carlos le había gustado y le hizo sentirse parte del grupo.

Tras los saludos, uno comentó que era mejor acabar de hacer el camino antes de que la noche cayera por completo sobre ellos, y todos se dirigieron a sus coches. La caravana se puso enseguida en marcha encabezada por el coche de Oriol. Hicieron unos kilómetros más por la carretera en la que se habían encontrado y después se adentraron por un camino ascendente de la montaña. Cuando llevaban unos quince minutos de circulación lenta por ese sendero, se encontraron con un letrero que decía «propiedad particular, prohibido el paso» y una barrera que reafirmaba esas palabras. Oriol detuvo el coche, se bajó y corrió la barrera a un lado, mientras Carlos se preguntaba si no hubiera debido tener más decisión y haber hecho él tales acciones. Minutos después, llegaron a una planicie, débilmente iluminada por lo que quedaba de la luz de la tarde y una lámpara de camping gas sujeta a la fachada de una casa de dos plantas. Ésta era de piedra y tenía un lateral derruido pero el resto no estaba en mal estado. En la explanada había otro coche aparcado y tres jóvenes situados junto a un montón de leña que parecían estar esperándolos. Carlos supuso que había llegado al lugar en el que pasaría el fin de semana.

Hubo nuevos saludos y presentaciones, y todos los recién llegados comenzaron a sacar sus mochilas, petates, sacos de dormir y bolsas de los coches y dirigirse hacia la casa. Carlos los imitó y, con su mochila al hombro, fue uno de los últimos en atravesar el zaguán. Accedieron a una gran sala que se alumbraba con otras dos lámparas de camping gas, en la que había una chimenea que nadie había encendido, una cocina que parecía de butano y muchos utensilios por las paredes. En el centro había una gran mesa flanqueada por dos bancos y algunas sillas. Alguien comenzó a poner enseguida vasos sobre la mesa y otro abrió una nevera portátil que estaba llena de botellas de cerveza. Así, entre mucho ruido de voces que aumentaban de forma progresiva, los vasos comenzaron a llenarse de cerveza y a ser pasados de unos a otros. Carlos pensó que al ser un desconocido para todos los presentes, aparte de Oriol, tendría que acercarse a la mesa porque nadie le pasaría un vaso, pero se equivocó.

—Toma camarada —le dijo un barbudo de metro noventa, fuerte y vestido con una camiseta de tirantes como si a él no le afectara la baja temperatura que allí se daba.

—Gracias.

No era sólo una palabra de cortesía, Carlos se sintió realmente agradecido por este ambiente de camaradería que encontraba entre gente a la que antes no conocía de nada

—¡Por nuestra revolución! —dijo uno por el fondo de la sala.

Y los demás alzaron sus vasos entre un gran griterío de brindis y saludos.

Poco a poco, fueron subiendo todos a la parte de arriba con sus paquetes a cuestas. En la primera planta había dos habitaciones con un montón de colchones por los suelos, pero algunos siguieron subiendo y Carlos los siguió. Arriba había un desván con seis colchones sobre un suelo de madera y un montón de mantas apiladas en una esquina. Él eligió el colchón más apartado, dejó su mochila encima y se agenció tres de aquellas mantas.

Cuando volvieron a encontrarse todos en la sala de abajo, ya había sobre la mesa panes, embutidos y más botellas de cerveza. Oriol le había explicado a Carlos que de la comida no tenía que preocuparse porque había un grupo encargado de la intendencia, como tenía que ser en toda buena organización militar. Mientras comían, algunos sentados pero la mayoría de pie, varios de los presentes intercambiaron retazos de conversación con Carlos; se recordaron sus nombres, hablaron de anteriores experiencias y él fue sintiéndose cada vez más integrado. Éste sí era un grupo de gente buena y amable, y no el de los amigos de Matilde que a él lo ninguneaban con frecuencia.

Salieron fuera y uno dijo que las runas ya estaban preparadas arriba, indicando el camino que iluminaba ligeramente la lámpara y que parecía ascender por la montaña, mientras otros comenzaban a encender unas antorchas que estaban preparadas. Finalmente, todos —veintidós había contado Carlos, incluyéndose él mismo— tuvieron su antorcha encendida en la mano, lo que daba tal luminosidad al lugar que parecía haberlo convertido en un espacio mágico. Oriol dijo algo que Carlos no entendió, pero todos guardaron silencio y se recolocaron para hacer un gran círculo.

—¡Sieg heil! —gritó Oriol.

—¡Sieg heil! —gritaron los demás al unísono.

Repitieron cuatro veces más la secuencia, con gritos cada vez más fuertes, a lo que Carlos contribuyó con todo el volumen de voz del que fue capaz, y cuando se impuso de nuevo el silencio, él se sintió embargado por una fuerza espiritual que unía a todos los que formaban aquel círculo luminoso. Era como si todos fueran uno solo; como si la luz de las antorchas atravesara sus mentes fundiéndolas en una gran inteligencia superior. Él se sintió bien. Estaba donde tenía que estar. Aquella era su gente.

Después, Oriol se dirigió hacia el camino del bosque y los demás lo siguieron componiendo una fila india. Pronto comenzaron a hablar unos con otros, con lo que la fila se descomponía a ratos, pero la luz de las antorchas seguía marcando una línea luminosa que ascendía por el monte. Uno inició una canción, y los demás lo secundaron: *El cielo ruge. Aguarda la muerte. El odio intenta cegar el corazón. Miles de hombres contra el caos; tierra teñida con dolor...* A Carlos le sonaba, pero no se la sabía, por lo que poco más pudo hacer que ir abriendo y cerrando la boca en simulado acompañamiento. Pero la segunda vez que entonaron el estribillo, él pudo repetir la letra, y lo hizo en voz bien alta, para que los compañeros que tenía cerca lo oyeran. *Sangre y honor en nuestro emblema, sangre y honor en nuestras venas, sangre y honor un solo ideal. Pelear, morir y la gloria alcanzar.* Entonces un compañero que tenía a su izquierda le puso el brazo por encima de hombro; él se pasó la antorcha a la mano derecha y también colocó la izquierda sobre el hombro del otro; y así, los dos, gritando hasta desgañitarse y cruzando elocuentes miradas, siguieron repitiendo el estribillo con los demás. *Sangre y honor en nuestro emblema, sangre y honor en nuestras venas, sangre y honor un solo ideal. Pelear, morir y la gloria alcanzar.* Y cuanto más gritaba Carlos, más exultante se sentía, más feliz y más unido a esta gente en la que ya le parecía apreciar altas cualidades.

Llegaron a la cumbre del monte por el que ascendían y la encontraron despejada de árboles. Oriol se detuvo y la fila se descompuso. Todos miraban hacia adelante y eso hizo también Carlos. Todo lo que había eran rocas y arbustos que apenas se elevaban medio metro del suelo.

Pero no, había algo más.

La luz de las antorchas permitía ver, a unos quince metros de donde ellos estaban, una especie de árboles sin hojas. Entonces Oriol ordenó apagar las antorchas y todos las rozaron contra el suelo hasta extinguir sus llamas. De pronto, la oscuridad era total, a pesar de que la luna había conseguido hacerse un hueco entre las nubes a sus espaldas; pero poco a poco los ojos fueron adaptándose a la luz de esa luna y, mientras avanzaban en silencio hacia esos árboles que Carlos había creído ver, pudo apreciar de qué se trataba.

No eran árboles. Eran unas estructuras de unos dos metros y medio de altura hechas con troncos finos de madera. Había tres troncos verticales, más gruesos que los demás, clavados en la tierra con una separación de unos dos metros entre ellos, a los que se sujetaban unas figuras que eran… runas. Carlos las distinguió bien porque hubo una época en la que su padre las dibujaba por todas partes y hablaba de sus significados. El tronco de la derecha sostenía la runa Odal, que simbolizaba la unión de las personas por el vínculo de la sangre, el de la izquierda la Algiz, cuyo significado no recordaba, y el del centro tenía enganchadas dos runas Sig, que simbolizaban el valor y la victoria, ¿cómo no recordarlo cuando eran las runas preferidas de su padre y las que utilizaban en su insignia los miembros de las SS? Los troncos con los que habían sido hechas eran claros y, a medida que la vista de Carlos se adaptaba mejor a la oscuridad, parecían fulgurar con la luz que recibían de la luna.

Todos se pusieron firmes y en silencio ante las runas, pero uno se adelantó con lo que parecía un bote de spray, y enseguida lo accionó para que saliera el aerosol y lo prendió con un mechero. Roció con fuego la primera runa hasta donde su brazo alcanzaba, y lo mismo hizo después con las otras dos. Unos segundos más tarde, las tres estructuras ardían y volvían a iluminar el espacio como antes lo habían hecho las antorchas.

Oriol se separó de los demás y se puso ante ellos, dando la espalda a las runas flamígeras. Así, con su silueta contorneada por el fuego, parecía un semidiós, y Carlos se sintió orgulloso de ser su amigo.

Oriol volvió a iniciar los gritos realizados junto a la casa.

—¡Sieg heil!

—¡Sieg heil! —respondieron todos, mientras se golpeaban la mano derecha en el pecho y después estiraban el brazo para hacer el saludo romano.

—¡Heil Hitler!

—¡Heil Hitler!

Repitieron dos veces más la secuencia.

—Hoy estamos aquí —dijo Oriol con voz fuerte— para enterrar esa parte de nosotros que contiene los vicios, la indolencia y la resignación. Esa parte ha de morir, para que cada uno de nosotros vuelva a nacer, en el valor, en la voluntad férrea y en el honor. Hoy renacemos para acercaremos al hombre que vendrá.

—¡Sieg heil! —gritó uno que se hallaba cerca de Carlos.

—¡Sieg heil! —respondieron los demás

—En los oscuros días que vivimos —continuó Oriol—, en los que el capitalismo desintegra las sociedades, en los que las fuerzas del caos nos han sumido en las tinieblas, se hace necesaria la hermandad de los hombres de calidad, de los hombres libres con altos ideales, consagrados al combate en guerrera fraternidad. ¡Nosotros estamos preparando el advenimiento del hombre nuevo! Somos la milicia que hereda las más altas cualidades de espiritualidad, de entrega, de disciplina y de lucha que otros, ya desaparecidos, simbolizaron. Somos un reducto de elegidos que se mantienen en pie, firmes y erguidos, cuando la sociedad está en ruinas, cuando la corrupción y la injusticia dominan la Tierra. Nosotros representamos la justicia y el bien. ¡Nosotros tenemos la verdad y somos la última esperanza para la humanidad!

—¡Sieg heil!

—¡Sieg heil!

—Pero sólo con un férreo control de nuestros actos, nuestros instintos y nuestra voluntad podremos purificarnos y lograremos las cotas de espiritualidad necesarias para el triunfo. Sólo con tesón, sacrificio y valor podremos liberarnos cada uno de nosotros de las ataduras que todavía nos impiden volar. ¡Sólo en el esfuerzo y la entrega radica la victoria!

—¡Venceremos! —gritó uno.

—¡Salve Victoria! ¡Sieg heil! —gritó otro.

—¡Sieg heil! —gritaron todos.

—¡Venceremos al capitalismo sionista y al terrorismo musulmán! —oyó gritar Carlos a su espalda.

—La supervivencia de nuestra raza, la única que puede garantizar la paz y la justicia, está en juego —agregó Oriol—, porque ha sido impregnada de corrupción, consumismo, indolencia y resignación. Pero nosotros marcaremos el camino. ¡Nosotros somos la esencia del hombre nuevo! ¡Nosotros venceremos a las fuerzas del mal!

Carlos se sentía iluminado, no sólo por la luz de las runas ardientes, sino por las no menos ardientes palabras de Oriol. Ahora sí estaba seguro de que estaban destinados a hacer grandes cosas y de que él mismo formaba parte de ese destino. No entendía del todo a Oriol, porque no sabía qué era lo que tenían que hacer para allanar el camino hacia la victoria, ni sabía en qué consistía esa victoria, pero eso poco importaba. Lo importante era que ahora formaba parte de un grupo de elegidos, un grupo de hombres ungidos por el valor y la sabiduría de quienes están destinados a las grandes gestas. Así, mientras seguía oyendo las salves de sus compañeros, él se sentía henchido de fuerza y arrojo, deseoso de llevar adelante esa lucha justa que eliminaría la maldad de la faz de la Tierra. También se sentía más cerca de su padre. ¡Cómo le gustaría que él estuviese observándolo, que lo viera formando parte de este grupo de hombres valientes! Si él estuviera aquí, sentiría con su hijo este férreo vínculo que Carlos sentía con todos los que se hallaban a su lado. Su padre era uno de los grandes maestros, y si había tenido poco éxito en sus proyectos era porque el sionismo lo controlaba todo, de eso no le cabía ninguna duda en estos momentos. Pero ahora Carlos estaba en condiciones para abrir nuevos caminos, y su padre acabaría apreciando esta contribución a su lucha, y ya no lo despreciaría nunca más. Conseguiría, finalmente, el reconocimiento y el afecto de su padre.

Las runas estaban extinguiéndose y con la disminución de la luz también menguaron las certezas de Carlos. Una duda corrosiva se coló entre los intersticios de sus pensamientos del instante anterior. Quizá su padre seguiría sin aprobar nada de lo que él estaba haciendo. Pero apartó enseguida tal aprensión de su mente y se concentró en los gritos y saludos que seguían profiriéndose.

El acto sublime que habían protagonizado parecía haber llegado a su fin, y algunos volvieron a encender sus antorchas para hacer el camino de vuelta. Mientras bajaban por el sendero, nuevas canciones fueron entonadas, alguna de los años noventa que Carlos conocía de su etapa con los skinheads del Baix Llobregat y que pudo cantar con los demás. Las dudas habían desaparecido y volvía a sentirse el hombre que siempre quiso ser. El hombre que estaba donde tenía que estar.

22

—Lo llaman tiro al blanco, pero nosotros lo llamaremos tiro al negro —dijo, dejando escapar una risotada, uno de los dos instructores.

Sonaron fuertes risas de acompañamiento.

—¿Y por qué no lo llamamos tiro al judío maricón? —replicó otro desde atrás, provocando otro coro de risas aún más estridentes.

A Carlos le hubiera gustado añadir otra ocurrencia graciosa, para colocarse a la altura de los más elocuentes, o al menos para que lo apreciaran como uno de ellos, pero no le vino ninguna idea a la cabeza que no fuera similar a lo que ya se había dicho.

Estaban allí para iniciar el entrenamiento con armas de fuego, que era la actividad a la que iban a dedicar todo el sábado. Habían desayunado temprano, y después habían caminado, bajo una lluvia fina pero incesante, unos dos kilómetros hasta llegar a un lugar despejado de árboles que ofrecía una distancia de hasta treinta metros entre las dianas y los tiradores. Dos camaradas habían cargado con sendas bolsas que contenían las armas y la munición, y ahora estaban sacando su contenido y colocándolo sobre una esterilla que habían extendido en el suelo y bajo un plástico transparente que debería servir para que todo ese material no se mojara. Mientras, otros dos se habían presentado como los instructores de tiro y habían comenzado a explicar las normas.

—Yo me colocaré en esa zona con los que no han practicado nunca con armas de fuego —dijo uno de los instructores, señalando algo indefinido a su derecha—, y el camarada —añadió, tocando con su mano el brazo del otro instructor— se irá a ese otro lado con los que ya tienen experiencia.

Enseguida se procedió a hacer los dos grupos, y Carlos quedó ubicado en el de los principiantes, junto con otros seis compañeros. El instructor que les correspondía cogió munición y dos pistolas de la esterilla y les indicó que lo siguieran. Le llamaban el Botas, y era el mismo que el día anterior había puesto el brazo sobre el hombro de Carlos cuando todos subían por el sendero del bosque cantando canciones. Ambos habían caminado un rato, mano sobre hombro, mientras se desgañitaban con el estribillo de una canción, y ahora Carlos avanzaba a su lado, contento porque ese camarada fuese el instructor que le había tocado. Lo único que lamentaba era no haber traído una ropa que tuviera un aire un poco más marcial que la que llevaba puesta, ya que todos sus compañeros vestían ropa de camuflaje, botas Doc Martens u otras de estilo militar, y otras prendas que evocaban virilidad y espíritu castrense. Lo que nadie vestía era impermeable, mostrando así que ellos eran tipos duros a los que la lluvia no arredraba.

El Botas pareció darse cuenta de la proximidad de Carlos y volvió a poner el brazo sobre su hombro.

—De aquí saldrás preparado para cargarte a cualquiera que se te ponga por delante —dijo con una amplia sonrisa en la boca y enfatizando mucho las palabras.

Carlos, conmovido por el valor que este camarada le otorgaba, hizo un gesto de asentimiento.

Cuando llegaron al punto elegido por el instructor, éste dejó en el suelo un anorak que ni siquiera se había colocado sobre los hombros, y entre sus pliegues escondió la munición y las dos pistolas para resguardarlas de la lluvia; después, cogió la diana que había portado otro compañero y se distanció del grupo unos quince metros para colocarla. Mientras hacía esto, Carlos había cogido una pistola y estaba acariciándola como si fuera un delicado polluelo. Tenía una sensación extraña, porque lo cierto era que él nunca había sentido pasión por las armas, ni siquiera interés, pero ahora le parecía que aprender a manejarlas era un paso decisivo en su trayectoria vital. Era como si ello hubiera constituido siempre una necesidad, pero antes no había acertado a percatarse de ella.

Si conseguía alcanzar cierta destreza, obtendría la admiración de este grupo de valientes con el que ahora se hallaba, y el afecto que Oriol le confería seguiría en aumento.

—¡¿Qué cojones crees que haces?!

En un primer instante, Carlos no supo de dónde procedían estos gritos que sonaban amenazadores, pero cuando alzó la vista, vio cómo se le acercaba el Botas y lo miraba con los ojos fuera de sus órbitas. Su gesto iracundo ya no se parecía en nada al de los momentos en los que le había posado el brazo sobre el hombro.

—¡¿Te he dado yo permiso para tocar eso?! ¡¿Crees que es un juguete?!

Carlos sintió pánico y no supo qué hacer con la pistola, si entregársela en mano al Botas o depositarla en el anorak de donde la había cogido. Optó por extender las dos manos juntas hacia el instructor, con las palmas hacia arriba y la pistola sobre ellas, en un gesto de sumisión que esperaba que el otro supiera apreciar. Pero el Botas parecía más interesado en mostrarle su enfado que en recoger la pistola.

—Si queréis pertenecer a una organización de hombres invencibles, la primera virtud que habéis de meteros en la testa es la disciplina —mientras decía esto, había comenzado a pasear frente a sus siete aprendices, mirándolos uno por uno con gesto furibundo, balanceando el tronco y haciendo unos movimientos verticales con el dedo índice de su mano derecha como si señalara algo imaginario que tuviese a sus pies—. Y tú, ¡¿quieres dejar de una puta vez la pistola donde la has cogido?!

Carlos la dejó. Los demás lo miraban con gesto de enfado, o de desprecio. Se sentía humillado, pero sobre todo confundido. ¿Dónde estaba la camaradería y la amistad que hasta ese instante había experimentado? ¿Qué estaba pasando? ¿Por qué no sentía en este momento la grandeza y la trascendencia de la misión en la que había sido integrado? ¿Por qué le parecía que ese vínculo tan potente que había sentido con esos hombres, ese vínculo que parecía de sangre, estaba descomponiéndose? No, no debía dejarse llevar por el miedo o el desconcierto. Esto sólo había sido un pequeño accidente. El instructor estaba enfadado, cualquiera podía tener un enfado en algún momento, no era algo tan importante, no cambiaba nada su situación entre esta gente.

Pero el Botas comenzó a dar su clase, fue explicando cómo había que hacer cada cosa, fue poniendo la pistola en manos de sus alumnos para que dispararan, fue corrigiendo los errores que cada uno cometía, y todo ello lo hizo sin apenas prestar atención a Carlos, que no fue invitado a tomar de nuevo en sus manos la pistola en ningún momento. Éste procuraba estar atento mientras el instructor daba explicaciones a otros; intentaba que viera que él seguía ahí, que seguía siendo de su grupo; pero parecía haberse vuelto invisible, ¡invisible una vez más!, invisible como ante su padre, invisible como ante tantos amigos que había querido tener. Comenzó a sentir ese malestar interior que tanto detestaba, que tantas veces había experimentado; ese malestar que le quitaba el apetito y lo volvía indolente, que le horadaba las entrañas y le generaba mal sabor de boca. El malestar de quien se siente despreciado y ninguneado. Un malestar que no creía posible estando entre esta gente.

La clase acabó y, mientras el Botas recogía los cartuchos del suelo, los aprendices se fueron hacia el otro grupo que también parecía haber terminado. Carlos comenzó a caminar detrás de ellos, pero fue reclamado a sus espaldas.

—¡Eh, Carlos!

Éste se giró y miró al Botas, pero no fue hacia él —aún le quedaba algo de dignidad, se dijo a sí mismo.

—Ven aquí, hombre. No me toques los cojones, ¿no te habrás enfadado, verdad?

—No...

—Ven. Acércate.

Carlos se aproximó unos pasos, pero esperó a que el instructor se incorporaba y viniera hacia él.

—Toma. Cógela, joder. Que no muerde.

Carlos tomó la pistola en sus manos. El instructor sonreía. Su cara no era la de antes.

—Póntela en la cintura, joder, que eres un soldado.

Carlos no lo hizo, pero mantuvo la pistola en la mano.

—Vamos con los demás —dijo el Botas—. En la sesión de esta tarde, tú serás el que más tiros tendrás que pegar. Además, esta tarde practicaremos con rifle. Lo harás bien, ya verás. Oriol me ha hablado de ti y dice que los tienes bien puestos.

El instructor volvió a poner su mano sobre el hombro de Carlos y los dos fueron caminando hacia donde estaba todo el grupo. Carlos comenzaba a sentirse mejor, pero no acababa de entender la situación. No esperaba que el instructor se disculpase por haberlo abroncado y marginado, pero tampoco que ahora le hablase y le mostrase aprecio como si no hubiera pasado nada. O acaso la realidad fuera que..., que no había pasado nada; que simplemente el instructor lo había sometido a una prueba. Sí, de eso tenía que tratarse, de una prueba. No era que no lo apreciaran o que no lo consideraran uno de los suyos, lo que pasaba era que querían comprobar su lealtad y su firmeza. Pero él había reaccionado bien ante la prueba a la que lo habían sometido: no se había enfadado, ni apartado del grupo, y por eso ahora el Botas le mostraba de nuevo su afecto y su amistad. Así, todo volvía a estar en su sitio; él volvía a estar donde tenía que estar; sus camaradas seguían siendo sus camaradas. Exhaló un tímido suspiro de alivio del que su compañero no pareció percatarse.

Por la tarde repitieron la instrucción de tiro y resultó cierto que Carlos tuvo más oportunidades que los demás de disparar con la pistola, y no lo hizo del todo mal, fue uno de los que más aciertos lograron en la diana. Con rifle también lo hizo bien y el Botas lo felicitó un par de veces, especialmente cuando disparó con una AK-47. Disfrutó mucho y, al caer la tarde, cuando todos volvían caminando hacia la casa, se sintió exultante. Incluso tomó la iniciativa para hablar con los que caminaban a su lado, e hizo algunas bromas sobre los moros, negros y judíos que podrían haber aprovechado todo el plomo que hoy habían gastado en la instrucción, bromas a las que sus camaradas respondieron con risas, lo que elevó su autoestima hasta niveles jamás alcanzados en su vida anterior.

Mientras los de la intendencia preparaban la cena, los demás departían en distintos corrillos fuera de la casa, aprovechando que la lluvia había cesado por el momento. Carlos se había integrado en uno de esos grupos y comprobaba con satisfacción que lo escucharan atentamente cuando decía algo, aunque lo cierto era que no hablaba mucho porque pocas veces se le ocurría de qué. Vio a Oriol, que también hablaba con los demás pasando de un grupo a otro, y deseó que se le acercara para charlar con él, ya que no habían cruzado palabra desde que llegaron a la casa el día anterior, pero comprendió que Oriol no tuviera tiempo para él, puesto que era el líder y debía de tener muchas cosas que tratar con todos los demás. Ellos dos volverían al día siguiente juntos para Barcelona y ya tendrían tiempo para hablar.

Cenaron dentro de la casa, bebieron mucha cerveza, cantaron

canciones, gritaron vivas y salvas y después salieron a la oscuridad exterior donde continuó el jolgorio. Algunos encendieron antorchas y Carlos se preguntó si esta noche volverían al lugar en el que la pasada quemaron las runas y Oriol hizo su discurso revolucionario, pero pronto se percató de que no había un plan específico para las próximas horas. La cerveza seguía corriendo, y la gente, que inicialmente charlaba de pie, fue sentándose por los suelos en distintos corros cerca de las antorchas. Que hiciese frío y que el suelo estuviera mojado por la lluvia caída durante todo el día no tenía la menor importancia para este grupo de hombres sobre los que no hacía mella ningún tipo de condición adversa. Así lo veía Carlos, y él también se sentó y hasta se quitó el anorak para poner de manifiesto que estaba a la altura de los demás. En su grupo, la conversación giraba en torno a las mujeres: cuántas se había tirado cada uno últimamente, cuáles estaban más buenas y cosas así; a él este tema no le agradaba, primero porque no tenía trofeos que presentar —«a los camaradas no se les miente», se dijo—, y segundo porque le hacía pensar en Matilde, lo que resultaba aún más frustrante. Así, aprovechando que las botellas de cerveza que había a los pies de este corro ya estaban vacías, Carlos dijo que iba a por más, pero con la idea de integrarse después en otro grupo. Se levantó y se dirigió al lugar en el que estaban las cervezas y los vasos; cogió uno y comenzó a llenarlo.

—¿Me pones otro a mí?

Carlos se giró y vio a Oriol a su lado.

—¡Claro!

Le entregó con premura el que acababa de llenar y cogió otro para sí.

—Todo va bien, por lo que veo —dijo Oriol.

—Sí, todo bien, muy bien —agregó Carlos, sin saber si la frase de Oriol se refería a él o era más general.

Oriol comenzó a caminar y a Carlos le pareció apreciar en él un gesto para que lo siguiera, por lo que también avanzó, casi a su lado, aunque ligeramente por detrás. Hasta que Oriol se detuvo.

—Mañana hablaremos de organización. Primero haremos una clase sobre fabricación y detonación de bombas, y después nos centraremos en la organización. Ésta es la parte más importante —dijo, mirando a los árboles que tenía enfrente, pero en voz baja, por lo que Carlos supo que le hablaba a él.

—Sí, bien.

—La gente que está en este encuentro sólo es un puñado de elegidos. Hay muchos más que están preparando el alumbramiento de Nuevo Renacer Luminoso. Por todas partes. Por todas.

Tras estas palabras, Oriol se quedó callado, inmóvil, con la vista puesta sobre los mismos árboles que no había dejado de mirar, con su gesto habitual desprovisto de emociones. El vaso de cerveza seguía en su mano derecha, pero aún no la había probado. Carlos supuso que ahora le tocaba hablar a él, preguntar algo o hacer alguna observación, pero las palabras de su amigo no le sugerían ningún interrogante concreto. Hasta que se animó a hacer una pregunta.

—¿Por toda Europa?

Oriol se giró para mirarlo con el ceño ligeramente fruncido. Carlos temió haber preguntado una estupidez.

—Por toda España —respondió Oriol, y volvió a girar la mirada hacia adelante, aunque, tras unos segundos de silencio, completó su respuesta—. Sí, también por toda Europa. Formaremos parte de la Liga contra la islamización de Europa, pero a nuestra manera. Los griegos de Amanecer Dorado son un buen ejemplo a seguir.

Oriol bajó la cabeza y miró su vaso de cerveza. Carlos supuso que iba a beber, pero lo que hizo fue lanzar el contenido al suelo con un movimiento rápido y estrujar después el vaso con su puño. Carlos se preguntó si debería imitarlo —acaso se trataba de algún ritual que él debiera completar—, pero mientras dudaba, Oriol se giró y comenzó a alejarse. Carlos presumió que la conversación había concluido, pero no fue así.

—Ven.

Él se aproximó a su amigo y éste lo cogió de un brazo y le acercó la cara como para hacerle una confidencia.

—Mañana, después de comer, se acaba este encuentro, levantaremos el campo y todos nos iremos de aquí. Tú y yo no podemos volver juntos a Barcelona; tú te irás en el coche de los camaradas que van a Cervera y, desde allí, te coges un tren. Y pasado mañana, lunes, quiero que realices una misión importante. Tienes que estar en Tarragona a las once de la mañana, en la dirección que luego te daré, cerca del puerto. Arréglatelas para disponer otra vez del coche de tu padre. Recogerás un paquete parecido al del otro día. Después lo llevas a nuestro taller y lo dejas allí. Yo no volveré a Barcelona hasta el martes, pero el lunes, a última hora de la mañana, me dices que todo ha ido bien. Recuerda las reglas que hemos establecido para comunicarnos de forma segura. ¿De acuerdo?

Lo que a Carlos le vino a la mente fue decir «a tus órdenes, camarada», pero simplemente asintió con la cabeza e intentó hacer una mirada que expresara complicidad. Oriol le dio una palmada en la espalda y se alejó, y Carlos lo siguió con la vista, reflexionando sobre lo que acababa de oír. No le había gustado lo de que no volverían juntos a Barcelona, pero la mención hecha por Oriol a «nuestro taller» lo había henchido de orgullo. Estaba claro que Oriol confiaba en él más que en ningún otro y le encargaba las misiones más importantes. De pronto, se imaginó a sí mismo convertido en el segundo de a bordo de la organización de Oriol, dando órdenes a gente como todo el grupo de camaradas que se había reunido este fin de semana, ejerciendo su autoridad incluso sobre los que parecían más veteranos y enérgicos, como el Botas. Pensó en la prueba a la que éste le había sometido por la mañana, y se vio a sí mismo decidiendo a qué pruebas someter a los novatos; los haría sufrir, sin duda; los haría sentirse mucho más humillados de lo que él se había sentido. Y cuanto más acobardados los viera, más los machacaría. Joder, sí, cómo disfrutaría con eso.

Aún observaba cómo se alejaba Oriol cuando éste se volvió y le habló a voz en cuello.

—Ah, y el martes, cuando nos veamos, me traes seis fotos tuyas de carné.

—¡Vale!

¿Para qué?, se preguntó. Pero no hacía falta formular en voz alta tal duda. Si le pedía unas fotos, sería para algo importante. Seguro.

Finalmente, Carlos se acercó con su vaso de cerveza a un grupo de ocho camaradas que charlaban sentados cerca de una antorcha y se puso en cuclillas entre dos de ellos, a la espera de que se separaran un poco para permitirle sentarse dentro del círculo.

En cuclillas estuvo un buen rato, hasta que optó por cambiar de grupo.

23

Había sido su primer fin de semana de los últimos meses en el que no había estado involucrado en nada que tuviera que ver con el trabajo; incluso el anterior, que quiso disfrutarlo con su hijo en la montaña, resultó frustrado ya que tuvo que volverse a causa del asesinato de Estrada; pero eran ya las cinco de la tarde del domingo y estaba preguntándose qué había hecho con su tiempo. En realidad, se había aburrido soberanamente. Parecía que ya no fuera capaz de disfrutar de aquellos momentos en los que uno no está obligado a hacer nada, y cuando los tenía, la sensación que lo dominaba era la de estar perdiendo el tiempo. Ayer por la tarde salió a pasear paraguas en mano, y cuando volvió a casa no supo muy bien qué recorrido había hecho, y hoy, por suerte, se había propuesto acabar la novela que comenzó el pasado fin de semana, *El Topo*, y ello le había permitido dejar pasar las horas sin que se convirtiesen en una carga demasiado pesada. Pero hacía un momento que la había devuelto a la estantería y, en cambio, al domingo aún le quedaba la mayor parte de la tarde. Claro que tampoco ayudaba el extraño tiempo que estaba haciendo: lluvioso y frío como si la primavera hubiese desaparecido de repente.

Entre ayer y hoy, en medio de los ratos de paseo, limpieza del piso, compra de provisiones para la semana y lectura, no había podido evitar seguir dándole vueltas al caso Estrada, y eso que ya llevaba cuatro días apartado de esa investigación, tantos como los que había estado investigando. A fe suya que había intentado no pensar en ello, pero había cosas que reclamaban a gritos la continuidad de la investigación que él había iniciado, y eran como la rozadura de un zapato que constantemente le recuerda a uno que sigue ahí, por más que quiera pasar de ella. Porque ahí seguían las evidencias que él había encontrado. Primera: Estrada, antes de que lo asesinaran, estaba esperando recibir dinero alemán. Segunda: había un viejo, quizá alemán, del que Lacapilla, a pesar de conocerlo, no quiso decir nada. Tercera: Lacapilla había ido a verlo a Sitges, y las escuchas telefónicas hechas por los Mossos no mostraban ninguna conversación para citarse, lo que indicaba que tomaban precauciones especiales. Y cuarta: un joven ultra, que también podía ser alemán, había sido visto cerca del local de Resistencia poco antes de que Estrada fuera asesinado. ¿Por qué desde la Central no daban a estas evidencias la importancia que tenían? ¿Por qué no le dejaban a él continuar con esta línea de investigación y que otro equipo siguiera la pista yihadista? Se le acumulaban las preguntas y se sorprendía a sí mismo volviéndoselas a hacer una y otra vez. Aunque la rabia también lo llevaba a hacerse otra pregunta diferente: ¿por qué no apartaba todo eso de su cabeza y se desligaba del caso de una vez por todas?

El problema quizá radicaba en que no quería desligarse. Quería hacer una cosa más, un último intento, pero no sabía cómo arreglárselas sin pedir permiso, ni tampoco a quién había de pedírselo. Pensó en llamar a María Guerrero, pero la inspectora interpretaría la llamada como una excusa para un nuevo contacto personal. Y no sería extraño, puesto que ni él mismo sabía si quería llamarla por una cosa o por la otra. A lo largo de las últimas horas tampoco había podido evitar pensar en ella; se había imaginado cuán distinto hubiera sido el fin de semana de haberlo pasado juntos, y lo irritante era que en decenas de fines de semana anteriores no había sentido ninguna necesidad de compañía, o al menos, ninguna necesidad tan acuciante.

Así que, como conclusión de este conjunto de devaneos, optó por coger el teléfono y llamar.

—¿Lo hacemos? —preguntó Samuel.

—¿Así, sin más? —preguntó Eulalia.

—No nos van a dar permiso, y tampoco sé a quién hemos de pedírselo, ni qué excusa tengo que dar.

—Pues venga, lo hacemos.

Quedaron en verse una hora más tarde.

Samuel llamó a un compañero para preguntarle quién estaba a cargo de la vigilancia del piso de Emili Milletino, y resultó ser otro agente al que conocía. Después, telefoneó a éste y, como si se tratase de una llamada de cortesía que se hace a un colega obligado a pasarse una tarde de domingo sentado en un coche, le dijo que iba a pasar por aquella zona y que podía llevarle un café. Así, cuando se encontró con Eulalia, lo primero que hicieron fue ir a comprar tres cafés con leche, guarnecidos en esos vasos modelo Starbucks que pueden transportarse sin que todo se derrame, y acercarse al coche en el que estaba el vigilante.

Samuel tocó con los nudillos sobre la ventanilla derecha, y el policía, que estaba un poco adormilado, recompuso la postura echando el tronco hacia adelante, sonrió y le hizo un gesto para invitarlo a entrar. El inspector abrió la puerta, pero dejó paso a Eulalia para que ocupara el asiento del copiloto, mientras él abría otra puerta y se sentaba atrás.

—Subinspectora, tú también por aquí —dijo el policía mostrándose gratamente sorprendido.

—Sí, el inspector me dijo que venía y, como no vivo muy lejos, me apunté. Aprovecharemos para hacer una gestión que queríamos realizar mañana. Toma —dijo Eulalia ofreciéndole el vaso de café—. Es con leche, no sé si...

—Sí, está bien. No sabéis cuánto os agradezco vuestra compañía. No vienen a relevarme hasta las diez de la noche. Y al final, no sé para qué; el tío sólo salió un rato esta mañana: compró la prensa, se tomó un café en un bar que está a unos cien metros de aquí, volvió a su casa y hasta ahora.

—No te hemos puesto azúcar en el café —dijo Samuel mientras le extendía dos bolsas de azúcar y un palito para remover—. ¿No ha entrado ni salido nadie más?

El policía quitó la tapa al vaso, echó el azúcar y, mientras removía, respondió al inspector.

—Sí, claro, ha salido y entrado gente. Hay muchos pisos en este bloque. Yo he ido enviando las fotos que he hecho, ya las habrás visto, pero a mí no me ha parecido que hubiera nadie de interés.

Samuel dedujo que este policía no sabía que él ya no participaba en esta investigación, lo cual facilitaba bastante las cosas. Así, después de hablar un rato del mal tiempo que estaba haciendo, de lo desangelada que parecía la calle, de la familia del policía, obligada a pasar sin él el domingo, y de algunos de los efectos que generaban los recortes sufridos por los funcionarios, Samuel le dijo, como si la cosa no tuviera importancia, que la subinspectora y él iban a hacer una visita a Emili Milletino.

—Pensábamos hacerla mañana, pero ya que estamos aquí...

—¿Y yo qué hago? ¿Sigo aquí, o...?

—Creo que será mejor que sigas. Si entra o sale otra gente, mientras nosotros estamos allí, sigue haciendo fotos. No hace falta que menciones en tu informe que nosotros hemos venido, pero sí cualquier otro movimiento que veas.

Cuando salieron del coche para dirigirse a la casa de Milletino, Samuel era muy consciente de que no había ninguna seguridad de que el policía no mencionara su presencia, junto con la subinspectora, en este escenario. Además, en la Central podían enterarse fácilmente de ella porque los teléfonos de Milletino estaban pinchados, y cuando salieran de su piso, él podría hablar con alguien sobre la visita recibida. Pero todo esto ya lo sabía antes de venir, y ahora no tenía ninguna intención de echarse para atrás; como también lo sabía Eulalia, a la que no parecía importarle la reprimenda que podía caerles encima. Estaba claro, pensó Samuel, que a esta chica le traía al pairo ascender en el escalafón policial. Cuando él sugirió, el jueves en el gimnasio, interrogar de nuevo a Milletino, ella se apuntó con entusiasmo a la idea. Parecía que haber sido apartados de esta investigación era, para ella, más doloroso que para él, y Samuel lo entendía, porque hincarle el diente a la ultraderecha tenía que proporcionar especial placer a alguien como Eulalia, tan atenta a todo lo que tuviera que ver con los derechos humanos.

La puerta de la calle cedió, después de que el inspector hubiera dicho por el interfono quién era. Subieron al segundo y, de nuevo, encontraron a Milletino en el umbral de la puerta de su piso, pero con un aspecto un poco más aseado que el lunes pasado.

—Creía que les había contado con todo detalle la reunión en la que participé —dijo con aspereza Emili Milletino, mientras avanzaba hacia su estudio seguido por los dos policías.

—Nos interesan también otras cosas —replicó el inspector.

Les ofreció asiento y Samuel volvió a echar un vistazo a las estanterías repletas de libros y a la gran cantidad de papeles y carpetas que había sobre la mesa.

—Ustedes dirán.

—En realidad, venimos a pedirle un poco de colaboración —anunció Samuel—. Puede que usted sepa algo sobre algún enemigo que tuviera Estrada en estos momentos, o sobre algún lío gordo en el que anduviera metido... Seguro que, en estos días, usted mismo habrá pensado en quién ha podido ser el asesino; se habrá hecho algunas conjeturas...

—¿Enemigos de Mateu Estrada? ¿Gente que quisiera asesinarlo? ¡Pero si Estrada lo que no tenía eran amigos!

—Colabore un poquito, porque en estos momentos lo más claro que tenemos es que usted fue el último en ver a Estrada con vida —dijo la subinspectora.

—Si sólo tienen eso, no tienen nada. Además, la prensa habla de crimen yihadista, ¿creen que yo tengo algo que ver con los islamistas? —repuso Milletino.

Samuel pensó que no valía la pena andarse con rodeos. La visita tenía un objetivo muy concreto y no había necesidad de perder el tiempo con digresiones.

—Queremos que nos hable del Viejo.

Milletino enarcó las cejas.

—¿Quién es el Viejo?

—Eso es lo que ha de decirnos usted.

—¿Y no pueden darme algún dato más?

—Estamos pidiéndoselos a usted.

Milletino echó un bufido, como si esta conversación le resultara exasperante.

—Un nazi alemán que ha vivido aquí desde la segunda guerra mundial —aclaró la subinspectora—. Alguna información ha de tener usted.

—Yo no me relaciono con nazis.

—¡¿Quiere que le recordemos su propia biografía?! —gritó Eulalia.

—A ver si lo entiende —Samuel apoyó las manos sobre los brazos de la silla y acercó su cara a la de Emili Milletino—, hemos venido de buena voluntad. Usted puede colaborar ahora, o ir a comisaría detenido mañana. Entre nuestros sospechosos, usted ocupa uno de los primeros puestos del ranking.

—¡Han venido aquí a molestarme en un domingo porque no tienen nada! ¿Qué tengo yo que ver con los yihadistas que han asesinado a Estrada? ¡¿Me lo quieren explicar?!

—No está entendiendo la situación. O nos habla ahora del Viejo, o lo hace mañana en comisaría.

Milletino los miró de forma incisiva, al uno y a la otra alternativamente. Parecía sopesar lo que le convenía decir.

—Conocí a un nazi al que llamaban así. Y Estrada también lo conocía —dijo, revolviéndose un poco en la silla.

Samuel miró de soslayo a Eulalia y trató de disimular la alegría que le producían las palabras que acababa de oír. En realidad, que el Viejo fuera un nazi acogido en España después de 1945 era sólo una conjetura que se apoyaba sobre elementos muy endebles. Sin embargo, Milletino acababa de confirmar que habían dado en el clavo.

—Explíquese.

—Les hablo de los años noventa. Yo asistí durante dos años seguidos, creo que en 1995 y 1996, a la celebración del 20 de abril en una casa de Empuriabrava, en Roses.

—¿Qué se celebra el 20 de abril?

Milletino miró con displicencia a Samuel, como si su ignorancia le resultara insoportable.

—Es el aniversario del nacimiento de Hitler. Los nazis refugiados en España han venido celebrándolo año tras año, siempre en el chalet de alguno de ellos. Por toda la costa mediterránea española había casas en las que ese día se reunía mucha gente. Y es posible que en algunas siga haciéndose. Eran reuniones de no más de cincuenta personas; se comía, se hablaba…

—¿Y en esas celebraciones asistían también ultras españoles?

Milletino hizo un gesto de desagrado. Quizá no se identificaba con el término usado por el inspector.

—Asistíamos algunos patriotas. Pero yo sólo lo hice dos veces, ya se lo he dicho.

—¿Y Estrada?

—En las dos ocasiones me lo encontré en la reunión. Quizás él asistió más veces.

—¿Y quién era el Viejo?

—Lo llamaban así, pero, en realidad, era el más joven de los nazis alemanes que se reunían allí. Perteneció, creo, a las Juventudes Hitlerianas. Por lo que oí decir, en 1945 sólo tenía veinte años. O sea que cuando lo conocí debía de tener… setenta.

Y ahora podría rondar los noventa, calculó Samuel.

—¿Qué más sabe de él?

—Nada. No volví a verlo. Lo que puedo decirles es que en aquellas reuniones era uno de los más exaltados. Hablaba con mucha vehemencia sobre la organización del Cuarto Reich. No creo que fuera de los que pierden las convicciones con el paso del tiempo, más bien lo contrario.

—¿Vivía en Empuriabrava?

—No lo sé. En aquella casa se juntaba gente que venía de distintos lugares. Pero en Empuriabrava había una colonia importante de refugiados alemanes.

—Denos los nombres de algunos de los asistentes a aquellas reuniones —dijo Eulalia—. Necesitaremos hablar con ellos.

—El anfitrión murió hace años. Y otros a los que yo conocía también están muertos, incluido Estrada.

—Haga memoria —ordenó el inspector—. Alguno podría estar vivo.

Milletino bajó la vista. Samuel no supo si pensaba o sólo lo simulaba.

—No. Ninguno de los que yo conocía.

***

Samuel Montcada se levantó de la mesa y se llevó consigo el plato de espaguetis hacia el cubo de la basura. Apenas si había comido la mitad de los que se había puesto. Las salsas que se vendían hechas nunca le gustaron, y lamentaba que fuera un recurso del que echaba mano tan a menudo. Lavó los platos, se secó las manos, se acercó a la ventana y miró al tráfico de la noche, a la lluvia que seguía cayendo y al reflejo de las luces sobre el suelo.

—Joder.

Lo dijo en voz baja, y la palabra quedó flotando en el aire como si sintetizara todo lo que tenía en mente. Había cenado sin dejar de darle vueltas a la temeraria acción que realizó por la tarde. ¿Cómo pudo ocurrírsele la idea de inmiscuirse en una investigación de la que ya estaba apartado? Mañana, la inspectora Guerrero y la intendente Truyol sabrían que él había vuelto a interrogar a Milletino, como lo sabría su jefe inmediato, Artur Rueda. ¿Qué justificación les daría de semejante intromisión? En realidad, para saber qué podría decirles, primero debería saber qué decirse a sí mismo. Ni siquiera tenía claro qué pretendía él alargando por un día su participación en el caso Estrada. Cierto que ansiaba continuar con la investigación, ¿pero de qué servía hacerlo por un día más? El interrogatorio a Milletino no había resultado del todo infructuoso: ahora sabía que el Viejo no era una entelequia, era un nazi alemán acogido en España que había mantenido algún tipo de relación con Estrada, y no era difícil que ello estuviese relacionado con el dinero alemán que éste esperaba recibir y, por ende, con su asesinato. Pero, ¿qué tenía que hacer ahora con esta información? Se le pasó por la cabeza llamar a la inspectora María Guerrero, entonar el *mea culpa*, pasarle la información y prometerle que su acción infantil no volvería a repetirse. «Lo siento mucho, me he equivocado y no volverá a ocurrir», si lo dijo un rey, también podría decirlo él. Quizá María se apiadase de él e intentase evitar que la intendente Pilar Truyol tomara cartas en el asunto. Pero, ¿llamar a María para adoptar la postura del niño travieso que pide disculpas...? Ni hablar, no iba a hacer tal cosa.

Finalmente, optó por no hacer nada y esperar a que mañana, lunes, sucediese lo que tuviera que suceder. Si lo amonestaban, lo afrontaría con entereza. Lo que sí tenía claro en estos momentos era que el caso Estrada era agua pasada para él. No volvería a meter las narices en nada que tuviera que ver con esta investigación. Pensó que, por otra parte, no le iba mal quedar apartado de este caso: mañana comenzaba la semana que tenía a Raúl consigo y, sin esa investigación, dispondría de más tiempo para atenderlo. Casos como el de Estrada eran de los que le dejaban muy poco tiempo libre, porque había muchas presiones externas reclamando resultados cada día.

Pensó en lo que haría con su hijo en cuanto lo recogiera el lunes a las cinco de la tarde en el colegio. El chico le pedía a veces ayuda con los deberes. Él solía decirle que primero intentara hacerlos solo; pero mañana le preguntaría si esta semana tenía deberes en los que pudiera ayudarle. Le apetecía hacerlo. Necesitaba sentirse acompañado por Raúl; hacer algo conjuntamente.

Sonó el teléfono fijo. La llamada procedía de la casa de su exmujer.

—¿Sí?

—Hola papá. Que mañana no vengas a recogerme.

—Hola hijo. ¿Qué..., cómo has dicho?

—Que voy a casa de un compañero. Ya está hablado con su madre. Tenemos que hacer un trabajo del cole y me quedo a dormir allí.

—¿Un trabajo…?
—Sí, un trabajo. Bueno, adiós.
—Bueno…, vale. Un beso, ¿no?
—Mua. Adiós.

24

El inspector Samuel Montcada nunca había compartido esa sensación de fastidio que muchos decían sufrir los lunes por la mañana ante la obligación de ir al trabajo, quizá porque a él le gustaba el suyo, pero este lunes le había costado cierto esfuerzo hacer el trayecto, a las nueve de la mañana, desde su casa hasta la comisaría; y, ya dentro de ésta, se había tomado dos cafés antes de entrar en su despacho y había charlado con todos los que se encontró por los pasillos. Ciertamente, le apetecía poco ponerse con las tareas que le había encargado Artur Rueda, pero a la postre no le quedó más remedio que comenzar a hincarles el diente, si bien con evidente parsimonia, como a pequeños mordiscos; y así había logrado llegar a las dos de la tarde: ¡hora de salir de las cuatro paredes de su despacho y buscar un menú del día por la zona!

Comió con poco apetito, porque no se quitó de la cabeza la poca madurez que había demostrado yendo a casa de Milletino ayer por la tarde. Y de lo que más se arrepentía era de haber involucrado a la subinspectora Eulalia Planells en semejante chiquillada. Debería hacer algo para que las amonestaciones recayeran sólo sobre él, si las había. Debería hablar con la intendente Truyol. Y debería hacerlo pronto. Con el segundo plato, decidió ya que en cuanto estuviera de vuelta en el despacho, la llamaría.

Tales eran sus pensamientos cuando le sonó el móvil, justo en el momento en que el camarero le servía el café que había pedido en sustitución del postre. En pantalla vio el nombre de Pilar Truyol, cosa que lo importunó, porque esa llamada implicaba que había llegado el momento de dar explicaciones. No podría hacerlo desde el despacho, sin los ruidos de los comensales que tenía a su alrededor, y además, el café iba a enfriársele. Se sintió invadido por cierto malestar, pero suspiró, estiró la espalda y trató de reponer su estado anímico para mantener una conversación con su jefa lo más equilibrada posible: tenía que confesar su falta pero sin arrastrarse por los suelos.

—Hola, Pilar.

—Hola, Samuel. Disculpa si te pillo comiendo.

Vaya, parecía que quería dar un toque de amabilidad antes de soltar la bronca.

—No te preocupes, ya había acabado.

—Quiero que vengas a la Central. A las cuatro de la tarde. En la sala de reuniones contigua a mi despacho.

—Vale. Allí estaré a esa hora.

¡Joder! ¿Tan grave le había parecido a Truyol su intromisión como para hacerlo ir a la Central para amonestarlo? Y, por otra parte, ¿quién le había informado de ella? ¿Había sido la inspectora Guerrero? Quién si no. Ella era la que controlaba ahora las escuchas telefónicas y el seguimiento de los sospechosos en el caso Estrada. Pero lo que Samuel no podía entender era por qué María había optado por informar directamente a la intendente antes de llamarlo a él, cuando, además, estaba involucrada Eulalia, de la que era amiga íntima. ¿Era María otra arribista más, que aprovechaba cualquier desliz de un compañero para ganar puntos ante los jefes?

Samuel no quiso seguir dándole vueltas a esto y pensó en su hijo: menos mal que hoy se iba a casa de un compañero, porque con esa reunión, él no tendría tiempo de recogerlo del colegio a las cinco, y menos aún, ganas de atenderlo bien.

**

Cuando entró en la sala de reuniones, Samuel Montcada vio a diez personas, algunas ya sentadas y otras disponiéndose a hacerlo. Al punto, captó el elevado nivel de jerarquía que había en esa habitación, parecido al de la reunión producida cinco días atrás en la que a él lo retiraron del caso Estrada. Volvían a estar los dos comisarios, el de la Comisaría General de Información y el de la Comisaría de Investigación Criminal, de pie y charlando entre ellos un poco apartados de los demás; la intendente Pilar Truyol, ya sentada y leyendo un documento; el inspector Artur Rueda, también sentado y enteniéndose con el móvil; la inspectora María Guerrero, la única que pareció percatarse de que Samuel había cruzado la puerta, a la que otro inspector, el del Área de Información Exterior, le hablaba al oído muy pegado a ella —cosa que a Samuel no le gustó demasiado—; dos agentes —hombre y mujer— de la Unidad Central de Análisis; y otros dos —hombres— que Samuel ubicaba en la oficina del comisario jefe de los Mossos d'Esquadra. ¿Acaso iban a hacerle un consejo de guerra?

Sin embargo, todos acabaron saludándolo con sonrisas, también María, e incluso el comisario de Investigación Criminal le dio la mano antes de pedirle que tomara asiento. No lograba de entender la situación.

—Comencemos la reunión —dijo el comisario de Información—. Casi todos sabéis de qué va la cosa, salvo los dos ayudantes del jefe —señaló a los dos agentes que pertenecían a la oficina del comisario jefe— que han estado hasta ahora con otro asunto, fuera de la Central, y sólo he podido comentarles brevemente el tema; pero no perdamos tiempo en preliminares y dejemos que la inspectora María Guerrero nos plantee directamente la situación.

Ahora venía, pensó Samuel, cuando María planteaba una queja formal contra él por haberse entrometido en una investigación que dirigía ella.

Pero no fue así.

—Casi todos estáis informados —dijo María— de que tenemos sospechas sobre la preparación de un atentado yihadista en Barcelona. La policía francesa seguía la pista de un yihadista francés, de origen egipcio, llamado Saíd, y detectó gestiones para la compra de explosivos. Le tienen pinchado un teléfono móvil y han hackeado su correo electrónico, de modo que pudieron saber que la compra de explosivos la hacía por encargo de otro yihadista al que han llamado Abdul, porque sus correos los firma sólo con una A.

—Pero, ojo —interrumpió la intendente Truyol—, que no nos confunda ese nombre, ya que sólo es el apodo que le ha puesto la policía francesa, es decir, que no tenemos ni idea de cómo se llama.

—Así es —continuó la inspectora Guerrero—. La policía francesa contactó con nosotros cuando tuvo indicios de que el yihadista, al que también nosotros llamaremos Abdul pero sin olvidar lo que ha dicho la intendente, hacía los encargos desde Barcelona. Y lo importante es que los comentarios intercambiados por correo electrónico entre Saíd y Abdul, así como la cantidad de explosivo de la que hablaban, indican que lo que Abdul prepara es un atentado de grandes dimensiones.

—¿Cómo supo la policía francesa que el atentado va a ser en Barcelona? —preguntó uno de los agentes de la oficina del comisario jefe.

—Localizaron el ordenador de Abdul en Barcelona. ¿Me equivoco? —aventuró el otro policía de la misma oficina, generando en Samuel la sensación de que intervenían a dúo: uno lanzaba la duda para que el otro la resolviera.

—Te equivocas —sentenció la inspectora Guerrero—. El ordenador de Abdul no lo han localizado ni en Barcelona ni en ningún otro sitio porque al rastrear sus correos han comprobado que la IP cambia constantemente.

El equivocado frunció el ceño y miró con displicencia a la inspectora antes de volver a objetar.

—Así, Abdul podría estar encargando los explosivos a Saíd desde cualquier otro lugar del Planeta. ¿Qué pintamos nosotros en esta vaina? ¿Por qué contactaron con nosotros?

—De entrada, porque las menciones hechas en esos correos a los lugares de entrega, aunque eran algo crípticas, llevaron a los franceses a suponer que los explosivos tenían Barcelona como destino.

La inspectora hizo una pausa y miró a los dos que la habían interrumpido, como dispuesta a aclarar cualquier otra duda que se les ocurriera plantear, pero quien intervino fue el comisario de Información.

—Sigue, María.

—Sí, sigo. Como nuestras posibilidades de dar con el ordenador de Abdul eran escasas, el único que nos podía permitir aproximarnos a él era el propio Saíd, de modo que hicimos la petición a la policía francesa de que lo detuvieran para interrogarlo. Los franceses aceptaron, pero cuando iban a detenerlo se les escabulló. Le han perdido la pista y él ya no ha vuelto a utilizar el teléfono móvil que tenían pinchado.

Los dos policías de la oficina del comisario jefe se revolvieron en sus sillas. Y lo cierto era que también Samuel encontraba extraño que se hubiera convocado esta reunión para poner sobre la mesa tan escasa información sobre la amenaza yihadista. Por otra parte, aunque ahora ya veía claro que la reunión no tenía como objetivo amonestarlo, cosa que lo tranquilizaba, seguía sin saber qué pintaba él aquí. Estaba ya apartado del caso Estrada y tampoco tenía ninguna intervención en la otra investigación de la que ahora estaban hablando, y sin embargo, lo habían convocado a lo que parecía un cónclave de alto nivel.

—Ésa fue nuestra primera aproximación a la amenaza de atentado yihadista; atentado que en sus inicios no tenía ninguna conexión con el asesinato de Mateu Estrada que investigaba el inspector Montcada —agregó María, haciendo un gesto hacia Samuel—. Más tarde supimos que una web yihadista reivindicó ese asesinato, cosa a la que no dimos credibilidad ni mucha importancia. Pero después se descubrió que había una conexión entre esa web y el correo electrónico que había utilizado Abdul para comunicar con Saíd.

María dirigió la mirada hacia los dos policías de la oficina del comisario jefe, como si les advirtiera de que debían prestar atención porque ahora venía la parte crucial que ellos parecían esperar con impaciencia.

La inspectora se giró hacia la mujer de la Unidad Central de Análisis y añadió:

—¿Lo explicas tú eso?

—Sí, bueno —dijo la aludida—, es simple; en realidad, fue pura coincidencia. Nosotros hacíamos el rastreo de dos cosas por separado: una eran los correos de Abdul, y la otra, la web yihadista. Los autores de ambas utilizaban el navegador Tor y sus IP cambiaban constantemente, lo que hacía muy difícil su localización, pero no del todo imposible. La coincidencia se produjo porque recibimos la alerta de que la web había sido abierta por su creador para hacerle algún tipo de actualización, y momentos después, también recibimos otra alerta de un correo enviado por Adbul.

—¿Y eso de qué os sirvió? —preguntó uno de los policías de la oficina del comisario jefe—. Si las IP de los dos ordenadores iban cambiando...

—Pues ahí estuvo la gracia. Al fijarnos en la secuencia de cambios de IP que se había producido en el ordenador que enviaba el correo, vimos que, en el espacio de tiempo que lo tuvimos controlado, era la misma que la secuencia de cambios que se había producido en el ordenador que tenía abierta la web. Conclusión: el ordenador era el mismo. Abdul era el artífice de ambas cosas.

—Eso no sólo nos obligaba a seguir la pista yihadista como primordial en el caso Estrada —agregó la intendente—, sino que daba mayor verosimilitud a la amenaza del atentado. Y sobre todo a la posibilidad de que vaya a hacerse en Barcelona.

—Fue entonces cuando decidimos llevar la investigación íntegramente desde la Central —comentó el comisario de Investigación Criminal.

«Y apartarme a mí de ella», pensó Samuel. Su malestar había disminuido cuando supo que no iban a amonestarlo, pero ahora crecía de nuevo ante la evidencia de que todos los esfuerzos de la investigación estaban concentrados en la pista yihadista. Lo que él había investigado no parecía ser de ninguna utilidad. Nada se decía de Llop, ni de Milletino, ni de Lacapilla, ni del Viejo, ni del joven neonazi que estaba por los alrededores del local de Resistencia antes de que asesinaran a Estrada... ¿Para qué lo habían invitado a esta reunión?

—Pero se ha producido una novedad.

María dijo esto con cierta solemnidad. Pasó la vista por todos los presentes y acabó posándola sobre el rostro de Samuel. Él se sintió algo turbado por la seriedad con la que ella lo miraba, y trató de adivinar qué le estaba transmitiendo con esa mirada; pero la inspectora bajó la vista, para fijarla en uno de los papeles que tenía ante sí. Lo cogió con su mano derecha, lo levantó un poco como para mostrarlo a los demás y añadió:

—Como sabéis, tenemos controlados los teléfonos y el ordenador del ultraderechista Emili Milletino desde que se investiga el caso Estrada. Pues bien, a media mañana de hoy, salió un correo de su ordenador que a nuestros técnicos les resultó sospechoso, no por su contenido, sino porque utilizaba una dirección de correo que no era la que conocíamos de Milletino. Decidimos rastrearlo: obtuvimos de inmediato la orden judicial y logramos, con una diligencia poco usual, la colaboración del proveedor de correo de destino. Y, por inexplicable que parezca, ello nos llevó al ordenador de Abdul.

Samuel necesitó unos instantes para digerir esto. Por su cabeza pasó la posibilidad de que, en ese correo, Milletino comentara la visita que recibió ayer por la tarde; pero esto ahora perdía importancia ante un hecho que resultaba transcendental para la investigación: aparecía un vínculo entre Milletino y el atentado yihadista, lo que, a su vez, lo vinculaba con el asesinato de Estrada.

—Por eso te hemos convocado —dijo la intendente mirando a Samuel—. Será necesario que te reincorpores a la investigación.

—¿Qué decía el correo? —preguntó Artur Rueda.

—Nada de interés —respondió María. Miró el papel que había mostrado y añadió—: «Todo ha ido bien por mi parte. Ya me contarás cómo te ha ido a ti». Sin hola, ni adiós, ni ninguna otra palabra. Y en castellano.

—¿Y los correos entre Abdul y Saíd en qué idioma estaban escritos? —inquirió de nuevo Rueda.

—En árabe —respondió María Guerrero.

La reunión continuó con informaciones sobre lo que estaban haciendo los equipos informáticos, sobre la comunicación que se mantenía con la policía francesa, así como con la Policía Nacional, sobre las escuchas telefónicas y los seguimientos…, y buena parte de lo que se comentó hacía referencia a los personajes que habían constituido el centro de lo investigado por el inspector Montcada, por lo que quedó claro que la ultraderecha volvía a cobrar peso en la investigación, si bien ahora dentro de un extraño entramado en el que también estaban los yihadistas. El inspector fue sintiéndose cada vez más animado, y deseoso de volver a poner los cinco sentidos en el caso, pero en distintos momentos se preguntó cuál iba a ser su lugar en el equipo al que lo habían reincorporado.

Finalmente, se plantearon algunas decisiones a tomar. La más importante hacía referencia a Milletino: ¿lo detenían para interrogarlo, o lo mantenían vigilado para ver si sus correos o conversaciones telefónicas aportaban nueva información? No tardaron en acordar que una detención ahora podía ser precipitada, ya que eran pocas las evidencias que tenían como para arrancarle una confesión.

—Bien —dijo la intendente Truyol—, reforzaremos la vigilancia sobre Milletino, pero si no obtenemos información nueva en dos o tres días, lo detendremos. La amenaza del atentado no nos permite alargar la investigación. ¿Y los otros: Lacapilla, Llop…?

Al acabar de pronunciar esos nombres se quedó mirando a Samuel, por lo que éste se sintió en la obligación de decir algo.

—Bueno…, no sé lo que se ha hecho en los últimos días…

—Los más probable —María salió al quite— es que los demás

no tengan ninguna relación con la preparación del atentado, pero el que parece esconder algo es Paulino Lacapilla y creo que deberíamos interrogarlo de nuevo, pero en una comisaría. ¿No, Samuel?

Antes de que el inspector pudiera contestar, intervino el comisario de Información:

—Vamos a dar por acabada esta reunión. Lo que nosotros hemos decidido —dijo, señalando al otro comisario— es que la intendente Truyol siga coordinando la investigación; pero sobre el terreno la dirigirán el inspector Montcada y la inspectora Guerrero. Conjuntamente. Tú, María, te ocuparás más de los equipos que trabajan en la Central y de todo lo relacionado con Abdul, y tú, Samuel, de los ultras que tenemos en el caso, pero estaréis en todo momento coordinados y bajo la dirección de Pilar. ¿Alguna cuestión más?

Nadie tuvo nada que plantear y la reunión se levantó. Samuel pensó que había entrado en ella como el reo que se presta a escuchar su sentencia y salía con la sensación de haber sido rehabilitado. Todo volvía a estar en su sitio. Él continuaría de lleno con la investigación, y además retomaba el contacto con María. No sabía cuál de las dos cosas lo reconfortaba más.

***

—Supongo que tendrás que irte enseguida a por tu hijo. ¿Esta semana te toca, no? —preguntó María.

—Sí, pero hoy está en casa de un compañero y duerme allí. ¿Y tu niña?

—La tiene mi madre. O sea que podemos charlar sin prisas.

María y Samuel estaban sentados en sendos taburetes, ante la barra de un bar, con una tónica él y un café ella. Cuando acabó la reunión, así se lo propuso la inspectora: «nos tomamos algo en un bar de por aquí y charlamos sobre cómo vamos a organizarnos».

—Tendremos que hacer reuniones frecuentes con Pilar Truyol, supongo —comentó Samuel, medio preguntando medio afirmando—. Habrá que aclarar cómo se come eso que ha dicho el comisario de que ella coordina y nosotros dirigimos sobre el terreno. No sé si ella deja mucho espacio para que los demás dirijan.

—Tranquilo, que yo tomo muchos cafés con Pilar y te puedo asegurar que no muerde.

—No, si a mí me cae muy bien —aclaró el inspector—. De todos los jefes que tenemos, creo que es de los más eficientes. Es un poco autoritaria, pero la prefiero mil veces a patanes como Rueda.

—Lo importante es que tú y yo nos coordinemos bien. A ella la veo cada día en la Central y puedo encargarme yo de mantenerla informada. Supongo que no querrá dedicar mucho tiempo a reuniones. Y de coordinar con los de la Unidad Central de Análisis y con el inspector del Área de Información Interior se encargará ella, o las dos, o sea que no te preocupes, no te haremos venir mucho a Sabadell.

—Vengo encantado —dijo él, e intentó hacer una sonrisa que no resultase excesiva.

Se sostuvieron la mirada mientras ella esbozaba otra leve sonrisa. Pero enseguida giraron la vista, y Samuel trató de encontrar con rapidez algo que decir para salir de ese instante de confusión.

Pero ella lo encontró primero.

—¿Qué te ha parecido eso de que esperemos dos o tres días para detener a Milletino?

—Bien. Hay que ver si sus conversaciones telefónicas o sus correos aportan algo más de información. ¿Vuelvo a coordinar yo su seguimiento, o lo haces tú?

—Tú, por supuesto. Tú lo iniciaste. Además, tú conoces mejor al sujeto. Ya lo has visitado dos veces.

Ahora sí que María hizo una sonrisa amplia, que acompañó con una mirada burlona, pícara, sostenida como a la espera de que Samuel hiciese su propio comentario.

Él exhaló un suspiro, alzó una ceja y también sonrió.

—Vaya, parece que te enteraste de la visita que le hicimos ayer.

—Pues sí. La policía se entera de todo, ¿no habías oído decirlo?

—¿Y no te molestó que me entrometiera en tu investigación?

—Lo que no me gustó fue que te apartasen del caso.

En ese instante, Samuel se dio cuenta de que probablemente su reincorporación a la investigación se había producido a propuesta de María, y no tanto porque los jefes lo consideraran necesario; lo cual no constituía un halago desde el punto de vista profesional, pero a él le traían al pairo las lisonjas de los jefes —hacía tiempo que no buscaba ningún ascenso—, y, en cambio, ponía en evidencia que ella tenía interés en que siguieran viéndose.

—Pues ya que lo sabes, te diré lo que he pensado sobre las dos frases del correo de Milletino. Si la primera, «todo ha ido bien por mi parte», se refería al interrogatorio que yo le hice, la segunda, «ya me contarás cómo te ha ido a ti», ha de referirse a algo parecido que le haya podido pasar a Abdul. ¿Tú has interrogado o contactado con alguien entre ayer y hoy? ¿Sabes de algún policía que haya hecho algún interrogatorio?

María se quedó pensativa, y, al cabo de un rato, se limitó a decir «no». Para luego añadir:

—Averiguaré si algún mosso o policía nacional lo ha hecho en las últimas horas.

Volvieron a hablar de Milletino y de otros aspectos de la investigación. La conexión entre el yihadista Abdul y el ultraderechista Milletino resultaba, por el momento, enigmática, y constituía el nudo gordiano del caso; pero no había que descuidar los demás flancos: había que averiguar quién fue el neonazi que vio Rafael Salmuera, y había que indagar más sobre el contubernio que se producía entre Lacapilla y el Viejo. Acordaron que el inspector volvería a interrogar a Lacapilla al día siguiente.

Tras salir del bar, caminaron hasta los coches y allí comenzaron a despedirse, pero siguieron comentando cosas sueltas como si ninguno de los dos tuviera prisa por alejarse del otro. La mente de Samuel trabajaba con intensidad buscando la manera de retomar aquello que habían dicho de quedar para hacer algo con los niños, pero como no encontró nada sugerente, acabó por plantearlo abruptamente.

—Habíamos dicho de hacer algo con los niños…

—Sí…, bueno, como vamos a ir viéndonos estos días, buscamos algo…

—Claro, ya lo hablaremos.

Eso sí era ya una despedida, de modo que acercaron las caras para darse dos besos cruzados, pero María no hizo demasiado esfuerzo por ladear la suya, y sus besos quedaron ubicados muy cerca de la boca de Samuel. El segundo, tan cerca que casi se tocaron las comisuras de los labios.

Mientras se alejaba de ella, Samuel tuvo la desagradable sensación de no verse capaz de plantear claramente a María sus deseos e intenciones.

¡A sus cincuenta y cuatro años!

No acertaba en los momentos que elegía para abordar el asunto: no podía ser en las despedidas, deprisa y corriendo; debería hacerlo cuando estuvieran sosegados, y, además, de forma directa. Sin la coartada de los niños, con la que lo único que lograba era hacer el ridículo. Y tendría que hacerlo pronto, sin dejar pasar este momento, porque veía claro que ella estaba ahora en la misma onda que él. Los dos besos que acaba de darle lo ponían de manifiesto. Su experiencia le decía que cuando una mujer cruzaba mucho la cara en cada beso, hasta el punto de que casi hubiera que besarla en el pelo, como le había pasado con algunas, lo que indicaba era que nada cabía plantear en el plano sexual; en cambio, cuando besaba como lo acababa de hacer María, sin apenas ladear la cara, estaba indicando justo lo contrario.

25

—Toma, las fotos que me pediste.

Carlos dudó sobre si podía preguntar para qué quería Oriol esas fotos, y esperó a ver si él decía algo mientras las observaba, pero Oriol se limitó a hacer un gesto de aprobación y guardarse las fotos en el bolsillo de la camisa.

No se habían visto desde hacía dos días, cuando se despidieron el domingo antes de abandonar la casa de montaña en la que pasaron el fin de semana. Por eso, cuando Oriol lo llamó a las diez de la mañana para quedar, Carlos se sintió entusiasmado ante la perspectiva de volver a encontrarse con su amigo, al que ahora veía como un gran líder. Deseaba que Oriol fuera concretando aquello que dijo el sábado, cuando lo presentó como «el jefe de nuestra sección en Barcelona»; quería saber quiénes más estaban en Nuevo Renacer Luminoso y de cuántas personas era jefe. Ayer, lunes, había pensado mucho en esto, especialmente mientras iba y volvía de Tarragona con el coche de su padre; había tratado de adivinar quiénes, de la gente que él conocía, podían ser miembros de la organización. Repasó, uno por uno, todos los que a veces se veían con ellos, pero lo extraño era que la mayoría eran amigos de Matilde, o gente contactada por ella, y que ninguno había mostrado especial afinidad con Oriol. Quizás éste había reclutado los miembros de la organización en otros círculos. Fuera como fuese,

Carlos estaba deseoso de conocer a los camaradas que iban a estar bajo sus órdenes y poner en marcha las tareas que a él le correspondían como dirigente. No tenía ni idea de cuáles habían de ser esas tareas, pero esperaba que Oriol fuera dándole las directrices pertinentes.

Ahora, acababan de encontrarse en el paseo del Born, junto al banco de piedra que a menudo ocupaban, el más cercano a la iglesia del Mar, y Carlos se había apresurado a dar las fotos a Oriol para demostrarle que cumplía con diligencia sus encargos, pero como Oriol no iniciaba conversación alguna, él se decidió a sacar el tema de la organización.

—¿Cuántos somos en Barcelona?

—¿Cómo?

—En la organización, digo. En Nuevo Renacer... Tendremos que ponernos a trabajar..., o sea, organizarnos bien...

A Carlos le asaltó la duda de si el carácter clandestino de la organización no implicaba que él no podía saber más de lo que sabía. Tal vez el único que podía tener el control de todo era Oriol. Pero entonces, ¿cómo podía hacer él de jefe de sección?

—Ah, la organización. Sí, eso..., a su debido tiempo. No te preocupes. Mira, ahí vienen Paco y Matilde. Delante de ellos no podemos hablar de estas cosas.

—¡Claro! —exclamó, y los dos se pusieron en pie.

Carlos no había visto a Matilde desde el miércoles de la semana pasada, cuando le dijo que no iría a la manifestación y ella se largó cabreada del bar en el que se habían comido los bocadillos de calamares, de modo que se preguntó si seguiría enfadada con él. Pero, mientras la veía acercarse con Paco, lo que captó su atención fue que éste llevase el brazo sobre el hombro de ella, y que encima viniesen riéndose a carcajada y contorneando los cuerpos como en una danza de borrachos. ¡Joder, qué confianzas se tomaba Paco! ¿Cómo vería Oriol esto?

Pero al encontrarse los cuatro, ella se deshizo del contacto de Paco, lanzó los brazos al cuello de Oriol y le dio un prolongado beso en la boca, sin que él hiciera nada ni por avivarlo ni por evitarlo. A Carlos, la escena le produjo un desagradable hormigueo en el estómago.

—Hoy, por fin, tenemos algo que celebrar —dijo ella, eufórica, después de haberse apartado de Oriol.

—Hola Matilde —dijo Carlos.

—Ay, hola, Carlos.

Le dio dos besos pero sin que hubiera más roce corporal que el propio contacto de las mejillas, para después apartarse de los tres hombres, alzar los brazos, y gritar.

—¡Que tengo curro, tíos!

—¿De qué vas? —dijo Oriol, sin el más ligero esbozo de sonrisa.

—¿Que de qué voy, gilipollas? ¿Sabes lo que es tener un sueldo cada mes? —Volvió a alzar los brazos— ¡Un puto trabajo, hostia! ¡Por fin! Venga, vamos a celebrarlo con unas cervezas. Invito yo.

Y, sin más, se dio la vuelta y se dirigió con paso decidido al bar más cercano, dando por supuesto que los demás la seguirían. Y la siguieron.

En el bar, Matilde explicó que iba a trabajar en un mercado supervisando las tareas de limpieza y haciendo otros trabajos relacionados con la descarga de mercancías. Pero ella no se mancharía las manos. Como una señorita. Sólo trabajo organizativo. Y con un sueldazo: ochocientos euros al mes. Cuando la entrevistaron, le dijeron que era la número ochenta y siete y que aún faltaban otras cincuenta entrevistas por hacer, y eso que sólo entrevistaban a licenciados que hablaran al menos dos idiomas extranjeros, pero ella les mostró el *first* y les dijo que el francés también lo dominaba, y se inventó que había hecho dos masters, y que tenía experiencia de trabajo en el extranjero.

—Se lo creyeron todo, los muy gilipollas. Sólo es cuestión de hablar sin titubeos, con convicción. —Dio un largo trago a su cerveza—. Un contrato de tres meses. Pero pienso currármelo para que me lo renueven. De cinco de la mañana a dos de la tarde, ¿qué me decís? ¿No es cojonudo? Las tardes libres, tíos.

—No podrás acostarte muy tarde —se le ocurrió decir a Carlos.

—Bah, quién piensa en dormir. Yo no necesito sobar mucho. El problema es que antes de las cinco de la mañana no hay metro, pero en cuarenta minutos puedo hacérmelo caminando.

—El puto ayuntamiento podría poner metro toda la noche —comentó Paco.

—¿Desde cuándo los políticos piensan en los currantes, gilipollas? —le espetó ella.

—Me tengo que ir —dijo Oriol repentinamente.

—¡¿Ya?! —gritó Matilde.

—Sí, nos vemos esta noche. Y a ti, Carlos, te veo a las cinco de la tarde en el Cosmos de la Rambla. ¿De acuerdo?

—Claro —repuso Carlos, como si tal cita la tuvieran ya acordada, aunque no era así en realidad, e hizo, al mismo tiempo, un gesto de complicidad hacia Oriol alzando el dedo pulgar con el puño cerrado.

Los tres que quedaron en el bar no tardaron en acabarse las cervezas y despedirse. Matilde dio dos besos a Carlos, pero esta vez con mayor roce de los cuerpos, aunque fue con Paco con quien se marchó. Carlos se dirigió caminando hacia su casa porque se acercaba ya la hora de comer, abstraído con unos pensamientos en los que Matilde ocupaba todo el espacio. Al menos, no estaba enfadada con él, aunque tampoco muy cariñosa. Sintió celos de Paco, casi tantos como los que sentía de Oriol, y se dijo, una vez más, que tenía que dejar de pensar en ella. Lo importante ahora era la misión que tenía junto a Oriol. Pero el brazo de Paco sobre el hombro de Matilde y el beso que ésta le dio a Oriol se cruzaban en su mente sin que fuera capaz de encontrar otras imágenes alternativas. Hasta que comenzó a pensar en lo del trabajo de Matilde. ¿Cómo podría encontrar él algo así? ¿Dónde buscar? Ahora pedían título universitario para todo, o sea que para qué iba a molestarse en mirar los anuncios o entrar en las webs de empleo. ¿Y si Nuevo Renacer Luminoso le pagara un sueldo como jefe de la sección de Barcelona? Esta idea fue creciendo en su cerebro y levantando su estado de ánimo. Se imaginó presentándose ante su padre con el primer sueldo de un mes y como dirigente de una organización que, a buen seguro, sería de su agrado. Ya no podría tratarlo como a un pelele; debería respetarlo como a un igual. Podrían tener conversaciones serias entre ambos, sobre estrategia, sobre discurso político... Su padre podría darle consejos, aportarle ideas... Se vio a sí mismo sentado frente a su progenitor en la mesa del estudio de su casa, repasando juntos algún documento y comentando las mejoras que cabía hacerle; sintió el calor que le produciría la mano de su padre en el instante en el que la apoyara sobre su hombro y le dijera: «estás forjándote un futuro; estás convirtiéndote en un líder. Sigue así, hijo». ¿Cuánto tiempo hacía que no le ponía la mano sobre el hombro? ¿Lo había hecho alguna vez?

***

Al acercarse al bar Cosmos, echó un vistazo a la terraza exterior y después pasó al interior. Comprobó que Oriol no había llegado aún y optó por quedarse dentro porque la temperatura le pareció más agradable. Quedaban pocas mesas libres, pero divisó una en un rincón y se precipitó hacia ella porque veía gente de pie con aire de estar buscando sitio. Cuando estuvo sentado, comprobó que los ocho hombres que ocupaban la mesa de al lado hablaban demasiado alto, pero supuso que ello no impediría que Oriol y él pudieran entenderse. El camarero se le acercó y él le pidió una cerveza; después se entretuvo escuchando los sarcasmos y risotadas que procedían de sus vecinos de mesa y no tardó en comprobar que se trataba de homosexuales bromeando sobre otros de su misma condición. Pensó en cambiar de sitio, pero la única mesa que vio libre estaba junto a otras que ocupaban un numeroso grupo de turistas jóvenes cuyo griterío era aún más desalentador. Los que estaban vacíos eran los taburetes de la barra, pero allí servía un camarero de aspecto paquistaní, y además, la cerveza que había pedido estaban poniéndosela ya sobre la mesa.

Mientras daba el primer trago, vio a Oriol acercarse.

—Si quieres, pago la cerveza y nos vamos a otro sitio, porque estos de al lado son unas mariconas que no paran de gritar —dijo Carlos en cuanto Oriol se hubo sentado.

—No. Mejor así. Pasaremos más desapercibidos.

—Claro —repuso Carlos, al tiempo que daba una palmada sobre la mesa para mostrar a Oriol que había captado la idea: el sitio era idóneo para una conversación clandestina.

Oriol se colocó la bandolera sobre el regazo, la abrió y buscó algo en su interior, pero cuando lo sacaba y alzaba la vista, apareció el camarero, por lo que retuvo la mano dentro del bolso. Pidió un té y esperó a que el camarero se alejara para entregar a Carlos lo que llevaba en la mano. Lo hizo arrastrando el puño sobre la mesa de forma que el objeto quedaba escondido bajo la palma.

—Toma. Coge esto y guárdalo sin que se vea mucho.

Carlos obedeció, pero, mientras lo guardaba, vio que se trataba de un carné de identidad, e incluso pudo ver que su foto estaba en él, aunque el nombre era diferente. Comprendió así para qué eran las fotos que había entregado a Oriol por la mañana, y supo que su amigo, su jefe, estaba otorgándole una identidad falsa, lo que realzó su orgullo de pertenencia a una organización secreta.

—Tienes que prepararte físicamente —añadió Oriol.

—Claro. Lo que sea necesario.

Pero mientras asentía con la cabeza, Carlos se preguntaba para qué tenía que prepararse; qué tenía eso que ver con la organización; cuándo le desvelaría Oriol quienes eran los demás miembros, y en qué momento podría comenzar a hacer de jefe de la sección de Barcelona.

El té llegó, el camarero quiso cobrar ya, Oriol pagó todo y después se entretuvo poniendo el azúcar y dando los primeros sorbos en absoluto silencio. Carlos tampoco dijo nada, principalmente porque no sabía qué decir. Cada vez le costaba más dialogar con Oriol; pero esto se resolvería, seguro, en cuanto estuvieran funcionando con normalidad como miembros de la misma organización.

—Acábate la cerveza, que nos vamos a Can Ricart. Te apuntarás como socio para hacer gimnasia.

—¿Can Ricart?

—Sí, el polideportivo del barrio del Raval. Te harás socio con el carné de identidad que te he dado.

Oriol se acabó de un trago su té, mientras Carlos se preguntaba cómo podía su amigo beber tan deprisa algo que humeaba. Él hizo lo propio con su cerveza, y ambos se levantaron, justo en el momento en el que llegaban varios hombres más al grupo de al lado y crecía el griterío de saludos y risas.

Mientras cruzaban las Ramblas, Carlos comenzó a sentir cierta desazón.

—¿No podríamos elegir otro centro deportivo? El del Raval estará lleno de moros…

—Tenemos una misión.

—¡Claro!

Ya no hablaron más hasta que no estuvieron a las puertas de Can Ricart. Delante había una terraza de bar con varias mesas y Oriol se acercó a una de ellas, se sentó en una silla y le indicó a Carlos que hiciera lo mismo a su lado.

—Ahora entras, te acercas a la recepción y comentas que quieres afiliarte, preguntas precios, horarios y todo lo que se te ocurra, y después les dices que quieres ver el centro. Te lo enseñarán y, cuando volváis a la recepción, te haces socio con el carné que te he dado. Asegúrate de que escribes en el impreso los datos que pone en ese carné: nombre, dirección, etc. Te pedirán un número de cuenta, pero tú les dices que no lo sabes de memoria y que ya se lo traerás; les aclaras que puedes pagar la matrícula y el primer mes en efectivo. Toma, lo pagas con esto —Oriol le entregó un billete de cien euros de la misma forma que antes le había entregado el carné.

—¿Tú no entras conmigo?

—Te espero aquí.

—¿Será suficiente con cien euros? No llevo...

—Te sobrarán unos veinte.

Como Oriol se retrepó en su silla y se quedó callado, Carlos interpretó que debía entrar ya en el centro deportivo.

Cruzó la puerta y enseguida vio al fondo el mostrador de recepción. A su derecha había un pequeño bar con una camarera negra que lo atendía. «Comenzamos mal». Pero en la recepción había tres chicas blancas. «Al menos, éstas son de aquí». Una se dirigió a él y Carlos hizo lo que Oriol le había indicado, con el resultado de que, efectivamente, la chica le abrió la barrera y se ofreció a acompañarlo para mostrarle el centro. Él se fijó bien en todo, por si tenía que explicárselo a Oriol, pero lo que más le sorprendió fue no ver a ningún magrebí, ni negro, ni andino, ni nada parecido, entre los usuarios. Se sintió más tranquilo. Esto parecía una isla blanca en medio del mar sucio que semejaba el barrio del Raval, se dijo; quizás a los inmigrantes no se les permitía hacerse socios.

Tras el recorrido, se dio de alta como socio y pagó. Todo funcionó como Oriol había previsto y Carlos salió exultante por haber cumplido con éxito su misión.

Sin embargo, ya no encontró a Oriol en la terraza del bar.

Carlos comenzó a caminar para dirigirse a las Ramblas, pero enseguida se percató de que alguien lo hacía también a su lado; se giró y vio a Oriol. ¿De dónde había salido? Quizás él también debería aprender a moverse con ese sigilo.

—Hola, Oriol. No sabía si te habrías marchado.

—¿Cómo te ha ido?

—Bien. Todo como dijiste.

—Cuéntame.

—El horario es de siete de la mañana a diez de la noche.

—Eso ya lo sabía. Descríbeme lo que has visto.

Caminaban por la calle Unió hacia las Ramblas y, en ese momento, cruzaron la calle Sant Ramon. Una prostituta se los acercó con mirada insinuante, pero Oriol pasó de largo sin reparar en ella, y Carlos le hizo un gesto de desprecio. Después comenzó a describir el polideportivo. Pasada la recepción había una sala ancha y larga con taquillas a los lados. Unas escaleras ascendían a la planta superior donde había varias salas; una muy grande en la que estaban todos los aparatos de musculación y otras para aeróbic o cosas así. La piscina estaba en una planta inferior. A los inmigrantes, por fortuna, no se les permitía la entrada.

—¿Te han dicho eso?

—No, pero no había ni uno.

—A los inmigrantes no les interesa la musculación.

Carlos no supo qué replicar.

—¿Y la pista polideportiva? —preguntó Oriol.

—A ésa no se puede acceder. Es para equipos de colegios, o algo así ha dicho la tipa.

—Bueno, mañana comienzas y ya te iré dando algunas instrucciones. Ahora nos vamos a otro.

—¿A otro..., qué?

—A otro centro deportivo. Toma.

Oriol le entregó, con la misma discreción que antes, otro carné de identidad y otros cien euros. Carlos volvió a percatarse de que su foto estaba en el carné, pero ahora el nombre era distinto. Al guardase en el bolsillo lo que Oriol le había entregado, se dio cuenta de que tenía que devolverle los veintidós euros que le sobraron en Can Ricart, y así lo dijo mientras le tendía la mano con ese dinero.

—No, quédatelo —dijo Oriol—, que aún nos faltan varias gestiones por hacer.

Cogieron el metro en las Ramblas e hicieron el viaje con dos transbordos. Al final, salieron en una zona que Carlos jamás había visto, pero no tardaron en encontrarse frente a otro centro deportivo. Allí repitió la misma actuación que hizo en el anterior y, cuando volvió a encontrarse con Oriol, le informó de que se había hecho socio sin problemas y respondió a sus preguntas sobre el centro.

**

Llegó a su casa cuando pasaban las siete de la tarde y con una idea fija en la mente: debía rebuscar entre los cajones de la ropa para encontrar algún pantalón de deporte y alguna camiseta que pareciera útil para hacer gimnasia. Cogería una bolsa de deporte vieja que había en el trastero y se la llevaría su habitación. Además de la ropa, tenía que poner una toalla, jabón... Las zapatillas de deporte podían ser las mismas que últimamente llevaba siempre puestas. Y mañana saldría pronto de casa, pero procurando que sus padres no vieran la bolsa para no tener que dar explicaciones. A las diez comenzaría en un centro deportivo y a las doce en el otro. Oriol no le había dicho cuántas horas de preparación física debía hacer, pero él supuso que con una hora en cada centro sería suficiente. Lo que no entendía era por qué había de hacer la gimnasia en dos lugares distintos. Acaso, la razón era que así dispondría de una variedad mayor de aparatos de musculación. Sí, seguramente, Oriol quería que él se concentrase en la musculación, o sea que haría servir todos los aparatos que hubiera en ambos centros.

La luz del estudio de su padre estaba encendida y la puerta entornada. Carlos reprimió su deseo de pasar a saludarlo porque, cuando lo hacía, no solía obtener respuesta; pero al entrar en su habitación oyó un grito.

—¡Carlos!

Se volvió y entró en el estudio. Su padre se hallaba de pie y con los puños apoyados sobre su mesa de trabajo.

—¡¿Has ido tú a Tarragona ayer con mi coche?!

—¿A Tarragona? —preguntó Carlos con voz trémula.

—De Tarragona es la última dirección que está escrita en el GPS, y el depósito de gasolina está a la mitad. ¡Y yo lo había llenado el sábado!

En ese instante, Carlos se dio cuenta del fatal error que había cometido. Cuando fue a la Junquera, él mismo puso gasolina, pero para ir a Tarragona no lo hizo, porque no tenía dinero y porque pensó que su padre no se daría cuenta.

—Me habían ofrecido un trabajo...

—¿Un trabajo? ¡¿A ti?! ¿Y te lo han dado, por casualidad?

—No, pero hay posibilidades...

—Mira hijo. —Intentaba aparentar sosiego; separó los puños de la mesa y se cruzó de brazos—. No me importa lo que tuvieras que hacer en Tarragona, pero no me vengas con cuentos de trabajos, que sé muy bien que a ti lo único que te interesa es seguir comiendo la sopa boba que te da tu madre. Pero, al menos, ¡joder!, podías evitarme gastos innecesarios, que en esta casa no entra más dinero del que yo traigo, ¡o sea que no se te ocurra volver a cogerme el coche! ¡¿Te ha entrado esto en la cabeza?!

—Sí, claro, vale.

Carlos se dio la vuelta para salir del estudio de su padre, pero al punto volvió a girarse hacia él.

—Lo del trabajo... Es verdad que hay un trabajo posible... —Se preguntó cómo podía decirle que estaba convirtiéndose en el jefe de la sección de Barcelona de una importante organización. Desde que volvió del campamento de montaña, había pensado varias veces en explicárselo, y le parecía difícil pero no imposible; sin embargo, ahora que estaba ante él, se sentía completamente incapaz de encontrar las palabras adecuadas, incapaz de reconducir la conversación para que su padre escuchara todo lo que tenía que explicarle. Aun así, lo intentó—: Un trabajo... político..., quiero decir...

—¿Un trabajo político?

—Sí, eso es, un trabajo de político. Un... —Carlos no sabía qué palabras debía usar para describir su responsabilidad en el partido de Oriol.

—¡Válgame el cielo! —exclamó su padre— ¡Desde que Zapatero fue presidente de gobierno todos los tarados creen que pueden hacer política!

Carlos sintió la imperiosa necesidad de salir corriendo; de dar un portazo y no volver jamás a pisar su casa. Pero estaba paralizado de miedo. Su padre había dicho esas últimas palabras con los ojos fuera de sus órbitas, el rostro colorado y esa expresión de odio que Carlos le recordaba de los peores momentos. Además, estaba acercándosele, por lo que en cualquier momento podía soltar el primer golpe. Ya le había pegado en otras ocasiones, aunque ahora hacía más de quince años desde la última vez.

Pero su padre miró al suelo como si estuviera reflexionando, o tratando de calmarse, suspiró y dijo al fin:

—Vete a tu cuarto. Aunque esto... habrá que resolverlo de alguna manera. Ya veremos. Estoy haciéndome viejo. Venga, sal de aquí. Largo.

26

Hasta las siete de la tarde, el inspector Samuel Montcada no pudo obtener la orden del juez para detener a Paulino Lacapilla, y ahora, cuando pasaban ya de las ocho y media, lo tenía en la sala de interrogatorios, junto con su abogado y un agente. Pero antes de dirigirse hacia allí, el inspector llamó a su hijo. Lo había recogido a la salida del colegio y estuvo con él durante una hora, hasta que llegó la canguro y Samuel pudo volverse a la comisaría. Ahora quería hablar con el chico para dejarle claro que debería cenar y acostarse antes de que él llegara a casa, porque preveía hacerlo bastante tarde. Así que llamó y mantuvo una breve conversación con Raúl y otra con la canguro. Ella le dijo que podía quedarse el tiempo que fuera necesario: no había problema.

Durante las horas anteriores de este martes en el que volvía a estar de lleno en la investigación, Samuel había repasado todas las trascripciones de las conversaciones telefónicas intervenidas en los días anteriores y había hablado por teléfono con casi todos los policías involucrados de alguna manera en el caso. Pero lo cierto era que con todo ello no había logrado ninguna información sustancial que aportara alguna luz sobre el caso: ni sobre el asesinato de Estrada, ni sobre la preparación del atentado yihadista.

La conexión entre ambas cosas constituía un quebradero de cabeza que cada vez le parecía más inescrutable. ¿Qué extraño galimatías conectaba a Emili Milletino con Abdul? ¿Y qué pintaban, en torno a esa conexión, el Viejo y el neonazi alemán que anduvo cerca de Estrada antes de que lo asesinaran? Sobre la segunda cuestión, esperaba que el interrogatorio de Lacapilla aportara alguna luz, pero no contaba con que desvelara nada sobre la primera. Sólo la vigilancia de los movimientos, las conversaciones telefónicas y los correos de Milletino, o su detención e interrogatorio, podían descifrar ese enigma. Eulalia le había dicho a Samuel que deberían saber más sobre las connivencias que pudieran darse entre los yihadistas y la extrema derecha, y Samuel localizó al profesor Nadal para proponerle una conversación al respecto, pero éste le dijo que no podrían verse hasta mañana. De modo que, por hoy, lo único que el inspector podía hacer era concentrarse en el interrogatorio de Lacapilla hasta vaciar por completo su cerebro de toda la información de interés que pudiera almacenar.

Con esta resolución entró en la sala de interrogatorios.

—Sabemos que el asesinato de Mateu Estrada fue fruto de un complot urdido entre el Viejo y usted. Si lo hizo para quitarle el liderazgo de la extrema derecha, ha hecho usted un mal negocio —dijo el inspector en cuanto se hubo sentado frente a Lacapilla.

El interrogado alzó la barbilla y miró a su abogado, pero éste se limitó a hacer un casi imperceptible movimiento de hombros.

—Más le vale darnos su propia versión de los hechos —añadió Samuel—, antes de que el Viejo nos dé otra que lo deje a usted en una situación peor de la que está ahora.

—Así que están acusándome del asesinato de Estrada. Pues pierden el tiempo, porque yo no he tenido nada que ver. Son ustedes unos incompetentes. ¿No dice la prensa que lo mataron los moros? ¿Cree usted que yo puedo tener algo que ver con esa gente?

Samuel pensó que tendría que ir más despacio. Por pasos.

—No tardaré en decirle lo que yo creo, pero, de momento, es usted el que ha de contestar a mis las preguntas. De modo que guárdese sus improperios y ocurrencias, y limítese a responder a lo que le pregunto. ¿Estamos? Comience por describirme el papel que ha jugado el Viejo en todo esto, y dígame si...

—Ya le dije que no sé quién es el Viejo. ¿Por qué se obstina con eso?

—¡Las preguntas las hago yo! ¡¿Lo entiende?!

—Sí, pero ya le he contestado: no sé quién es el Viejo —dijo Paulino, espaciando el tiempo ente cada sílaba de las últimas seis palabras.

—Tenemos grabadas sus conversaciones con él.

—No tienen nada.

El interrogatorio siguió así durante un rato. Samuel persistió con sus preguntas sobre el Viejo y después sobre el dinero alemán que iba a recibir Estrada, pero las respuestas de Lacapilla parecían inamovibles, y el abogado protestaba con insistencia creciente por ese bombardeo al que era sometido su cliente. Hasta que el inspector utilizó el único cartucho del que disponía. Sacó su teléfono móvil, hizo como que llamaba a alguien y dijo que le trajeran la película grabada del encuentro entre Lacapilla y el Viejo. Después, se dirigió al detenido:

—Tenemos las imágenes desde que usted llegó al hotel Medium de Sitges el pasado miércoles a las nueve y media de la noche. Está filmado el momento en el que se encontró con el Viejo, el recorrido que hicieron caminando por la calle Sant Bartomeu y el viaje en coche que hicieron después —mintió, mirando fijamente a Lacapilla, mientras se guardaba el teléfono—. No necesita seguir fingiendo y repitiendo que no lo conoce. Ha de saber que la detención del Viejo es inminente, de modo que más le vale a usted aclarar las cosas, antes de que él lo llene de mierda.

Por primera vez, Samuel creyó apreciar cierta sombra de duda en el rostro de Lacapilla. Éste volvió a mirar a su abogado y después agachó la vista como para observar sus propias manos que ahora tenía sobre la mesa con los dedos cruzados. El inspector pensó que estaba a punto de confesar.

Pero no fue así.

Paulino Lacapilla volvió a enrocarse en su posición anterior: no conocía a ningún tipo al que llamaran el Viejo. Dijo que era cierto que estuvo en Sitges, pero que allí se encontró por casualidad con un conocido, y ya no hubo forma de que modificara esa versión. Probablemente no se había creído que tuvieran filmado el encuentro.

Samuel se temió que no le quedaba otra opción que la de seguir haciendo las mismas preguntas, hora tras hora, hasta que el detenido se rindiera de cansancio y de hastío. El inspector estaba convencido de que el hombre con el que Lacapilla se vio en Sitges era el Viejo y no iba a aceptar que saliera de la comisaría sin haberlo reconocido.

Se levantó de la silla y se dirigió a la puerta con la intención de llamar a Eulalia y proponerle que siguiera ella con el interrogatorio. Pero antes de salir de la sala sintió una extraña necesidad de sincerarse con el detenido.

—Usted no va a salir de aquí sin hablarnos del Viejo. Lo que está en juego es mucho más que aclarar el asesinato de Estrada. Hay más vidas en peligro. No sé por qué se empeña en proteger al Viejo y esconder información, pero su obstinación por dificultar la labor de la justicia va a costarle caro; se lo aseguro.

Se giró y abrió la puerta. Sin embargo, no llegó a salir de la sala porque a su espalda oyó el reclamo del detenido.

—Espere.

El inspector miró a Lacapilla y creyó ver que se le habían ensanchado ligeramente las órbitas de los ojos. De nuevo parecía tener otro momento de duda, pero esta vez no miró a su abogado. Samuel avanzó lentamente hacia la mesa y se sentó. Interrogador e interrogado se miraron fijamente y se produjeron unos segundos de silencio que al inspector le parecieron una eternidad.

—Algo se traían entre manos Mateu Estrada y el Viejo.

El inspector Montcada trató de evitar que su rostro mostrara la súbita euforia que lo había invadido por el reconocimiento que hacía el interrogado de la existencia del Viejo, y se limitó a hacer un comentario como si no diera importancia a lo que acababa de oír:

—Parece que su memoria mejora. ¿Y qué era lo que se traían entre manos?

—No llegué a saber lo que tramaban. Le digo la verdad.

El tono con el que Paulino Lacapilla hablaba había cambiado radicalmente, y Samuel pensó que tal vez había optado por confesar la verdad, aunque no podía fiarse de que fuera toda la verdad.

—Hábleme del Viejo.

—Yo sólo lo vi tres veces. La tercera, la que usted ha mencionado del pasado miércoles.

—¿Cómo se llama?

—Eso no lo sé.

—Hábleme de sus encuentros con él.

—Mis encuentros...

—Sí, comience por el primero.

—Estrada era aún presidente de Resistencia por la Libertad...

***

A Paulino le apetecía poco hacer el viaje a Sitges con Mateu Estrada, pero éste se había empeñado en que lo acompañase, y lo peor de todo era que tenía que poner él el coche y pagar la gasolina. Con Mateu siempre ocurría lo mismo: se las arreglaba para no rascarse el bolsillo ni en bares, ni en viajes, ni en ningún otro sitio. Nadie sabía si su cartera era de piel, de plástico o si simplemente no la tenía, porque nadie la había visto nunca.

—No hombre, no te salgas de la autopista, no me jodas, que tenemos prisa —dijo Mateu cuando vio que Paulino ponía el intermitente para coger la carretera del Garraf—. Además, yo me mareo con tanta curva, ya lo sabes.

Paulino rectificó, pero pensó en pedirle a Mateu que pagara él el peaje, aunque de inmediato se dijo a sí mismo que eso sólo serviría para malgastar saliva. Aceptó que pagaría él todos los gastos de este viaje, como algo ineluctable, y cambió de tema:

—Me dijiste que durante el trayecto me explicarías qué pinto yo en este encuentro.

—Y eso es lo que me disponía a hacer: darte las pertinentes explicaciones. Vamos a ver a una persona que se ofrece a darnos apoyo. Pero me ha pedido que designara a alguien de confianza para mantener los contactos en adelante. Dice que yo estoy demasiado significado. Él quiere absoluta discreción.

—¿Y *él* quién es?

—Es alemán.

—Ah, entonces me has elegido a mí porque hablo alemán, ¿no es así?

—No. A ti te he elegido porque eres el secretario de organización del partido. Él es un alemán que lleva setenta años en España, o sea que no necesito traductor.

—¿Cómo se llama?

Mateu Estrada no contestó de inmediato, pero al cabo de un rato dijo:

—Lo llamamos el Viejo.

Después, se retrepó en el asiento, emitió un sonoro bostezo, se hurgó la nariz con el índice de la mano izquierda, lanzó con destreza sobre la alfombrilla del coche lo que había pillado con la uña y ya no hubo más conversación hasta que llegaron a Sitges. Allí aparcaron y se dirigieron a pie hasta un hotel. Traspasaron la recepción, entraron en una terraza interior y Mateu dirigió sus pasos hacia una mesa en la que se hallaba sentado un hombre pequeño y ciertamente viejo que no se incorporó al verlos pero mostró una afable sonrisa y tendió la mano. Se saludaron y Mateu hizo las presentaciones, pero los recién llegados no llegaron a sentarse porque el Viejo comentó que irían a otro sitio para hablar. No salieron por la recepción del hotel, sino atravesando un restaurante que también tenía puerta con esa terraza, y el Viejo les pidió que se fijaran en el lugar, porque si tenían que verse en adelante lo harían en la puerta exterior de ese restaurante y no en la terraza del hotel. Después, caminaron hasta una calle con tránsito y se detuvieron ante un coche con conductor que estaba esperándolos.

Durante el trayecto, Mateu Estrada preguntó al Viejo por su salud e hizo algunos comentarios cargados de pleitesía que a Paulino Lacapilla le mostraron una faceta sumisa de su presidente que no conocía hasta el momento. Pero el Viejo no parecía tener ganas de hablar y la conversación fue decayendo hasta que el coche se detuvo en un camino de tierra ante la terraza de un solitario y apartado chiringuito de la costa.

Los tres pidieron café y, cuando se fue el camarero, el Viejo adelantó la silla, apoyó los brazos sobre la mesa, miró alternativamente a sus dos acompañantes y dijo:

—Sé que vosotros estáis trabajando para extender vuestro partido por toda España, y que hay otros que están hablando de una unión entre todos los nacionalistas españoles. A mí todo eso me da lo mismo. Mejor, si os sale bien. Pero tenéis que entender que sólo un acontecimiento que convulsione la sociedad os sacará de la marginalidad.

—Bueno, no estamos exactamente en la marginalidad —dijo Estrada con tono respetuoso.

—¡Ja! ¡La crisis económica os ha ofrecido enormes posibilidades que aún no habéis sabido aprovechar! —replicó el Viejo con una voz enérgica que sorprendió a Paulino— ¡Tantos años de crisis y mira cómo estáis! La crisis de los años veinte del pasado siglo alumbró la gran ideología; y de aquella crisis surgió el gran avatar que aún hoy guía los espíritus de millones de personas en el mundo. ¡Lo que os falta es convicción! ¡Sois pusilánimes e indolentes! Habéis recurrido a un discurso facilón con el que no estáis creando las bases de la nueva milicia. ¡No estáis cambiando las conciencias!

A Paulino lo estremeció la mutación que había sufrido el semblante del Viejo: sus ojos se habían enrojecido, y las profundas arrugas que surcaban su rostro, que antes le daban el aspecto afable de un anciano, ahora le hacían parecer diabólico; pero lo que más lo impresionó fue el miedo que le pareció apreciar en la cara de Mateu Estrada. ¿Quién era este hombre que a su gallardo presidente lo convertía en un asustadizo perro faldero?

—Ahora es difícil… —Estrada se calló como si no encontrara la excusa que trataba de urdir.

—¡No es tan difícil! ¡El nacionalismo crece por toda Europa! ¡Crece como la espuma en países con menos inmigrantes y menos paro que en España! Es cierto que crece sin ideas claras, y con líderes timoratos que no saben refutar el gran engaño con el que el capitalismo somete al ancestral pueblo europeo. Pero no tardarán en ser sustituidos por nuevos dirigentes aferrados a la verdadera doctrina. En todos los países hay gente joven preparando el advenimiento del Cuarto Reich. ¡Si no os subís al tren de la historia, quedaréis barridos por ella!

El Viejo se quedó mirando a Estrada con ojos saltones y se produjo un incómodo silencio que éste rompió con una nueva observación medrosa:

—Nosotros intentamos educar a la gente, pero concurren circunstancias…

—¡No! ¡El problema es que no sabéis! ¡No sabéis transmitir el odio necesario: odio a los inmigrantes, a los políticos…! ¡A los banqueros judíos que quitan sus casas a la gente! ¡Odio, ¿lo entiendes?! ¡¡¡Lo que falta es odio!!!

El Viejo gritaba, al tiempo que adelantaba el tronco y su cara se aproximaba a la de Estrada. Éste, a su vez, se echaba hacia atrás, como temeroso de ser devorado por aquellas fauces que a Paulino le parecían satánicas.

Mateu Estrada se había quedado pálido y mudo, incapaz ya de articular pretexto alguno, y durante unos segundos ninguno habló ni modificó su postura corporal. Hasta que el Viejo se retrepó en la silla y volvió a tomar la palabra.

—Lo que yo quiero es que estéis preparados para aprovechar las convulsiones que puedan producirse. —El Viejo parecía haberse relajado—. Pero os he llamado porque necesito información. Me la preparas tú —dijo mirando a Mateu—, y tú me la traes —agregó girando la vista hacia Paulino—. Nada de correos electrónicos, que toda esta fanfarria moderna la controla la policía.

A continuación, sacó un folio escrito por una sola cara, en el que a Paulino le pareció ver un listado de frases, y se lo entregó a Mateu Estrada; y otro más pequeño que puso sobre la mesa junto a las manos de Paulino. Éste sólo contenía un número de muchas cifras.

***

—¿Un número de teléfono? —preguntó el inspector Montcada.

—Sí, era un número largo porque contenía los dos ceros previos y un código internacional que no era de España. Después vi que era de Venezuela. Puedo recitárselo porque me lo aprendí de memoria antes de romperlo, como me había pedido el Viejo. Pero la tercera vez que vi al alemán, el miércoles pasado, me dijo que ese teléfono ya no era útil.

—¿Le dio otro número?

—No. Me dijo que no necesitábamos volver a vernos.

El inspector no acabó de creérselo, pero lo pasó por alto.

—Dígame aquel número.

Lacapilla lo recitó, mientras Samuel lo anotaba sobre un papel.

—Ahora explíqueme qué información era ésa que entre Estrada y usted tenían que pasarle.

—No llegué a saberlo. En el viaje de vuelta de Sitges, Mateu no quiso cruzar palabra conmigo. Seguramente se sentía humillado por cómo había sido tratado ante mí. Además, tras entregarle aquel folio, el Viejo dijo que no tenía que verlo nadie y que la información que le pedía me la entregara a mí en sobre cerrado.

—¿Y en los días posteriores...?

—Después, supe que Mateu estaba recopilando la información de aquel listado, porque un día me comentó que ya casi la tenía y que me avisaría cuando estuviera completa para que llamara al Viejo y quedara con él. Pero, pocos días más tarde, comenzó a cambiar de idea. Me dijo que lo que el Viejo se proponía era una barbaridad. Yo le pregunté qué era, y él respondió que no lo sabía con certeza pero, por la información solicitada, se temía algo que podía hacer daño a nuestro proyecto político. Ese día, Estrada me planteó que habría que convencer al Viejo de que renunciara a sus planes, pero no volvió a hablarme del asunto hasta que me envió aquel correo electrónico que ustedes tienen, en el que me pedía que fuera a verlo para decirle que renunciara a su propósito y que, en cualquier caso, Estrada no pensaba pasarle la información que pidió.

—¿Lo hizo usted?

—Sí, lo llamé, quedamos donde él había dicho y le transmití las palabras de Estrada.

—¿Y él no le dijo nada que a usted le permitiera intuir lo que se proponía hacer?

—Nada. Sólo que ya no sería necesario que volviéramos a vernos.

—¿Y por qué volvieron a verse el miércoles pasado?

—Me llamó él.

—¿A su móvil? —El inspector había visto las transcripciones de todas las conversaciones del móvil de Lacapilla y no había ninguna que pudiera semejarse a una llamada del Viejo.

—No, dejó un mensaje a la recepcionista del ayuntamiento para que lo llamara yo. Lo hice desde una cabina y después acudí a la cita de Sitges.

—¿Y?

—Lo que él quería era que yo le explicara lo que sabía sobre la investigación de ustedes. Me preguntó quién la dirigía y…, claro, le di su nombre: inspector Samuel Montcada de los Mossos d'Esquadra. Después quiso saber lo que yo había confesado y le aseguré que no dije nada, pero que usted sí me había preguntado por él, nombrándolo como el Viejo. Entonces él…

A Lacapilla se le había quebrado la voz.

—¿Qué? —apremió el inspector.

—Me amenazó de muerte si reconocía… Si reconocía su existencia.

El miedo que podía leerse escrito en el rostro del interrogado no dejaba dudas sobre su firme creencia en esa amenaza. El Viejo parecía ser alguien que atemorizaba y de quien no cabía pasar por alto una advertencia. Y si Lacapilla había optado por hablar tuvo que ser porque ya no se sentía seguro ni siquiera callando. El Viejo, pequeño de estatura, crecía sin embargo a los ojos del inspector Samuel Montcada como si tuviera las dimensiones de un gigante. O las de un monstruo. Él pensó que debería replantearse la investigación situando a ese personaje en el núcleo duro de la misma.

La mirada de Lacapilla seguía fija en el rostro del inspector. Implorante.

—Ahora resulta que vamos a tener que darle protección —dijo Samuel con aire distraído, dirigiéndose al interrogado pero rumiando todavía sus conclusiones sobre el lugar que ocupaba el Viejo.

El inspector detuvo ahí el interrogatorio, salió y se fue directo a encerrarse en su despacho. Necesitaba reflexionar sin más compañía que la de una hoja de papel y un bolígrafo. Lo que acababa de oír convertía al Viejo en el principal sospechoso del asesinato de Estrada; y el joven neonazi alemán —o presuntamente alemán—

mencionado por Rafael Salmuera sería, seguramente, su brazo ejecutor. Pero, ¿cómo enlazaba esto con Abdul? ¿Y qué papel jugaba Emili Milletino? Abdul había reivindicado el asesinato de Estrada desde una web que podía haber producido él mismo, y además, tenía relación con Milletino. Éste conocía al Viejo de haberlo visto en los años noventa, pero ahora no guardaba relación con él, o así lo aseguraba. De modo que había dos líneas que parecían paralelas porque no tenían ningún punto de confluencia. En una estaban Adbul, con su plan de atentado, y Milletino, y en la otra el Viejo y su joven neonazi. Tanto Abdul como el Viejo eran sospechosos del asesinato de Estrada, pero entre ellos no había ninguna conexión.

O la había, pero estaba aún por descubrir.

27

Mientras caminaba hacia la comisaría, a las nueve y media de la mañana, después de dejar a su hijo a la puerta del colegio, Samuel reparó en que este miércoles, 30 de abril, había amanecido soleado y con temperatura agradable. Quizá mañana, fiesta del Primero de Mayo, fuese igual. Como le correspondía a esa fecha, especuló. En su imaginario, al menos, había una asociación de ideas entre dicha fiesta y el buen tiempo, quizá porque la había utilizado en muchas ocasiones para hacer excursiones que lo alejaran de la ciudad, especialmente de pequeño, con sus padres. Pero seguramente mañana sería para él un día laborable como otro cualquiera, porque la amenaza de atentado yihadista no ofrecía ni siquiera la opción de tomarse la tarde libre. Con esta presunción, también se preguntó qué haría con su hijo. Esta tarde iría a recogerlo su hermana del colegio, como hacía muchos miércoles, porque su horario laboral se lo permitía, y lo mejor sería que el chico se quedara a dormir en su casa, pero mañana... No podía obligarle a pasar todo el día de fiesta con su tía, los dos solos, de modo que..., bueno, ya se vería cómo estaban mañana las cosas.

Encontró a la subinspectora, el sargento y los dos cabos, realizando una de las reuniones habituales en las que Eulalia daba instrucciones de trabajo a los demás, aunque esta vez más bien parecía que estaban esperándolo a él. Los saludó y cogió una silla para sentarse con ellos, pero le sonó el teléfono y comprobó que se trataba de la inspectora Guerrero.

—Creo que lo de Sitges lo tengo todo en marcha —dijo ella tras un breve saludo.

—¿Todo?

—Sí: tres agentes revisando el padrón y el registro mercantil; cuatro más localizando a los concejales y gente del ayuntamiento que pueda tener información sobre los vecinos; y otros nueve buscando a todos los líderes de entidades vecinales para ver qué saben. Si no obtienen así información sobre el Viejo, pasarán a preguntar por todos los establecimientos: bares, tiendas, hoteles... Comenzando por los barrios altos, que es donde ha habido más residentes extranjeros.

—¿Y el retrato robot? —Samuel no sabía si los técnicos habían podido concluirlo, ya que llegaron a la comisaría a las dos de la mañana para interrogar a Paulino Lacapilla sobre los rasgos físicos del Viejo.

—Sí, lo llevan todos. A ti también te lo he enviado por correo electrónico.

—Perfecto. Yo tengo ahora reunión con mi grupo. Luego te cuento. Ah, ¿y el número de teléfono que el Viejo dio a Lacapilla?

—Esta misma mañana tramitaremos la petición a Venezuela, pero en esto hay que confiar poco. Lo más probable es que el titular de la línea sea alguien desvinculado del Viejo, y es posible que Venezuela ni siquiera llegue a darnos información sobre el titular.

Se despidieron y Samuel Montcada acabó de arrimar la silla para sumarse a la reunión con los miembros de su grupo. En ese momento faltaba Ramón, pero se le oía trajinar con la máquina de café en un pequeño cuarto contiguo a la sala.

—¿Por dónde ibais? —preguntó el inspector mirando a Eulalia.

—En realidad, te esperábamos a ti.

—Hoy vamos a tener que movernos deprisa.

Fue su forma de iniciar la reunión. Los demás se limitaron a mirarlo, expectantes.

—Nuestro principal objetivo será... —Se detuvo porque Ramón volvía a aparecer, café en mano, y esperó a que se hubiera aproximado a la mesa—. Decía que nuestro propósito para hoy es muy simple, pero a la vez arduo: localizar un folio de papel escrito por una sola cara. Lo hemos de buscar en todos los locales de Resistencia por la Libertad, en la vivienda de Mateu Estrada y en cualquier otro sitio en el que Estrada hubiera podido dejarlo.

—No entiendo... —dijo dubitativamente Ramón—. Quizá me he perdido algo mientras iba a por café...

Samuel observó que el cabo tenía cara de cansado. Antes de contestarle, le tocó el hombro con la palma de la mano.

—No, Ramón. Has llegado cuando yo comenzaba a hablar. Es que aún no me he explicado. La declaración realizada anoche por Paulino Lacapilla ha aclarado algunas cosas y nos ha planteado nuevos objetivos. Yo he hecho mis propias conjeturas, mis hipótesis sobre el asesinato de Estrada, pero de eso ya hablaremos si nos reunimos por la tarde. El folio que hemos de buscar...

—Inspector... —lo interrumpió la subinspectora—, quizá sería mejor que nos expusieras ahora esas hipótesis. Está todo demasiado enrevesado y creo que conviene que todos tengamos clara la línea de trabajo.

Samuel enarcó las cejas y después asintió con un movimiento de cabeza.

—Lo que yo supongo es que el Viejo se proponía llevar a cabo algún tipo de acción, quizá una operación política, para la que necesitaba la ayuda de Mateu Estrada, o de Resistencia por la Libertad. No olvidéis que cuando se produjo la reunión entre ellos, Estrada era aún presidente del partido. El Viejo se reunió con Estrada en presencia de Lacapilla y al primero le entregó un listado de informaciones que tenía que recopilar para él. Ése es el folio que tenemos que localizar. Una vez recopilada la información, debería ser Lacapilla quien se la llevara al Viejo. Pero, pasadas unas semanas, Estrada optó por no colaborar con el Viejo y le pidió a Lacapilla que así se lo comunicara. Bien, mi hipótesis es que en ese momento el Viejo decidió asesinar a Estrada.

—¿Sólo porque Estrada se negó a colaborar? —preguntó Catalina.

—Es posible que ese folio que el Viejo le entregó contuviera información sobre su propósito que él no quisiera ver aireada.

Es decir, que Estrada supiera ya demasiado como para seguir vivo si optaba por quedar al margen del proyecto del Viejo. De ahí, la importancia que tiene ese papel para nosotros. —Samuel miró a sus subordinados a la espera de alguna objeción, pero ninguno abrió la boca—. Sigo con mi hipótesis sobre lo sucedido: el Viejo decide asesinarlo y hace venir a un joven neonazi alemán para ejecutar la acción.

—Así, el móvil del crimen no estaba en el dinero que Estrada iba a recibir. Ese dinero no tuvo nada que ver —aventuró el sargento Anclado.

—Quizá sí tuvo algo que ver —lo corrigió la subinspectora Planells, pensativa.

Samuel la miró, a la espera de que completara su conjetura. Supuso que ella iba a decir lo mismo que estaba a punto de explicar él y decidió dejar que lo hiciera.

—El neonazi —siguió Eulalia— tenía que poder acercarse de alguna manera a Mateu Estrada, y utilizó la oferta de fondos como forma de hacerlo. Ese neonazi habría sido, por tanto, el que intercambió con Estrada los correos que hablaban sobre el dinero. ¿No, inspector?

—Efectivamente. Adolfo. El neonazi alemán es Adolfo. —Al decir esto, el inspector Montcada recordó que, pese a que él también llegó a esa conclusión, había algo que no cuadraba con ella. ¿Qué era? En este instante no le venía a la cabeza.

—Adolfo, dicho así, es un nombre castellano —dijo Ramón.

¡Ahí estaba la incongruencia! O en algo parecido. Las palabras del cabo le sirvieron a Samuel de recordatorio:

—Sí, hay algo extraño relacionado con el idioma. Los correos de Adolfo estaban escritos en perfecto catalán. Un joven alemán, recién llegado para realizar una misión, que utiliza el catalán... No sé, suena raro.

—En Internet hay traductores... —dijo la subinspectora, dubitativa.

Se produjo un momento de silencio.

—Bien —repuso Samuel—, guardemos la posibilidad de que el neonazi alemán y Adolfo son la misma persona, y que el dinero alemán sólo fue un ardid para que el neonazi pudiera acercarse a Estrada hasta el punto de entrar con él en el local de Resistencia para matarlo. Por ahora no hay nada más. De modo que volvamos a nuestras tareas. Los dos grandes asuntos que tenemos por delante son localizar al Viejo y localizar esa información que le pidió a Estrada. Del primero están encargándose desde la Central, es decir, la inspectora Guerrero, y del segundo hemos de encargarnos nosotros. Lo que vamos a buscar es ese folio escrito por el Viejo, así como cualquier dossier o conjunto de papeles que puedan parecer un paquete de información recopilado por Estrada.

De inmediato, el inspector comenzó a distribuir a los presentes para que acudieran, con el apoyo de los agentes que pertenecían al grupo de homicidios y de otras patrullas, a distintos locales de Resistencia, a la casa de Estrada y a los despachos municipales que ocupaban algunos de los militantes de ese partido. Y hecho esto, dijo «venga, a trabajar», e hizo además de levantarse de la silla. Pero en ese instante Ramón planteó una pregunta que lo inmovilizó:

—¿Y Abdul?

—Abdul —dijo el inspector, agachando la mirada y haciendo un gesto de negación con la cabeza—. No sé...

—¿Y la amenaza de atentado yihadista? —volvió a inquirir Ramón.

—El vínculo entre unos y otros —respondió el inspector— es Emili Milletino. Pero se ha tomado la decisión de no detenerlo todavía, para ver si sus conversaciones telefónicas o correos aportan nueva información.

Esa fue su respuesta. Sin embargo, las preguntas planteadas por Ramón siguieron en la cabeza de Samuel después de que la reunión se hubiese disuelto, y lo apremiaron a volver a llamar al profesor Nadal.

Quedaron para comer juntos. Se verían a las dos de la tarde ante la entrada del Centro de Cultura Contemporánea de Barcelona.

***

La puerta del CCCB estaba justo frente a la de la Facultad de Geografía e Historia en la que el jueves pasado Samuel vio por primera vez al profesor Nadal. Ambos edificios formaban parte de una amplia área restaurada y moderna, ubicada en el corazón del barrio del Raval, de modo que cada vez que el inspector pasaba por esta zona no podía evitar acordarse de sus inicios como policía, a mediados de los años ochenta, en la comisaría del barrio —que a la sazón pertenecía a la Policía Nacional—. Por aquellos años, la degradación urbanística aún no había revertido, la venta de droga todavía marcaba la idiosincrasia del barrio, y la inseguridad era el rasgo que más percibía todo el mundo; después se restauraron muchas zonas del barrio y, lo que fue más importante, llegaron masivamente los inmigrantes. Éstos llenaron las calles del Raval de nuevo comercio y nueva vida, y lo convirtieron en un barrio tan seguro como cualquier otro, o más. Por sus calles había gente a todas horas y los turistas paseaban por doquier; sólo quienes estaban más cargados de prejuicios seguían pensando que el Raval era un barrio inseguro.

Estos pensamientos dejaron paso en su mente a la visión del profesor Nadal, que se acercaba por la acera y lo saludaba alzando un brazo.

Se dieron un apretón de manos y el profesor miró hacia el patio interior del CCCB.

—Había pensado que podíamos comer en el restaurante que hay allí, al otro lado del patio, pero creo que estaremos más tranquilos en otro que hay en el patio de al lado, el Pati Manning, ¿lo conoces?

—Sí. Es la antigua Casa de la Caridad de Barcelona. Ahora es otro centro cultural, pero de la Diputación, ¿no? Lo que no sabía es que dentro hubiera un restaurante.

—Vamos. Ahí no será difícil encontrar mesa.

Al entrar en el patio, el inspector quedó gratamente sorprendido. No era la primera vez que veía aquel claustro de dos pisos, pero no recordaba haber apreciado los esgrafiados y las cerámicas de la forma como podía hacerlo ahora. Quizá lo vio antes de su restauración, o acaso cuando era más joven apreciaba menos la belleza arquitectónica de los lugares por los que pasaba. La terraza del bar parecía realmente un sitio tranquilo y agradable.

—¿Sabéis ya algo sobre ese nazi al que llamabais el Viejo? Yo no he encontrado nada al respecto...

—Bueno, algo sabemos —repuso el inspector—. Nuestras conjeturas se han visto confirmadas: existe realmente un nazi, de unos noventa años, que vive en Sitges y al que llaman el Viejo. Tenemos la declaración de una persona que lo conoció en los años noventa, y la de otra que se encontró con él recientemente, pero aún no lo hemos identificado..., ni lo tenemos localizado. Sólo sabemos que perteneció a las Juventudes Hitlerianas.

—Pero ya no os resultará difícil. Sitges no es una ciudad tan grande.

—Eso espero. Pero lo que quería tratar contigo es otro asunto.

Una camarera se acercó a la mesa armada con un bolígrafo y un block de notas con los que los apremiaba a recitar los platos elegidos del menú, de modo que ambos comensales cogieron con presteza las hojas donde se exponían las opciones y señalaron su elección, si bien Samuel se limitó a repetir lo escogido por el profesor. ¿Para beber? Agua para los dos.

—¿Otro asunto?

—Sí, pero éste es más difuso. —El inspector se detuvo para medir sus palabras. No podía dar datos sobre una investigación que se hallaba en curso a alguien que no pertenecía al equipo policial y judicial que la realizaba—. Existe la posibilidad de que esté produciéndose cierta colaboración entre yihadistas y extrema derecha. Al menos, nosotros hemos encontrado algunos indicios sobre ello. Y quería que me aportases algo de luz al respecto. Quizás una colaboración así sea menos insólita de lo que a mí me parece; acaso se ha dado ya en algunos momentos...

El gesto dubitativo del profesor Nadal le indicó a Samuel que debería explicarse mejor, o ser más preciso con su pregunta, pero el profesor miró al techo del porche con aire pensativo y dijo:

—Entiendo. —Asintió con un gesto lento y bajó la vista hacia los ojos del inspector—. No es una cuestión fácil. Históricamente ha habido muchos puntos de contacto, pero ahora...

—¿Históricamente?

—Los nazis, en su obsesión exterminadora contra los judíos, establecieron ciertas alianzas con el mundo árabe. Hitler mantuvo excelentes relaciones con el gran muftí de Jerusalén; se sabe que éste facilitó la organización de batallones formados por bosnios musulmanes para combatir del lado de los nazis, y que incluso llegó a hablar con algunos líderes del Tercer Reich sobre la forma de aplicar la solución final en el Próximo Oriente.

—Bueno, yo no quería que nos remontáramos tan lejos.

—Quizá no sea tan lejos. El antisemitismo ha seguido uniendo a los neonazis, o la extrema derecha que resurge en los años ochenta del pasado siglo, con algunos líderes árabes. Gadafi, Sadam Husein y otros dieron apoyo económico a líderes populistas radicales como Haider o...

—¿Y ahora?

—Digamos que ahora hay de todo.

Samuel enarcó las cejas a modo de gesto de interrogación.

—Muchos líderes de la extrema derecha europea —continuó el profesor Nadal— han ido a parar al campo contrario. Ahora, lo que prima dentro de ese sector político es la fobia contra los musulmanes, y eso los ha llevado a atenuar su antisemitismo e incluso a desarrollar simpatías hacia Israel. Algunos líderes de la derecha radical populista han dicho que Israel y ellos tienen un enemigo común, que es el Islam. En fin...

—Curioso.

—Sí, curioso. Y más curiosa aún es la respuesta de los gobernantes de Israel: están acogiendo con entusiasmo a estos líderes ultraderechistas; los pasean por el país como si fueran hombres de Estado, les prestan apoyo... Claro que no todos lo ven bien dentro de Israel; algunos judíos de renombre internacional están escandalizados con esta alianza entre la derecha israelí y la extrema derecha europea.

»Pero quizás estoy yéndome por las ramas.

»No sé si estoy ayudándote mucho.

Samuel hizo un gesto de duda.

—A mí me interesa más la otra alianza, la que pueda darse entre ultraderechistas y yihadistas árabes.

—Esa alianza se ha hecho más difusa en los últimos años. Pero puede darse en algunos casos: ahí podríamos encontrar a ultraderechistas que sigan teniendo el antisemitismo como principal caballo de batalla. Y haberlos haylos.

—¿Alguno de los actuales líderes de la extrema derecha catalana podría estar en esa onda?

—Mmm. No sé si conoces a Pere Llop.

—Lo conozco.

—Él podría estarlo; sigue considerándose amigo de los árabes. Los demás... No, los demás... no creo; están todos inmersos en lo que llaman la batalla contra la islamización de Europa.

Al inspector lo decepcionó esta respuesta. Lo que hubiera querido oír era el nombre de Milletino, pero prefirió no insistir más. En cualquier caso, ahora sabía que no era tan insólito que unos neonazis tuvieran algún tipo de ligazón con yihadistas.

28

Llevaba las llaves en la mano, dispuesto a abrir la puerta del taller de Oriol —o acaso cabría decir del taller de ambos, pensó él—, pero oyó voces en el interior y se preguntó si no sería más correcto llamar primero. Lo que oía era la voz de Oriol, aunque parecía hablar solo: lo hacía por teléfono. Carlos golpeó la puerta con los nudillos pero, al no recibir respuesta, optó por abrir. Al fin y al cabo, entre Oriol y él había confianza para eso. Al entrar, recibió la mirada de Oriol, si bien éste no hizo ningún gesto de saludo. Estaba concentrado en la conversación telefónica que mantenía.

—No, no creo que pueda lograrlo en los próximos días. Estoy dedicándole muchas horas diarias pero no avanzo. Y si no lo hago bien, podrían descubrirlo con facilidad. Por eso he pensado en pedírselo a...

Oriol fue interrumpido por quien fuera que se hallaba al otro lado de la línea. A Carlos le sorprendió el aspecto de seriedad y turbación que mostraba su amigo. Sostenía el teléfono junto a la oreja con la mano derecha, mientras con la izquierda se frotaba la nuca como buscando con ello algo de sosiego, y se paseaba entre pared y pared del taller, avanzando cuatro o cinco pasos en un sentido, para después girarse y hacer lo mismo en el sentido contrario.

—Sí, de absoluta confianza. Y es el mejor hacker en muchos kilómetros a la redonda.

Se detuvo antes de girar frente a la pared, pero dos segundos después se dio la vuelta con gesto marcial y continuó en su avance hacia la pared contraria.

—No, no habrá ningún problema... Seguro... Adiós.

Separó el teléfono de la oreja y lo miró como si se tratara de un objeto que acababa de encontrar y no supiera para qué servía. Se había detenido, pero seguía frotándose la nuca con su mano libre y daba la impresión de no haberse percatado de la presencia de Carlos. Éste, por su parte, no osó interrumpir tan profunda meditación. Hasta que Oriol se guardó el teléfono y se giró.

—Hola, Carlos.

—Hola, camarada. Espero no haberte interrumpido...

—No te preocupes.

Dio la impresión de que iba a añadir algo más, pero lo que hizo fue volver a coger su teléfono móvil y marcar otra llamada. Carlos optó por apartarse un poco para no aparentar curiosidad.

—Hola, Chirla. Ya está hablado y sí, has de hacerlo. Como te comenté es urgente y muy importante. Muy importante.

Ahora hablaba sin pasearse ni tocarse la nuca. Parecía más seguro de sí mismo.

—Sí, él dice que adelante. ¿Puedes venir de inmediato?

¿Venir al taller?, se preguntó Carlos. ¿Había más gente que lo conocía?

—Sí, claro, aquí hay dos ordenadores potentes, pero si lo prefieres, puedes traerte tu portátil. La conexión es buena. Venga, te espero.

—Hola, Carlos —volvió a decir, como si aún no se hubieran saludado.

—Hola, Oriol. Esta mañana he hecho hora y media de gimnasia en cada polideportivo.

—Bien, Carlos, bien. Esta tarde, después de que te presente a un camarada, iremos a otro centro deportivo. Vamos fuera a fumar un cigarro.

¿Lo había oído bien? ¿Tenía que hacer gimnasia cada día en tres centros deportivos diferentes? Carlos trató de evitar que se hiciera visible en su rostro la ansiedad que le habían producido las palabras de Oriol. Salieron juntos al patio contiguo al taller, y Oriol tendió un cigarrillo a su amigo después de haberse colocado otro en la boca. Los prendieron y exhalaron las primeras bocanadas de humo, mientras Carlos se preguntaba cómo pedir a Oriol alguna aclaración sobre el asunto de su gimnasia. ¿Era necesaria tanta? ¿Y por qué en tres sitios diferentes?

Pensó que Oriol le había adivinado el pensamiento cuando le oyó decir:

—Pero no hace falta que vayas cada día a todos los centros. En lo que queda de semana, hasta el domingo, tienes que ir a todos, pero para la semana próxima bastará con que vayas a uno sólo.

—¿A cuál?

—Eso es lo que hemos de decidir en estos días. A ver, cuéntame. Aprovechemos el tiempo antes de que venga el camarada que quiero presentarte.

Oriol comenzó a hacer preguntas sobre los centros deportivos que Carlos había visitado y éste fue respondiéndolas. Se acabaron el cigarrillo y volvieron al interior del taller pero sin cambiar de tema de conversación. Más tarde salieron de nuevo a fumar y siguieron hablando, sin que la curiosidad de Oriol sobre lo que Carlos había visto en los gimnasios diera la impresión de saciarse. Hasta que lanzó la colilla del que ya era el sexto cigarrillo, se guardó las manos en los bolsillos y pareció renunciar a hacer más preguntas.

—Eres un gran soldado, Carlos. Estás cumpliendo tu misión con hombría y eficacia.

Carlos no supo si se refería a la gimnasia que estaba haciendo o a las respuestas que daba a sus preguntas, pero se sintió orgulloso de sí mismo, y feliz por la manera como iba consolidándose el vínculo entre ambos.

—A este gimnasio —dijo Oriol, refiriéndose, supuso Carlos, al último del que acababan de hablar— no hace falta que vuelvas. Sigue en el otro y en el que visitaremos luego.

Y, sin más, Oriol se dirigió a su mesa de ordenadores, se sentó y los puso en marcha, sin que Carlos pudiera discernir si debía prestar algún apoyo o esperar en silencio. Tras unos segundos de duda, optó por sentarse en el sofá y esperar ahí hasta que Oriol lo requiriese para algo. Aunque poco hubo de esperar, porque no tardaron en oírse unos golpecitos en la puerta, que a él lo sobresaltaron, pero no así a Oriol, que parecía estar esperándolos por la celeridad con la que se levantó y fue a abrir.

Apareció un joven algo más alto que Oriol, obeso, con melena desaliñada, barba de un par de meses, gafas redondas que se aguantaban *in extremis* en la punta de una nariz roja y tuberosa, pantalones muy caídos que parecían hechos para alguien aún más gordo, y un bolso grande, sostenido en bandolera, que arrugaba una chaqueta que en su día pudo ser de un traje gris. Oriol le dio un sostenido apretón de manos.

—Te presento a Carlos, nuestro jefe de sección en Barcelona. Éste es el Chirla, un camarada de los más válidos.

Carlos le tendió la mano, mientras pensaba que por fin comenzaba a conocer a los camaradas que iban a estar bajo sus órdenes. La forma como Oriol los había presentado no dejaba dudas sobre la jerarquía que entre ellos se establecía, cosa que no sólo lo llenó de satisfacción, sino que lo liberó de los recelos que en estos días habían crecido en su mente ante la falta de concreción de esa responsabilidad que le había sido atribuida. Sin embargo, otra aprensión lo invadió: si ahora Oriol se marchara, ¿qué órdenes tendría que dar él al Chirla? ¿Qué sabía él sobre lo que tenía que hacerse ni sobre cómo hacerlo?

Estas incertidumbres quedaron como suspendidas en el aire, ante el hecho de que el Chirla apenas si lo miró un segundo, se giró y se dirigió de inmediato a la mesa donde estaban los ordenadores. Con la decisión de quien conoce el terreno, apartó uno de los aparatos, puso su portátil frente a la silla y comenzó a enchufar y desenchufar cables, moviendo sus manos tanto por encima como por debajo de la mesa. En pocos minutos pareció tener las cosas a su gusto y se concentró sobre la pantalla de su ordenador.

Sin apartar la vista de la pantalla, hizo un comentario en voz alta que Carlos dio por sentado que iba para Oriol.

—Me dijiste que tenías su dirección de correo electrónico.

—Sí, aquí la tienes —dijo Oriol, al tiempo que le tendía un papelito con algo anotado.

El Chirla volvió a concentrarse en el teclado y la pantalla, mientras Oriol se limitaba a observarlo, hasta que éste se volvió hacia Carlos y le hizo un gesto con un movimiento lateral de cabeza.

—Vámonos.

Carlos sintió la imperiosa necesidad de aclarar lo que debía de hacer y cómo hacerlo, por lo que, ya en la calle, se atrevió a plantear la cuestión.

—Hemos de hablar sobre la organización, Oriol. Necesito saber qué órdenes he de dar al Chirla y…, y a los demás…

Oriol puso una mano sobre el hombro de Carlos.

—Cuando entremos en combate, tú estarás en primera línea.

Los camaradas reconocerán tu valía. Así forjarás tu liderazgo. Ahora vamos al centro deportivo que te he dicho. Iremos con mi coche, pero cuando comiences a ir solo, puedes ir en metro o con el coche de tu padre.

A punto estuvo Carlos de explicar a su amigo la bronca que su padre le había echado por coger el coche el lunes, pero se dio cuenta de que no quedaría en muy buen lugar si lo hacía. Oriol sabía que su padre era un líder en el seno del nacionalismo español, y debía suponer que padre e hijo mantenían conversaciones políticas y se trataban con camaradería, lo cual reforzaba la valía del hijo para que todos lo reconocieran como dirigente; si ahora Carlos explicaba que su padre lo trataba más bien como a un perro, perdería ese plus que le daba ser hijo de quien era.

29

Llegó a su piso a las cuatro de la tarde, de vuelta de la comida que había compartido con el profesor Nadal y pensando todavía en los comentarios que éste le había hecho. Quería descansar unos minutos, antes de irse de nuevo a la comisaría, aprovechando que ésta estaba a dos pasos de su casa, pero, en lugar de tumbarse en el sofá, lo que Samuel Montcada hizo fue abrir su ordenador portátil, porque se sentía impaciente por ver si los teléfonos pinchados aportaban alguna novedad.

Tenía tres correos pendientes de leer. El primero procedía de la Guardia Urbana y lo abrió, pero todo lo que contenía era un archivo fotográfico. El texto del mensaje decía lo mismo que el asunto: «Adjunto imagen solicitada». Samuel hizo doble clic sobre el archivo: una fotografía de la fachada de la comisaría del Raval. Se sintió confuso: ¿por qué le enviaban eso?; pero enseguida pensó que se habría producido algún error en el destinatario del mensaje, de modo que lo respondió advirtiendo del posible equívoco. Los otros dos correos contenían lo que él buscaba: las transcripciones de las conversaciones mantenidas en las últimas horas a través de los teléfonos intervenidos.

El inspector optó por leer primero las conversaciones de Emili Milletino pero no encontró nada relevante, cosa que no le sorprendió, ya que de haberlo habido, el correo electrónico contendría algún aviso o le habrían llamado desde la Central para decírselo. Resignado a que las demás conversaciones fueran parecidas, continuó leyendo con escepticismo las de las otras personas vigiladas —Pere Llop, Paulino Lacapilla, Severiano Pi...— y no erró, ya que el resultado fue igual de infructuoso. Después, llamó a la inspectora Guerrero para saber cómo iba la búsqueda del Viejo en Sitges, pero lo que oyó fue un contestador que le avisaba sobre la falta de cobertura. Y ya que tenía el móvil en la mano, decidió no esperar más para llamar también a los policías que desde primera hora de la mañana estaban distribuidos por media Cataluña con el espinoso encargo de encontrar el folio escrito por el Viejo. Con Eulalia tuvo la misma suerte que con María, pero pudo hablar con los otros, aunque sólo para ver crecer su decepción, ya que ninguno había encontrado nada que pudiera parecerse al escrito buscado.

Tras reconocer que el cuerpo no le pedía acomodarse en el sofá, se dijo que lo mismo que estaba haciendo en su casa podía hacerlo en la comisaría y optó por irse para allí. En su despacho continuó realizando llamadas, y con ellas siguió creciendo su desasosiego. Comenzaba a sentirse atormentado por una simple pregunta: qué hacer si no localizaban al Viejo ni daban con su maldito folio. Por dónde había de continuar la investigación.

Le sonó el móvil y en pantalla vio el nombre de María Guerrero.

—Hola, María.

—Hola, Samuel. Iba a llamarte yo y he visto que tenía una llamada perdida tuya.

—Sí, quería saber cómo os va por Sitges.

—Pues acaban de darme una noticia que no sé si es buena o mala, aunque me temo que lo segundo. Nuestros compañeros han hecho un excelente trabajo y a las cuatro de la tarde han dado con una casa unifamiliar en la urbanización Vallpineda en la que podría vivir el Viejo. Al menos, distintos testigos lo han identificado, gracias al retrato robot, como el morador de esa casa.

—¿Y la mala noticia?

—Dos vecinos dicen que el viernes pasado lo vieron cargar tres maletas en un coche de gama alta y partir. La mala noticia es que desde entonces nadie lo ha visto.

—¡Hostia! ¿Habéis entrado en la casa? ¿Habéis averiguado quién es el dueño? ¿Estáis...? Perdona. Dime.

—En cuanto llegue la orden del juez entraremos en la casa. Y sobre quién es el dueño, o inquilino, tengo a un compañero en el ayuntamiento que espero que me llame de un momento a otro.

—¿Tú estás en Sitges?

—Sí. Si quieres, antes de volverme a Sabadell, paso por Barcelona y nos vemos. Hoy he dejado a mi madre encargada de que cuide de la niña.

—Vale. Yo también tengo al niño con mi hermana. Los miércoles puedo usarla como canguro.

Tras despedirse de María, Samuel sintió el vacío de quien no tiene nada por hacer pese a enfrentarse a un enorme reto; pero no quería dejarse dominar por el abatimiento ni podía cruzarse de brazos, de modo que decidió volver a las conversaciones telefónicas intervenidas, aunque ahora optó por ir directamente a los audios. Deseaba escuchar los de Emili Milletino. Necesitaba oír su voz y sus palabras; detectar si alguna la decía con un tono o una cadencia que pudiera indicar doble significado, o un uso críptico, o algo que no quisiera mencionar por teléfono... Había seis conversaciones y las fue oyendo y repitiendo por el orden temporal en el que habían acontecido. Tres las mantuvo con alguien de una editorial, o acaso imprenta, encargada de la publicación de un libro que, en opinión de Milletino, estaba retrasándose demasiado; una con un hermano de su mujer que, por lo que parecía, vivía en Sevilla; otra con Rigoberto Carnaza, y otra con el dueño de una librería. Al final, todo lo que el inspector logró fue quedar harto de la voz áspera que oía y de la prepotencia que detectaba. La conversación con Carnaza era de lo más insulso, se refería a aspectos organizativos del partido en el que ambos militaban, y la más entretenida fue la que mantuvo con su cuñado, básicamente porque los dos pusieron verdes a sus respectivas esposas, y lo mismo hicieron con sus hijos.

Una idea asomó por la mente de Samuel, pero al punto se abrió la puerta y vio aparecer a la subinspectora Eulalia Planells.

—¿Ya por aquí? ¿Cómo te ha ido en Vic?

—Uf. Nada sobre el folio escrito por el Viejo —dijo ella, mientras se sentaba frente a Samuel y se repantingaba como si estuviera necesitada de un descanso—. He recogido unas cuantas hojas escritas para revisarlas mejor, pero ninguna parece que pueda ser el folio que buscamos.

—¿Y sobre información que Estrada estuviera recopilando?

—Ahí sí hay algo. Por eso me he vuelto de Vic. He dejado a dos compañeros continuando los registros. Verás. —Eulalia recolocó su cuerpo para aproximarlo a la mesa, como si quisiera advertir sobre la importancia de lo que iba a decir—. Resulta que Mateu Estrada pidió a un compañero de su partido información sobre un encuentro euromediterráneo que va a celebrarse en Barcelona dentro de poco más de dos semanas, concretamente el viernes 16 de mayo. Ese militante me ha dicho que recopiló un conjunto de datos para Estrada sobre asistentes al encuentro, lugar de celebración, etc., y lo relevante es que se lo pidió al día siguiente de su reunión con el Viejo en Sitges.

Inspector y subinspectora se miraron sin decir palabra durante varios segundos, hasta que Samuel se dejó caer sobre el respaldo de su silla y dijo:

—El atentado.

Instantes después fue Eulalia la que habló.

—Eso he pensado yo.

—¡Joder! —añadió el inspector.

Pero nada agregó ella.

Hasta que, tras un prolongado silencio, volvió a hablar Samuel.

—¿Y de qué va ese encuentro euromediterráneo?

—No sé más de lo que me ha dicho el propio militante de Resistencia. Parece ser que lo llaman encuentro de la sociedad civil, y participan oenegés, sindicatos y otras entidades, tanto de países del norte de África como de países europeos. El tipo hablaba con desprecio de todos ellos, como cabía esperar de un facha de Resistencia, pero dijo que tuvo que compilar abundante información sobre el encuentro porque Estrada estuvo apremiándolo durante varios días. También me ha dicho que no llegó a saber para qué quería Estrada todo eso.

—Ponte de inmediato a averiguar todo lo que puedas sobre ese encuentro. Yo voy a informar a Pilar Truyol.

El inspector se puso en la mano su teléfono móvil, pero antes de marcar, se incorporó y se acercó a la ventana. Pensativo.

—El problema…

—Sí —dijo Eulalia—, el problema es que el atentado es cosa de Abdul, o sea, de los yihadistas, y todo lo que nosotros tenemos se limita a la ultraderecha.

—Salvo ese anodino correo que Emili Milletino envió a Abdul —agregó él en voz baja, como si hablara para sí.

—Salvo eso —concedió ella con el mismo tono.

En ese instante, Samuel recordó que en su mente tenía una idea que se había esfumado cuando Eulalia hizo aparición en el despacho. Trató de reencontrarla, pero no lo logró. Se le había escapado, y él sabía que ese tipo de ideas fugaces no vuelven por mucho que se estruje uno el cerebro; si acaso, lo hacen de improviso, cuando ellas quieren.

***

A las siete y cuarto de la tarde llamó María desde Sitges para decir que ya salía y que, como se le había hecho un poco tarde, entraría en Barcelona por la ronda del litoral, aparcaría en el Moll de la Fusta y podrían encontrarse por la zona del puerto, si a Samuel no le iba mal desplazarse hasta allí. Así, cuando acabasen, ella podía volver a salir por la ronda y coger la autopista para Sabadell. «No hay problema», respondió él, «la línea verde de metro me deja al lado del puerto»; de modo que quedaron a las ocho junto a la pasarela de madera que llevaba el grandilocuente nombre de Rambla del Mar.

Samuel llegó antes, pero no tardó en ver a María acercándosele. Llevaba pantalón y cazadora tejanos, lo que sumado a su rubia melena rizada y a la amplia sonrisa que dibujó cuando cruzaron las miradas, le daban un aire juvenil que a Samuel le produjo cierto cosquilleo interno. Esto le generó un instante de inseguridad que hubiera preferido no sufrir, entre otras cosas, porque tenían que hablar de trabajo y él se temía que iban a producirse algunos desacuerdos.

Se saludaron con dos besos en las mejillas, intercambiaron algunas frases sobre lo bello que estaba el puerto y comenzaron a caminar hacia el centro del Moll de la Fusta, un poco apartados de la orilla, que era donde más se concentraban los demás viandantes. Samuel tuvo una extraña sensación de intimidad cuando comenzaron a pasear entre las palmeras, pese a que en ese momento ya estaban tratando asuntos policiales.

—El dueño de la casa vive en Alicante, y se la alquiló a un tal Federico Mariánez, que por su edad no puede ser el Viejo. Tengo a dos agentes tratando de localizarlo, pero lo que parece es que el Viejo estaba realquilado, y no sabemos lo larga que era la cadena de realquileres, por lo que podemos tardar en encontrar a alguien que pueda identificarlo.

—¿Y sobre el coche en el que montó el Viejo?

—Los vecinos que lo vieron no anotaron la matrícula. Un Mercedes berlina gris oscuro. Pero con esto...

María parecía cansada, pensó Samuel, pero él siguió haciéndole preguntas. La inspectora explicó que los de la policía científica estaban ya dentro de la casa, pero, en la primera incursión que ella hizo, pudo ya comprobar que el morador era alemán. Había bastantes libros y algunos diarios en este idioma. Sin embargo, lo que no encontró fue nada que sirviera para intuir dónde se había ido. En fin, al Viejo tardarían en echarle el guante. O ésta fue la conclusión pesimista a la que los dos inspectores llegaron.

Después, Samuel le explicó el asunto del encuentro euromediterráneo.

—Eso no tiene sentido —apuntó María, tras mirar a Samuel con el ceño fruncido.

—¿Qué no tiene sentido?

—Que la ultraderecha esté preparando un atentado para perpetrar en ese encuentro, y que sea el mismo atentado que prepara Abdul.

—¿Los ultras no hacen atentados? —preguntó el, con visible malestar y elevando un poco el tono de voz.

—¡Joder, Samuel, no estoy diciéndote eso! Los ultras podrían atentar contra un encuentro en el que hay asociaciones africanas, claro que sí, ¡pero ése no sería un atentado yihadista! —exclamó María, girándose hacia Samuel con los ojos bien abiertos y mostrando las palmas de las dos manos, como si estuviera demandándole un poco de cordura.

—¡Quizás el atentado yihadista no tiene nada que ver con el asesinato de Estrada!

—¡Fantástico! ¡¿Ahora me sales con éstas?! ¿No te das cuenta de que si tú has pensado en un posible atentado contra el encuentro euromediterráneo es porque tenemos datos sobre la preparación de un atentado yihadista?

Los dos habían dejado de caminar y se miraban de frente.

—¡Yo de lo que me doy cuenta es de que todo lo que averiguo se circunscribe a la ultraderecha! ¡¡Y no sé si vosotras, las de la Central, lo veis!!

—¡¿Pero de qué vas?! ¡¿Por qué me gritas?!

De pronto, Samuel se preguntó qué estaba pasando. O qué estaba pasándole a él. Tenía los nervios a flor de piel y una confusión mental de la que no podía identificar su origen.

—Perdona. Tienes razón. Estoy...

Mientras decía estas palabras, su mano izquierda se había posado sobre el brazo derecho de María, y la derecha se había acercado al otro brazo pero sin llegar a contactar. Él se percató de que se había aproximado mucho a ella, movido más por la necesidad de apaciguar los ánimos que por un arrebato de afecto, pero también se dio cuenta de que el gesto de ella cambió de forma súbita: relajó sus facciones, y sus ojos lo miraron fijamente mostrando interrogación más que enfado. María no retrocedió, sino más bien lo contrario, de forma que sus rostros quedaron a escasos diez centímetros el uno del otro, mientras sus miradas se mantenían tan engarzadas que ni un solo parpadeo permitían. Entonces, ella levantó su mano izquierda y fue subiéndola por el brazo de Samuel, hasta que la detuvo cerca del hombro, pero sólo por un instante, ya que de inmediato la pasó tras el cuello, al tiempo que su cara hacía un movimiento rápido y sus labios se unían a los de él. Los brazos de ambos se recolocaron para abrazar y apretar entre sí los cuerpos, mientras las bocas adoptaban diversos movimientos de fricción, y las lenguas buscaban cobijo en huecos contrarios.

Así se mantuvieron durante unos minutos, hasta que comenzaron a separar sus caras y a emitir algunas palabras, «uf», «vaya», «parecía que...», «sí...», y después se rieron, y separaron sus cuerpos, y reiniciaron el paseo, pero esta vez cogidos de la mano. Enseguida se confesaron mutuamente que habían pensado en que esto pudiera suceder desde el lunes de la semana pasada, cuando se encontraron por primera vez para hablar del caso Estrada, y que seguramente la atracción mutua venía de encuentros anteriores. Después se detuvieron y volvieron a besarse, lo que a Samuel lo llevó a pensar que quizá no tenían edad para mostrar tanta efusividad en un sitio público; pero siguieron haciéndolo, y siguieron hablando sobre sí mismos, planificando cosas a hacer para los próximos fines de semana, relegando por completo el hecho de que tenían una investigación en curso de la que podían depender muchas vidas humanas. Hasta que María pareció volver en sí.

—En realidad, no creo que este próximo fin de semana podamos hacer gran cosa. Más bien estaremos...

—Cierto. Volvamos a poner los pies en el suelo. Quizá deberíamos seguir hablando de...

—Vale, pero, ¿qué tal si lo hacemos mientras comemos unos pescaditos en la Barceloneta? Ya que estamos aquí...

Él lo aprobó con entusiasmo y ambos utilizaron sus teléfonos móviles para hacer los avisos pertinentes: María, que llegaría a su casa algo más tarde de lo previsto, y Samuel, que no iría a recoger a su hijo de casa de su hermana. Después, mientras comían unas sardinas, unos chocos y una ensalada, volvieron a hablar sobre la investigación, pero no tardaron en convenir que seguirían con el tema al día siguiente, cuando recibieran los nuevos informes de todos los demás policías que intervenían en el caso.

Lo que sí acordaron fue que no podía demorarse ya mucho más la detención e interrogatorio de Emili Milletino. A la postre, él era la única conexión que había entre Abdul y los ultras.

30

No había pasado muy buena noche. Acaso tuvo más ratos de vigilia que de sueño; y las vigilias fueron desiguales: placenteras mientras pensaba en María y en cómo habían ido las cosas en la tarde anterior, y tortuosas cuando su mente trataba de encontrar alguna clave que lo permitiese progresar en la investigación policial del caso Estrada. Pero ahora no se encontraba cansado ni confuso; bien al contrario, parecía que lo hubieran espoleado en el momento en el que traspasó la puerta de la comisaría a las nueve y cuarto de la mañana: en cuanto llegó a su despacho, cogió el teléfono y, sin sentarse siquiera, fue haciendo una llamada detrás de otra. Comenzó por los miembros de su grupo porque a todos los tenía ocupados con distintas tareas fuera de la comisaría. Llamó a la subinspectora Planells para ver qué tenía sobre el encuentro euromediterráneo; al sargento Anclado y a los cabos Jiménez y Vergés para ver si había alguna novedad sobre el folio escrito por el Viejo; a los de la científica para preguntar por lo que habían encontrado en la casa habitada por el Viejo; y a la inspectora Guerrero para organizar la detención de Milletino. A los miembros de su grupo los convocó para una reunión en cuanto llegaran a la comisaría. Samuel reflexionó por un instante sobre el hecho de que, pese a ser la fiesta del Primero de Mayo, todos los policías que tenían alguna función en el caso Estrada estaban trabajando;

las reducciones salariales de los últimos tiempos no mermaban su abnegada dedicación cuando se hallaban ante un reto importante. Pero se preguntó cuánto tiempo tardarían los recortes en hacer mella en ese celo.

—Hay novedades. Ya os adelanté algo por teléfono, pero vamos a hacer un repaso ordenado —dijo el inspector, cuando los cinco miembros del grupo de homicidios estuvieron sentados en torno a la mesa de reuniones.

Miró los papeles que había colocado sobre la mesa, como si ello le sirviera para establecer mentalmente el orden que había anunciado, y continuó:

—Comenzando por la vivienda del Viejo, lo que acaban de decirme es que las huellas tomadas no han aportado todavía ninguna identidad, pero los de la Central seguirán trabajando en eso; el ordenador tampoco parece que vaya a desvelar nada, puesto que, según los compañeros que lo han analizado, no se utilizaba para gestionar ninguna cuenta de correo electrónico; y los papeles, revistas y libros encontrados confirman las tendencias nazis del Viejo, pero, salvo por lo que os comentaré enseguida, tampoco aportan gran cosa para la investigación.

—El ordenador..., aparte del correo... —comentó Catalina a modo de pregunta.

—Lo utilizaba sí, pero sólo para navegar por Internet. Abría habitualmente algunos diarios y poca cosa más. No había archivos con textos. El Viejo era más de los de papel y lápiz. Y precisamente de este tipo es el hallazgo que se ha hecho.

Se detuvo para mirar uno de los papeles que llevaba, pero enseguida continuó, ya que todos estaban expectantes.

—El Viejo tenía una libreta donde escribía recetas de cocina, algunas en alemán, pero la mayoría en castellano. Supongo que cuando hizo las maletas no se la llevó porque no le parecería importante, o porque no reparó en ella al tenerla dentro de un cajón de la cocina. Pero en la última página de esa libreta hay unas notas que no corresponden a ninguna receta; tal como están escritas, perecen notas tomadas al dictado de alguien, quizá mientras mantenía una conversación telefónica.

Volvió a mirar el papel.

—¿Recordáis lo que nos explicó la inspectora Guerrero sobre los dos correos que Adolfo intercambió con Mateu Estrada?

—Sí, los correos en los que se hablaba del dinero que iba a entregar a Estrada —dijo Catalina, siempre predispuesta a responder a las preguntas de su jefe, aunque fueran más bien retóricas como en este caso—; en el primero, Adolfo se presentaba dando la referencia de un alemán, y en el segundo...

—Exacto —la interrumpió Samuel—. Lo que se ha encontrado escrito en la libreta del Viejo es el nombre de ese ultraderechista alemán que servía de referencia para Adolfo, y también el nombre de la revista ecologista de Berlín, o supuestamente ecologista, que dirige.

—A ver si lo entiendo —dijo Ramón, dilatando las palabras—. El Viejo es el artífice de los correos enviados por Adolfo a Estrada. ¿El Viejo es Adolfo?

—No lo creo —respondió Samuel—. Me inclino por mantener lo que dijimos ayer, que Adolfo es el joven neonazi alemán al que Rafael Salmuera vio por las inmediaciones del local de Resistencia, pero lo que ahora podemos dar por confirmado es que Adolfo actuó siguiendo órdenes del Viejo. O al menos coligado con él.

—Sí, lo veo —añadió Ramón—. El Viejo decide asesinar a Estrada y se inventa lo del apoyo financiero alemán para que Adolfo pueda acercarse a él. Se entera, por quien fuera, de que Estrada conocía al director de esa revista de Berlín, y le da los datos a Adolfo para que le escriba.

—Correcto —sentenció Samuel—. El Viejo sería, por tanto, el autor intelectual del asesinato de Estrada, y el neonazi Adolfo su brazo ejecutor. Pero, ¿por qué el Viejo ordenó el asesinato de Estrada? La única razón que de momento hemos podido vislumbrar es que Estrada sabía demasiado. Necesitamos, por tanto, averiguar qué era lo que sabía, y sólo lo lograremos si encontramos el escrito que le entregó.

—Pues, de momento, ese escrito no ha aparecido por ninguna parte —apostilló Bernat en tono quejumbroso.

El inspector Montcada asintió con un gesto a sabiendas de que el sargento Bernat Anclado y los demás miembros del grupo habían dedicado ayer muchas horas a buscar y rebuscar ese escrito, registrando distintas oficinas de Resistencia en varios municipios de Cataluña y algunos despachos de dependencias municipales.

—Y seguimos teniendo a Abdul fuera del terreno de juego, al menos de nuestro terreno de juego —comentó Ramón.

Efectivamente, ahí seguía estando el enigma, pensó Samuel.

—A Emili Milletino vamos a detenerlo esta noche. Esperemos

que él nos aporte algo de luz sobre la conexión entre Abdul y los asesinos de Estrada.

—¿Vamos a esperar hasta la noche? —preguntó Bernat.

—Sí, así lo hemos decidido la inspectora Guerrero y yo. Queremos ver si los movimientos policiales que hubo ayer en Sitges se reflejan de alguna manera en las conversaciones telefónicas que hoy pueda mantener Milletino. Bueno, Eulalia, pasemos a lo del encuentro euromediterráneo. Ya sabéis —dijo Samuel para los demás— que ese encuentro podría estar entre las informaciones que el Viejo pidió a Estrada.

La subinspectora se recolocó en la silla y Samuel se dio cuenta de que hasta ese momento había estado un poco ausente.

—En realidad... En fin, aquí tengo un montón de información —dijo ella señalando una carpeta que había sobre la mesa— sobre las características del encuentro, objetivos, participantes, etcétera, pero no creo que... Bueno, lo más interesante es que entre los ponentes hay dos personas que conocemos. Uno es el profesor Nadal, al que tú has visto ya un par de veces, Samuel, y el otro es Hamid Halef, un médico del hospital de la Vall d'Hebron, que a su vez es miembro del Consejo Islámico de Cataluña. Yo lo conozco porque estuvimos juntos en un seminario y es un tipo bastante afable. Quizá lo interesante sería hablar con ellos.

—¿Para? —preguntó Samuel.

—Si hay riesgo de un atentado contra ese encuentro, tal vez ellos nos den alguna pista sobre quiénes podrían estar interesados en perpetrarlo, o el motivo que pudieran tener...

El inspector asintió pensativo.

—Quizá deberíamos proponer que se suspenda el encuentro —sugirió la cabo Vergés.

—Para eso es un poco pronto —repuso Samuel—. Estamos justo a quince días de su celebración; tenemos tiempo aún. Pero, naturalmente, suspenderlo será la opción adecuada si en estos días no logramos aclarar las cosas.

***

Dos horas después, Samuel se encontraba de nuevo con el profesor Nadal en el mismo bar en el que se vieron la tarde anterior. Lo había llamado nada más acabar la reunión y el profesor se prestó al encuentro sin que pareciera que el hecho de ser fiesta fuera impedimento alguno.

—Vamos a tener que hacerte un contrato como sigamos reclamando tus servicios y echando mano de tus conocimientos con tanta frecuencia —bromeó Samuel, mientras ocupaban una mesa.

—Estoy a punto de jubilarme como profesor, y te confieso que un contrato con los Mossos d'Esquadra no es ninguna de las opciones que contemplo para mi próximo futuro. Pero no te preocupes, colaboro encantado. A María Guerrero la conozco desde hace tiempo y me cae muy bien; es una mujer estupenda.

«No lo sabes tú bien», pensó el inspector, mientras se esforzaba porque la referencia hecha a María no le produjese ningún cambio en el gesto facial.

—Y cooperar —añadió el profesor—, cuando de lo que se trata es de perseguir a la extrema derecha, es para mí un placer. Hace tiempo que digo que la policía debería prestar más atención a esa gente.

—Lo sé. Pero no estoy seguro de que sea sobre la extrema derecha sobre lo que hoy hemos de hablar...

—¿Sí?

—Veras...

Samuel interrumpió su comentario porque se acercó una camarera para preguntar qué querían tomar. Ambos pidieron café y, cuando ella se hubo apartado, el inspector continuó:

—Ayer te pregunté acerca de posibles connivencias entre ultraderechistas y extremistas musulmanes, pero no te expliqué la razón por la que te hacía tales preguntas. Lo cierto es que cuando los policías estamos en medio de un investigación no podemos desvelar aspectos de la misma, pero creo que hoy he de explicarte algo para que tú puedas darme tu opinión. He sabido que participas en un encuentro euromediterráneo que se celebrará dentro de dos semanas.

—Sí, la cooperación con el Norte de África es otro de mis temas de trabajo, y los organizadores del encuentro me invitaron a hacer una ponencia. Pero, ¿qué tiene que ver...?

El inspector le explicó las sospechas que existían de que el Viejo se hubiera interesado por ese encuentro, y la hipótesis —o más bien sólo conjetura, de momento— de que ello tuviera relación con la preparación de un atentado yihadista.

—¿Un nazi colaborando con yihadistas en la preparación de un atentado?

—Suena raro, ¿no? —dijo Samuel, como reconociendo que sus conjeturas podrían ser descabelladas, e incluso asumiendo para sí que lo eran.

—No. En realidad, en el mundo de los extremismos todo es posible. Y un atentado contra ese encuentro podría ser del interés tanto de los neonazis como de los yihadistas.

—¿Conoces a todos los participantes?

—Conozco a muchos, y también a las organizaciones que representan.

—¿Podría estar alguno en conexión con algún grupo yihadista?

—Eso es imposible de saber, pero de los participantes que yo conozco, no creo que...

—¿Y las organizaciones? Participan asociaciones norteafricanas, ¿no?

—Sí, claro. Son las promotoras del encuentro.

—No sería difícil que alguna tuviera vínculos con grupos yihadistas europeos.

—¿No sería difícil?

—Son asociaciones musulmanas, ¿no?

La sonrisa que se dibujó en el rostro del profesor le indicó a Samuel que había dicho una sandez, de modo que, tratando de reparar su desliz, añadió:

—No estoy diciendo que todos los musulmanes tengan que ser extremistas...

—Pero crees que tienen cierta predisposición a serlo.

—No. En absoluto. Simplemente... —Samuel temió que su patinazo estuviese rompiendo el amigable vínculo que se había formado entre los dos, pero no sabía cómo reencauzar las cosas. En realidad, él siempre había criticado a los que, guiados por prejuicios, tendían generalizar en los musulmanes rasgos que sólo caracterizaban a algunas minorías. Pero también sabía que cuando se ha metido la pata, tratar de sacarla suele llevar a hundirse más.

Así, el inspector buscó alguna palabra que añadir, no para rectificar ni justificarse, sino para hacer avanzar la conversación.

Pero se le adelantó el profesor.

—La tendencia que tenemos los europeos a creer que la religión musulmana es más propensa que las demás a la violencia y al terrorismo es precisamente el tema de mi ponencia en ese encuentro. Lo cierto es que todas las religiones dan de sí para lo más bueno y lo más malo. Con el Cristianismo está muy claro: en el nombre de Cristo actuaron los inquisidores, realizando las más terribles torturas y quemando vivos a quienes no pensaban como ellos, y en el nombre de Cristo, un papa como Pío XII mantuvo una estrecha colaboración con los nazis; pero también en el nombre de Cristo han actuado los curas de la teología de la liberación, entregados a construir sociedades más justas para los más desfavorecidos. O sea que ya ves: el Cristianismo ha dado cobijo a posturas que más opuestas no podrían ser. Con el Islam pasa lo mismo. En realidad, los textos sagrados, sean de la religión que sean, siempre pueden interpretarse de muchas maneras, y las personas que hacen una interpretación radical y perversa son las únicas responsables de los actos a los que ello las conduce. No hay unas religiones mejores que otras, o más adaptadas que otras a la democracia y a los derechos humanos; son otros aspectos sociales, económicos y políticos los que determinan que en unas poblaciones aparezcan más terroristas que en otras.

La camarera interrumpió al profesor al depositar sobre la mesa los cafés demandados. Samuel dudó sobre si aprovechar o no esa interrupción para volver al asunto del encuentro euromediterráneo, porque se temió que el profesor Nadal fuera a soltarle la ponencia completa, pero nada dijo. En cierto modo, reconocía que lo que Nadal explicaba estaba cargado de cordura.

—Lo que nos pasa —continuó el profesor— es que, cuando los terroristas son europeos y cristianos, su extremismo no lo relacionamos con su origen cultural o su religión; tendemos a individualizar su crimen y, con frecuencia, a verlos como perturbados mentales. No sé si recuerdas que éste fue uno de los adjetivos que se barajó con Breivik, el asesino de Noruega, neonazi y cristiano. En cambio, si son musulmanes, desaparece de nuestro imaginario la posibilidad de que sean perturbados; como si fuese más natural que siendo musulmanes sean terroristas. En el caso de Merah, el musulmán que hizo sus atentados en Francia un año después de los de Breivik, en ningún momento se habló de que pudiera ser un enfermo mental, y su crimen se observó como parte del terrorismo musulmán global.

El profesor hizo una pausa, pero sus gestos —la mirada sobre la mesa, las cejas arqueadas, los labios apretados y unos ligeros movimientos de cabeza— indicaban que iba a seguir con su explicación.

—Además, si a un terrorista hemos de calificarlo como cristiano, tendemos a decir *supuestamente cristiano*, como si no fuese posible ser de verdad cristiano y al mismo tiempo terrorista. Mira, aquí tengo recortes de prensa sobre lo que te digo. Precisamente, los había recogido para usarlos en mi ponencia del encuentro euromediterráneo.

Nadal agachó un brazo para coger la cartera que había dejado en el suelo, la colocó sobre el regazo, la abrió y rebuscó entre los papeles que contenía. Samuel, entre tanto, se limitaba a observar, resignado a seguir prestando atención, consciente de que el profesor se hallaba en su salsa mientras disertaba sobre estas cosas y contando con que en algún momento pudieran retomar el hilo inicial de la conversación.

—Fíjate en este artículo de El País del 10 de marzo de 2012, en el que se habla del terrorista ugandés Joseph Kony: a su ejército, llamado Ejército de Liberación del Señor, se lo menciona como una guerrilla en teoría cristiana. ¿Alguna vez has leído *en teoría musulmán* o *supuestamente musulmán* cuando se habla de un terrorista yihadista?

—Estoy plenamente de acuerdo contigo. Hablamos mucho del Islam y de los musulmanes con poco conocimiento de causa y descuidando los matices. En cualquier caso, lo que yo...

—En cualquier caso, lo que tú planteas no es descabellado. Si hay algún indicio de que un grupo yihadista quiere atentar contra ese encuentro, no hay que descartar que tenga algún cómplice entre los participantes u organizadores. Déjame pensar...

El profesor comenzó a dar vueltas al café para disolver el azúcar, mientras miraba fijamente el vaso con un ojo entrecerrado y la ceja del otro levantada.

El inspector lo dejó pensar y aprovechó para remover también él su café y dar los primeros sorbos.

—La verdad es que ninguna de las organizaciones participantes me parece sospechosa de tener contacto con salafistas. A los ponentes que vienen de países árabes no los conozco a todos, pero de los que conozco, me extrañaría mucho que... Pero, quizá... Bueno, diría que si yo tuviera que investigar a los participantes del encuentro, no comenzaría por los que vienen de fuera. Hay un par de ponentes que representan a asociaciones recientemente constituidas, una en Tarragona y otra en Cervera, a los que no conozco de nada; y hay dos más de Terrassa... y un imam de Barcelona... Pero creo que sobre estas personas deberías hablar con Hamid Halef. ¿Lo conoces?

—Sí…, un médico que es miembro del Consejo Islámico…

—Efectivamente. Él se ha encargado de proponer los participantes de Cataluña. Ha de conocerlos bien a todos.

Pese a la recomendación hecha por el profesor, Samuel quiso que le diese los detalles que él supiera sobre esos participantes que había mencionado, y fue anotando todo lo que Nadal relató. También le pidió datos sobre las personas que hacían los preparativos logísticos del encuentro, y alguna cosa pudo decir el profesor, pero volvió a señalar que quién las conocía mejor era Hamid Halef, ya que éste había hecho la mayor parte de las gestiones para su organización. Finalmente, el profesor dijo que haría sus propias indagaciones para detectar cualquier tipo de conexión con el salafismo de cualquier persona relacionada con el evento, y prometió informar al inspector de todo lo que averiguara por insignificante que pudiera parecer.

31

A última hora de la tarde, Carlos ya había hecho gimnasia en los dos polideportivos a los que tenía que ir —del tercero lo liberó Oriol el día anterior— y se había duchado el mismo número de veces. Quedó en verse con Oriol en el taller y especulaba con la posibilidad de que él lo eximiese de uno de los dos gimnasios, para lo que había anotado en su mente todo tipo de detalles sobre cada uno de ellos. Ahora ya sabía que Oriol necesitaba datos sobre los centros deportivos y que, en cuanto los tuviera, le permitiría dejar de visitar uno de ellos.

Hizo el recorrido hasta la puerta del taller de Oriol con el sigilo y vigilancia que éste le había ordenado y la abrió con sus propias llaves. En el interior dominaba la penumbra, porque de fuera sólo entraba la débil luz de una bombilla y dentro no había ninguna encendida, pero dos pantallas de ordenador iluminaban débilmente la estancia. Frente a una de ellas se hallaba el cuerpo grande del Chirla, ocupando un destartalado taburete que a duras penas podía sostenerlo y con la cabeza girada hacia atrás para averiguar quién entraba.

—Hola, Chirla, ¿no está Oriol?

—Mmm. —Se volvió hacia la pantalla.

—¿Eh? —insistió Carlos.

—¿Lo ves por algún sitio? —respondió el Chirla, con las manos ya tecleando, y a una velocidad que no parecía posible para el grosor de sus dedos.

Carlos sintió rabia y animadversión hacia quien osaba tratarlo con tanto menosprecio. Le entraron ganas de decirle cuatro cosas y ponerlo en su sitio, pero no se le ocurrió nada concreto, y, por otra parte, sería como hablar con una pared, porque el Chirla estaba ya tan concentrado con el ordenador que difícilmente escucharía sus palabras. Optó por dejar caer con fuerza su bolsa de deportes sobre el suelo, para hacer el mayor ruido posible, pero esto ni siquiera alteró el ritmo con el que aquellos dedos gordos se movían por el teclado. Así, invisible e inaudible, se sentó sobre el sofá y encendió un cigarrillo.

Y diez minutos después, otro.

Cuando iba por el quinto cigarrillo, el Chirla se volvió hacia él.

—Ve al bar y tráeme una cerveza y algo para picar. Patatas fritas, cacahuetes, o lo que pilles.

Su cabeza volvió a girarse hacia la pantalla.

Carlos se quedó atónito. ¿Qué se había creído el Chirla? ¿Aún no le habían dicho cuál era aquí la jerarquía? ¿No sabía que Carlos era el jefe de la sección de Barcelona, es decir, *su jefe*? Por descontado que no iría a por esa cerveza, más bien sería el Chirla quien tendría que levantar su culo gordo del taburete e ir él a por cervezas para los dos.

Con la determinación de poner las cosas en claro, se levantó del sofá y se acercó a la mesa de los ordenadores.

—¿Una cerveza has dicho?

—Mmm.

Carlos dudó, pero no supo qué más añadir, ni cómo aclarar las cosas. Quizá el Chirla aún no sabía quién era quién en la organización. Pero ir sin más a por la cerveza…, eso tampoco pensaba hacerlo.

Y con esto en la cabeza, estuvo unos segundos quieto a la espalda del Chirla, hasta que se volvió, salió del taller y se acercó al bar a por la cerveza y algo para picar. Pero compró dos cervezas para dejar claro que se trataba de compartir algo entre camaradas, no de hacer un recado.

Cuando entró de nuevo en el taller, la luz estaba encendida y Oriol se hallaba junto al Chirla, ambos de pie y dando la impresión de que acababan de encontrarse y saludarse.

—¡Hola Oriol! —exclamó Carlos.

—Ah, hola. Bueno dime —Oriol se había vuelto ya hacia el Chirla—, ¿lo has conseguido?

—Naturalmente, joder. Aunque no ha sido fácil, hostia. Los cabrones están bien protegidos.

—Eres el más grande, Chirla. ¿Cómo lo has hecho?

—Sabía que entrar en la intranet de los Mossos sería difícil, incluso para mí, pero todo el mundo tiene un ordenador en su casa y confié en que el tipo también lo tuviera. Si entraba en Internet desde su casa, todo sería más fácil. ¡Y el cabrón lo hizo, entró! A las cuatro de la tarde de ayer.

—¿Y lo tienes?

—Por supuesto, joder. Y sólo con un puto correo.

—¿Con un correo? ¿Lo abrió?

—Creé un dominio muy parecido al de la Guardia Urbana, le envié una foto con un troyano encriptado y le he endiñado una RAT. Pura ingeniería social: el tipo vio lo de la Guardia Urbana y abrió el correo como si tal cosa.

—¿Y su antivirus no…?

—Joder, Oriol. Un troyano hecho por mí. Especial para los amigos, hostia.

—Así, lo tienes. ¡Eres el puto amo, Chirla!

Mientras oía estas últimas frases, Carlos puso sobre la mesa las dos cervezas, las patatas fritas y las almendras que había comprado.

—Hostia, Carlos, gracias —dijo Oriol—. Es verdad que se habían acabado las cervezas del frigorífico. Tengo que comprar más.

Oriol puso una mano sobre el hombro de Carlos y con la otra cogió una cerveza, al tiempo que el Chirla agarraba la que quedaba. Los dos dieron el primer sorbo sin que la mano de Oriol se moviese del hombro de Carlos. Cuando las botellas de cerveza volvieron a estar sobre la mesa, el Chirla cogió las almendras y, con movimientos rápidos, abrió la bolsa y se puso la mitad de su contenido en la boca.

—Pues venga, tío, cuenta, que estoy impaciente —dijo Oriol al Chirla.

—En su escritorio —repuso el hacker, vocalizando asombrosamente bien para la cantidad de almendras que masticaba— tiene una carpeta que lleva por nombre ESTRADA, con sesenta y dos archivos. La mayoría son transcripciones de interrogatorios y de escuchas telefónicas, pero hay también informes de balística, de huellas dactilares y otras cosas. Aquí los tienes todos, yo sólo les he echado un vistazo. Verás a quiénes han interrogado y de quiénes tienen el teléfono pinchado.

—¿Y su correo electrónico?

—También, joder. Le pillé la contraseña.

—Déjame ver.

Oriol ocupó el taburete y se concentró en el ordenador, mientras el Chirla cogía su cerveza, las patatas fritas y lo que quedaba de las almendras, se iba al sofá y se arrellanaba en él.

Una hora después, Oriol seguía leyendo archivos sin haber dicho ni mu en todo ese tiempo, el Chirla se había dormido sobre el sofá y Carlos estaba sentado en una silla preguntándose si debería irse para casa o esperar a que Oriol acabara con lo que estuviera haciendo.

Un potente ronquido del Chirla pareció despabilar a Oriol. Se volvió, miró alternativamente al Chirla y a Carlos y, dirigiéndose a éste, dijo:

—Hay que acelerar las cosas.

Carlos asintió. Por fin Oriol se dirigía a él.

—Coge tu bolsa y vamos fuera. Dejaremos que el gordo siga trabajando cuando se despierte.

Había anochecido cuando salieron del taller. Se dirigieron hacia la rambla del Poblenou, como en dirección al metro, y Oriol comenzó a hacer preguntas a Carlos sobre los centros deportivos. Se sentaron en un banco de la rambla y siguieron conversando, hasta que Oriol se quedó callado, con la mirada puesta sobre el letrero luminoso de una zapatería, y Carlos supo que no debía hablar más para no interrumpir los pensamientos del líder. Tras unos minutos de silencio, Oriol salió del trance.

—A partir de mañana sólo irás a un polideportivo. Creo que ya he decidido cuál, pero necesito averiguar un par de cosas antes. Te lo diré… Nos vemos a las diez de la mañana en el taller, ¿vale?

Vale, claro, pensó Carlos, mientras afirmaba con la cabeza. Se sentía disgustado y deseaba hacérselo saber de alguna manera a Oriol; pero dudaba de que supiera definir las causas de su malestar de forma que su amigo pudiera ponerse en su lugar, o al menos comprenderlo. Ahora ya sabía que lo de los centros deportivos no tenía por objeto que él se fortaleciera físicamente, sino aportar datos a Oriol, pero no tenía ni idea de para qué quería Oriol esa información; tampoco sabía qué estaba haciendo el Chirla con los ordenadores; ni sabía cuándo iba a conocer a los demás miembros de la organización, ni qué acciones había que preparar, ni cómo iba a ejercer él de jefe de la sección de Barcelona...

—Tenemos que hablar, Oriol.

—¿Y qué estamos haciendo?

—Me refiero a que..., joder, aún no sé cuál es mi papel...

—¿Estás echándote para atrás?

—¡No, hostia puta, no! ¡Para nada! Estoy al cien por cien contigo. Pero es que no sé nada... No sé cuándo hemos de comenzar a actuar, cuál es mi papel en la organización... Y, encima, el Chirla...

—¿Qué pasa con el Chirla?

—Ni me ha saludado. Y me ha tratado como si yo fuera el chico de los recados. Tú le dijiste que yo soy el jefe de..., ¿no?

Oriol miró a Carlos durante unos instantes. Después, bajo la cabeza y se quedó pensativo.

—No te preocupes, Carlos. Mañana hablaré con él. Tú eres el jefe de la sección de Barcelona. Lo eres, Carlos. Lo eres.

—Vale —repuso él en voz baja—. Pero, si soy el jefe, debería saber algo más sobre la organización. No sé..., algo... Necesito ver hacia dónde vamos...

—Luchamos contra fuerzas poderosas —dijo Oriol con voz firme, y, tras una leve pausa, volvió a mirar fijamente el letrero luminoso que tenía frente a él—. El Estado capitalista tiene tentáculos por todas partes; tiene policías, chivatos, cárceles, prensa... Estamos pasando por una fase de oscuridad en la que sólo podemos avanzar a tientas. Hace setenta años que la corrupción, el libertinaje, la inmoralidad y la mentira se impusieron sobre la virtud, la integridad, la justicia y la verdad, y aún seguimos viviendo en el reino de las tinieblas. Sólo unos pocos hemos sido honrados con la clarividencia que nos permitirá conducir a la humanidad hacia el paraíso que pudo haberse alcanzado setenta años atrás. Y tú estás entre los ungidos, Carlos. Tú eres uno de los nuestros. Te esperan grandes gestas. Pero has de tener paciencia.

—Estoy contigo, Oriol, lo sabes. Sólo quiero ver más claro...

—Todos queremos ver la luz. Pero, créeme, la veremos. —Oriol hizo otra pausa. Hablaba mirando al rótulo luminoso con los ojos muy abiertos. Su cara cambiaba de color al ritmo de los cambios del letrero—. Está próximo el momento en el que una potente luz alumbrará la senda de muchos de nuestros camaradas por toda Europa. —Nuevo silencio—. Será la luz del estallido. Nuestro movimiento verá la dirección del camino a seguir porque estará iluminado por ese fuego que tú habrás contribuido a encender. Nuevo Renacer Luminoso cobrará todo su sentido; los más valientes se unirán a nosotros; habrá nuevos estallidos sociales y todas las espadas se alzarán al grito de la victoria.

Oriol se calló, pero seguía mirando hacia la zapatería. A Carlos le pareció que la cara de su amigo, iluminada por el letrero que tenían delante, emitía destellos de fuerza y resolución. Comenzó a sentirse mejor. Le gustaba oír a Oriol cuando hablaba de esa manera.

—La luz del estallido —repitió Carlos para ayudarlo a seguir, al tiempo que imaginaba dicho estallido como algo parecido al encuentro de la montaña en el que participó el pasado fin de semana, pero con cientos, quizá miles, de militantes dispuestos a partir de inmediato para el combate.

Pero Oriol se mantuvo en silencio. Su espíritu parecía haberse ausentado.

—Un gran estallido social —añadió Carlos, para que Oriol se percatase de que había pillado la idea.

Pero el líder seguía en silencio.

—Así, de momento, no he de hacer nada... —dijo Carlos un rato después.

Oriol se volvió, miró fijamente a su amigo y le puso un brazo sobre los hombros.

—Estás haciéndolo, camarada. Estás haciéndolo.

32

Su reloj marcaba las diez de la noche y todo estaba listo, pensó Samuel Montcada. Había recogido a Raúl de casa de su hermana y se lo había confiado a la canguro —¡una vez más!—, la patrulla de vigilancia estaba apostada por la inmediaciones del inmueble y él se acercaba con otra patrulla, a punto de detenerse ante el portal. Con él iba la subinspectora Eulalia Planells.

Bajaron del coche, tocaron el timbre y Emili Milletino contestó. Se quejó de la hora a la que venían a visitarlo, pero abrió el portón.

—¿Creen que son horas...? —volvió a decir a modo de recibimiento cuando les abrió la puerta del piso.

Pero el inspector no le dejó continuar.

—Queda detenido por su presunta participación en el asesinato de Mateu Estrada y por pertenencia a organización criminal. Tiene derecho a guardar silencio y a no declarar contra sí mismo. Tiene derecho a la asistencia de un abogado que usted puede designar o a que se le asigne uno de oficio. Tiene derecho a que lo visite un médico. Tiene derecho a que se ponga en conocimiento de un familiar, o la persona que usted desee, el hecho de la detención y el lugar de custodia en que se halle en cada momento.

Mientras el inspector soltaba esta retahíla, dos agentes se habían acercado a Milletino y uno de ellos le puso las esposas. Él estaba atónito, con los ojos como platos y emitiendo sonidos leves, como si quisiera hablar pero no fuera capaz de articular palabra. A su espalda apareció su mujer, con cara de estupefacción pero también muda, y Samuel se dirigió a ella para mostrarle la orden de registro que llevaba. Todos se internaron hacia el estudio; a Milletino lo sentaron en una silla y el inspector inició el registro ayudado por la subinspectora. Lo primero que hicieron fue desenchufar el ordenador y pedir a un agente que se lo llevara; después, fueron abriendo todos los cajones, analizando todos los papeles para decidir qué se llevaban y repasando todas las estanterías para observar su contenido. Del estudio pasaron a los dormitorios para escrutarlos, y lo mismo hicieron con la cocina. Todo ello les llevó más de dos horas. Mucho tiempo, pensó Samuel, pero el problema era que no sabían muy bien lo que buscaban. Encontrar aquí el folio que el Viejo entregó a Estrada hubiera sido una rocambolesca carambola que no se atrevía ni a soñar, y, por lo demás, lo único que cabía esperar era que hubiera algo que confirmara la relación de Emili Milletino con Abdul. Por eso miraban papel por papel en busca de cualquier palabra que sonara conectada con el yihadismo o con la preparación de un atentado, y había mucha documentación que hacía mención a los musulmanes, pero toda parecía del mismo estilo: propaganda contra ellos.

Cuando hubieron empaquetado todo lo que decidieron llevarse, salieron del piso, dejando a la mujer sola y lagrimosa, y se fueron hacia la comisaría de Les Corts.

Una hora después, el inspector Montcada inició el interrogatorio de Emili Milletino en presencia de otro policía y del abogado del detenido.

El objetivo no era otro que el de hacerle confesar su relación con Abdul y que explicase todo lo que supiera sobre los propósitos delictivos de éste, pero el material del que el inspector disponía era nimio: aparte del correo enviado por Milletino a Abdul, no había habido ninguna otra cosa, ni en las conversaciones telefónicas ni por correo electrónico; así que optó por comenzar con otro tema.

—La participación del Viejo en el asesinato de Estrada es un hecho confirmado. Lo que queremos es que usted nos explique su relación con él y que nos ayude a encontrarlo.

—¿El Viejo? No lo veo desde hace casi veinte años. ¿Me han detenido porque creen que tengo algo que ver con él?

Samuel insistió con otra pregunta similar a la primera, y el detenido contestó también de forma parecida. Ello se repitió durante unos minutos dando lugar a un diálogo de besugos que incluso al policía que tomaba las notas parecía producirle tedio. Hasta que el inspector creyó llegado el momento de cambiar de tema. Daba por hecho que Milletino decía la verdad cuando afirmaba que no tenía relación actual con el Viejo, y el inspector quería ver si cuando negara también su relación con Abdul lo hacía con gestos y tono similares. Pero el inspector no podía mencionar el nombre de Abdul, ya que éste sólo era el que la policía francesa y los Mossos utilizaban para nombrar a alguien que no sabían cómo se llamaba.

—Hábleme del yihadista.

—¿El yihadista?

—Dónde está en estos momentos. Qué preparan juntos.

—¿El yihadista?

—¡Sí, el yihadista!

Milletino se quedó callado y levantó ligeramente los hombros. Después dijo que no conocía personalmente a ningún yihadista y ya no hubo forma de sacarlo de esa tesitura. Cuarenta minutos estuvo el inspector Montcada preguntando, de las maneras más variadas posibles, por el yihadista, y los mismos estuvo Milletino diciendo que no sabía de qué le hablaba. Las amenazas, veladas o explícitas, los chantajes, las ofertas de prebendas si colaboraba y todas las demás triquiñuelas que Samuel utilizó no resultaron de la más mínima utilidad. El correo que Milletino envió a Abdul, parecía, por las respuestas del primero, no haber existido jamás; afirmaba que la cuenta de correo que el inspector mencionaba no era suya y de ahí no se movía.

A las dos y media de la mañana, el inspector decidió concluir el interrogatorio y se marchó a su casa.

Encontró a la canguro dormida sobre el sofá, le pagó y se despidieron. De inmediato, él ocupó el puesto que ella acababa de dejar vacío, quitándose sólo los zapatos, con la esperanza de quedarse dormido de inmediato. No lo logró, porque le resultaba difícil abstraerse del estrepitoso fracaso que había sufrido. Si Milletino no confesaba, no tenía nada. O sí: tenía un asesinato sin resolver y un atentado en preparación del que apenas nada sabía, más allá de la leve sospecha de que podía perpetrarse contra el encuentro euromediterráneo que iba a celebrarse dentro de dos semanas. Pero finalmente debió de quedarse dormido, porque el despertador lo transportó como a puñetazos a la vigilia matinal. Se duchó, despertó al chico y realizó todas las demás acciones rutinarias, hasta que Raúl se encaminó con la mochila a cuestas hacia su colegio y Samuel se vio a sí mismo caminando sin denuedo hacia la comisaría. No sabía muy bien qué hacer en cuanto llegase a ella.

Milletino: ¿por qué mentía? ¿Qué ocultaba?

Se tomó sin prisas un café y una pasta mientras esas preguntas seguían revoloteando por su cabeza. A Milletino lo tenía en el calabozo y podía volver a interrogarlo de inmediato, pero no sabía qué nuevo enfoque dar a sus preguntas para obtener un resultado distinto al de la pasada noche. En su despacho, puso el ordenador en funcionamiento cuando eran las diez menos cuarto de la mañana, abrió su correo electrónico y encontró la transcripción ya redactada del interrogatorio de Milletino. Comenzó a repasarla con escasas esperanzas de que su lectura le aportara alguna idea sobre lo que había hecho mal. Cuando acabó de leerla, se habían cumplido fielmente esas magras expectativas. Comenzó a leerla de nuevo.

Pero, de pronto, levantó la vista hacia el techo.

—¡Joder!

Recordó una idea que anteayer le había pasado fugazmente por la cabeza después de leer la transcripción de una conversación telefónica que Milletino mantuvo con su cuñado, justo en el momento en el que ambos estaban poniendo verde a sus respectivas familias. ¿Cómo no había pensado en ello mientras lo interrogaba la pasada madrugada? O más grave aún: ¿cómo no se le pasó por la cabeza mientras registraban ayer la casa de Milletino?

Con la comezón de quien ha cometido un error difícil de justificar, salió del despacho y se dirigió a un agente.

—Llévame al detenido a la sala de interrogatorios, ¡rápido! Si lo encuentras dormido, lo sacas a rastras del calabozo. ¡Lo quiero allí antes de dos minutos!

Mientras él mismo se dirigía también a la sala de interrogatorios, llamó a uno de los agentes que vigilaban la vivienda de Milletino.

33

A las diez de la mañana, como le había pedido Oriol, Carlos estaba llegando al taller. Abrió la puerta y, de nuevo, vio al Chirla sentado delante del ordenador. Dudó sobre si darle los buenos días o no, puesto que no esperaba respuesta del hacker, pero fue éste quien saludó.

—Hola, Carlos, ¿cómo estás? ¿Todo bien?

—Sí..., buenos días, Chirla.

—¿Has desayunado? ¿Te traigo un café del bar?

—Bueno... No, no te molestes.

—No es molestia, camarada. No me cuesta nada. Siéntate, que traigo un par de cafés en un momento. ¿Alguna pasta?

—No, no, de verdad, gracias.

El Chirla salió raudo del taller y Carlos se quedó pasmado. ¡Qué cambio! Tras las primeras palabras del Chirla, a Carlos le costó comprender lo que estaba pasando, pero ahora ya lo entendía: por fin Oriol había aclarado la jerarquía que existía entre ellos. Ya era hora. Su ánimo sufrió una crecida notable y sintió unas ganas enormes de actividad. A ver si Oriol le presentaba a los demás camaradas y marcaba algunas directrices para comenzar a realizar acciones concretas. Él pondría los cinco sentidos en ellas para demostrar que era digno de la responsabilidad que le había otorgado.

Por el ventanuco que daba al patio interior, vio que llegaba el

Chirla cargado con dos cafés y tres donuts, y Carlos se apresuró a abrir la puerta.

—Gracias, camarada —dijo, y le dio una palmadita en la espalda.

El Chirla hizo un mohín casi imperceptible, pero enseguida asintió con una sonrisa.

Ambos se sentaron junto a una esquina de la mesa de los ordenadores y comenzaron a revolver el azúcar en los vasos de café. El Chirla se había puesto los tres donuts a su lado y Carlos dudó sobre si reclamar uno o no. Le apetecía, y, siendo él el jefe, el otro no se lo negaría, pero, bah, qué más daba, lo importante era la acción. Lo importante era que la línea de mando estuviera clara.

—Cuando nos acabemos los cafés, me explicas cómo va tu trabajo con los ordenadores —dijo Carlos en tono amigable.

—¿Que te explique qué? —El Chirla había fruncido el ceño, pero de inmediato cambió el gesto—. Bueno... sí, claro, luego.... Y cualquier otra cosa que quieras saber... En fin, lo que sea, camarada.

Carlos estiró el tronco, ambos dieron unos sorbos a los cafés y el Chirla se metió la mitad del primer donut en la boca, y dos segundos después la otra mitad. Pero al instante pudo seguir hablando.

—¿Cómo te ha ido la noche? Quiero decir... ¿va todo bien en tu casa? Si necesitas hablar de algo...

—Bueno, hay una cosa que quiero explicarle a Oriol, pero no tiene importancia.

El Chirla asintió y dio cuenta del segundo donut.

Cuando se encajaba el tercero en la boca llegó Oriol.

—Buenos días, camaradas.

Carlos se levantó de la silla, como empujado por un resorte, y le tendió la mano mientras le daba los buenos días. Oriol le correspondió estrechándosela y con una palmada en el hombro, pero de inmediato se dirigió al Chirla.

—Me he pasado la mitad de la noche leyendo archivos. Es cojonudo. La cosa va de puta madre. Y tú, ¿has encontrado cosas nuevas? —Oriol se sentó y también Carlos volvió a ocupar su silla.

—Carlos tiene algo que explicarte —respondió el Chila.

El gesto serio de éste hizo que Oriol volviese la mirada hacia Carlos con una mueca de interrogación.

—Ah, no es importante —dijo Carlos—. Le he dicho antes al Chirla que tenía que explicarte una cosa, pero si prefieres hablar antes con él de otros temas...

Oriol giró la cara hacia el Chirla, pero, como éste seguía mirando a Carlos sin haber cambiado el gesto, la volvió a girar.

—No, dime tú primero lo que sea. Tú eres el jefe en Barcelona. Primero tú.

—Vale, pues..., que anoche detuvieron a mi padre. Yo llegué tarde, a más de las doce y media, y me encontré a mi madre llorando. Me lo explicó ella. Los hijos de puta se habían llevado el ordenador y no sé cuántas cosas de mi padre.

Oriol miró a Carlos entrecerrando ligeramente los ojos, después al Chirla y otra vez a Carlos. El Chirla, en ese momento, sólo miraba a Oriol.

—Pero no es importante —agregó Carlos, un poco asustado por la seriedad funeraria que parecía haberse instalado dentro del taller—. La cosa no tiene nada que ver conmigo. Yo con mi padre no...

Oriol alzó una mano en señal de stop.

—Vale, no te preocupes —le dijo, al tiempo que le daba una palmadita en la nuca. Después se giró hacia el Chirla— ¿Y tú qué tienes?

—La transcripción completa del interrogatorio.

—Cuenta.

—Primero le preguntó sobre el Viejo, pero ahí no hubo nada nuevo. Y después se pasó casi una hora interrogándolo sobre sus relaciones con un yihadista.

—Mmm —emitió Oriol, con los labios apretados, el ceño fruncido y la mirada perdida en una esquina del taller.

Carlos notó que sus músculos se relajaban. Por un momento había tenido la sensación de que algo iba mal; los gestos de Oriol y del Chirla parecían acusatorios, como si la detención de su padre los pusiera a ellos en peligro; pero ahora habían comenzado a hablar de otro asunto, lo que indicaba que no le daban mayor importancia a esa detención. Realmente no la tenía, porque él no le había explicado nada a su padre sobre ellos, ni sobre Nuevo Renacer Luminoso, pero esto se lo remarcaría después a Oriol, cuando acabaran con lo que fuera de lo que ahora hablaban.

—¿Y qué tipo de preguntas le hacía?

—La verdad —respondió el Chirla— es que de las preguntas puede extraerse poca información, porque todo el rato giraban en torno a lo mismo: que quién era el yihadista, que qué se traían entre manos, que desde cuándo lo conocía... Y el otro a todo respondía que no sabía de qué estaba hablándole.

Oriol abrió la boca para hacer otra pregunta, pero su gesto quedó petrificado por unos instantes. Hasta que se llevó las manos a la cabeza y cruzó los dedos sobre ella.

—¡Hostia, tío! ¡Ahora lo entiendo! Ese inspector Montcada está muy cerca y muy lejos al mismo tiempo.

El nombre el inspector captó la atención de Carlos. Hasta ese momento no se había interesado por la conversación, básicamente porque no sabía de qué hablaban, pero Montcada era también el nombre del inspector que había detenido a su padre, a juzgar por lo que su madre le había dicho. Acaso lo que ahora estaban hablando Oriol y el Chirla sí tuviera algo que ver con la detención.

Oriol se incorporó y dio unos pasos, a zancadas y moviendo la cabeza con gestos de afirmación.

Pensaba.

Hasta que se detuvo y miró fijamente a uno de los ordenadores.

—*Alea iacta est* —susurró.

Carlos trató de recordar el significado de la frase pero no lo logró.

—Comienza el juego —añadió Oriol como para sí.

Estas palabras también le resultaron enigmáticas a Carlos, pero no era momento como para interrumpir buscando aclaraciones.

Oriol volvió a sentarse.

—¿Estás seguro de que en el interrogatorio no se deja ver el motivo por el que la policía lo relaciona con el yihadista?

—Bueno, eso más o menos sí se desvela: parece que escribió un correo electrónico al yihadista. Pero él lo niega, y sobre el contenido del correo no dice nada el inspector.

—Vale. Está claro.

Tras estas palabras, Oriol se volvió hacia Carlos.

—Vamos a tomar un café por ahí.

—Claro, pero…, acabamos de tomar uno el Chirla y yo.

—No importa, te invito a otro. Vamos. Y tú, Chirla, sigue con lo tuyo. A partir de ahora hay que controlar su ordenador minuto a minuto.

Oriol y Carlos salieron y se dirigieron hacia la rambla del Poblenou. Allí ocuparon una mesa de la terraza de un bar. Oriol se mostraba afable con Carlos; le preguntó si le afectaba la detención de su padre, si su madre estaba bien…, y Carlos respondía dando impresión de fortaleza, de que nada alteraba su entrega a la causa.

Hasta que, cuando ya tenían los cafés sobre la mesa, Oriol pareció ponerse un poco más serio.

—Tengo que preguntarte una cosa, Carlos, y es importante que me digas la verdad. Hay algo que has podido hacer de forma errónea, y no pasa nada si ha sido así, todos cometemos errores; tu lugar en la organización no se verá afectado, ni tampoco mi amistad, pero necesito saber la verdad.

A Carlos comenzó a golpearle el corazón en el pecho, como si llamara desde dentro pidiendo escapar. Un cosquilleo le subía desde la ingle.

—Habíamos dicho que los correos electrónicos se escriben desde cibercafés —prosiguió Oriol—. ¿Me has escrito tú alguno desde el ordenador de tu padre?

Carlos temió que el nudo que se le había hecho en la garganta le impidiera contestar. Pero tenía que hacerlo. Y, además, tenía que decir la verdad. Al líder no le podía mentir.

—Sí..., bueno... Pero sólo uno. Y no decía nada... Sólo algo como que ya estaba hecho el encargo... Fue al volver de Tarragona con el paquete que me enviaste a recoger...

—Sí, vale, recuerdo ese correo.

—No decía nada comprometido, ¿no?

—No, no lo decías. No te preocupes, Carlos, no tiene importancia.

Oriol puso una mano sobre el brazo de Carlos y ambos se quedaron callados. Hasta que soltó el brazo y le colocó la mano sobre el hombro.

—Camarada, tu misión es ahora más importante que nunca. Has demostrado tener madera de dirigente. Has superado todas las pruebas. Ahora, has de pasar a la clandestinidad.

Oriol dio el último sorbo a su café, dijo «vamos» y se dirigió hacia dentro del bar —para pagar, supuso Carlos—. Él también se levantó de la silla y se quedó sobre la acera esperando a que su amigo volviera, mientras se preguntaba qué había querido decir con eso de pasar a la clandestinidad. Sus palabras lo habían liberado de la congoja de los instantes anteriores: ahora sabía que él seguía estando donde quería estar; pero a Oriol siempre era difícil entenderlo, y le fastidiaba no encontrar la forma adecuada de dirigirse a él para pedirle aclaraciones.

Fue Oriol, sin embargo, quien le dio de inmediato las explicaciones que necesitaba.

—La detención de tu padre ha sido un error de la policía —le dijo, mientras caminaban de nuevo hacia el taller y le acercaba la cara para hablar bajo, como si fuera importante que nadie ajeno captara nada—, es a ti a quien quieren. Tu padre ya no es nadie. Tú, en cambio, estás forjándote como un líder para la nueva generación que realizará las más grandes gestas. Si te capturan a ti, el movimiento se resentirá. Por eso has de pasar a la clandestinidad.

—Vale, camarada. Estoy preparado para ello. Pero cómo…

—Te acomodarás en el taller. Cuando lleguemos, te daré dinero y te compras algo de ropa y cosas de aseo. No has de volver a tu casa para nada, ni contactar con tus padres. A tu madre le haremos llegar un mensaje de que estás bien para que no se preocupe.

—No hace falta. Mis padres que se jodan.

—Vale, pues si no hace falta, no hace falta. Yo te traeré luego un par de mantas. Ah, y un móvil nuevo. Dame el tuyo.

Carlos obedeció.

—Con el móvil que te dé, sólo puedes llamarme a mí. Si necesitas llamar a alguien más, me lo comentas, ¿vale?

—Claro, camarada.

—Y nada de correos electrónicos a nadie. Eres un hombre nuevo, Carlos.

—Claro. Un hombre nuevo.

—Sal poco del taller. Sólo para comprar, comer en el bar y cosas de ese tipo, y para ir al gimnasio, eso sí. Las comidas hazlas cada día en bares diferentes. Dinero no te faltará. Procura destacarte lo menos posible. No digas a nadie quién eres, ni…

—Lo entiendo, camarada. No hay problema. Un hombre nuevo. Estoy preparado para esta nueva batalla.

34

El nuevo interrogatorio que el inspector Montcada le hizo a
Emili Milletino a las diez de la mañana sólo duró quince minutos,
pero éstos fueron suficientes para confirmar la candente sospecha
con la que Samuel lo había abordado: el correo enviado a Abdul
desde el ordenador de Milletino había sido escrito, con toda pro-
babilidad, por su hijo Carlos. El problema estribaba en que, antes
de entrar en la sala de interrogatorios, el inspector ya sabía, por
el agente que vigilaba la casa de Milletino, que Carlos había salido de ella a las nueve y media. Así, tras explicar por teléfono a
María Guerrero su nuevo hallazgo, el inspector reunió a su grupo
de homicidios para repartir nuevas y urgentes tareas. El objetivo
que ahora cambiaba todas las prioridades era la localización y detención de Carlos Milletino, y para ello había que mantener a los
agentes apostados por las cercanías del piso de sus padres, otros
debían llamar a todos los centros deportivos de la ciudad —su
padre había declarado que el miércoles y el jueves Carlos salió de
casa con una bolsa de deporte, y el agente que vigilaba la vivienda había dicho que también hoy salió cargado con una bolsa— y
otros agentes tenían que localizar a los pocos jóvenes que Emili
Milletino reconoció como antiguos amigos de Carlos —de los actuales no tenía ni idea—. El inspector suponía que lo más probable
era que Carlos se presentase, sin más, en casa de sus padres y ahí

pudieran detenerlo, por eso no había querido alertar a la madre y mantenía incomunicado al padre, para que ninguno de los dos pudiera advertir a su hijo de que lo buscaban; pero si Carlos, tras la detención de su padre, decidía tomar precauciones, podría optar por esconderse, y, por tanto, lo mejor era buscarlo desde el primer momento.

Solo ya en su despacho, el inspector repasó todas las órdenes que acababa de dar para ver si había alguna fisura en ellas, pero no la encontró, o no supo verla, por lo que decidió ponerse al ordenador y enviar un correo electrónico a la inspectora Guerrero para explicarle todas las medidas que acababa de poner en marcha. Se despidió de ella con dos sencillas palabras: «un abrazo», porque ya se había dado cuenta de que intentar enviar señales de cariño encriptadas dentro de mensajes de trabajo conllevaba el riesgo de parecer infantil y rayar en lo grotesco. Pero pensó durante un rato en cómo podrían volver a tener un momento íntimo en las próximas horas o días. Parecía difícil, ya que el trabajo estaba acumulándoseles, pero tuvo la seguridad de que ello no enfriaría la disposición de María a sostener la relación. Se sintió bien.

Sin embargo, había otra cosa que en los últimos minutos había comenzado a generarle cierta zozobra. Una vez descubierto que el correo enviado al yihadista Abdul lo había escrito Carlos Milletino y no su padre, ¿no estaban ante el hecho de que la preparación del atentado yihadista era un asunto desligado del asesinato de Mateu Estrada? Al fin y al cabo, si los Mossos habían establecido el ligamen era por considerar que Emili Milletino vinculaba ambos hechos. Cierto que Abdul, desde su web yihadista, había reivindicado el asesinato de Estrada, pero esto pudo ser una ocurrencia en búsqueda de notoriedad. Así las cosas, Samuel volvía a ver ahora dos casos separados: en el lado del asesinato de Estrada estaban el Viejo y Adolfo, el joven neonazi alemán; mientras que en el lado del atentado yihadista se encontraban Carlos y Abdul. Esta mañana, el padre de Carlos dijo que su hijo tuvo, tiempo atrás, simpatía por la derecha nacionalista, como la tenía él mismo, pero también dijo que no sabía por dónde respiraba últimamente. Cabía la posibilidad de que Carlos se hubiera vinculado al radicalismo salafista, y si era así, se desvanecía la conexión entre la ultraderecha y los yihadistas que preparaban el atentado.

Pero entonces, ¿qué era lo que el Viejo estaba preparando y para lo que requirió la información que debía aportar Estrada?

Podía ser cualquier otra cosa, no necesariamente un atentado. Lo cual llevaba a suponer que el riesgo de que el encuentro euromediterráneo sufriera un ataque perdía consistencia. En algún momento, el inspector había pensado en solicitar a los organizadores que suspendieran ese encuentro, como sugirió Catalina, pero ahora ya no veía que ello estuviera justificado. Aunque..., ¿y si las cosas eran de otra manera? ¿Y si estaba escapándosele algo, alguna conexión entre los implicados que hiciera temer por la seguridad de ese encuentro? Tal vez lo más prudente fuera no bajar la guardia. Convenía hablar con Hamid Halef, el organizador del encuentro, lo antes posible; pero ayer, cuando la subinspectora Planells trató de localizarlo, resultó que el médico se encontraba en Marruecos y no volvía hasta el jueves de la semana próxima. Entre hoy y el día de la celebración del encuentro restaban catorce días, pero desde el día que volvía Halef sólo restarían ocho: muy pocos si tal encuentro era el objetivo de los terroristas.

Aunque si Carlos Milletino volvía hoy a su casa para comer y lo arrestaban, la resolución del caso podía ser inminente, al menos en la parte relacionada con el atentado.

Precisamente por eso, a las dos y media de la tarde, Samuel y Eulalia se encontraban dentro de un coche camuflado de los Mossos, aparcado cerca de la vivienda de los padres de Carlos Milletino.

—Empiezo a tener la mosca detrás de la oreja —advirtió el inspector.

—¿Crees que no vendrá?

—Emili dijo que Carlos siempre era puntual para la comida. Afirmó que eso era lo único para lo que tenía puntualidad.

—No tiene muy buen concepto de su hijo, por lo que parece.

—¿Buen concepto? Dijo de él que era vago, inútil, cobarde, de bajo coeficiente mental...

—Con un padre como Emili Milletino... ¿Y qué hacemos si no viene?

Samuel hizo un mohín antes de contestar.

—¿Qué tal si nos acercamos a ese bar y pedimos unos bocadillos?

Así lo hicieron, después de avisar por teléfono a un policía que se encontraba en otro coche. En cuanto el camarero les sirvió los bocadillos y dos aguas, la subinspectora lo pagó todo para poder salir de inmediato si los avisaban de la aparición de Carlos Milletino.

Pero pudieron acabarse los bocadillos e incluso se tomaron dos cafés. Más aún, Samuel pudo ir a recoger a su hijo al colegio, cosa que no había previsto, porque a las cinco de la tarde, Carlos seguía sin haberse presentado en la casa de sus padres. Raúl se llevó una alegría, ya que parecía estar seguro de que, un día más, iría solo a casa para encontrarse allí con la canguro. Pero Samuel le advirtió de que probablemente debería volver al trabajo y que la canguro estaba avisada por si acaso.

—Hoy es viernes, papá.

—¿Y?

—Pues que no pienso quedarme con la canguro.

—Es que no sé a qué hora tendré que irme, ni a qué hora podré volver a casa.

—¿Y? —replicó el chico, imitando a su padre.

—¿Cómo que y?

—¿Y para qué necesito a la canguro?

—¿Te harás la cena tú solo? Además, me quedo más tranquilo si hay alguien contigo.

—Ayer hablé con mamá.

—¿Ah, sí?

—Le dije que, menos ayer que estaba con la tía, había estado toda la semana con la canguro, y que, si hoy me hacías lo mismo, me iba a pasar el fin de semana con ella.

—¿Y ella qué...?

—Estuvo de acuerdo. Y, por cierto, me dijo que hablaría contigo del asunto.

—¿Del asunto?

—Parece que se cabreó un poco.

Lo que le faltaba —pensó—, que su exmujer lo presionara y volviera a sacar el tema de la custodia. Ambos habían estado de acuerdo en compartirla, pero ella le advirtió de que tendría que ser compatible con su labor policial, y que si no lo era, debería replantearse la decisión. Meses atrás, tuvieron ya un agrio debate sobre el mismo tema, después de que él echara mano de la canguro durante varios días seguidos, pero la cosa no pasó de ahí, porque en las semanas siguientes no volvió a producirse una situación similar. Sin embargo, a Samuel le quedó claro que no podía tensar mucho la cuerda. ¿Pero qué podía hacer ahora? No podía prometer a su hijo que mañana, sábado, estarían juntos todo el día. Ni mañana, ni pasado...

—Bueno. Si ella está de acuerdo... Pero si veo que mañana podemos pasar el día juntos, te llamo, ¿vale?

Raúl, sin embargo, no llamó a su madre porque tampoco nadie llamó a Samuel para decirle que Carlos Milletino había sido localizado. De modo que a las nueve de la noche, las pizzas encargadas por Samuel se hallaban sobre la mesa, y padre e hijo estaban sentados y dispuestos a dar buena cuenta de ellas.

Pero cuando Samuel se llevaba el primer trozo a la boca, sonó el teléfono.

Lo cogió pensando en Carlos Milletino, pero quien llamaba no era ninguno de los policías que tenía buscándolo, sino la inspectora Guerrero.

Samuel se apartó de su hijo para hablar y saludó a María con tono afable, tratando de sonar cariñoso. Ella, en cambio, parecía aguijoneada por alguna novedad.

—...hemos localizado el ordenador.

—¿El ordenador...?

—Sí, ¡el de Abdul!

—¿Pero no trabajaba con IP falsa...?

—Pese a ello. Los técnicos han dado con la IP original del router. Está en un taller situado en el Poblenou. La intendente Truyol está dando las órdenes para que el grupo especial de intervención se ponga en marcha. Te doy las coordenadas y vas para allí con un coche patrulla, ¿te parece?

El inspector asintió y tomó nota de los datos que le dio la inspectora. Después, miró a su hijo y al trozo de pizza que se llevaba a la boca, y observó con desconsuelo la suya, a la que sólo le faltaba la pequeña porción que todavía estaba enganchada al tenedor. Ni siquiera había llegado a probarla.

—Me tengo que ir, hijo. Lo siento. Llama a tu madre y...

—Le diré que venga y se coma tu pizza.

—Buena idea —repuso Samuel con tristeza.

35

A las nueve y cuarto ya había cenado y se disponía a pasar su primera noche en el taller de Oriol. Su primera noche en la clandestinidad. Cuando apagase la luz y se tumbase a dormir en el sofá, quizá se sentiría solo, pero no le importaba, otros lo habían hecho antes y seguro que muchos camaradas estaban en su misma situación. Ahora formaba parte de un grupo de hombres audaces y dispuestos al sacrificio, que avanzaban juntos apoyándose unos a otros. Él sólo conocía a Oriol, al Chirla y a los que estuvieron en el encuentro de la montaña, pero sabía que había muchos más, sentía su presencia, percibía que contaba con el soporte de muchos valientes que saldrían en su ayuda en cualquier circunstancia. Las frases de Oriol, en las que mostraba la grandeza de la misión que los unía, seguían en su cerebro y, cuanto más las rememoraba, mayor seguridad tenía en lo que estaba haciendo. Pensar en ellas le daba energía, lo conectaba con todos los camaradas que en distintos lugares se hallaban entregados a la misma lucha. En estos momentos, sabía que el triunfo era inevitable y que ellos crearían un orden nuevo, sin mezcla de razas, sin delincuentes, sin corrupción... Sentía euforia y ganas de actuar. Notaba el valor que crecía dentro de él.

Oriol le dijo, antes de salir del taller, que los Mossos lo buscaban ya y que debía extremar las precauciones. Estaban preguntando por él en los centros deportivos, cosa que no era problema puesto que se había inscrito con nombre falso, pero debía entrar y salir del gimnasio —hoy había ido ya sólo a uno— con la mayor discreción posible. Carlos no acababa de entender el motivo por el que la policía lo buscaba, pero suponía que algo les habría llegado sobre el papel que él estaba destinado a jugar en la organización, y eso le hacía sentirse importante. Oriol le había autorizado a ir cada tarde al gimnasio, lo cual era una suerte, ya que así podría ducharse, pero tenía que hacerlo en el horario de mayor afluencia de gente, entre las seis y las siete de la tarde, para pasar lo más desapercibido posible. El resto del día lo pasaría en el taller, salvo las salidas que hiciera para comer, de modo que debería buscarse algún entretenimiento. Ya había echado un vistazo a los pocos libros que Oriol tenía aquí y había elegido uno: La raza del espíritu, de Julius Evola, que, de momento, descansaba en el sofá. Nunca fue muy amigo de la lectura, pero ahora sabía que debía formarse y, además, tenía que matar el rato de alguna forma.

Se sentó en el sofá y cogió el libro, pero, tras leer las cuatro primeras líneas sin haber entendido lo que decían, lo volvió a dejar para echar mano del paquete de cigarrillos. Encendió uno y comenzó a exhalar el humo mirando al techo. Matilde le vino a la mente. No la veía desde que les dijo que comenzaba a trabajar en un mercado. Mejor. Así no pensaba tanto en ella ni sentía celos de Oriol. Además, las mujeres eran más bien un estorbo cuando los hombres se enfrentaban a gestas que requerían determinación, valor y sacrificio. Ya habría tiempo para hembras. Acaso al final de la batalla; ¿no se decía que eran el descanso del guerrero? Cuando vieran que él era el jefe de la sección de Barcelona, muchas se rendirían a sus pies. Tal vez también Matilde.

Se la imaginó coqueteando con él, mientras él se resistía ligeramente, y esta idea le generó ganas de masturbarse. ¿Por qué no? Estaba solo. Pero un ruido alteró estos pensamientos.

Alguien había abierto la puerta exterior del patio al que daba el taller. Carlos se asustó: no podía ser Oriol, ni el Chirla, porque ambos se habían despedido con un «hasta mañana». Apagó la luz y se acercó al ventanuco. Se dio cuenta de que la lumbre del cigarrillo podía delatarlo y lo apagó con el zapato. La luz de la bombilla exterior le permitió ver al hombre que cruzaba el patio: ¡un moro! Lo siguió con la vista, ladeándose para ampliar su ángulo de visión, y pudo observar que abría la puerta de otro taller. Era uno de esos paquistaníes que arreglaban motos. Oriol le había dicho que vivían en el mismo taller en el que trabajaban. En cuanto se abrió aquella puerta, la luz interior del taller se proyectó sobre el patio y se oyeron voces, saludos probablemente, en un idioma extraño. Después, la puerta se cerró y las voces se apagaron. Por suerte, ya que oír a esa gente no resultaba agradable.

Iba a encender de nuevo la luz, pero la penumbra interior, alimentada sólo por la farola del patio, le resultó agradable. Se sentó en el sofá y encendió un nuevo cigarrillo. La presencia tan cercana de unos moros lo incomodaba un poco, pero como su taller de motos tenía otra salida a la calle, esperaba no cruzarse mucho con ellos durante el tiempo en el que él viviera aquí. Poco a poco, fue dejando de pensar en los paquistaníes y volvió a sopesar la idea de masturbarse, pero ya no tenía ganas. Después, con la cabeza recostada sobre el respaldo del sofá, comenzó a sentir sueño.

Otro ruido lo despabiló.

Procedía de la misma puerta exterior del patio, pero esta vez había sido más fuerte.

Volvió al ventanuco y lo que vio lo dejó sin respiración. Un hombre ataviado con casco y ropa negra, con una pistola en la mano, se había detenido al inicio del patio. Carlos observó cómo se giraba para dar la señal de adelante a quien lo estuviese siguiendo y leyó la palabra «policía» escrita en su espalda. De inmediato, aparecieron dos más vestidos de la misma guisa.

Venían a por él.

Sus piernas comenzaron a flaquear y temió que dejaran de sostenerlo. El corazón le martilleaba el pecho y apenas podía respirar. Y, una vez más, el orín fluía por su pierna derecha y se acumulaba dentro del zapato.

Tenía que dominar el pánico, pero ¿qué podía hacer? No había dónde esconderse; y, aunque lo hubiera, se sentía agarrotado, incapaz de mover un solo músculo. Siguió paralizado frente al ventanuco, apoyando el cuerpo y las manos sobre la pared para no caerse, esperando que de un momento a otro los tres policías se acercaran a la puerta y la echaran abajo. Pero lo que vio fue que avanzaban muy pegados a la pared de enfrente y pasaban de largo. Él volvió a ladearse para seguirlos con la vista y advirtió cómo uno de ellos metía una palanca entre las dos hojas de la puerta del taller de los paquistaníes.

Después, todo fue estruendo y griterío. Los ruidos que Carlos oyó mostraban que más policías habían entrado también por la otra puerta del taller. Las voces continuaron, pero pronto quedaron reducidas a comentarios de los policías. Él entendió sólo algunas palabras sueltas: inspector, ordenadores, cuidado con eso…; hasta que cerraron el portón que daba al patio y ya no pudo entender nada. Sin embargo, siguió oyendo ruidos y voces durante más de una hora, y en todo ese tiempo, él se mantuvo pegado al ventanuco sin atreverse a realizar el más mínimo movimiento.

Cuando le pareció que todos habían desaparecido se preguntó si tenía que informar de lo sucedido a Oriol. Eran las once y media de la noche; quizá sería mejor esperar a mañana para llamarlo. O tal vez no.

Lo llamó y le explicó lo sucedido.

—¿Seguro que a ti no te han visto? —preguntó Oriol

—Seguro. Ya te he dicho que tenía la luz apagada.

—Vale, pues tranquilo. Serían traficantes de droga o qué sé yo. La cosa no va con nosotros. Duerme y mañana hablamos.

Tras despedirse, Carlos comenzó a sentirse más tranquilo. Se quitó los zapatos, los pantalones y los calzoncillos. Por suerte, tenía un chándal y unas zapatillas deportivas en la bolsa de deporte. Se lo puso y miró a su alrededor para ver dónde podía colgar las prendas mojadas, pero entonces sonó su móvil —el que le había dado Oriol, de modo que tenía que ser él—.

—¿Viste si salían con ordenadores? —preguntó Oriol.

—No salieron por el patio, pero les oí hablar de ordenadores.

—¡Joder! Recoge tus cosas y busca las cajas que haya por el taller. Empieza a empaquetar todo lo que puedas. Ahora voy para allí.

Carlos se quedó mirando al teléfono móvil, un poco aturdido, pero al punto supo que tenía que comenzar a moverse. Lo primero que hizo fue guardar en su bolsa de deportes la ropa y los zapatos mojados de su propio orín, y después buscó cajas. Había dos sobre una mesa, junto a las vasijas que contenían distintos líquidos, pero esas cajas eran las que él había traído de La Junquera y de Tarragona y aún no habían sido vaciadas, de modo que buscó otras que estuvieran vacías y encontró tres. Luego, se preguntó qué debía empaquetar. Colocó la caja más grande en medio del taller y metió los libros, después descolgó la bandera con la esvástica y también la metió, recogió los papeles y documentos y procuró colocarlos en la caja de forma que se arrugasen lo menos posible, y lo mismo hizo con los posters. Descolgó la colección de espadas de Oriol, pero éstas no cabían en la caja y las dejó en el suelo...

Media hora después, echó un vistazo a su alrededor para ver qué faltaba por guardar y vio los papeles enganchados sobre el panel de corcho. Los desenganchó todos sin preocuparse mucho por las chinchetas y se dirigió a la segunda caja que había abierto sobre el suelo. Entonces volvió a oír la puerta exterior del patio, se le cayeron algunos de los papeles de la mano y casi vuelve a orinarse. Pero se tranquilizó cuando vio que quien venía era el Chirla. Recogió los papeles y los guardó en la caja.

El Chirla traía otras dos cajas de cartón y, tras saludar amablemente a Carlos, se dirigió a los ordenadores y comenzó a desenchufarlos y a colocar todos los aparatos electrónicos dentro de las cajas.

Minutos después llegó Oriol.

—Joder, Chirla, ¿no lo detectaste? —dijo, sin que mediara saludo alguno.

—Pues no, hostia, ¿qué quieres?

—¿Estabas con tu ordenador?

—Sí, en cuanto llegué a casa lo abrí y he estado pegado a él hasta que me has llamado. Por correo electrónico no se dijeron nada de esto.

—Bueno, venga. Démonos prisa que no tardarán en volver. Joder, ¿a qué coño huele aquí?

Oriol cargó con una de las cajas que Carlos ya había llenado y le dijo a éste que cogiera las espadas y su bolsa de deporte. Los dos salieron a la calle, caminaron hasta una furgoneta que Carlos no había visto nunca y lo metieron todo dentro. Después, hicieron varios viajes más para llevar hasta la furgoneta las vasijas de líquidos, las cajas que él trajo de La Juquera y de Tarragona —las más pesadas— y el resto de las cajas que el Chirla llenaba, hasta que no quedó nada que tuvieran que llevarse. Finalmente, Oriol y el Chirla cogieron un paño cada uno y comenzaron a limpiar con diligencia superficies, vidrios, paredes e interior del frigorífico, manillas de las puertas, partes metálicas de las máquinas...; cosa que, en un primer instante, a Carlos le pareció un gesto de pulcritud innecesario, puesto que se iban del taller —quienes lo tuvieran que usar después, que se jodieran, o que lo limpiaran ellos—, pero unos segundos después, reparó en que lo que sus amigos hacían era limpiar las huellas dactilares. Se sintió orgulloso de su sagacidad y quiso demostrar a los otros dos que había pillado el significado de su acción, de modo que sacó un pañuelo de su bolsillo y también él se puso a limpiar alguna cosa. Oriol le regaló un leve gesto de asentimiento que a él lo impelió a poner más empeño en la tarea.

En pocos minutos, los tres se vieron con los trapos en la mano sin saber qué más había que limpiar y Oriol dio la señal de salida. Éste cerró las puertas con llave, y todos se subieron a furgoneta y se alejaron de allí.

El viaje duró unos quince minutos y el recorrido lo hicieron por calles que Carlos dejó muy pronto de identificar, hasta que aparcaron en doble fila ante un edificio de paredes de ladrillo visto. El Chirla abrió el portal del edificio y sus dos compañeros comenzaron a meter cajas y vasijas de líquidos, sin que hubiera ningún cruce de palabras entre ellos. En varios viajes, todo quedó guardado en un piso de la primera planta.

—Aquí estarás bien, Carlos. Mejor que en el taller —dijo Oriol—. Yo me voy a aparcar la furgoneta. Ah, lo que hablamos esta tarde sigue siendo válido. Todo sigue igual. ¿De acuerdo?

—Claro, camarada —respondió Carlos, pese a que no tenía muy claro qué era lo que seguía igual.

—Ya lo ves, Carlos, el enemigo es fuerte. Nosotros hemos de serlo más. La organización tiene una gran suerte al contar con valientes como tú. ¿Estás bien, camarada?

—De puta madre, Oriol. Ya sabes.

—Te vi un poco pálido antes.

—No, joder. Qué va. Nada. Tranquilo. No sé qué mierda me dieron para cenar. Pero ya estoy bien.

—Me alegro. Eres una pieza clave para la organización, Carlos. Has de estar en forma.

—Lo estoy, no te preocupes.

Se despidieron con un contundente apretón de manos. Oriol cerró la puerta del piso tras de sí, el Chirla dijo que tenía ganas de cagar, se fue al lavabo y Carlos se quedó solo, observando lo que le rodeaba en la pequeña sala de estar a la que se accedía tras cruzar un pequeño recibidor. Había una mesa contra la pared en la que, además de una gran pantalla de ordenador y diversos aparatos electrónicos, se veía un montón de latas de cerveza vacías, varios cartones que habían sido cajas de pizza, diversos envoltorios de plástico y muchos papeles que en su momento habían enfundado chocolatinas. De todo ello también había abundancia sobre un sofá y por los suelos, si bien en el sofá competía por el espacio con varias revistas, todas ellas de informática. Un mueble antiguo acumulaba más revistas, libros y documentos dentro de sus vitrinas. Y el poco espacio que quedaba en la sala lo ocupaban ahora las cajas y vasijas que acababan de traer.

Olía mal. A cerrado, a podrido...

Vio tres puertas, aparte de la del recibidor. Una era la del lavabo, puesto que el Chirla había desaparecido tras ella; las otras dos estaban entreabiertas y permitían apreciar una habitación y una cocina. Se acercó a la cocina y lo que vio aún lo desalentó más que la sala de estar. ¿Cuánto tiempo habría pasado desde la última vez que alguien limpió cacharros, suelos y superficies?

Oyó al Chirla saliendo del lavabo.

—Toma estas llaves, camarada. Y, bueno..., te dejaría mi cama, pero últimamente no he tenido tiempo de lavar las sábanas, ya sabes, con estos follones...; y no tengo sábanas de repuesto. Si no te importa dormir en este sofá...

—Claro, no hay problema.

Al punto, el Chirla se acercó al sofá, y de varios manotazos esparció por el suelo todo lo que había en el asiento.

—A ver si mañana tengo un rato para limpiar —dijo después.

—Vale. Yo también puedo...

—No. Ni hablar. Tú eres el jefe. Y, además, eres mi invitado.

Carlos estiró el tronco y dijo con seriedad:

—No te preocupes camarada. En tu casa no aplicaremos la jerarquía.

El Chirla hizo una sonrisa que Carlos no supo cómo interpretar en un primer instante, pero enseguida supuso que era de agradecimiento. Se sintió bien y pensó que ser magnánimo con los subordinados era acertado.

36

A las tres de la mañana, el inspector Samuel Montcada se dio por vencido, dijo que el interrogatorio había finalizado y se fue a su casa a dormir. A las cuatro, aún seguía despierto, afligido por la carencia de resultados de las tres horas que había empleado con los tres paquistaníes detenidos. Ninguno parecía saber de qué hablaba el inspector cuando les preguntaba sobre Saíd, el yihadista francés, o sobre la compra de explosivos. No podía dormirse y lo que deseaba era estar de nuevo en la comisaría para recibir la información de la policía científica y saber si en el taller había rastros de explosivos y si en los ordenadores se apreciaban indicios de correspondencia electrónica con el yihadista francés; aunque, tras el interrogatorio de los paquistaníes, él tenía poca confianza en que fueran a encontrar nada de eso.

A las nueve lo despertó la alarma del reloj y supo así que algo había dormido. Después de ducharse, se preguntó si hacía café o se lo tomaba por el camino, y optó por lo segundo. Pero hoy era sábado, y el bar en el que habitualmente entraba no había abierto aún, de modo que acabó sacando un café en la máquina de la comisaría. Se lo llevó al despacho y, antes de darle el primer sorbo, llamó a la Central.

—Pues no —le dijo el compañero de la policía científica—, no había rastros de explosivos. Tenían aceites para el engrase de las motos y nada más, salvo que la coca-cola se considere explosiva.

—¿Y alguna otra cosa...?

—Tenemos un montón de huellas de diferentes personas, aunque esto no creo que nos aporte nada. Unos compañeros están analizando la documentación, los papeles encontrados, pero, de momento, la única conclusión a la que han llegado es que pagaban religiosamente sus impuestos. Ah, me he encontrado a la inspectora Guerrero por el pasillo y me ha dicho que ya está prácticamente acabado el análisis de los ordenadores. Quizás ella pueda decirte...

Se despidieron y, de inmediato, Samuel llamó a María.

—Hola, Samuel. No había querido llamarte por si todavía dormías.

—No, estoy ya en la comisaría. La que aún no se ha ido a dormir eres tú.

—Pero me voy ya. Lo de los ordenadores está listo, o casi.

—¿Y?

—Nada.

—¿Nada?

—La compañera que está concluyendo el análisis te llamará enseguida, pero, por lo que parece, de esos ordenadores no ha salido ningún correo para Saíd, ni se ha trabajado en la web yihadista que reivindicó el asesinato de Estrada, ni nada de nada.

—¡Joder! Pues el interrogatorio de los paquistaníes tampoco...

—Lo sé. He leído las transcripciones.

—¿Entonces?

—Déjame dormir un poco. Nos vemos por la tarde, ¿vale?

—Sí, vale.

—Por cierto, ¿tienes hoy al niño?

—Me tocaba, pero se ha sublevado y se ha ido con su madre.

—Pues yo tampoco tengo a la niña, o sea que esta noche podemos...

—¡Mmm... qué bien suena eso! Venga, vete a descansar y nos vemos a la tarde.

Samuel cogió el vaso de café, después de despedirse de María, y comprobó que se le había enfriado, así que fue al lavabo, lo tiró, y se dirigió a la máquina para sacar otro. Éste sí pudo írselo tomando a pequeños sorbos, en su despacho, sin que ninguna llamada telefónica lo interrumpiera, pero más atento a sus propios pensamientos que al sabor del café. ¿Qué era lo que fallaba en esta investigación? La conexión yihadista parecía ir y venir como si tuviera la ubicuidad de las hadas, o mejor, la de los demonios, en este caso;

mientras que lo único tangible era lo que iban descubriendo sobre la implicación de miembros de la ultraderecha. Claro que estaba la conexión entre Carlos Milletino y el yihadista Abdul, pero esto, de momento, sólo existía en el ciberespacio. Quizá la detención de Carlos pudiera aclarar las cosas, aunque, después del fiasco de los paquistaníes, Samuel dudaba incluso de eso.

Unos pasos, acercándose a su despacho, le hicieron levantar la vista. Era Eulalia.

—¿Ya por aquí, jefe?

—Sí, pero no sé para qué.

—¡Huy, qué ánimos! Acabo de hablar con María. Ya sé que con los paquistaníes hemos naufragado.

—¡Naufragado! ¡Ésa es la palabra!, pero no sólo con los paquistaníes.

—Lo que no acabo de entender —dijo la subinspectora, haciendo oídos sordos al pesimismo del inspector— es qué llevó a nuestros informáticos a suponer que el ordenador de Abdul estaba en ese taller.

Samuel iba a proferir otra amarga queja, pero fue interrumpido por el sonido de su teléfono. Cogió la llamada y comprobó que era de la compañera que tenía que darle el resultado del análisis de los ordenadores del taller. Ella confirmó lo que ya le había adelantado la inspectora Guerrero, pero añadió algo que resultaba crucial:

—…la conexión a Internet era servida por un proxy, como ya sabíamos, cuyo objeto era impedir su localización física, pero parece que el router había sido *hackeado* desde fuera, lo que indica que alguien ha usado la conexión a Internet del taller y la ha modificado a su antojo…

—Alguien de las inmediaciones —dedujo el inspector—. Alguien que captaba el Wi-Fi del taller.

—Así es.

—¡Joder! —concluyó el inspector.

***

Una hora más tarde, dos patrullas de los Mossos d'Esquadra rodearon la manzana en la que se encontraba el taller de los paquistaníes, mientras el inspector Montcada y la subinspectora Planells observaban las inmediaciones. No había pisos sobre el taller, y los locales que estaban a los lados se hallaban cerrados. Lo más cercano que mostraba actividad era un bar, el Candiles, pero estaba lo suficientemente alejado como para que no pudiera llegar la señal de la ADSL. El dueño del bar confirmó a Samuel que aquellos locales no se habían abierto durante años, pero quizá había otros que daban a un patio interior que sí se usaban, porque a veces veía gente entrar o salir. El inspector conocía de qué patio hablaba el hombre, puesto que el asalto del día anterior al taller se hizo, en parte, utilizando esa entrada, de modo que hacia allí se dirigió con Eulalia y tres compañeros armados.

Además de la puerta que daba al taller de los paquistaníes, había otras dos, pero ambas estaban cerradas con llave. Dilema: ¿esperaba la autorización del juez para reventarlas o lo hacía ahora sin más? En realidad, pensó Samuel, este tipo de cosas nunca habían sido un dilema para él, especialmente si se daban circunstancias como las que rodeaban este caso. Ordenó a dos agentes que aplicaran la tradicional patada en la puerta, pero que lo hicieran al unísono, para abrir ambas a la vez.

Las puertas cedieron a la primera, y tanto los uniformados como el inspector y la subinspectora hicieron, pistola en mano, un primer reconocimiento rápido para asegurarse de que no había alguien dentro dispuesto a oponer resistencia.

No había nadie.

Un taller estaba completamente vacío, y las telarañas indicaban que su utilización no era humana desde hacía mucho tiempo. Pero el otro daba una impresión radicalmente diferente, y cuando Samuel abrió el frigorífico y vio que estaba enchufado aunque vacío por dentro, pudo confirmar que esa impresión no estaba errada.

—Acaban de vaciar el taller—dijo Eulalia.

Samuel la miró con gesto interrogativo.

—Sobre la mesa y en las estanterías hay partes con polvo y otras que no lo tienen, como si se acabaran de limpiar. Mira —la subinspectora señaló una zona de una mesa—, apostaría que aquí ha habido una unidad de ordenador y aquí una pantalla.

Ambos observaron con más detenimiento las superficies y confirmaron que lo mismo ocurría en distintos lugares. Las paredes también mostraban pinchazos de chinchetas y señales de haber sostenido posters u otras cosas. Incluso había un panel de corcho en el que aún quedaba alguna esquina de papel enganchada, como si lo hubiesen arrancado todo con apresuramiento. También había chinchetas por el suelo.

El inspector llamó de inmediato a la Central para que viniesen los de la científica, pero tanto él como Eulalia siguieron realizando sus observaciones.

Cuatro compañeros de la científica llegaron una hora después, con sus maletas, dispuestos a tomar huellas dactilares y a analizar rincón por rincón para ver si encontraban algo que Samuel y Eulalia no hubieran sabido ver. Tras los saludos y el primer intercambio de impresiones, el inspector dijo que los dejaban hacer su trabajo y que él se volvía a su comisaría con la subinspectora. Pero cuando ya salía del taller, vio la esquina de un papel de diario asomando bajo el sofá. Se inclinó y encontró tres recortes de periódico. Los cogió con unas pinzas y los puso sobre el sofá para echarlos un vistazo.

—¿Qué te parece esto? —le preguntó a Eulalia.

—No sé —respondió ella—, pero es significativo, ¿no?

Samuel volvió a mirar los papeles.

—Tengo muy claro quién fue Breivik, pero Eric Rudolph...

—Un terrorista norteamericano de los años noventa —repuso la subinspectora.

—¿Musulmán?

—Cristiano, como Breivik.

Samuel asintió, pensativo.

***

Los resultados del análisis de las huellas dactilares le llegaron a Samuel cuatro horas después, cuando estaba en la comisaría dispuesto a salir con Eulalia para comer cualquier cosa en algún bar cercano. El informe decía que los moradores del taller se habían dedicado a borrar las huellas de todas las superficies, pero las había en los recortes de periódico que Samuel encontró bajo el sofá y también en algunos puntos del retrete. Las huellas encontradas indicaban un aspecto sin duda importante: Carlos Milletino había estado en el taller. Además, había huellas de otras personas, pero cotejarlas con los archivos dactilares llevaría tiempo.

De pronto, Carlos Milletino cobraba una importancia crucial en la investigación: no sólo se había comunicado por correo con Abdul, sino que también había estado en el taller desde el que éste se comunicaba con Saíd para la compra de explosivos. Al inspector se le pasó por la cabeza la posibilidad de que Carlos Milletino fuese Abdul, pero lo descartó de inmediato porque nada de lo que su padre había dicho de él indicaba que pudiera saber árabe, y Abdul se comunicaba en árabe con Saíd. En cualquier caso, la detención de Carlos era el asunto más importante de la investigación en estos momentos. Pero la casa de sus padres seguía vigilada y él no había dado señales de vida. A Samuel no le cabía duda de que el chico sabía que lo buscaban, y probablemente, el asalto al taller de los paquistaníes lo había puesto más en guardia aún. El problema era que los Mossos sabían poco sobre sus movimientos, amigos, costumbres…, y, por tanto, las posibilidades de búsqueda eran limitadas. Mientras comían, Samuel y Eulalia decidieron que ella iba a ver a la madre de Carlos y él volvía a interrogar al padre: necesitaban más datos del chico.

Cuando iban a levantarse de la mesa, después de haber pagado las comidas al camarero, Samuel le dijo a Eulalia que por la tarde vería a la inspectora Guerrero.

—Ah, vale. Voy contigo —dijo Eulalia.

—Mmm…, bueno…

—Es broma, tonto —dijo ella, dibujando una amplia sonrisa socarrona.

Samuel también sonrió, un poco avergonzado.

—Veo que las noticias vuelan.

—Es íntima amiga mía, ya lo sabes.

37

Repetir como punto de encuentro el lugar en el que se dieron el primer beso fue un acierto, o así lo percibió Samuel. Bajo las palmeras del Moll de la Fusta, él y María estuvieron un buen rato atentos sólo a los movimientos de sus labios y sus manos. Después, caminaron sin rumbo cerca de la orilla, charlando de cosas personales, relegada por completo la investigación cuya dirección compartían, hasta que se dieron cuenta de que habían llegado a la Barceloneta y no estaban muy lejos del bar en el que el miércoles comieron los pescaditos. Parecía que hoy estaban destinados a redundar en los pasos dados en el encuentro anterior, cosa que los dos valoraron atinado, por lo que volvieron a ese bar, aunque esta vez tuvieron que esperar a que les dieran mesa porque era sábado.

Cuando ya estaban cenando, no tardó María en hacer un comentario referido a algo que Samuel quería plantear pero no sabía cómo. De pasada, como si fuera un asunto ya hablado, ella hizo mención a que se volvería a Sabadell al día siguiente después de desayunar, dejando claro que el desayuno lo harían juntos, y, a partir de ahí, pudieron referirse, sin embarazo alguno, al hecho de que pasarían la noche en el piso de Samuel. ¡Con qué sencillez!, se dijo él, maravillado. Le encantaban las mujeres que ponían tan fácil este tipo de cosas, que abordaban los asuntos del sexo con naturalidad; a él le hubiera resultado arduo encontrar las palabras adecuadas para proponerle a ella que se quedara a dormir en su casa.

Sonó el teléfono de María en el momento en el que el camarero les ponía dos infusiones de poleo menta sobre la mesa. Ella alzó las cejas, en un gesto de resignación, y Samuel supo que tocaba hablar de trabajo.

Mientras atendía la llamada, María sacó un bolígrafo de su bolso y anotó unos nombres sobre una servilleta. Cuando colgó, informó a Samuel.

—Tenemos ya el listado de llamadas del móvil de Carlos Milletino.

—¿Hoy sábado lo habéis conseguido? Cuando lo he intentado yo en fines de semana, no ha habido ninguna compañía que me atendiera.

—Nuestra jefa tiene armas secretas, por lo que parece.

—¿Y qué información te han dado? —preguntó Samuel, mirando la servilleta con las anotaciones hechas por ella.

—Hay dos personas a las que Carlos ha hecho la mayoría de las llamadas en las últimas semanas. Una tiene contrato; se llama Matilde Fuensanta; y la otra es de tarjeta, y es un francés de nombre Adrian Bonnet. La intendente ha dado las órdenes para localizarlos.

—Lo mejor sería concentrar la búsqueda en esa Matilde que tiene contrato, porque los teléfonos de tarjeta pasan con frecuencia de mano en mano. Entre delincuentes, no es difícil que unos se los vendan a otros.

—Por cierto, también me ha dicho que del teléfono de Carlos no ha salido ninguna llamada desde la noche del jueves.

—Desde anteayer, cuando detuvimos a su padre. ¡Joder, podría estar usando ya otro teléfono! Es listo el cabrón. No va a ponérnoslo fácil. Hay que localizar a Matilde: ¿os encargáis vosotros?

—La intendente ya se ha puesto en ello.

Samuel asintió.

Siguieron hablando durante un rato de trabajo porque ya no resultaba fácil volver a los temas triviales con los que antes se habían entretenido, pero ello no impidió que, cuando llegaron al piso de Samuel, los dos se entregaran con pasión a un juego amoroso del que parecían saberse el guion como si lo hubieran ensayado mil veces. Sus cuerpos se enlazaron nada más cerrar la puerta del piso y tardaron al menos quince minutos en llegar al dormitorio. Las que no llegaron fueron sus prendas de ropa, o casi ninguna, ya que la mayoría fueron quedando distribuidas a lo largo de ese trayecto.

Después, conversaron sobre todo tipo de cosas, hasta que el sueño comenzó a dificultar el habla, las palabras se distanciaron y acabó por imponerse el silencio. Samuel tuvo tiempo, antes de quedarse dormido, de saborear una idea que le vino a la cabeza: acababa de concluir su particular travesía del desierto; nunca, desde que se hizo adulto, había estado tanto tiempo como esta vez —un año y varios meses— sin echar un polvo. También se preguntó cómo sería su vida a partir de esta noche. ¿Acabarían conviviendo con sus respectivos hijos en el mismo piso? ¿Dónde, en Barcelona o en Sabadell? ¿Cómo lo vivirían los niños? Esta última pregunta le generó una duda que no supo precisar, pero se la quitó de encima diciéndose que lo importante era vivir el momento presente y disfrutarlo. Todo lo demás evolucionaría como tuviera que evolucionar.

***

Tras el desayuno, cada uno se fue a lo suyo como habían previsto: María a Sabadell y Samuel a la comisaría de Les Corts. Él fue directo al calabozo en el que retenían a Emili Milletino, con la intención de interrogarlo de nuevo y ponerlo después en libertad, ya que hoy, domingo, se cumplía el límite de setenta y dos horas que podía estar detenido.

Milletino parecía exhausto y, si bien comenzó quejándose por el tiempo que llevaba en el calabozo, no lo hizo con la prepotencia ni el ardor que el inspector había apreciado en él en los encuentros anteriores. Durante el interrogatorio, se mostró dispuesto a dar todas las explicaciones que Samuel le demandó, pero, finalmente, de nada sirvieron, porque el hombre parecía haber perdido todo contacto humano con su hijo desde hacía mucho tiempo y sabía muy poco sobre su vida actual. Sin embargo, puso en duda que Carlos pudiera estar en contacto con yihadistas porque suponía que no soportaba a los musulmanes, aunque al final ni de esto estuvo seguro.

De nuevo en su despacho, Samuel llamó a Eulalia para ver si ya había interrogado a la madre de Carlos, y supo que efectivamente lo había hecho pero nada nuevo había averiguado que permitiera seguirle el rastro al chico. Después, el inspector se preguntó qué hacer con lo que quedaba del domingo. Ninguno de los miembros de su grupo estaba en la comisaría porque él les dijo que se lo tomaran de descanso, y del objetivo más inmediato que ahora estaba planteado, que era la localización de Matilde Fuensanta, se encargaba la gente de la inspectora Guerrero, de modo que, bien pensado, él también podía tomarse un descanso. Y no debía olvidar que Raúl estaba con su madre, cuando este fin de semana le tocaba con él. Así, optó por llamar a su hijo y proponerle comer juntos en una pizzería e ir después al cine.

Raúl acogió la propuesta con alegría, y los planes trazados comenzaron a cumplirse, si bien, mientras se dirigía con su hijo a la pizzería, la mente de Samuel estuvo más pendiente del caso Estrada que de conversar con Raúl.

Cuando padre e hijo traspasaban la puerta del restaurante, sonó el móvil de Samuel. Era María Guerrero. Hablaron de lo que habían hecho desde que se separaron esta mañana, y enseguida María pasó a exponer el asunto que quería comentarle.

—Matilde Fuensanta está ya localizada y tenemos su teléfono pinchado. La intendente dice que no la detengamos todavía, para ver si las conversaciones telefónicas nos dan alguna pista sobre el paradero de Carlos. Pudiera ser que de esta forma averigüemos qué número de teléfono está usando él en este momento.

El inspector se mostró de acuerdo con este plan, pero, una vez acabada la conversación, lo asaltaron las dudas sobre si realmente había un plan. Al menos, él parecía no tenerlo. ¿En qué punto se hallaba la investigación? Ahora sabían que Carlos Milletino estaba en contacto con Abdul y que algunas de las huellas dactilares encontradas en el taller al que accedieron el sábado por la mañana podían ser del yihadista, pero de esa parte de la investigación se encargaban en la Central. Tampoco le tocaba a él el seguimiento de Matilde, que era otra vía para acercarse a Carlos. Y todas las cosas que él y los miembros de su grupo tuvieron entre manos en los últimos días parecían ya agotadas: al Viejo no había dónde buscarlo en este momento; el folio que escribió no se había localizado por ninguna parte; sobre Adolfo, el más que probable asesino de Estrada, no había datos como para iniciar su búsqueda —si era alemán, podía estar de vuelta ya en Alemania—; el rastreo de los centros deportivos de Barcelona se había concluido sin haber encontrado a Carlos Milletino asociado a ninguno; el seguimiento de los otros personajes que tenían en el caso: Llop, Salmuera, Lacapilla…, había perdido interés. Así, ¿qué podía hacer él para que la investigación avanzase por algún lado?

Pero, en fin, ahora tenía que sacarse todo eso de la cabeza y hacer de padre; que ya le tocaba.

38

A las tres de la tarde, Carlos se disponía a salir del piso del Chirla con el temor de no haber hecho lo correcto. Había pasado todo el día anterior, sábado, preguntándose en qué momento se pondría el Chirla a hacer la limpieza que anunció el viernes por la noche, y, entre tanto, se había aburrido soberanamente leyendo el libro de Julius Evola, que no entendía, y dando pequeños paseítos por los pocos espacios libres que la suciedad y las cajas dejaban en el piso, al tiempo que veía al Chirla completamente absorto en el manejo de los ordenadores. Pero no estaba dispuesto a ponerse a limpiar, cuando el habitáculo era de un subordinado suyo y toda la porquería era del susodicho. Por la tarde había ido al gimnasio, y allí estuvo varias horas para restarlas de las que pasaba hastiado dentro del piso, y por la noche salió a comerse un bocadillo en un bar, como había hecho también al mediodía, porque el Chirla no daba muestras de querer compartir con él ni siquiera las comidas.

Cuando se despertó, en esta mañana de domingo, le dolían todos los huesos. Llevaba ya dos noches maldurmiendo en el sofá y comenzaba a pensar que la clandestinidad no era un estatus tan fascinante como había supuesto. ¿Dónde estaba la aventura? ¿Cuándo comenzaba la acción? Después de ducharse y de desayunar en el bar de abajo, volvió al piso y comprobó que el

Chirla se había largado. Se alegró en un primer momento, porque la compañía del hacker no le resultaba grata, pero cuando volvió a sentarse en el sofá, con el libro de Evola como única compañía, se sintió como si lo hubieran abandonado dentro de un estercolero. Durante más de una hora, sólo pudo centrar su atención en la porquería que lo rodeaba. ¿No debería haberse puesto duro con el Chirla y haberle obligado a limpiar? Entendía que el Chirla no quisiera hacerlo, porque limpiar era cosa de mujeres, pero alguna solución debería haber buscado para no tener a su invitado, que además era su jefe, en medio de tanta inmundicia.

A la postre, decidió buscar bolsas de basura y comenzar a hacer limpieza. Diez bolsas llenó y las mismas bajó al contenedor; después fregó los platos, limpió las superficies de la cocina y el baño, fregó los suelos, ordenó las revistas del Chirla...

Cuando eran casi las tres de la tarde y se disponía a salir para comer, miró a su alrededor y se sintió satisfecho de la limpieza lograda, pero lo invadió la sensación de haber hecho algo que no correspondía ni a su rango ni a su condición masculina. Por eso pensó que no había hecho lo correcto. Quiso prescindir de esta impresión, pero en ese instante oyó el sonido de una llave accionando la cerradura y la vergüenza que sintió por las labores realizadas sufrió un súbito repunte: el Chirla pensaría que había encontrado un sirviente. ¿Cómo pudo ocurrírsele hacer la limpieza del piso de un subordinado? Buscó a toda prisa en su mente la explicación que podía darle para que el otro no pensara que tenía en casa una nenaza que iba a hacerle de criada, pero vio que quien entraba no era el Chirla sino Oriol.

—Hola Carlos. ¡Vaya! Veo que el Chirla te ha limpiado la casa. No sabía que el cabrón fuera tan pelotero con los jefes. De hecho, a mí no me hace tanto la pelota.

Carlos alzó los hombros en un gesto de complicidad, pero no dijo nada.

—Hoy comienza una nueva fase de nuestra misión, camarada —dijo Oriol mientras cogía una silla y la acercaba a las cajas y vasijas acumuladas en la entrada de la sala.

Carlos se alegró por las palabras de su amigo y se limitó a observar sus movimientos. Oriol se había sentado y estaba reordenando las vasijas y abriendo las cajas para sacar las botellas con líquidos que contenían. La caja situada más cerca de Carlos quedó vacía de botellas, pero él advirtió que dentro había otras cosas. Creyó ver dos teléfonos móviles, algunos cables y otros objetos que parecían componentes electrónicos.

—Te habrás preguntado más de una vez para qué son estos líquidos, ¿no?

—Claro, sí —dijo Carlos, aun cuando tal pregunta no se le había pasado por la cabeza.

—Te hablé ya de la luz del estallido, ¿verdad? Estos líquidos, adecuadamente mezclados, son los que aportarán esa luz. Bueno, los líquidos y eso otro que hay en esas cajas —dijo Oriol, señalando las dos pesadas cajas que Carlos había transportado, una desde La Junquera y la otra desde Tarragona—. Será una luz física, pero, sobre todo, será espiritual, porque alumbrará el camino de todos nuestros camaradas. No va a ser fácil, Carlos; has de decirme si crees que estás preparado.

—¿Preparado? Claro, camarada. Estoy deseando pasar a la acción —Carlos se sentó en el borde del sofá para ponerse a la altura de Oriol.

—Tu misión no es sencilla, Carlos. Tendrás dudas. Deberás tener valor. Sólo unos pocos serían capaces de hacer lo que tú y yo vamos a hacer. ¿Podrás hacerlo?

—Sí, hostia, sí. Tú dime lo que ha de hacerse.

—He sabido desde el principio que podía contar contigo hasta el final. Que tendrías la hombría necesaria para alcanzar la cumbre. —Oriol dejó la mirada perdida en la pared de enfrente y las facciones de su cara quedaron inmovilizadas, en ese gesto que Carlos ya conocía y que daba la impresión de que su alma lo hubiera abandonado—. Tú y yo venimos de un linaje que procede de los godos, Carlos. Descendemos de ese gran pueblo germano de origen escandinavo. Por eso estamos invadidos de energías creativas, pero hemos de saber usarlas para reactivar las fuerzas sagradas. Haremos regresar el caos, y de la matriz telúrica surgirá el hombre nuevo. Adelantaremos el Ragnarök. ¿Entiendes, camarada?

—Sí —respondió Carlos; aunque no entendía nada, en realidad.

—Esa es nuestra misión, y cuando la hayamos cumplido, nuestra condición profana quedará enterrada y habremos engendrado al nuevo ser. Lo que vamos a hacer irradiará tanta luz que alumbrará los caminos de nuestros hermanos en toda

Europa, y en todos los dominios del hombre blanco. Se reiniciará el exterminio de las razas inferiores que quedó interrumpido hace setenta años.

—Guiaremos a nuestros camaradas hasta la victoria —agregó Carlos, tratando de aportar algo que estuviera al nivel de lo dicho por Oriol, aunque eso siguiera sin entenderlo del todo.

Oriol bajó la mirada hacia los líquidos y pareció volver en sí.

—Todo esto has de llevártelo al gimnasio —dijo secamente.

«¿Para qué?», quiso preguntar Carlos; pero no lo hizo; dejó que Oriol continuara.

—En los próximos días tienes que conseguir las llaves de cinco taquillas diferentes del vestuario; a ser posible, que estén juntas.

—¿Las llaves?

—Las taquillas, Carlos. Las taquillas son las que han de estar juntas. Fíjate en las que no se usan, mejor en las que quedan más bajas, que son las que nadie quiere. Pero han de ser de la pared que da al pabellón. Cada día pide la llave de una y pagas lo que me dijiste que valía alquilarlas. Empieza esta misma tarde, ¿de acuerdo?

—Sí, camarada. ¿Y los líquidos?

—Has de meterlos dentro de las taquillas, pero en la forma en la que te indicaré. Y los bloques que hay en estas cajas puedes empezar a llevártelos hoy mismo. —Oriol abrió una de las dos cajas que Carlos había traído de La Junquera y de Tarragona y le mostró los bloques de masa marrón envueltos en plástico trasparente que contenía.

Carlos pasó la mano sobre uno de los bloques, acariciándolo, y asintió con la cabeza como si supiera de qué iba la cosa.

—Mete los que puedas cargar en la bolsa de deporte —prosiguió Oriol—. Pero no cargues más peso del que creas que puedes llevar.

—No hay problema, Oriol. Desde este piso hasta el gimnasio sólo tengo que caminar unos diez minutos. Se cruza el puente y ya está uno en el polideportivo.

—Ya, pero tiene que parecer que llevas una bolsa con ropa para hacer deporte, no con ladrillos.

—Entiendo, camarada —repuso Carlos

Oriol se quedó de nuevo como obnubilado y Carlos también guardó silencio. Después, el líder se levantó de la silla y se acercó a la mesa de los ordenadores, pero en ese momento volvió a abrirse la puerta y entró el Chirla.

—¡Hostia puta! —dijo el recién llegado con gesto de asombro mientras miraba por los cuatro costados de la sala— ¿Qué habéis...?

—Calla, Chirla, y escucha —dijo Oriol.

Carlos recibió con alivio la interrupción de Oriol que impidió al Chirla acabar la frase.

—Yo me voy a un cibercafé para enviar unos correos y trabajar en una web —continuó Oriol—. Quiero alimentar el error del inspector Montcada. ¿Tú tienes algo nuevo?

—No, pero ahora mismo me pongo con el ordenador.

—Cualquier cosa que detectes, por pequeña que sea, me la dices, ¿vale? Le llevamos una semana de ventaja al inspector, y quiero asegurarme de que así siga siendo.

Oriol se fue, el Chirla se sentó frente al ordenador y Carlos se preguntó qué le tocaba hacer. Pero el estómago le recordó que antes de ver a Oriol estaba pensando en salir a comer, por lo que decidió que éste era buen momento para ello.

—Adiós, Chirla. Voy a comer algo.

—Ah, Carlos, adiós. Por cierto, ¿has hecho tú esto? —El Chirla hizo un movimiento con el brazo señalando todo el espacio circundante.

—Bueno..., a veces necesito hacer algo manual; me ayuda a reflexionar...

—Ya pero, joder, no era necesario. Yo venía hoy con la intención de limpiarlo todo. Tu eres mi invitado, camarada. Y mi jefe...

—No te preocupes, Chirla. Los jefes también han de ser colegas con sus hombres. ¿Quieres venir a comer conmigo?

—No puedo. Ya has visto cuáles eran las órdenes de Oriol. Pero si me traes un bocadillo y una cerveza... Bueno, cervezas trae más, así tenemos para la tarde. Y alguna bolsa de patatas, o cualquier cosa. Lo que tú decidas, jefe.

—Eso está hecho, camarada.

Carlos salió ufano del piso. La limpieza que había hecho no lo había colocado en situación comprometida. Había superado el trance de forma más que satisfactoria. Después, mientras se dirigía hacia el bar, pensó en lo de las llaves. A las seis de la tarde iría al gimnasio y, nada más entrar, se fijaría en las taquillas vacías y alquilaría una, en la que ya depositaría los bloques de masa marrón que llevaría en la bolsa de deporte; y cuando saliera, un par de horas más tarde —en recepción ya no se acordarían de él—, alquilaría otra. También pensó en Matilde. Le gustaría llamarla, pero Oriol le había dicho que antes de hacer ninguna llamada con su nuevo móvil debía consultárselo a él. ¿Qué excusa podría argüir para decirle que quería hablar con ella? ¿Y si la llamaba sin pedirle permiso a Oriol?

39

No parecía haber nada que él pudiera hacer en esta mañana de lunes, salvo esperar las transcripciones de las conversaciones telefónicas de Matilde Fuensanta y algún nuevo hallazgo de los equipos informáticos, pero no pensaba quedarse cruzado de brazos, de modo que clicó sobre la carpeta ESTRADA que tenía en su escritorio y comenzó a abrir archivos. Tal vez haciendo un repaso de todo encontrara algo que se le hubiera pasado por alto.

Después de hora y media de leer los más recientes, decidió pasar a los más antiguos y el primero de todos era el interrogatorio hecho a Pere Llop. Cuando acabó de leerlo, sin que inspiración alguna le hubiera provocado, lo cerró y abrió el primer interrogatorio a Paulino Lacapilla. El resultado fue el mismo. Abrió el interrogatorio que hizo la subinspectora Planells a Rafael Salmuera en Madrid. Lo leyó, lo cerró y buscó el siguiente archivo para clicar sobre él, pero se demoró porque su mente estaba ocupada con el neonazi alemán visto por Salmuera, al que después ellos asignaron a modo de hipótesis la identidad de Adolfo, el que escribió dos correos a Estrada.

Entonces recordó algo.

Algo que no estaba escrito en la transcripción del interrogatorio de Pere Llop, pero que el inspector percibió cuando lo realizó.

Llop dijo que al salir de la reunión que mantuvieron en el local de Resistencia por la Libertad, él entró en un bar porque tenía ganas de mear; el inspector le preguntó si lo vio alguien y Llop vaciló pero enseguida dijo que no. Aquel titubeo no quedó escrito en la transcripción del interrogatorio, pero Samuel lo recordaba ahora perfectamente. ¿Y si Llop también vio a Adolfo, como lo vio Salmuera? ¿Y si Llop podía aportar nuevos datos sobre el neonazi? Samuel rememoró las palabras del profesor Nadal: «Entre ellos se conocen todos», y al instante tuvo claro lo que tenía que hacer en esta mañana de lunes.

Llamó a la comisaría de los Mossos de Esplugues del Llobregat, les pidió que vigilaran la casa de Pere Llop hasta que él llegara y después telefoneó al antedicho. Llop respondió, afirmó que se encontraba en casa y prometió esperar al inspector.

Cuarenta minutos después, Samuel Montcada se encontraba frente a la vivienda de Pere Llop apretando el timbre de la puerta.

Tras ser recibido y pasado al estudio, el inspector fue directo al grano y preguntó quién fue la persona a la que Llop vio cuando salió de la reunión.

—¿Dije que había visto a alguien?

—No lo dijo, pero la duda que expresó lo delató. Y yo sí le diré una cosa: buscamos a un neonazi por un asunto mucho más grave aún que el asesinato de Estrada, de modo que si descubrimos que usted lo encubrió, acabará arrepintiéndose toda la vida de no haber hablado a tiempo.

—Entiendo... Y..., en fin, sí vi a alguien en el bar, pero no pensé que tuviera relación...

—Ahora no importa lo que pensó o dejó de pensar. Dígame a quién vio.

—Sí, un joven... Quizá sea neonazi.

—¿Alemán?

—No. Más bien catalán.

Al inspector lo sorprendió esta respuesta, pero trató de disimularlo.

—Siga. De quién se trataba.

—La verdad es que hacía mucho tiempo que no lo veía, y ni siquiera sé su nombre. Lo tuve como alumno en un cursillo que impartí, creo que en 1996. Él tenía dieciocho años y lo recuerdo bien porque era un chico de ideas muy radicales; lo llamaban Adolfet.

—¿Adolfet?

—Sí, era un apodo, naturalmente.

—¿Nunca dio su nombre en el curso?

—No, yo no se lo pedí. Nadie se lo pidió.

—¿Y ese apodo…?

—Él hacía gala de ser un gran admirador de Adolf Hitler. Quizá le venía de familia.

—Explíquese.

—Bueno…, eso me dijo otro alumno que era amigo de él. Yo al que conocía era a ese amigo, se llamaba Andreu Sonterra, y fue él quien trajo a Adolfet al cursillo. Andreu me dijo que su amigo era hijo de padre catalán y madre austríaca, y que sus abuelos austríacos eran de la cuerda de Haider. La verdad es que cuando acabamos el cursillo dejé de ver a Adolfet.

Llop se detuvo, como si diera por concluida la explicación. Estaba claro que se sentía incómodo aportando esta información y que habría que extraérsela con sacacorchos.

—Lo dejó de ver. Pero algo sabría después de él, ¿no? ¿Andreu no le contó alguna cosa?

—Bueno… sí… Andreu me mantuvo informado.

Nuevo silencio.

—Andreu lo mantuvo informado. Siga.

—Unos meses después de aquel cursillo, se murió la madre de Adolfet, y él decidió irse a vivir con sus abuelos a Austria. Andreu me dijo que allí se había vinculado con un grupo escindido del partido de Haider. Un grupo odinista esotérico, seguidor de las creencias que practicaban muchos miembros de las SS. Ya sabe, dioses vikingos y todo eso. Pero en 2002, Adolfet se fue a Egipto.

Otro silencio. Éste un poco más largo. Llop miró en varias direcciones: suelo, paredes, techo…

—A ver, Acláreme eso —dijo el inspector, paciente—. Se fue a Egipto. ¿Qué más? ¿Cómo lo supo usted?

—Lo supe porque Andreu se fue con él. Un día vino a despedirse de mí y me lo explicó. En los años en los que Adolfet estuvo en Austria, ellos dos no perdieron el contacto, y creo que Andreu también fue radicalizándose. Su idea era que para combatir contra el poder judío había que aliarse con el radicalismo islamista, y parece que Adolfet había establecido algún contacto en Austria con los islamistas… Bueno…, tampoco sé los detalles.

—Así, ambos se fueron a Egipto. Eso fue en 2002. ¿Y después?

—En 2008 recibí un correo de Andreu Sonterra. Aún seguían allí y habían aprendido a hablar el árabe, pero él quería volver. Me dijo que le habían entrado dudas; que estaban demasiado integrados entre los yihadistas, y que una cosa era combatir a los judíos y otra soportar durante tanto tiempo a los moros. Dijo que no sabía qué haría Adolfet, pero creía que tampoco tardaría en salir de Egipto porque ahora odiaba más a los musulmanes que a los judíos.

—Los odiaba, pero estaba con los yihadistas.

—Sí, supongo que era una especie de estrategia; no sé con qué fines.

—¿Y Andreu volvió aquí?

—No. Unas semanas después de recibir aquel correo me enteré de que había muerto en el Cairo. Estallaron unos explosivos que estaba manejando. O eso se dijo.

—¿Y Adolfet?

—Yo pensé que también habría muerto, porque la noticia era que murieron tres jóvenes. Pero me equivoqué, puesto que el otro día lo vi en el bar.

El inspector soltó un bufido.

—¡Y usted, ¿a qué esperaba para explicarnos todo esto?!

—Ya le he dicho que no creía que tuviera relación con el asesinato de Estrada.

—Lo llamaremos para tomarle declaración. Procure ser bueno, si no quiere verse con la mierda hasta el cuello.

En cuanto abandonó la vivienda de Pere Llop, Samuel llamó a María Guerrero para proponerle una reunión inmediata a la que también debería asistir la intendente Pilar Truyol. Él se fue directamente desde Esplugues para Sabadell.

***

—En definitiva, Abdul no existe. Es Adolfet —dijo el inspector Montcada mirando alternativamente a la intendente Truyol y a la inspectora Guerrero—. Y Adolfet es Adolfo. Adolfo asesinó a Mateu Estrada. Y Adolfo fue quien recibió los explosivos enviados por Saíd, el yihadista francés, y quien hizo la web islamista que reivindicó el asesinato de Estrada. Sabe árabe y está bien conectado con los yihadistas como para poder hacer todo eso. Pero odia a los musulmanes y ello le da justificación para atentar contra el encuentro euromediterráneo.

Se detuvo por un instante, pero enseguida añadió:

—Y Carlos Milletino está con él. Son neonazis. Nunca hubo yihadistas en el caso. Ni en el caso Estrada, ni en la preparación del atentado —remarcó, aunque sin un atisbo de arrogancia; no pretendía jactarse de que el acertado había sido él desde el principio. O Eulalia y él.

La intendente fijó la mirada en la mesa mientras asentía lentamente con la cabeza. Después dijo:

—Sí, creo que con esto se resuelven muchas incógnitas. Al menos, ahora hemos dejado de tener dos líneas de trabajo que parecían ir cada una por su lado: el caso Estrada y el atentado. Podemos concentrar esfuerzos y además tenemos perfectamente identificado a uno de los terroristas: Carlos Milletino. Aunque... seguimos sin saber nada sobre la identidad de Adolfo, ni su verdadero nombre ni ninguna otra cosa.

Tras un instante de vacilación, la intendente formuló una pregunta:

—¿Y el Viejo?

Samuel hizo un gesto de duda y fue María la que habló.

—Supongo que Adolfo y él son parte de la misma trama. Pero dar con el Viejo no va a ser fácil. Creo que, por el momento, el único que puede llevarnos a Adolfo es Carlos Milletino.

—Bien, parece que dar con Carlos es ahora el objetivo primordial —sostuvo la intendente, como si estuviese haciendo la síntesis de lo hablado—. Tenemos controlados los teléfonos y correos electrónicos de sus padres y de esa chica..., Matilde Fuensanta, a la que llamaba tanto. Esas tres personas están vigiladas las veinticuatro horas del día. Tenemos el teléfono móvil de Carlos y su correo electrónico, aunque ahora el móvil está apagado y el correo no tiene actividad. ¿Hay algo más que vosotros creáis que deba hacerse?

—En este momento, faltan once días para el encuentro euromediterráneo —dijo Samuel con aire dubitativo—. Si en cinco o seis días no hemos desarticulado el complot, deberemos pedir que lo suspendan.

—Supongo que sí —repuso Truyol—, pero lo cierto es que los indicios de que ese encuentro sea el objetivo del atentado que se está preparando son muy débiles. Se reducen al hecho de que Estrada recopilaba información sobre él, pero ni siquiera estamos seguros de que fuera ésa la petición que le había hecho el Viejo.

Se impuso un molesto silencio. Samuel pensó en el maldito folio escrito por el Viejo que no habían encontrado por ningún sitio.

La intendente continuó:

—¿Cuándo podréis hablar con el organizador del encuentro, el tal...?

—Hamid Halef —aclaró Samuel—. Vuelve de Marruecos el jueves por la mañana. Ya hemos acordado una reunión con él para ese mismo día por la tarde.

—Faltan cuatro días para eso. Bien, pues, de momento, seguid haciendo vuestro trabajo. ¡Cazadme a Carlos!

La reunión se levantó y María le propuso a Samuel salir del edificio y buscar un bar para comer.

Entraron en uno pequeño y de aspecto reservado que ella dijo conocer, pero estaba lleno y les pidieron que esperasen en una antesala ornamentada a la antigua donde los invitaron a ocupar el sofá. Serían sólo unos minutos, aseguró la maître.

—O sea que esta semana no tienes al niño —dijo María—. Yo..., los días que no tengo a Rebeca, parece que me falta algo. ¿Te sientes solo cuando estás sin Raúl?

—Vaya —respondió él ladeando la cabeza—. Ahora me siento solo cuando estoy sin ti —musitó, hablándole muy cerca del oído.

Ella sonrió, pasó la mano por detrás del cuello de Samuel y le acercó la cara. El timbre del teléfono de María los pilló en medio de un prolongado beso. Ella lo dejó sonar unos segundos, pero los dos sabían que con una investigación como la que tenían en curso no podían dejar de atender las llamadas.

—Es un compañero de la Central —dijo ella al ver la pantalla de su móvil.

Mientras María escuchaba lo que su interlocutor le estuviera diciendo, Samuel se levantó del sofá y se dedicó a observar las fotografías en blanco y negro del Sabadell antiguo que había en las paredes; pero de soslayo también la observaba a ella, tanto para recrearse en el atractivo que apreciaba en su figura, como intrigado por el gesto ceñudo que había adoptado.

—Dos cosas importantes —dijo la inspectora mientras se ponía de pie y se guardaba el teléfono en el bolsillo—. La primera es que Abdul, es decir, Adolfo, ha vuelto a contactar con Saíd para pedirle más explosivos. Nos lo acaba de comunicar la policía francesa. Le pregunta si puede proporcionarle una cantidad similar a la de la última entrega.

—Más explosivos... ¿Y la segunda?

—La web yihadista creada por Adolfo para reivindicar el asesinato de Estrada tiene hoy nuevo contenido. Aparece una crítica feroz a los musulmanes que se relacionan con organizaciones cristianas.

—¿Y esto qué significado puede tener?

—No lo sé, pero el encuentro euromediterráneo es algo así, ¿no?

—No exactamente —sostuvo el inspector—. Es un encuentro de oenegés, unas son musulmanas y otras... laicas, o lo que sean. Quizá deberíamos ver bien qué se dice en esa crítica.

—El compañero me ha comentado que nos enviará por correo electrónico la traducción completa del árabe.

Samuel asintió, pero se quedó pensativo.

—Joder, resulta extraño. Yo había supuesto que Adolfo hizo esa web yihadista con la intención de despistarnos sobre la autoría del asesinato de Estrada, pero ahora parece usarla con otro fin. Como si también quisiera crear dudas sobre la autoría del atentado que van a realizar.

—Pues sí, es raro, porque si los neonazis hacen un atentado no es para que la sociedad crea que lo han hecho otros. Con esas acciones buscan propaganda para sí mismos.

—Es posible que Adolfo sólo quiera que las dudas las tengamos nosotros, la policía, ¿no crees?

María tardó un par de segundos en responder.

—Eso no tiene mucho sentido, porque él desconoce lo que nosotros sabemos.

—Conoce que hemos llegado hasta su guarida. Puede sospechar que sabemos más cosas.

—Sí, pero lo del taller que compartía con Carlos lo supimos porque encontramos ahí la conexión de Internet, por tanto, puede suponer que conocemos su vínculo con Saíd, pero no que estamos tras la pista del encuentro euromediterráneo. Esto no ha aparecido en ninguno de sus correos con Saíd, ni en esa web.

—Cierto, pero... sigo pensando que es muy raro.

Samuel y María se quedaron callados, mirándose el uno al otro, y, al instante, él se percató de que los ojos de ella cambiaban de expresión, como si por su mente pasara algo distinto a lo que estaban comentando. Los labios de ambos volvieron a aproximarse, pero otro sonido interrumpió de nuevo el trance. La maître les decía que ya tenían la mesa preparada.

40

Carlos se sentía feliz porque Oriol había querido que comieran juntos. Éste dijo, además, que nada de menú del día, y eligió uno de los restaurantes de mayor categoría entre los que había por las inmediaciones del piso del Chirla. A Carlos también le gustó que Oriol no invitase al Chirla: se trataba de una comida entre jefes, en definitiva. Y por si esto fuera poco, ya con el primer plato, Oriol había comenzado a hablar de las funciones de Carlos en la organización.

—Así que, cuando hayamos acabado nuestra primera acción, tú deberás reunirte con los demás camaradas de Barcelona y comenzar a dirigir sus movimientos.

—Cojonudo, camarada. Pero... Bueno, ya me presentarás a los demás. Sólo conozco al Chirla, de momento.

—Pronto los conocerás a todos.

—¿Y seguiré en la clandestinidad?

—¿Te preocupa esto?

—¡No, joder, qué dices! Lo pregunto sólo por saberlo. Para ver por dónde puedo moverme, con cuánta gente puedo relacionarme... Ya sabes... Y también me gustaría vivir en mi propio piso. No es que me importe compartir el del Chirla, pero..., no sé...

—Quieres intimidad, lo entiendo. ¿No tendrás alguna hembra...?

—¡No, qué va, para nada! Las hembras son una cosa secundaria. Lo primero es la lucha, la organización...

—Bien, Carlos. Así es como ha de pensar el auténtico guerrero. Las mujeres son prescindibles. Tú tendrás las que quieras cuando llegue el momento.

Oriol se llevó el tenedor cargado de espaguetis a la boca y Carlos lo imitó, por lo que durante unos segundos ninguno de los dos añadió nada, pero la referencia hecha a las mujeres provocó que Matilde invadiera la mente de Carlos pese a que él trató de que no fuese así.

Como si Oriol hubiera leído esos pensamientos, tras el tercer bocado, dijo:

—Y eso también vale para mí. A Matilde hace días que no la veo, y el último día que estuve con ella le dije que fuera olvidándose de mí.

A Carlos se le atragantó la comida, pero hizo un enorme esfuerzo para disimularlo y creyó haber evitado que se notara. Cuando logró tragar, temió haberse puesto colorado, por lo que cogió la copa de vino y se la llevó a la boca, tratando de cubrir así la mayor parte del rostro de la vista de su amigo. Sin embargo, éste sólo parecía atento a sus espaguetis, y ello a Carlos le devolvió el sosiego, aunque no dijo nada para evitar que su voz saliera con un tono que delatara la zozobra que las palabras de Oriol le habían producido. Entonces recordó que tenía en su bolsillo las tres llaves de taquillas que ya había alquilado en el polideportivo y se alegró de poder sacar un nuevo tema de conversación.

—Toma, Oriol —dijo, mientras colocaba las llaves sobre la mesa—. Ya tengo tres taquillas. Ayer alquilé dos, y esta mañana otra. Mañana alquilaré dos más. Hoy he ido por la mañana al gimnasio y he vuelto a llevar otra bolsa de deporte llena de bloques marrones. Están repartidos entre las tres taquillas.

—Buen trabajo, Carlos; pero quiero que las llaves las conserves tú, porque tú eres quien ha de utilizar las taquillas. Y no alquiles dos por día, que podrías levantar sospechas. Mañana una y pasado mañana la otra. A partir de mañana, comenzarás a llevar también los líquidos.

Tras la comida, Oriol se marchó y Carlos volvió al piso. Allí seguía el Chirla con las manos pegadas al teclado del ordenador, y tan absorto que no respondió al saludo de Carlos. Éste volvió a coger el libro de Evola, del que ya llegaba por la segunda página, y se acomodó en el sofá, quedando así de espaldas al Chirla; pero a los pocos minutos le entró sueño, dejó el libro a un lado y recostó la cabeza.

Cuando despertó, el Chirla no estaba en el piso.

Volvió a coger el libro, leyó una línea y lo dejó de nuevo. Se levantó del sofá, encendió un cigarrillo y lo fumó dando pequeños paseítos por el piso. El fregadero volvía a estar lleno de cacharros, pero esta vez no pensaba fregarlos. ¡Por supuesto que no! Fumó otro cigarrillo y después otro. Cuanto más se aburría, más miraba a los ordenadores que tenía delante, aunque sabía que no podía hacer uso de ellos. Pero lo que en todo momento ocupaba sus pensamientos era Matilde. Ya no salía con Oriol. Ahora estaba libre. Y él era, en estos momentos, un jefe clandestino de un gran movimiento revolucionario. Si ella lo supiera, seguro que caería rendida ante sus pies. Oh, Matilde: esas tetas y ese culo tan bien esculpidos, esos labios carnosos y rosados, esa mirada penetrante. ¿Cómo podría contactar con ella sin poner en riesgo su clandestinidad y sin que Oriol se enterase?

Después de dos horas de pasear por el piso, de haberse fumado casi una cajetilla de tabaco y de haberse masturbado en el lavabo, sin que nada de esto hiciera disminuir su tribulación, recordó que en una de las cajas que contenían botellas de líquidos había un teléfono móvil. Fue hacia la caja y la abrió con impulsos rápidos guiados por su ansiedad; extrajo las botellas y una se volcó en el suelo. Carlos se percató de que se derramaba algo de líquido porque el tapón no parecía estar bien cerrado. Él la recolocó en posición vertical y cerró el tapón. Después cogió la caja, ya vacía de botellas, la volteó sobre el sofá, y ante sus ojos quedó el teléfono móvil, otro aparato que también parecía ser un teléfono y un conjunto de pequeños componentes electrónicos, cables y otras piezas que en absoluto le interesaron. Agarró el teléfono y comenzó a tocar botones, pero no logró encenderlo. Lo abrió para ver si el problema era que no tenía batería. La tenía pero probablemente estaba descargada y entre los cables no había ninguno que fuese el alimentador. Probó con el cable de su móvil —el que le entregó Oriol— para ver si servía para éste, pero no; pensó en la posibilidad de encajar la batería de un móvil al otro, pero el que le dio Oriol era más actual, de los que no permiten extraer la batería. Después cogió el otro aparato que también parecía un teléfono, pero enseguida llegó a la conclusión de que no lo era. Finalmente, desistió y volvió a meter todo en la caja, incluidas las botellas de líquidos que había sacado.

Si quería llamar a Matilde, tenía que hacerlo con el móvil que le había dado Oriol, pero eso no podía hacerlo porque éste se enteraría cuando recibiera la factura. Pensó en volver a masturbarse como alternativa, pero lo que hizo fue sentarse ante uno de los ordenadores y abrirlo. ¿Quién iba a enterarse si entraba en Internet, abría su cuenta de correo y escribía a Matilde? Lo único que debía hacer era estar atento a los ruidos del rellano por si volvía el Chirla o el propio Oriol, y, en tal caso, cerraría con rapidez el ordenador.

Dudó durante mucho rato pero, finalmente, abrió su correo y comenzó a escribir. «Hola Matilde. No me he puesto en contacto contigo en los últimos días porque estoy en medio de una misión muy importante». Ahí se detuvo. ¿Le decía algo sobre la misión para que ella sintiera admiración...? Tendría que inventárselo, ya que él no sabía muy bien en qué consistía su misión. Desistió, pero optó por incluir algo que resaltara la frase anterior. «Por correo no puedo decirte de qué se trata, pero he pasado a la clandestinidad, o sea que puedes imaginarte». ¿Y ahora qué le decía: que tenía ganas de verla; que sabía que había roto con Oriol; que la amaba...? «Pero, si nos vemos, puedo explicarte la situación en persona. Dime una hora y un sitio. Lo que a ti te vaya bien. Pero asegúrate de que nadie se entere de que vamos a vernos». Con estas frases se dio por satisfecho. Ella entendería que él estaba dispuesto a correr riesgos por verla. Se despidió, envió el correo y cerró el ordenador. Después volvió al sofá y, con el libro en la mano, fue serenándose y se sintió contento por la acción realizada: lo había hecho sin que nadie pudiera enterarse. Decidió no apartar el libro de su regazo para que, cuando entrase cualquiera de sus dos compañeros, lo encontrara leyendo, y lo abrió por la mitad, con el objetivo de que pareciera que no había hecho otra cosa más que leer.

A las ocho de la tarde seguía solo y resolvió irse a un bar para cenar. Pero en la calle cambió de idea: esta noche se haría él la cena. Compró pan, huevos y salchichas y se volvió a casa. En la cocina se enfrentó con el hecho de que tendría que fregar primero los cacharros y se arrepintió de la decisión que había tomado, aunque los fregó. Después encendió el butano y puso una sartén con aceite sobre el fuego. Mientras esperaba a que se calentara el aceite, secó con un trapo todo lo fregado y, finalmente, cogió el único plato de cerámica que encontró y lo puso sobre la mesa; pero cuando se volvió, comprobó que había dejado el trapo junto al fuego y estaba ardiendo. Al punto, se lanzó hacia el trapo y, de un manotazo, lo apartó del fuego, aunque la fatalidad quiso que cayera sobre el cubo de la basura. Con la misma precipitación, intentó sacar el trapo del cubo, pero al inclinarse golpeó el mango de la sartén y ésta se deslizó hacia la encimera y de ahí al suelo, arrastrando a su paso los dos huevos que habían descansado sobre dicha encimera, de modo que claras y yemas comenzaron a freírse, pero en el suelo, con el aceite que lo había inundado. Y, entre tanto, el cubo de la basura ya ardía, por lo que Carlos se vio invadido por el pánico.

Lo venció, y fue capaz de pensar que lo que necesitaba era algún líquido con el que apagar el fuego, y mejor si era frío, así que abrió el frigorífico, observó los únicos líquidos que había —latas de cerveza y una botella de vino empezada—, cogió la botella y roció el vino sobre el cubo de la basura. Cuando el fuego se hubo apagado, exhaló un suspiro; pero miró a su alrededor, todavía con la botella en la mano, y volvió a sentir pavor: parte del plástico del cubo de basura se había derretido, el techo de la cocina tenía un círculo negro, el aceite y el vino estaban esparcidos por el suelo... Tenía que arreglar todo esto antes de que viniese el Chirla.

En ese momento, se abrió la puerta del piso y a Carlos se le cayó de la mano la botella vacía de vino. El ruido que hizo al estrellarse contra el suelo le pareció atronador, pero lo más terrible fue ver el suelo de la cocina lleno de vidrios mezclados con el aceite, el vino y los huevos. Carlos se quedó paralizado y con el corazón martilleando sobre su pecho mientras oía los pasos del Chirla acercándose hacia la puerta de la cocina.

Pero el Chirla fue directo a los ordenadores, y, cuando se percató de que Carlos aparecía desde la cocina, se limitó a hacer un gruñido a modo de saludo. Los pinganillos que llevaba en las orejas indicaban que la música le había impedido oír el estallido de la botella. O quizá supuso que fue un golpe especial de batería.

Carlos se sentó en el sofá, incapaz de pensar sobre lo que le convenía hacer, y se limitó a observar la nuca y la espalda del Chirla, temeroso de que éste hiciera ademán de levantarse de la silla y pudiera ir a la cocina. Aunque después se dijo que ojalá el Chirla volviera a salir para que él tuviera tiempo de arreglar el desaguisado, y que si no salía, quizá él pudiera deslizarse sigilosamente hacia la cocina y encerrarse en ella sin que el Chirla se percatase de nada.

Media hora estuvo Carlos sumido en esas dudas y sentado en el sofá, hasta que decidió levantarse para ir a la cocina. Pero un grito del Chirla lo paralizó.

—¡La hostia!

El Chirla se puso de pie con tal ímpetu que volcó su silla y, de inmediato, comenzó a rascarse la cabeza con las dos manos, a soltar bufidos y a dar rápidos paseítos por la estancia. Carlos supuso que estarían picándole los piojos, y no le extrañaba porque sus greñas daban la impresión de no haber sido lavadas durante meses, aunque, lo que a él le preocupaba era que, en alguno de esos paseítos, el Chirla acabara entrando en la cocina.

Como así ocurrió.

Salió de la cocina sin apenas haber cambiado su gesto. Seguía con las manos en la cabeza y paseando, por lo que Carlos pensó que no había visto el desastre. Pero, de pronto, el Chirla bajó los brazos, se giró hacia Carlos y dijo:

—¿Sabes lo que has hecho, desgraciado?

Un extraño rictus le había cambiado el rostro y sus ojos parecían llenos de odio. Al tiempo, apretaba los puños con tal fuerza que daba la impresión de quererse clavar las uñas. Carlos se asustó y comenzó a sentir esa flacidez en los músculos que le impedía hacer ningún tipo de movimiento, salvo el de agachar la cabeza como si tendiera a encogerse. Temió que el Chirla comenzara a darle puñetazos y patadas de un momento a otro. Lo vio, con aquel gesto y ese cuerpo grande y gordo que tenía, como una especie de bestia del averno que si se le echaba encima lo destrozaría por completo.

El Chirla dio un paso hacia Carlos, pero en ese momento se oyó la puerta del piso: entraba Oriol. Carlos sintió alivio en un primer instante, pero también vergüenza: al fin y al cabo, estaba consintiendo que un subordinado se le hubiera encarado y estuviera humillándolo. Y sólo por haber hecho unos pequeños destrozos en la cocina que podían arreglarse fácilmente.

Oriol se quedó plantado en la entrada de la estancia, observando la escena con gesto adusto.

—¿Qué pasa?

—¡¿Sabes la que ha liado este gilipollas?! —gritó el Chirla.

Oriol dio dos pasos hacia adelante, mirando sucesivamente a Carlos y al Chirla.

—Te he hecho una pregunta, Chirla. ¿Qué es lo que pasa?

El Chirla, en lugar de responder, repitió los movimientos de antes. Comenzó a pasear al tiempo que se rascaba la cabeza y decía joder, joder, joder.

—¡¿Quieres saber lo que ha hecho?! Míralo tú mismo —dijo al fin.

Carlos se sentía ahora más protegido por la presencia de Oriol, pero no acababa de entender la situación. ¿Tanta importancia tenía lo que había hecho en la cocina? Además, las últimas palabras del Chirla no habían venido acompañadas de un gesto que invitara a Oriol a mirar hacia la cocina. Y, lo cierto era que esto también debía de haber confundido a Oriol, porque, en lugar de dirigirse a la cocina, lo que hizo fue recoger la silla del suelo y sentarse frente al ordenador.

Oriol miró la pantalla y enseguida preguntó:

—¿Qué es esto?

—Un correo que el inspector Montcada ha recibido hace hora y media —respondió Chirla.

Parecía que, de pronto, se ponían a hablar de otra cosa, pensó Carlos. Pero su alivio duró sólo un instante.

—¡Joder, Oriol, ¿y ahora qué?! ¡Llevo tres años en este piso y había conseguido mantenerlo limpio! ¡Y llega este hijo de puta —gritó señalando a Carlos— y me lo pringa de esta manera!

Carlos volvió a sentirse vulnerable. El Chirla parecía dispuesto a saltarse incluso la autoridad de Oriol y seguía dando rienda suelta a su cólera. ¿Lo consentiría Oriol? Por otra parte, ¿de qué limpieza hablaba? Cierto era que en este momento la cocina estaba hecha un desastre, pero ¿no había mucha más mierda por todas partes antes de que él lo limpiara todo ayer? Oriol tenía que darse cuenta de que el Chirla estaba sacando las cosas de quicio. Por un momento, Carlos pensó que él mismo también debería reaccionar: siendo como era el jefe del Chirla, quizá tendría que levantarse del sofá, dar cuatro gritos a ese gordo infame y ponerlo en su sitio. Oriol lo vería bien, sin duda. Además, el Chirla acababa de llamarle hijo de puta: si él no reaccionaba, Oriol podría pensar que no tenía suficientes cojones como para ser el jefe de la sección de Barcelona.

Sin embargo, se dio cuenta de que estaba demasiado asustado como para atreverse ni siquiera a abrir la boca, y se limitó a esperar a que Oriol actuara.

Pero fue el Chirla quien volvió a gritar.

—¡Lo voy a matar Oriol! ¡Voy a matar a este hijo de perra!

—¡Basta! —exclamó Oriol.

—¿Basta? ¿No ves la que ha liado? —preguntó el Chirla con tono lastimero.

Oriol se incorporó.

—¡Compórtate, Chirla! ¿No sabes lo que está en juego?

—Lo sé… Lo sé… ¡Pero hostia puta!

—Él es tu jefe. Y ahora mismo vas a disculparte por todo lo que has dicho.

—¿Disculparme…?

—¡Chirla…!

Éste pareció reaccionar. Alzó las manos con las palmas hacia el frente, como si tratara de detener algo que se le venía encima, e hizo varios movimientos de asentimiento con la cabeza.

—Vale… Me disculpo.

Entonces Carlos se levantó del sofá. ¿No sería este el momento adecuado para devolverle al Chirla los mismos insultos que él había proferido? Pero el gesto del Chirla seguía cargado de odio y Carlos se dijo que sería mejor no alterarlo más. Así, optó por aceptar las disculpas y quiso decirlo, pero antes de que pudiera hablar lo hizo Oriol.

—Hay que sacarlo todo de inmediato. Yo voy a por la furgoneta. Vosotros dos ir bajando las cosas al portal. Carlos, comienza por estas cajas y los líquidos.

De pronto, se produjo una situación incomprensible para Carlos. Lo que ahora sucedía no tenía nada que ver con lo que a él le ocurrió en la cocina ni con el escándalo protagonizado después por el Chirla: no sólo sacaron las cajas y los líquidos que habían traído del taller, sino que el Chirla desenchufó todos los ordenadores y también los sacó al rellano, y además, cogió varias maletas y otras cajas y comenzó a llenarlas con ropa, papeles y cosas diversas. Antes de que apareciera Oriol con la furgoneta, ya tenían el portal tan lleno de enseres que parecían estar haciendo una mudanza.

***

Realizaron un trayecto de una media hora sin que ninguno de los tres pronunciara palabra, hasta que Oriol detuvo la furgoneta ante un portón metálico y se volvió hacia Carlos.

—Tú espera aquí —le dijo.

Oriol y el Chirla se bajaron, y Carlos observó cómo se saludaban con un joven que se hallaba junto al portón. Enseguida, este joven levantó la persiana metálica y los tres comenzaron a sacar cosas de la furgoneta y a meterlas dentro de lo que parecía una pequeña tienda de comestibles, o acaso una carnicería —tenía las luces apagadas y desde la posición de Carlos no se apreciaba bien el interior—. Cuando acabaron la descarga, Oriol volvió a subir a la furgoneta y la puso de nuevo en marcha. El Chirla había quedado en tierra y con él los ordenadores y sus pertenencias; en la furgoneta sólo quedaban las cosas de Carlos y las cajas y vasijas traídas del taller.

Carlos supuso que había llegado el momento de aclarar las cosas con Oriol. Quería explicarle que él hubiera limpiado la cocina del Chirla, si le hubiesen dado la oportunidad; pero también quería quejarse por el trato recibido y proponer algún tipo de sanción para el Chirla. Pero como Oriol seguía sumido en sus pensamientos, Carlos decidió no molestarlo.

Salieron de Barcelona y acabaron adentrándose por una urbanización de casas unifamiliares. Finalmente, se detuvieron delante de una de ellas. La casa tenía un pequeño jardín delantero, separado de la acera por un muro bajo con una entrada sin puerta.

—Carlos —dijo Oriol tras haber detenido el motor—, no has de dar importancia a lo que ha pasado hoy. Al Chirla se le ha ido la cabeza.

—Vale, no le doy importancia. Ya he aceptado sus disculpas.

—Tú sigues siendo el jefe de Barcelona. Eres una pieza clave para la organización, Carlos. No todos los camaradas son como el Chirla. Los demás saben quién eres, porque yo se lo he explicado. Conocen tu valor y tu inteligencia. Al Chirla olvídalo; es un gilipollas. Tú eres cien veces más importante que él. Espérame aquí un momento.

Oriol se bajó de la furgoneta y se adentró por el jardín hasta la puerta de la casa. Mientras lo veía alejarse, Carlos notó cómo recuperaba por momentos la autoestima y desaparecía de él la aflicción que lo había embargado desde que le ocurrió lo de la cocina. Pero al volver a sentirse fuerte, se dijo que cuando viera de nuevo al Chirla, se las haría pasar canutas. Ya idearía alguna cosa para someterlo durante unas cuantas horas a las más variadas humillaciones y castigos. Ese gordo apestoso se arrepentiría de todo lo que había dicho hoy. Vaya si se arrepentiría. Mientras se recreaba con estos pensamientos, Carlos vio cómo se abría la puerta de la casa y aparecía un joven enjuto, pequeño y algo encorvado que se saludaba con Oriol. Intentó aguzar la vista porque le pareció reconocer a aquel hombre, pero no había más luz que la de una farola lejana y la que salía de la propia casa, y Carlos no logró acabar de identificarlo, pese a que Oriol y ese chico estuvieron charlando ante la puerta durante al menos diez minutos.

A la postre, el chico se separó de Oriol y se acercó a la furgoneta, momento en el que Carlos lo reconoció. Era el Pulga, aquel de la voz chillona que formaba parte del grupo que se reunía con Matilde. Quizá también éste se había integrado en Nuevo Renacer Luminoso. ¿Cuántos más lo habían hecho de todos los que Carlos había conocido desde que era amigo de Matilde?

—Camarada —dijo el Pulga con su punzante voz, tras abrir la puerta de la furgoneta y hacer un gesto que invitaba a Carlos a bajar—, me siento muy orgulloso de tenerte como invitado en mi casa. Es para mí un honor.

Carlos llenó de aire los pulmones, bajó del asiento, estiró el tronco y tendió la mano al Pulga.

—El honor es mío, camarada.

Se dieron un fuerte apretón de manos y Carlos sintió la necesidad de dar también un abrazo a su subordinado, pero lo descartó porque era tan pequeño que su cabeza apenas le hubiera llegado al pecho, dando lugar a una postura poco agradable.

—En realidad es la casa de mis viejos. Pero este mes no están o sea que la tengo para mí solo.

Oriol se acercó a ellos.

—Venga, hay que meter lo de la furgoneta en casa —dijo, al tiempo que abría la puerta trasera.

Él cogió la primera caja y los otros dos lo secundaron. Cuando todo estuvo dentro, Oriol le dijo al Pulga algo sobre el ordenador, como si se tratase de alguna cosa comentada anteriormente, el Pulga desapareció y al cabo de un minuto volvió con un portátil que entregó a Oriol. Finalmente, éste se despidió y el Pulga enseñó la casa a Carlos.

—Ésta será tu habitación. No tiene adornos, pero en la mía tengo una bandera con la esvástica, otra con la cruz céltica y un poster con la foto de Hitler. Puedo ponerte algo de eso en tu cuarto.

—No importa, camarada... ¿Cómo he de llamarte?

—Pulga. Así es como me llamo, o me llaman. ¿No te gusta mi nombre?

—¡No! Quiero decir, sí, me gusta.

—Supongo que ya habrás cenado. Si quieres ver la televisión…, o quizá quieras irte ya a dormir; estarás cansado.

—Bueno…, sí, creo que me iré a dormir. Aunque…, ¿puedes dejarme un ordenador? —Carlos pensaba que a estas horas Matilde podría haber contestado ya a su correo.

—Lo siento, camarada, pero mi portátil se lo ha llevado Oriol. Y en esta casa no hay ningún otro ordenador, porque mis viejos no usan esas cosas.

—No importa. ¿Tienes alguna novela?

41

Eran las once de la noche y el inspector Montcada seguía en su despacho de la comisaría de Les Corts pendiente sólo de una nueva llamada telefónica que lo impeliera a poner en marcha la operación ya preparada. Carlos Milletino había enviado un correo a Matilde Fuensanta y los equipos informáticos de los Mossos d'Esquadra estaban inmersos en una actividad frenética para localizar el lugar concreto desde el que tal correo fue escrito.

Entre tanto, el inspector había leído varias veces el correo de Carlos —María se lo remitió a su correo electrónico poco después de comunicarle su existencia— sin que en ninguna de ellas descubriera nada nuevo o le hubiera generado alguna inspiración. Carlos hablaba de que estaba en medio de una misión importante y que por ello había pasado a la clandestinidad. La misión podía ser el atentado, naturalmente, pero no daba ninguna pista sobre el objetivo. Lo que sí cabía deducir de ese correo era que Matilde Fuensanta no estaba implicada, por lo que la opción de no detenerla y mantenerla vigilada había sido acertada. Ella era la única persona que podía llevarlos hasta Carlos. Del seguimiento de la chica empezaron encargándose desde la Central, pero después pasó a coordinarlo la subinspectora Eulalia Planells, y su ejecución estaba encomendada a cuatro agentes.

A las once y dos minutos de la noche sonó su teléfono y vio que era María Guerrero quien llamaba.

—¡Lo tenemos! Un piso en el barrio de La Verneda. —María le dio la dirección exacta.

Sin pérdida de tiempo, Samuel salió del despacho y comunicó la dirección a los miembros de su grupo y a las dos patrullas que estaban preparadas. Ya en los coches y con las sirenas ululando, el inspector siguió haciendo llamadas, tanto para dar instrucciones como para averiguar nuevos datos sobre el punto al que se dirigían.

Apagaron las sirenas cuando ya estaban cerca y detuvieron los coches a una distancia prudencial del piso para no ser vistos por sus moradores. Enseguida hicieron diversos movimientos de aproximación y buscaron puntos de vigilancia adecuados hasta estar seguros de que tenían el edificio controlado. Media hora después, llegaron los miembros del Grupo Especial de Intervención y el inspector dejó que fueran ellos los que continuaran haciendo las operaciones adecuadas para el caso.

La opción elegida era mantener el piso bajo vigilancia, no asaltarlo de inmediato, ya que querían cazar no sólo a Carlos sino también a Adolfo, pero, a media que avanzaba la noche, todos los datos que le llegaban al inspector Montcada indicaban que dentro del piso no había nadie, y a las cuatro de la mañana estuvieron ya prácticamente seguros de ello. En ese momento, además, disponían de información sobre el inquilino del piso: José Catarata, treinta y cinco años, alto y obeso, dueño de una empresa informática que quebró, empleado de otra que lo despidió, beneficiario de un subsidio de desempleo hasta que se le agotó y sin ingresos conocidos en el momento actual. Y eso era lo extraño: si Catarata vivía en ese piso y además había acogido a Carlos, ¿cuál era la razón para que esta noche no estuviera dentro ninguno de los dos? El inspector decidió que tenían que entrar en el piso sin perder un minuto más.

El Grupo Especial se encargó de la operación y a las seis de la mañana el inspector Montcada y el secretario judicial atravesaron la puerta del piso.

Lo que vieron dejaba muy claro que los moradores habían salido con apresuramiento: armarios y cajones abiertos, ropa por los suelos... Incluso la cocina denotaba esa precipitación: dos huevos, aceite y una sartén estaban en el suelo, como si cuando decidieron huir se les hubiera caído con las prisas. Había también unas salchichas sobre la encimera que todavía no olían mal, vidrios rotos por el suelo... Se trataba claramente de una huida decidida en el último momento, acaso esta misma noche, poco antes de que los Mossos dispusiesen de la dirección.

Cuando llegaron los de la policía científica, el inspector llevaba media hora leyendo papeles, pero nada de lo que vio hablaba de nazismo o extrema derecha; todo era sobre informática; estaba claro que ésta era la pasión del inquilino del piso.

—Hola Jaume —dijo Samuel—. Lamento haberte despertado a estas horas.

—Por lo que he oído, tú aún no te has acostado.

—No, pero como ya estáis vosotros aquí, me voy a dormir un rato. En cuanto tengas algo que puedas contarme, llámame, por favor; a la hora que sea, no te preocupes de si llevo poco rato durmiendo.

Se despidieron y Samuel ordenó al conductor del coche patrulla que lo llevara a casa. Se fue directo al sofá y se tumbó sin quitarse la ropa.

***

A las doce de la mañana lo despertó el teléfono y recibió el informe verbal de Jaume. En el piso había huellas dactilares de tres personas, y dos de ellas eran las mismas de las que también había huellas en el taller: Carlos Milletino y la otra persona aún sin identificar —Adolfo, pensó Samuel—. Pero aquí, las más abundantes eran de otro, por lo que se las atribuían al inquilino, José Catarata. Esta información era de gran importancia, porque confirmaba que Carlos y Adolfo seguían juntos y que tenían motivos para huir, pero lo cardinal fue lo que Jaume dijo después.

—En el suelo de la sala de estar había restos de acetona, un producto muy usado para fabricar explosivos líquidos, como sabrás, y en un rincón del sofá había un componente electrónico que sirve para hacer detonadores.

—¡Joder! —exclamó el inspector.

Tras despedirse, Samuel se dio una ducha, decidido a irse de inmediato para la comisaría. Hoy era martes y el encuentro euromediterráneo se celebraba el viernes de la semana siguiente.

Quedaban diez días, contando con que tal encuentro fuera el objetivo contra el que querían atentar.

Y de lo ya no había duda era de que preparaban un atentado. Estaban fabricando explosivos líquidos y, además, tenían los que el yihadista Saíd, desde Francia, había proporcionado a Adolfo.

Ahora había tres implicados, Adolfo, Carlos y José; más un cuarto, el Viejo, del que desconocían su papel. Pero lo que no tenían era una forma clara para llegar a ninguno de ellos. Todo dependía de que cometieran algún error, como que Carlos acabara de concretar su encuentro con Matilde, o que algún nuevo correo electrónico los guiase hasta su escondite. Pero, ¿y si no cometían ninguno de estos fallos?

Además, había algo que intrigaba profundamente a Samuel. ¿Por qué escaparon del piso de José Catarata? ¿Cómo supieron que los Mossos habían dado con él? Era la segunda vez que se les escapaban por los pelos, pero en la primera había una explicación clara: el desatino de los Mossos al asaltar primero el taller de los paquistaníes los puso sobre aviso y pudieron huir antes de que el inspector enmendara el error; pero en esta segunda ocasión nada de eso había ocurrido. Claro que ellos podían suponer que la policía controlaba el correo de Carlos Milletino, pero en tal caso no lo habría escrito, o lo habría hecho desde un establecimiento de Internet y no desde la casa de Catarata. O quizá fue después de escribir el correo cuando Carlos se dio cuenta de su error y decidieron irse, pero ¿por qué tanta precipitación en el desalojo?

Cuando el inspector Montcada llegó a la comisaría, ninguna de esas dudas se habían aclarado, pero enseguida tuvo nuevas cosas en qué pensar: al abrir su correo electrónico se encontró, no sólo las transcripciones de las conversaciones telefónicas que Matilde Fuensanta había mantenido con diversas personas, sino también el correo de respuesta que ella acababa de enviar a Carlos.

«Hola Carlos, me alegro de que hayas escrito, comenzaba a pensar que se te había tragado la tierra. No es que me apetezca mucho salir por ahí, porque el curro me deja hecha polvo, pero llevo días sin ver a nadie y tenía ganas de encontrarme contigo. Aunque, por favor, si nos vemos, no vengas con el gilipollas que he tenido como medio novio, porque ya no quiero saber nada de él. El día que lo conocí dije que era un gilipollas y hoy digo que es un gilipollas doble. Bueno, tío, si quieres, nos vemos a las siete de la tarde en el paseo del Born, en el lado de la iglesia del Mar. Venga, ven y nos damos unos achuchones para matar las penas.»

A Samuel se le fue de golpe el cansancio acumulado por la noche que casi había pasado en vela. Lo que acababa de leer ofrecía la posibilidad de capturar a Carlos Milletino esta misma tarde. Su cerebro comenzó a funcionar con celeridad para diseñar el dispositivo que debería poner en marcha, y en ello estaba cuando le sonó el teléfono y vio que era María Guerrero.

—¡Hola, María! ¡Lo que acabas de enviarme es canela en rama!

—Ya lo creo. Por eso te llamaba.

Hablaron del dispositivo a preparar: cuántos policías tenían que intervenir, cómo tenían que situarse, etcétera; y decidieron no detener a Carlos, sino seguirlo después de su encuentro con Matilde para que los llevase hasta el lugar en el que se escondía. Todo ello lo coordinaría Samuel sobre el terreno, pero en continuo contacto con María, y ésta con la intendente Pilar Truyol.

—Por cierto —agregó María—, la intendente había dicho que nos reuniéramos los tres a las siete de la tarde. Ahora tiene prioridad lo otro, naturalmente, pero es posible que quiera que nos veamos después de todas formas. Si el operativo de vigilancia de Carlos está en marcha y funciona, podrías venirte a Sabadell a eso de las ocho.

—Y después tú y yo cenamos juntos.

—Sí, por supuesto —repuso ella con entusiasmo—. Tú y yo, y Rebeca. Así empiezas a conocerla.

—Vale. Perfecto.

Tras despedirse, Samuel se percató de que la mención hecha a Rebeca le había dejado una sensación extraña, como un gusto de boca difícil de definir. La libido que notó mientras le decía a María lo de cenar juntos, desapareció de golpe con la respuesta de ella. «Así empiezas a conocerla». ¿Qué tipo de responsabilidad adquiría él frente a la hija de la mujer a la que ya consideraba su pareja? O más bien, ¿hasta dónde estaba dispuesto a llegar? Le molestó esta sensación y se recriminó a sí mismo que dejara penetrar la duda allá donde todo lo que debería hacer era disfrutar de la oportunidad que le brindaba la vida, y del regalo que le hacían los dioses: una mujer guapa, de trato afable, inteligente, buena profesional, con la que conversar era un placer, con la que se había sentido bien en la cama... Trató de convencerse de que todo lo demás eran circunstancias a las que debería saber acomodarse.

42

La noche anterior, Carlos tardó mucho en dormirse pese a que la cama que ocupó en la casa del Pulga era considerablemente más cómoda que el sofá del piso del Chirla. Puede que la bronca que tuvo con este último por lo que le pasó en la cocina fuera lo que le generó el desasosiego que lo mantuvo en vela, pero sus pensamientos también se entretuvieron repasando lo que estaba siendo su vida en estos últimos días, desde que Oriol le habló de Nuevo Renacer Luminoso y, sobre todo, desde que lo llevó al encuentro de la montaña. Ahora se sentía útil y parte de un proyecto importante, pero le fastidiaba no acabar de ver claro su papel, no estar seguro de cómo debía actuar, no ejercer todavía la función dirigente que tenía encomendada. Y, a media que las horas se sumaban unas a otras sin que él lograra conciliar el sueño, esos puntos débiles parecían crecer hasta casi ocultar todo lo demás; las dudas anegaban todas las sensaciones de poderío que le había generado el vínculo adquirido con Oriol y la pertenencia a su aguerrido grupo de hombres. De pronto, le parecía que esos hombres no eran tan extraordinarios, y que él no había cambiado tanto a su lado. Aunque, instantes después, trataba de apartar tales pensamientos de la cabeza diciéndose que en el momento en que tuviera las riendas de la organización en sus manos lo vería todo de otro modo.

Ahora, cuando era casi la una de la tarde y llevaba media hora despierto sin haberse movido de la cama, lo que veía claro era que no tenía que dejarse llevar por cavilaciones como las de anoche. Estaba donde tenía que estar y no había marcha atrás. No podía volver a la nulidad que había sido su vida en los últimos años, especialmente desde que se quedó sin trabajo; no podía volver a casa a soportar la indiferencia y los ultrajes de su padre. Ahora que se había convertido en alguien cercano a un líder de la talla de Oriol, lo que debía hacer era tener paciencia y esperar a ir conociendo poco a poco a los demás miembros de la organización y a que Oriol acabase de definir bien sus funciones. Después, sí podría volver a casa y presentarse ante su padre. Lo haría como líder político, como el hombre capaz de alcanzar los mismos objetivos que siempre había perseguido su progenitor. De esa forma, el famoso dirigente nacionalista Emili Milletino no tendría más remedio que sentirse orgulloso de que su hijo, Carlos Milletino, conquistara la cumbre siguiendo la senda por él iniciada. Deseaba tanto recibir el reconocimiento de su padre...

Se levantó raudo de la cama, no sólo por la repentina euforia que le provocaron estos pensamientos, sino porque también se acordó de Matilde. Tenía que buscar algún cibercafé en el que pudiera consultar su correo para ver si ella le había contestado. Y además, necesitaba llevarse algo a la boca: los huevos fritos y las salchichas que la pasada noche no llegó a comerse, también habían contribuido a su desvelo.

Cuando entró en la cocina, siguiendo el olor a café que detectó al salir de la habitación, observó que el fregadero estaba casi tan mugriento como el del piso del Chirla. Sobre el montón de platos y cacharos pendientes de fregar había una ventana grande, abierta y con una persiana que sólo permitía ver el exterior a través de las líneas de luz que quedaban entre sus láminas horizontales. Del otro lado procedían unos ruidos, como martillazos, y Carlos pudo entrever al Pulga, sentado en una silla y haciendo algo con otra, como si estuviese arreglándola. También vio una mesa y otras sillas situadas a escasos dos metros de la ventana.

La cocina tenía una puerta que daba a esa zona exterior. La abrió y ante sus ojos apareció un amplio jardín que no había visto la noche anterior porque quedaba ubicado en la parte opuesta a la entrada de la casa.

—Hola Pulga —dijo, mientras se aproximaba a él—. Perdona que no me haya levantado antes; es que anoche...

—¡Camarada! ¡Tú no tienes que disculparte por nada!

—Tienes un jardín muy grande en este lado.

—Todo está a tu disposición, Carlos.

—¿Estás arreglando una silla?

—Eres perspicaz, camarada. Sí, me la descuajaringó el otro día un amigo, y quiero arreglarla antes de que vengan mis viejos.

—Si quieres que te ayude…

—¡Qué dices! Tú tendrás otras cosas más importantes que hacer.

A Carlos le gustaba este reconocimiento que hacía el Pulga del lugar que él ocupaba en la jerarquía, aunque sus expresiones le parecían algo exageradas. Incluso tuvo un atisbo de duda sobre si había algo de sorna en la última frase del Pulga, aunque lo descartó de inmediato: era la voz disonante del Pulga lo que le generaba esa falsa impresión.

—Por cierto —continuó el Pulga—, Oriol me dijo que eres de los de la cúpula de la organización. Joder, qué callado te lo tenías; el día que te vi en el local de Paco, cuando Matilde organizaba aquello de la manifestación, no dijiste ni palabra, y yo pensé: éste debe de ser un pardillo que se ha metido en esto arrastrado por las tetas de Matilde. Ya ves, qué equivocado estaba. Yo, en cambio… No sé. Tengo que aprender de gente como tú; yo siempre hablo demasiado. Pero es que, joder, me cabrea que nuestra gente sea tan blandengue.

—Sí, necesitamos consolidar nuestras posiciones —sentenció Carlos, tratando de decir algo que estuviera a la altura de alguien que era «de los de la cúpula».

—Eso es, camarada. Eso es lo que yo quería decir.

—Iba a desayunar algo… —comentó Carlos con la esperanza de que el Pulga sugiriera qué.

El Pulga consultó su reloj de pulsera.

—Casi es hora de comer. Te traigo un café y después te llevo a un restaurante que hay cerca.

Carlos se acomodó en una silla mientras el Pulga desaparecía por la puerta de la cocina. Pensó que a él también le había producido una impresión errónea el Pulga el día que lo vio en el local de Paco. Pequeño, delgado, feo y con esa voz de niño repelente, no parecía alguien a quien hubiera que tener demasiado en cuenta. En cambio, ahora le parecía educado y buena persona.

El Pulga volvió con café y un plato de galletas y, durante los dos minutos siguientes, lo único que Carlos hizo fue dar buena cuenta de todo ello. Era lo primero que se llevaba al estómago desde la tarde de ayer.

—Por la comida no te preocupes, yo puedo buscar cualquier sitio... Me dices hacia dónde he de ir y... —dijo Carlos, con la pretensión de salir solo y buscar también un cibercafé.

—Eso sí que no, camarada. Oriol me ha encomendado una misión y he de cumplirla. He sido nombrado tu guardaespaldas. Iré contigo a todas partes.

—¿Guardaespaldas?

—Oriol dice que tu seguridad es de una importancia vital para nosotros.

Carlos asintió. Le gustaba lo que decía el Pulga, aunque seguía pareciéndole excesivo. Pero también quería contactar con Matilde, y no estaba seguro de que le conviniera que el Pulga se enterase. Algo le decía que su estatus de clandestinidad no permitía ese contacto, aunque no tuviera muy claro en qué consistía la clandestinidad ni por qué motivo la había adquirido. En cualquier caso, tenía que consultar al Pulga dónde podía encontrar un cibercafé, de modo que no podía ocultarle su intención.

—También quería ir a algún sitio con Internet, ya sabes, un locutorio o un local con ordenadores, para abrir mi correo. ¿Hay alguno por aquí?

—Eh... Sí... Bueno, por aquí no hay ningún sitio de ésos. Y no nos da tiempo a ir más lejos. Oriol vendrá luego. Me ha llamado antes y me ha ordenado que le esperemos.

Carlos se resignó. Ya buscaría algún cibercafé a media tarde, antes de entrar en el polideportivo. ¿Querría el Pulga ir también con él al gimnasio? Por un momento, le resultó un poco incómodo esto de tener guardaespaldas; pero quizás era algo a lo que todo jefe tenía que acostumbrarse.

Encendió un cigarrillo y con las primeras caladas intentó extraer el humo de la boca haciendo círculos. Desistió, porque el Pulga lo estaba mirando y él no lograba formar ninguno.

Antes de irse en busca del restaurante, el Pulga volvió a ofrecer a Carlos algo para decorar la habitación que había ocupado. Entraron primero en la del Pulga, y Carlos eligió una bandera de España que tenía la cruz céltica dibujada en el centro. El Pulga la descolgó, pero, antes de salir de la habitación quiso mostrar otra cosa a Carlos. Abrió el cajón de una cómoda y sacó una pistola.

Carlos tuvo un instante de perplejidad, pero el otro le pasó la pistola y, cuando la tuvo en sus manos se sintió agradecido.

—Ésta es mi arma, ¿qué te parece? —dijo el Pulga, como tratando de obtener la aprobación de Carlos.

Por suerte, era un modelo idéntico al de la pistola con la que Carlos hizo prácticas de tiro en el encuentro de la montaña, de modo que pudo sacar con destreza el cargador y observarla como si tuviera la autoridad de un perito. Vio que el cargador estaba lleno de balas.

—Es una buena arma, Pulga, te felicito —dijo, mientras hacía un gesto elocuente y le devolvía la pistola.

—Gracias, camarada. ¿Tú has traído alguna? —El Pulga volvió a guardarla en el cajón.

—No... Ahora no llevo ninguna encima —se le ocurrió decir a Carlos, aunque le sonó como si estuviera respondiendo a alguien que le pedía una moneda.

—Entiendo, Carlos. Los jefes tenéis que moveros con más cautela que nadie.

Salieron de la casa y enfilaron calle abajo para salir de la urbanización y dirigirse al núcleo urbano que se hallaba a un par de kilómetros, según dijo el Pulga. Enseguida, éste volvió a sacar el tema de las armas y a referirse con vehemencia a la batalla contra el sistema que les tocaba librar. Estaba claro que era un joven de ideas firmes, y lo único que preocupaba a Carlos era que sus propios comentarios no estuvieran al menos a la misma altura, o que denotaran un nivel de conocimientos inferior al que a todo jefe se le ha de suponer.

—Tú lo has dicho —repuso el Pulga, tras una frase de Carlos que ni él supo si tenía algún significado—. Los identitarios tenemos que estar en guardia. Los políticos y los banqueros intentan destrozar hasta los últimos restos de nuestra soberanía y nuestra identidad. Por eso estamos en pie de guerra. La guerra es la vida. Qué te voy a decir a ti. Pero yo estoy en esto para lo que haga falta. Me viene de sangre, Carlos, ya te contaré. Estoy dispuesto a darlo todo. Nadie podrá decir que no lo intenté, que no defendí la cultura identitaria, que no hice nada a favor de la justicia social, que no luché por la soberanía de nuestra patria.

—Nadie lo dirá, Pulga. Todos sabrán que tú estuviste en primera línea —aseveró Carlos, recordando que algo parecido le había dicho Oriol a él. Y quiso añadir alguna cosa más, para lo que trató recordar otras frases de Oriol, pero ninguna le vino a la mente.

—Yo lo tengo claro, Carlos —continuó el Pulga—. Somos un pueblo. Y hay que sentirlo aquí —se señaló el corazón—. Un pueblo; una nación; eso somos. ¡Una gran nación, joder! Y cuando lo sientes, quieres que tu nación brille, que la herencia identitaria no se vaya a la mierda; que no se la carguen los políticos, ni los banqueros, ni los americanos, ni los inmigrantes que trae el sistema capitalista... Cuando lo sientes aquí dentro —volvió a tocarse el pecho—, quieres una nación soberana; que no la manejen desde Bruselas, ni desde ningún otro sitio.

—Así es —confirmó Carlos—: una nación que no se la carguen los que se lo dan todo a los extranjeros.

—Eso es, Carlos. Eso es lo que yo quería decir. Porque..., ¿sabes?: tenemos una tradición, unas raíces, unos antepasados... ¡Una historia, joder! ¡Nosotros echamos a los musulmanes de España! ¡Nuestra victoria comenzó cuando ganamos la batalla de las Navas de Tolosa hace ochocientos años! ¿Es así o no, Carlos? Ésa es nuestra guerra, Carlos, una guerra en defensa de nuestra tierra, de nuestra sangre, de nuestra soberanía nacional... ¡de nuestra identidad! ¿No es la identidad lo suficientemente importante como para librar una guerra?

—Lo es, Pulga. Lo es.

Los dos guardaron unos instantes de silencio. Pero Carlos se sentía obligado a añadir algo que sonase con la misma trascendencia con la que hablaba el Pulga. Y esta vez sí recordó unas palabras de Oriol.

—Identidad y nación, Pulga. Identidad y nación.

Tras decirlas, notó como el Pulga asentía y lo miraba con respeto.

Llegaron al núcleo urbano y Carlos supo que se hallaban en La Llagosta, y que la urbanización en la que estaba la casa del Pulga se llamaba La Florida. Cuando estuvieron a la altura de un restaurante, el Pulga dijo que ése era un buen sitio para comer; pero, justo al abrir la puerta, Carlos vio el letrero de un locutorio en la misma acera del restaurante y a escasos metros de éste. A punto estuvo de decirle al Pulga que sí había un local de Internet, pero un soplo de duda lo refrenó: ¿conocía el Pulga ese locutorio y no había querido decírselo?

Ese reparo lo llevó a tomar una nueva precaución: cuando estaban entre el primero y el segundo plato, le dijo al Pulga que tenía que ir al lavabo y lo que hizo fue salir del restaurante y entrar raudo en el locutorio. Por suerte, había ordenadores libres y tardó pocos segundos en tener abierto su correo y leer lo que Matilde le había escrito. Lo de «ven y nos damos unos achuchones» le generó tal cosquilleo interno y tal arrebato venéreo que casi se olvida de que no tenía tiempo que perder, pero recuperó la cordura y se limitó a contestar «ahí nos vemos», cerrar rápidamente su conexión, pagar y volver al restaurante.

***

Oriol llegó a las cuatro de la tarde. Carlos y el Pulga llevaban casi media hora en la casa, luego de haber vuelto del restaurante. Durante la comida, y después, ambos siguieron hablando de política, y Carlos fue adquiriendo una elocuencia que le sorprendió a sí mismo. Con el Pulga se sentía bien y le resultaba agradable conversar, y la perspectiva de encontrarse después con Matilde, libre ésta de otros noviazgos, le generaba una euforia que incrementaba su locuacidad.

En cuanto Oriol entró en la casa, se saludaron afectuosamente y le preguntó a Carlos si se encontraba a gusto. Éste le respondió afirmativamente y trató de dejar claro que había establecido un saludable vínculo de camaradería con el Pulga, para que Oriol se diera cuenta de que su mala relación con el Chirla se debía sólo al pésimo carácter de éste. Después salieron al jardín de atrás, se acomodaron en torno a la misma mesa en la que Carlos había encontrado por la mañana al Pulga, y Oriol, con una sonrisa que no era habitual en él, desplegó sobre la mesa un periódico que había llevado debajo del brazo.

—Salimos en la prensa, camaradas.

Tras pasar varias páginas, señaló un artículo, y tanto el Pulga como Carlos se acercaron para leerlo. El titular decía: «Ultras que hacen de ONG», y un subtitular añadía: «Una nueva organización de extrema derecha sigue los métodos de la griega Amanecer Dorado».

—Sentaos. Os lo leo. —Oriol cogió el diario y se retrepó con él en la silla mientras sus compañeros hacían lo que les había ordenado— Atentos: «Una nueva formación política, autodenominada Nuevo Renacer Luminoso, ha aparecido ayer simultáneamente en dos ciudades, Valencia y Zaragoza»; bla, bla bla…; «desde primera hora de la mañana, unos coches con megafonía anunciaron por los barrios más obreros de ambas ciudades que repartirían comida para la gente "a la que el sistema capitalista había dejado sin trabajo" y para "los desahuciados por la banca", y, efectivamente, a la una de la tarde los puestos de comida estaban instalados...»; bla, bla, bla...; «pero muchos de los que hicieron cola se llevaron una desagradable sorpresa, porque sobre la mesa había un gran cartel que decía "sólo para españoles"...»; bla, bla, bla...; «se asemejan a las prácticas de la organización neonazi griega Amanecer Dorado y a las de otra organización de extrema derecha, denominada "hogar social Ramiro Ledesma", que hizo lo mismo en el madrileño barrio de Tetuán»; bla, bla, bla...; «...quien se presentó como portavoz de la organización en Zaragoza, dijo que pronto estarán desarrollando acciones similares por toda España y que también tendrán albergues para alojar a las familias desahuciadas...» ¿Qué os parece?

—¡Joder, Oriol! ¡De puta madre! —exclamó el Pulga, incrementando tanto el pitido de su voz que casi pareció un chirrido.

Carlos repitió lo dicho por el Pulga, pero le inquietó que en otras ciudades estuvieran ya realizando estas acciones mientes él en Barcelona ni siquiera conocía a los miembros de la organización.

—Sigo —Oriol volvió a fijar la vista en el periódico—. Bla, bla, bla... Aquí: «por la tarde, una mezquita y tres carnicerías halal sufrieron pintadas y rotura de vidrios, y la policía no descarta que los autores de tales fechorías fuesen los mismos que al mediodía habían instalado las mesas de comida...» No está mal para ser nuestra primera aparición pública, ¿eh?

Nuevas exclamaciones de aprobación salieron de las bocas de Carlos y el Pulga.

—Ah, y hay un recuadro con una entrevista al Botas. ¿Te acuerdas del Botas, Carlos?

—¡Claro! ¡El camarada Botas! —exclamó Carlos, mostrando alegría en el semblante pese al sinsabor interior que le generó oír el nombre de su instructor de tiro.

—Escuchad lo que dice el Botas: «Lo que nosotros tratamos de impedir es el colapso de nuestra milenaria civilización, que ahora se enfrenta a las mayores amenazas de su historia: las más graves de todas son la islamización y la colonización de Europa por millones de inmigrantes que nos invaden desde todos los puntos del planeta; pero también nos enfrentamos a la mundialización y al sometimiento de nuestra economía a los dictados de los mercados financieros internacionales. Defendemos nuestra nación y nuestra identidad. Y en esta lucha estamos unidas todas las fuerzas identitarias europeas». Bien hablado, ¿no, Carlos?, ¿eh, Pulga? Y oíd esto: «robos, barrios inseguros, latinos y moros violando a nuestras mujeres...», bla, bla, bla..., «a los políticos no les importa todo esto cuando los asesinatos se ceban sobre las personas honradas, trabajadores anónimos, ancianos... ¿Acaso no vale nada la vida de los españoles? Los políticos viven en barrios privados, con seguridad privada...». Y sigue... Bueno, ¿qué os parece?

—Joder, cojonudo, Oriol. Comenzamos a librar batallas importantes. Estamos avanzando en todos los frentes —afirmó Carlos, y de inmediato se sintió satisfecho por la altura de sus expresiones.

—¡Bah! Esto más que batallas son escaramuzas —repuso Oriol, mientras lanzaba el periódico sobre la mesa y su expresión se tornaba dura—. Sin otras acciones de más envergadura no podríamos lograr nunca el caos social que ha de desatar el advenimiento de la gran revolución.

Carlos temió haber dicho algo inadecuado pero no fue capaz de discernir qué. Sin embargo, el rostro de Oriol se relajó y, con aire distendido, le dijo a Carlos que su juicio era acertado. Después, señaló que pronto deberían comenzar a hablar sobre organización, y la ansiedad de Carlos sobre su rol en la estructura quedó parcialmente calmada cuando Oriol le dijo que el domingo se haría una reunión de los camaradas de toda la provincia de Barcelona y comenzarían a planificar acciones similares a las de Valencia y Zaragoza.

—Tendrás que llevar las riendas de todo, Carlos. Dedicación completa, camarada, así es como has de planteártelo.

—Estoy preparado, Oriol. Lo sabes.

—Recibirás un sueldo de la organización. Dedicación completa es dedicación completa, supongo que sabes lo que eso quiere decir.

—Lo sé, camarada —repuso Carlos, mientras una sensación de euforia afloraba en su interior: se acercaba el momento en el que podría presentarse ante su padre no sólo como dirigente político sino también con una nómina debajo del brazo.

Al punto, Carlos pensó que la situación de clandestinidad en la que se hallaba podía dificultarle no sólo presentarse ante su padre sino también dirigir a los camaradas de Barcelona, pero los motivos de su propia situación eran desconocidos para él. Sabía, por los comentarios que había oído entre Oriol y el Chirla, que había un inspector —el mismo inspector Montcada que detuvo a su padre— que lo buscaba a él, pero no tenía muy claro por qué. Con todo, se atrevió a hacer una pregunta a Oriol.

—¿Hay alguna novedad sobre ese inspector Montcada que nos anda detrás?

Un atisbo de extrañeza asomó en el rostro de Oriol, pero desapareció enseguida.

—Sigue buscándonos, pero tranquilo, tú estás seguro —dijo mirando con serenidad a Carlos, para después girar el rostro hacia el Pulga—. Al inspector Montcada seguimos llevándole una semana de ventaja.

Tras unos instantes de silencio, Oriol añadió: «ahora, vamos a trabajar», se incorporó y los otros dos lo secundaron. Enseguida estuvieron delante de las cajas y vasijas con líquidos que habían traído del piso del Chirla, y Oriol dio la orden de ponerlo todo sobre una mesa. El Pulga hizo sitio en la más próxima, quitando todo lo que había sobre ella, y los tres comenzaron a trasladar ahí las cosas: la primera caja que Oriol colocó en la mesa fue la que aún contenía bloques de masa marrón envueltos en plástico transparente. Miró en su interior, hizo un gesto de asentimiento y después ayudó a sus compañeros a trasladar las vasijas y las botellas que había en otras cajas.

A Carlos se le resbaló una botella y cayó al suelo, pero sin que se abriera.

—¡Cuidado, Carlos! —dijo el Pulga— ¡A ver si vamos a saltar por los aires!

Carlos no entendió en un primer instante por qué decía eso el Pulga, pero luego la lógica lo llevó a confirmar lo que de alguna forma había comenzado ya a suponer: aquellos líquidos eran explosivos. Sin embargo, lo asumió como si fuera algo que ya sabía, o que daba por supuesto, o simplemente como algo que no tenía importancia.

Cuando todos los recipientes estuvieron sobre la mesa, Oriol sacó los componentes electrónicos que también habían permanecido guardados en una de las cajas, los colocó sobre una silla y los observó detenidamente.

—Diría que falta una pieza. ¿Habéis sacado algo de la caja?

No, respondieron al unísono sus dos compañeros.

—Bueno, no importa. Es fácil de conseguir —añadió, mientras se guardaba en su bolso todo lo que había colocado sobre la silla—. Ahora, Carlos, fíjate bien en lo que has de hacer. Hoy comienza una nueva fase de nuestra acción, como ya te dije. Tendrás que ir llevando los líquidos al polideportivo.

—Y acabo de llevar los bloques ésos, ¿no?

—Sí, exacto. Veo que ya has llevado los que había en la primera caja y parte de los de la otra. Entre hoy y mañana, te llevas los que quedan. Pero con los líquidos tendrás que tener especial cuidado. Yo te diré cada día lo que has de llevar y cómo has de mezclarlo allí.

—Cada día. Sin problema —confirmó Carlos—. Bueno, hay un día que no podré ir. Me han dicho que se hace no sé qué, y aquello va a llenarse de moros.

—Ese día, precisamente... Bueno, ya hablaremos de ese día. Ahora presta atención a cómo has de manejar estos líquidos.

Oriol le dijo a Carlos cómo debía llevar los líquidos, qué líquidos y en qué cantidades cada día y cómo había de mezclarlos y dejarlos en las taquillas del vestuario. Se lo repitió una vez más y también se lo hizo repetir a él para asegurarse de que lo había entendido bien.

—Lo tengo claro, Oriol, no te preocupes. Hoy llevo éstos —dijo Carlos, señalando los que ya habían apartado a un lado de la mesa—, mañana...

—Hoy los llevaremos entre los dos. Te acompañaré hasta el polideportivo porque esta primera carga pesa mucho. Además, desde aquí ya no puedes ir caminando, tendrás que coger un autobús y después el metro, y quiero mostrarte el recorrido y darte algunas indicaciones de seguridad. Llevaremos una bolsa de deporte cada uno y cuando lleguemos al gimnasio metes tú las dos.

—No es necesario, camarada, yo puedo llevar las dos bolsas, pesen lo que pesen —repuso Carlos, preocupado por que la compañía de Oriol podría dar al traste con su encuentro con Matilde—. De hecho, puedo irme ya hacia el gimnasio. Me dices qué autobús he de coger y...

—No, iremos juntos. Y esperaremos a que den las seis y media para salir. Tú sueles ir a las siete al gimnasio, ¿no?

—Sí, pero no importa... —Carlos trató de pergeñar con rapidez alguna alternativa; su encuentro con Matilde estaba previsto para las siete—. Podemos ir juntos, si quieres, pero por mí podemos salir ya... para que tú no pierdas tiempo.

—No te preocupes. Esperaremos. Y tú, Pulga, vas después y esperas a Carlos a la salida del gimnasio; a las ocho, ¿no, Carlos?

—Sí, a eso de las ocho —confirmó él, con un pesar hondo que trató de no evidenciar.

—Allí estaré como un clavo, camaradas —agregó el Pulga.

—Y ten muy en cuenta, Pulga, que hacer de guardaespaldas entraña no dejar nunca solo a Carlos. Él requiere la máxima protección, y ello implica no abandonarlo ni un segundo.

—Naturalmente, camarada —replicó el Pulga—. Eso lo tenía ya muy presente.

—Pues no entiendo como… Bueno, ya hablaremos. Tú asegúrate de que lo proteges tal y como te he dicho.

43

Todo a punto, se dijo el inspector. El paseo del Born era un tramo de calle de unos ciento cincuenta metros que comenzaba en la iglesia de Santa María del Mar y acababa en el mercado del Born, y tenía once bocacalles de acceso: no parecía muy difícil de controlar. En el dispositivo participaban veinticinco policías, todos de paisano y vestidos con las ropas más informales que tenían, puesto que se trataba de una zona de muchos bares y mucho movimiento juvenil; y todos con los pinganillos en las orejas para mantenerse en permanente conexión con el inspector. Éste se había sentado en uno de los bancos de piedra del paseo, el primero por el lado de la iglesia, y observaba a los transeúntes tratando de mostrar descuido e indiferencia, imitando a la gente que, en Barcelona, considera un entretenimiento ver pasar a los variopintos personajes que pululan por sus calles. Los demás policías estaban ubicados en las bocacalles de acceso o moviéndose entre bar y bar, y todos habían dispuesto de las fotos de Carlos Milletino y de Matilde Fuensanta con el suficiente tiempo de antelación como para memorizarlas bien, aunque Matilde no constituía ningún problema puesto que estaba siendo vigilada desde que había salido de su casa.

Eran ya las siete de la tarde y el inspector Montcada sabía que Matilde venía caminando y estaba a unos cinco minutos del paseo del Born, pero aún nadie le había dicho que Carlos hubiera aparecido por ningún lado. En cuanto lo hiciera, el dispositivo de vigilancia modificaría sus posiciones: de lo que se trataba era de asegurar que, después de su encuentro con Matilde, Carlos fuera seguido hasta su escondite, porque el objetivo era que él los condujera a Adolfo: había que cazarlos a los dos.

Samuel seguía mirando hacia un lado y otro, disimulando la ansiedad que le generaba el que nadie le dijera nada sobre Carlos. Lo que sí le habían dicho era que Matilde acababa de entrar por el lado sur del paseo, lo que quería decir que ya la tenía muy cerca.

Efectivamente, Samuel la vio acercarse y... ¡Venía hacia él!

El inspector trató de conservar el aire de indiferencia que había mantenido hasta el momento, mientras Matilde se aproximaba y acababa deteniéndose a dos metros de él, como dudando sobre si sentarse o no en el banco. Todo indicaba que la fortuna había querido que Samuel eligiera el mismo banco que ellos utilizaban como lugar de encuentro. Si ella se sentaba y después lo hacía también Carlos, incluso podría oírles la conversación. Pero el inspector estaba colocado en medio del banco y esto parecía haber detenido a Matilde, de modo que él, con todo el disimulo del que fue capaz, se corrió hacia un lado; pero ello, lejos de incentivar a Matilde a sentarse, la impelió a irse hacia el banco de enfrente. Samuel supuso que había dado la impresión de ser un viejo verde.

En cualquier caso, allí la tenía, a escasos cinco metros. Era una chica atractiva, como ya las fotos le habían mostrado, y de aspecto afable y sereno, por lo que el inspector no pudo evitar preguntarse qué empujaba a una chica así a vincularse con la extrema derecha. Pero la respuesta estaba en lo que él ya sabía: comenzó con catorce años uniéndose a un grupo de skinheads, cuya simbología, estética y actividad radical podía atraer a cualquier adolescente de la misma forma que lo hacían los movimientos radicales de signo contrario. Para un adolescente o joven inconformista, o con problemas de adaptación social, o que padeciera alguna situación de exclusión, caer en la extrema derecha o hacerlo en los movimientos alternativos sólo dependía en muchos casos de quiénes fueran los que tuviera más cerca, porque la extrema derecha había copiado, para construir su discurso, buena parte de los contenidos de protesta y rebeldía que caracterizaban a los movimientos de izquierda radical. Lo que Samuel había leído en las webs ultras desde que tenía el caso Estrada en sus manos dejaba muy claros esos mimetismos.

Matilde comenzó a dar muestras de impaciencia cuando pasaban trece minutos de las siete —miraba hacia ambos lados del paseo y consultaba su reloj—, pero nada comparado con la inquietud del inspector, que, si bien estaba más disimulada que la de la chica que veía enfrente, crecía en su interior al mismo ritmo que lo hacía la convicción de que Carlos no iba a presentarse. Se decía a sí mismo: tranquilo, todo el mundo puede retrasarse a una cita, pero ya había comenzado a dar por hecho que algo había fallado.

A las siete y veinticinco, cuando Matilde se levantó del asiento y comenzó a caminar hacia el mismo lado del paseo por el que había venido, el inspector Montcada dio por fracasado el operativo policial. ¿Qué había sucedido? ¿Acaso Carlos se había enterado de que la policía estaba tras la pista de esta cita? ¡¿Cómo?!

No había una explicación plausible. Cabía suponer que Carlos temía que su correo electrónico estuviera controlado por la policía, pero si era así, no habría escrito a Matilde y menos aún le hubiera contestado afirmativamente cuando ella le propuso la cita. Esa confirmación era de las tres de la tarde, como mostraba el correo electrónico que la inspectora Guerrero remitió a Samuel con copia del correo de Carlos: ¿qué había pasado entre las tres y las siete? ¿Estaba Carlos jugando con la policía; induciendo a los Mossos a acciones fallidas?

Apesadumbrado, el inspector dio orden de que se mantuviera durante media hora más el dispositivo de vigilancia de las entradas al paseo del Born, y él se fue hacia su comisaría. Pero, por el camino, habló con la inspectora Guerrero y cambió el rumbo para dirigirse hacia Sabadell. La intendente quería reunirse de inmediato con los dos inspectores.

***

No fue una reunión agradable. La intendente estaba muy molesta por la falta de avances de la investigación. Reconocía que ahora se sabía ya, con razonable certeza, que el asesino de Estrada era Adolfo, pero esclarecer ese asesinato hacía tiempo que no constituía el asunto central de este caso; lo importante era impedir el atentado que preparaban los neonazis y, aunque los tenían más o menos identificados —de Adolfo se sabían muchas cosas pero aún no su identidad—, no los tenían localizados, lo cual era como decir que conservaban toda su capacidad para realizar el atentado. Los

Mossos podían pedir que se suspendiera el encuentro euromediterráneo, pero los datos que disponían para suponer que ese encuentro era el objetivo del ataque eran poco consistentes. Finalmente, lo único nuevo que pudieron acordar fue dedicar más policías a repasar todas las grabaciones de las cámaras de videovigilancia pública de Barcelona y sus entornos, para ver si aparecían por algún lado los personajes en cuestión, y lanzar una nueva alerta para que todos los policías de Cataluña, fueran mossos o guardias urbanos, o policías nacionales o guardias civiles, tuvieran las fotos de Carlos Milletino y de José Catarata en la cabeza y estuvieran muy atentos para que no pasaran ante sus narices sin haberlos detectado.

Samuel y María salieron de la Central de los Mossos d'Esquadra para coger el coche de ella y dirigirse al centro de Sabadell. Tenían que recoger primero a Rebeca y después ir a un restaurante que María había reservado para cenar juntos. Samuel no tenía claro si su humor de hoy era el más adecuado para una cena familiar, pero ya era tarde para cambiar los planes.

—Estoy un poco perdido —masculló Samuel en tono reflexivo cuando María ya conducía el coche.

—¿Perdido? ¿Tú?

—Sí. Tengo la sensación de no saber qué me toca hacer a mí para que la investigación avance. Dependemos totalmente de los informáticos y de las escuchas telefónicas.

María soltó una mano del volante para pasársela a Samuel por la entrepierna.

—Todas las investigaciones son así, que yo sepa.

—Pero no en todas tenemos la perspectiva de un atentado inminente y de grandes proporciones. —Samuel retuvo la mano de María cogiéndola con la suya, y deseó que ella detuviera el coche para que las cuatro manos pudieran moverse libremente mientras fusionaban los labios.

—No podrán desplazarse sin que los detectemos por algún lado. —María volvió a coger el volante con las dos manos.

—Tengo la impresión de que conocen nuestros movimientos antes de que los hagamos. Quizás antes de que los pensemos.

—¿Fenómenos paranormales, cariño?

—Carlos desapareció de su casa en cuanto detuvimos a su padre, pese a que no habíamos dado ninguna muestra de que fuésemos tras él. Cuando lo quisimos coger a él, ya no volvió. Desaparecieron del piso de José Catarata en el momento que nos enteramos de que estaba allí. Y no se ha presentado hoy a una cita para la que nosotros habíamos montado un dispositivo de vigilancia. En fin, que se nos adelantan siempre.

María asintió y los dos guardaron silencio. Hasta que Samuel expresó en voz alta la pregunta que estaba formulándose desde hacía unas horas.

—¿Tenemos una fuga?

—¿Alguien de nuestros equipos que está pasándoles información? ¿Es eso lo que sugieres? —El tono de María era de incredulidad, pero no de reproche, pese a que eso era lo que Samuel se temió por la desconfianza hacia los compañeros que su interrogante contenía.

—Más de uno de los nuestros simpatiza con la extrema derecha —afirmó él.

—Sí, eso no te lo discuto. Pasa en todos los cuerpos policiales y el nuestro no es una excepción. Pero dudo mucho de que... —María vaciló mientras negaba con la cabeza—. No, creo que si tenemos una fuga, no es de este tipo.

Estas cavilaciones parecieron instalarse en sus mentes y los se mantuvieron callados mientras acababan de llegar al punto de destino y aparcaban. Después, María pidió a Samuel que la esperase un momento, desapareció durante siete u ocho minutos y, cuando volvió, lo hizo acompañada por su hija.

Con Rebeca, Samuel trató de mostrarse simpático y se esforzó por lograr que sus pensamientos no volvieran a los asuntos policiales. La niña resultó ser muy comunicativa, y esto al inspector lo sorprendió, quizá por lo diferente que era de su hijo Raúl, de quien costaba obtener frases que fueran mucho más allá del monosílabo. Con Rebeca las palabras parecían peces sacados a red, mientras que con Raúl parecían pescados con caña.

—¿Tú llevas pistola? —preguntó a Samuel en cuanto estuvieron sentados en el restaurante.

María abrió la boca como para reprender a la niña por semejante pregunta, pero Samuel se le adelantó.

—Pocas veces, la verdad. Tú ya sabrás por tu madre que el trabajo de los polis es más aburrido de lo que parece en las películas.

—Samuel no quiso desvelar si la llevaba o no, porque precisamente hoy era uno de los pocos días en los que bajo la chaqueta llevaba la sobaquera con su pistola cargada, y no quería que la niña le pidiera que la mostrase.

—¿Aburrido? Ni que lo digas. Ella nunca lleva pistola —espetó Rebeca señalando a su madre con un giro de la cara—. Y yo le digo: ¿y si un día nos ataca alguien? ¿De qué me sirve tener una madre policía si no puede protegerme?

—Seguro que te protege de muchas otras formas.

—Sí, bueno... Cuando yo sea policía siempre llevaré pistola.

—O sea que quieres ser policía.

—Sí, policía o veterinaria, no sé, los perros también me gustan mucho. ¿Tú tienes perro en casa?

—No, yo vivo en un piso.

—Ya, esa es la excusa que ponéis todos los padres, pero no conozco ningún perro que haya dicho nunca que no le gusta vivir en un piso.

De pronto, Samuel se imaginó a Rebeca charlando con Raúl, aunque fuera para cuchichear y poner verdes a sus padres, y le gustó la idea de establecer el cuarteto. La niña estaba cayéndole tan bien que ya ni siquiera pensaba en cómo debería actuar con ella en caso de que acabaran viviendo los cuatro juntos: bastaba con dejar que las cosas fluyesen por sí solas. Además, Rebeca lo había tratado con familiaridad desde el primer momento; ¿qué le había explicado su madre sobre él?; ¿que era un compañero de la policía, que era un amigo, más que un amigo...? Fuera lo que fuere, algo le había dicho, mientras que él a Raúl no le había explicado absolutamente nada. Para su hijo, María no existía. Una vez más se recriminó su enraizada cobardía para los asuntos afectivos. Por suerte, María iba abriendo los caminos como guía machete en mano, ya que de no ser así, él todavía estaría preguntándose qué gestos debería ensayar para seducirla.

44

Se levantó de la cama a las cinco y cincuenta y siete de la mañana. Había puesto el despertador de su reloj de pulsera para que sonara a las seis, pero Carlos llevaba un rato en vela y pensó que era mejor quitar la alarma y no correr el riesgo de despertar al Pulga. Se vistió con el chándal de deporte para así, a la vuelta, poder decirle que había salido a hacer footing por los alrededores.

Cerró la puerta de la casa con sigilo y se encaminó, calle abajo, hacia la parada del autobús. Antes se había asegurado de coger la tarjeta de transportes y algo de dinero. Cuando se acercaba a la parada, vio que el autobús acababa de detenerse en ella y echó a correr para alcanzarlo, cosa que logró antes de que el conductor cerrara las puertas. Pero, como a esa hora mucha gente iba al trabajo, dentro no había ningún asiento libre, cosa que molestó a Carlos, aunque lo que más lo indignó fue que muchos de los rostros somnolientos que veía denotaran orígenes latinoamericanos y africanos: ellos sí tenían trabajo; ellos eran los que se lo quitaban a los españoles. En ese momento pensó en los explosivos que estaba depositando en las taquillas del polideportivo: quizá debería reservar algunas botellas de líquido para hacer explotar uno de estos autobuses cargados de invasores, de enemigos de la nación. ¡Qué asco le daban!

Tras recrearse con la fantasía de hacer explotar el autobús, otra idea tomó cuerpo en su mente, como si fuera algo que ya sabía de antemano: los explosivos que llevaba al gimnasio estaban destinados a explotar ese día en el que el polideportivo iba a llenarse de moros.

¡Joder, le habían dicho que a lo mejor se juntaban más de doscientos moros!

De pronto, sus carnes se volvieron trémulas, sus piernas flaquearon y tuvo que agarrarse a la barra con las dos manos para sostenerse. Aquello no era una fantasía: esa matanza estaba destinada a convertirse en realidad. Sintió miedo. Se le revolvió el estómago, pese a que aún no había ingerido nada esta mañana. Matar a tantas personas era algo que él no sabía si podría hacer. Pero… ¿personas? ¿Los moros eran personas? ¡Claro que lo podía hacer! ¡¿Por qué no?! Esto era una guerra y él era un soldado. En toda guerra había bajas. Aunque… ¿tantos? ¿Era necesario matar a tantos? ¿Qué le pasaría después a él? Su desasosiego creció pese a que trataba con todas sus fuerzas de mantenerse sereno. Estaba nervioso y respiraba con dificultad. Se agarraba con firmeza a la barra, a la que había pegado todo su cuerpo como si bailara con ella una pieza lenta. ¿Acabaría sabiendo la policía que él había participado en el atentado? No, sus camaradas lo protegerían. Más aún, lo alzarían a la categoría de héroe. Tras el atentado, no habría ninguna duda sobre su valor y ello reafirmaría su liderazgo. Podía hacerlo, claro que sí.

Las puertas se abrieron en una parada del autobús y un magrebí se levantó raudo de su asiento, se lanzó hacia la salida y, en su apresuramiento, golpeó el hombro izquierdo de Carlos. «¡Hijo de puta!», pensó él, «¡ojalá te pille mi acción dentro del polideportivo!» ¡Claro que podía hacerlo! O más bien debería decir que ¡deseaba hacerlo! Estas frases fue repitiéndoselas a sí mismo y ello ayudó a que su inquietud disminuyera y sus músculos recuperaran cierta firmeza. Sí, lo iba a hacer, porque tenía que hacerlo, porque él era parte de un proyecto de enorme importancia para la nación y para toda la raza blanca, y tenía que cumplir sus misiones sin vacilación. Pero también notaba que su convicción no era todo lo firme que debiera ser. Ahora le gustaría estar en la montaña, con sus camaradas, delante de unas runas ardientes y oyendo un discurso de Oriol. Necesitaba notar el calor del grupo, y se esforzó por recordar las sensaciones que percibió mientras se hallaba allí arriba, cantando y gritando junto a los demás, iluminándose mutuamente con las antorchas.

Tras bajarse del autobús y enfilar caminando hacia el mercado, sus pensamientos fueron alejándose de la explosión que iba a provocar y acercándose a Matilde. En pocos minutos estaría con ella y debía pensarse muy bien qué era lo que tenía que decirle: primero, para justificar el plantón de ayer y el hecho de presentarse hoy en su trabajo, y segundo, para ver cómo enfocaba el encuentro para que la relación amorosa entre ambos se iniciara lo antes posible. Estaba seguro de que ahora sí podían establecer esa relación, pero él quería que fuera de inmediato. ¡Deseaba tanto follarla! ¿Podría llevársela a algún lavabo del mercado y hacerlo allí? ¿Lo querría ella ya en este primer reencuentro?

Con este ardor creciendo en sus entrañas, giró una esquina y enseguida divisó la puerta principal del mercado. Se adentró en él y se paseó un rato entre las paradas, hasta que acabó entrando en las oficinas porque suponía que era ahí donde podía encontrar a Matilde; pero en la zona que pudo ver no la localizó, de modo que salió y se fue hacia la parte de atrás, donde los camiones hacían la carga y descarga. ¡Y allí estaba ella! Con una bata verde y charlando con un transportista que sostenía la puerta de una camioneta como a punto de subir a ella.

Carlos se apoyó contra una pared y esperó a que Matilde acabara de hablar con aquel hombre. Cuando esto ocurrió y ella se fue hacia una puerta que se hallaba junto a la zona de descarga, Carlos la siguió y traspasó la puerta un par de segundos después de que ella lo hiciera. Matilde pareció notar que se le acercaba alguien por la espalda y se volvió.

—¡Carlos! ¡¿Qué haces aquí?!

—Quería verte y…

—Ayer me das plantón y hoy te presentas en mi trabajo…

—Me fue imposible acudir a la cita. Estoy metido en cosas importantes y tengo que moverme con cuidado, pero…

—Aquí no puedes estar, Carlos. Si nos ven… Vamos fuera. No, mejor ven a mi despacho. Pero sólo un minuto.

Matilde se volvió y Carlos fue tras ella hasta que entraron en un pequeño cuarto de no más de cuatro metros cuadrados. Lo que ella había llamado *mi despacho* contaba con una minúscula mesa, un banco pegado a la pared y un mueble con archivadores, todo ello de rancia apariencia y con muchos papeles desordenados sobre las superficies.

—Siéntate, anda. Y cuéntame qué es eso en lo que andas metido.

Ambos se sentaron en el banco, de espalda a la pared, pero con los cuerpos ligeramente girados el uno hacia el otro.

—Estamos montando un nuevo partido.

—¿Estamos? ¿Quiénes?

—Bueno... Oriol, yo...

—¡No me hables de Oriol!

Lo que menos quería Carlos en estos momentos era hablarle de Oriol, desde luego. Además, ella se había abierto la bata para sentarse y dejaba ver una minifalda que a Carlos le estaba produciendo la incómoda tentación de bajar la mirada hacia sus piernas. Nunca la había visto con minifalda, pero se alegraba de que hoy la llevara: quizá dentro de un momento ella se prestase a que él hundiera su mano por la zona oscura que quedaba bajo la tela. Pero tenía que reconducir rápidamente la conversación hacia terrenos más íntimos. Tenía que pensar en algo bonito que pudiera decirle.

Sin embargo, fue ella la que continuó hablando.

—¿Un nuevo partido? No es momento de dispersar las fuerzas nacionalistas. Precisamente, lo que yo estoy pensando es volver a afiliarme a Resistencia.

—Pero si decías pestes de Resistencia.

—Las decía de Mateu Estrada. Pero a él lo expulsaron y además ahora está fiambre. Es buen momento para meterse en el partido e influir en su línea. ¿Y tú qué? A ver cuenta. ¿Qué es eso tan importante...?

Carlos no sabía cómo hablar de su nueva situación sin mencionar a Oriol. Y no había tiempo para perderlo en debates políticos, de modo que trató de dar un giro a la conversación.

—Ya hablaremos de lo que estoy haciendo. Basta con que sepas que la policía está buscándome, y que he aprendido a manejar armas, y explosivos, y...

—¡Joder, Carlos! ¿Tú en la lucha armada? ¡Eso no me lo esperaba de ti!

Matilde no dijo eso en tono despectivo, ni de chanza. Parecía más bien de admiración, o así lo percibió Carlos. Además, mientras lo decía, le puso una mano sobre el hombro e hizo unos movimientos con los dedos a modo de masaje.

—¿Tú lo ves bien?

—Cojonudo, tío; pero no sé si es buen momento para...

Ella sonreía y lo miraba a los ojos, y Carlos pensó que quizá ésta era la ocasión adecuada para acercarse a sus labios, o ponerle una mano sobre el muslo, pero estaba un poco nervioso y no se decidió a hacer nada de eso.

—De política hablaremos en otro momento, ¿vale?; he venido para decirte que me gustaría que nos viéramos más —se atrevió a plantear.

—¿Qué quieres decir? —preguntó ella ampliando su sonrisa y sin quitar la mano del hombro de Carlos.

—Ahora ya no sales con Oriol, y…, bueno, no quisiera que te apartases de mí… —Carlos estaba cada vez más nervioso.

—Venga, Carlitos, eres mi amigo, ¿no? ¿Por qué iba a apartarme de ti?

Tras decir esto, Matilde se le acercó un poco más, y la mano que tenía sobre su hombro resbaló hacia la nuca y le metió los dedos entre el pelo. Carlos entendió perfectamente que ella estaba manifestando idénticos deseos a los de él. Por fin había llegado el momento que durante tanto tiempo había esperado. Y con esta convicción, acercó sus labios a los de ella al tiempo que le metía la mano bajo la falda.

Pero la reacción de Matilde nada tuvo que ver con lo imaginado por él.

—¡¿Eres idiota o qué te pasa, gilipollas?! —dijo, mientras lo apartaba bruscamente y se ponía en pie.

—¿Qué pasa, Matilde? —balbuceó él.

—Dices que quieres ser mi amigo y vienes aquí a meterme mano. ¿Es eso lo que te enseña Oriol? Te creía de otra manera, imbécil.

Carlos notó que le ardía la cara y que las lágrimas estaban a punto de saltarle, pero lo más abrumador era la confusión mental que sentía. ¿Qué estaba pasando? ¿Qué había ido mal?

—Perdona… Matilde…

—¿Pero tú te crees que yo estoy aquí para el primero que quiera venir a meterme mano? ¿Tú te has mirado al espejo, gilipollas? ¿Cómo ha podido pasársete por la cabeza que yo podía querer…? Venga, lárgate ahora mismo. ¡Y piérdete por unos cuantos meses!

Dicho eso, abrió la puerta y la sostuvo a la espera de que Carlos la traspasase. Él lo hizo, salió al pasillo y de ahí a la calle.

Caminó hasta la parada del autobús como un autómata, y así se montó en él. Se ubicó en la parte de atrás, tratando de ocultar la cara a los demás pasajeros, porque las lágrimas le resbalaban por la mejilla y no quería que nadie se percatase de ello. No entendía lo que había ocurrido, pero se sentía despreciado y tratado como un desecho. Matilde había reaccionado como si fuese imposible que un hombre como él pudiera aspirar a una mujer como ella; como si él no fuera digno, ni suficiente hombre, para ella; como si él sólo fuese una piltrafa. Lo que le había dicho negaba toda posibilidad presente o futura de poder conquistarla: jamás la tendría; jamás podría besar aquellos labios que tanto había deseado; jamás podría tener aquel cuerpo a cuenta del que tantas pajas se había hecho. Sólo le quedaba eso: seguir haciéndose pajas. Pero juraba por dios que no volvería a pensar en ella de ese modo, porque ahora la odiaba; abominaba de ella más que de nadie en el mundo.

Poco a poco, Carlos fue tratando de convencerse de que Matilde no merecía su sufrimiento. Se repitió a sí mismo de forma machacona que ella sólo era una puta miserable. Que por eso Oriol le había dado la patada. Que no era digna de codearse con guerreros como ellos. Matilde era una inútil que no servía para la lucha nacionalista por mucho que se las diese de lista.

Después, imaginó situaciones en las que ella tendría que arrepentirse de lo que había hecho esta mañana; se vio a sí mismo apareciendo en los medios de comunicación y respondiendo a entrevistas como la que el diario de ayer sacaba sobre el Botas; y a ella leyéndolas, y deseando contactar con él, arrastrarse hacia él. Se la imaginó pidiéndole disculpas, diciendo que ella siempre lo había deseado, pero que en el mercado se le había ido la cabeza, y a sí mismo respondiéndole con desprecio, e incluso escupiéndola a la cara.

Siguió recreándose con estos pensamientos hasta que llegó a La Llagosta, y cuando ya caminaba hacia la casa del Pulga, se dijo que ahora tenía que dejar de pensar en ella. Su mundo giraba alrededor de Oriol. Él era el líder a seguir; sólo a él debía lealtad; sólo con él podía convertir su existencia en una vida heroica. ¿Cómo pudo ocurrírsele ir a por la que había sido la chica del líder? Si Oriol la había despreciado se debía a que ella era despreciable. Menos mal que Oriol ya no se hablaba con Matilde y, por tanto, no podría llegar a saber nunca lo que él había intentado esta mañana.

Cuando entró en la casa del Pulga, todo lo que Carlos deseaba era hacer cuanto antes la acción revolucionaria del polideportivo y convertirse en un héroe para los suyos. Buscó al Pulga por la cocina y el jardín, pero pronto se dio cuenta de que seguía durmiendo, cosa que primero le extrañó, pero después vio en su reloj que aún no eran las nueve de la mañana y lo encontró razonable. Se alegró de no tener que dar explicaciones sobre las casi tres horas que había estado fuera de la casa.

45

De camino a la comisaría, el inspector fue llamando a todos los miembros de su grupo de homicidios para pedirles que lo esperasen a las nueve y cuarto para hacer una reunión, y ahora, cuando estaba a punto de llegar, repasaba mentalmente el último reparto de funciones que hizo entre ellos para detectar cualquier falla, algo que pudiera mejorarse. Catalina, ayudada por otras cuatro policías, estaba haciendo el seguimiento de Matilde; Ramón se coordinaba con los de la Central para supervisar el análisis que un buen número de policías hacía de todas las videograbaciones públicas del Área Metropolitana de Barcelona; Bernat controlaba los seguimientos de varias personas, pero sobre todo de Emili Milletino y su mujer, por si su hijo decidía visitarlos o encontrarse con ellos en algún lugar; y Eulalia coordinaba los análisis de las escuchas telefónicas y los pocos registros que aún seguían haciéndose, además de dirigir el seguimiento de Matilde. El folio con la lista de peticiones que el Viejo entregó a Mateu Estrada seguía buscándose, si bien ya con muy pocos efectivos y menor entusiasmo. Así tenía repartido el trabajo entre los miembros de su grupo, pero en esta investigación intervenían también muchos policías de la Central y, además, en la dirección participaba la inspectora Guerrero, de modo que cabía confiar en que no estaba escapándoseles nada.

Pensar en todo esto no le impidió a Samuel recrear también en su memoria, mientras caminaba, los momentos vividos la noche pasada. Tras la cena en el restaurante, él acompañó a su casa a María y a Rebeca, y allí se tomó una manzanilla mientras María ayudaba a su hija con los quehaceres previos a irse a dormir. Antes, Samuel había dicho que se tomaba la infusión y se iba para su casa, pero lo que en realidad ocurrió fue que, cuando él y María dieron por hecho que la niña se había dormido, se fueron sigilosamente a la habitación y con la misma cautela hicieron el amor, reprimiendo en todo momento los ruidos que pugnaban por salir de sus gargantas, así como las risillas que ese clima furtivo les provocaba. Ahora deseaba volver a estar con María tan pronto como fuera posible, pero hoy era ya miércoles, lo que indicaba que sólo faltaban nueve días para el encuentro euromediterráneo, y era mucho el trabajo que todos tenían que hacer para evitar un atentado que, de momento, no sabían cómo impedir, porque no tenían controlados a los terroristas y, sobre todo, porque ni siquiera sabían si ese encuentro era el objetivo del atentado.

Entró en la sala donde los miembros de su grupo de homicidios tenían sus mesas de trabajo y donde también había una redonda para las reuniones, contando con que todos estarían ya sentados en torno a ésta, pero a la primera que vio fue a Catalina Vergés, enganchada a un teléfono fijo y dando gritos. «¡¿Pero dónde hostias estabas tú en ese momento, joder?!», la oyó decir. Este lenguaje, tan impropio de ella, así como los aspavientos que hacía con el brazo que le quedaba libre, empujó al inspector a acercarse a la cabo, y se quedó plantado frente a ella mientras la veía dar paseítos nerviosos.

—Lo siento, jefe, pero la hemos cagado —dijo Catalina en cuanto colgó.

—Explícate.

—Carlos Milletino ha estado esta mañana, a las siete y media, en el mercado en el que trabaja Matilde, y la agente que la vigilaba en ese momento no se ha percatado.

—¿Quieres decir que ha estado allí y se ha largado sin que nadie pudiera seguirlo? ¡¿Es eso lo que estás diciéndome?!

Catalina tragó saliva y apoyó un brazo sobre una silla.

—Así es. Las cámaras... —volvió a tragar— Quiero decir... Los que analizan las grabaciones lo han visto y acaban de decírselo a Ramón.

El inspector dio una brusca media vuelta y se dirigió al cabo Ramón Jiménez.

—¡Ramón! —gritó, pese a tenerlo a menos de cuatro metros— ¿Tienes ahí el vídeo del mercado?

Al cabo de unos minutos, parecía que la reunión del grupo de homicidios hubiera cambiado de lugar de realización, puesto que los cinco se hallaban en torno a la mesa de Ramón, y todos con los ojos puestos en la pantalla de su ordenador.

Las primeras imágenes generaban alguna duda sobre si se trataba realmente de Carlos Milletino, porque llevaba una capucha que le ensombrecía la cara, pero las tomadas veintidós minutos más tarde, con la capucha quitada, dejaban muy claro que era él. Las primeras mostraban su entrada en el mercado y las segundas su salida; unas eran de las siete y diecisiete minutos de la mañana y las otras de las siete y treinta y nueve. Había entrado solo y así salía.

—Sí, es él. ¡Cagüen la leche! —exclamó el inspector, y se apartó un poco del grupo con los brazos en jara y mirando al techo.

Durante unos instantes, nadie dijo nada.

—Parece abatido —comentó la subinspectora, que seguía mirando la pantalla.

Samuel trató de serenarse y puso la atención sobre lo dicho por Eulalia.

—Sí… A ver, coge la mejor instantánea que haya de sus ojos y acerca la imagen —le ordenó a Ramón.

El cabo se entretuvo unos segundos, pero cuando logró lo que su jefe le había pedido, todos dieron la razón a la subinspectora: «llora», dijeron dos o tres a la vez.

—¿Qué le ha pasado con Matilde para que salga llorando? —se preguntó en voz alta el sargento Anclado.

—A ver si es ella la que da las órdenes —aventuró Catalina.

—Nada de lo que sabemos sobre ella, ni sus movimientos ni sus conversaciones telefónicas, apunta a que esté implicada —manifestó la subinspectora.

El inspector dejó de prestar atención a esta conversación, volvió a poner los brazos en jarra y soltó un bramido.

—Todos los mossos tienen su foto, todos los guardias urbanos también, y el tío se pasea tranquilamente… ¡Joder!

En la mesa de reuniones, con más calma, Samuel ordenó a Ramón que analizara todas las grabaciones de las cámaras que hubiera cerca del mercado, en círculos de radio creciente, para comprobar si aparecía Carlos yéndose en alguna dirección. Sabían cómo iba vestido, por lo que no sería difícil detectarlo en las imágenes. Después, comenzó a dar nuevas instrucciones a Catalina sobre cómo había de hacerse el seguimiento de Matilde, para evitar que volviera a pasar lo de hoy en caso de que Carlos quisiera volver a encontrarse con ella. Pero, antes de concluir con este tema, le sonó el móvil y vio en la pantalla que se trataba de la inspectora Guerrero.

Samuel tuvo unos instantes de vacilación antes de coger la llamada a María, como si para hablar con ella necesitara más intimidad, pero una llamada a estas horas de la mañana sólo podía ser de trabajo y la cogió enseguida.

—Dime inspectora —dijo él con la clara intención de que ella supiera que estaba rodeado.

—Hola, Samuel, supongo que ya sabes lo de la grabación de esta mañana en el mercado.

—Sí... Menuda cagada.

—Pues hay otro vídeo más en la que aparece Carlos.

—¿De esta mañana?

—No. De ayer a las siete menos cinco de la tarde. Lo pilló una cámara del metro, en la estación del Clot. Va acompañado por otro joven de la misma altura y más o menos de la misma edad, acaso un poco mayor. Podría ser Adolfo, por la descripción que hizo de él Pere Llop. Ambos van cargados con sendas bolsas de deporte. ¿Qué sugieres?

—Bueno... De entrada, que se haga un análisis más pormenorizado de todas las grabaciones de otras cámaras del metro en torno a ésa hora.

—Eso ya estamos haciéndolo.

—Y pasarle la foto a Pere Llop para ver si identifica a Adolfo, bueno, a Adolfet, como lo llamaba él.

—¿Lo haces tú?

—Hay que ir a Esplugues... Quizá sería más rápido enviársela por correo electrónico.

—Vale. Te envío el vídeo del metro y la instantánea en la que se vea mejor al acompañante de Carlos.

Tras despedirse de María, lo primero que hizo Samuel fue llamar por su móvil a Pere Llop. Éste respondió enseguida y confirmó que se encontraba en casa y con el ordenador disponible. Después aceptó la colaboración que el inspector le pidió. Ya con el móvil en el bolsillo, Samuel informó a los presentes de la novedad producida. Lo hizo distanciando las palabras, como si su mente trabajara en otros pensamientos mientras su boca hablaba, hasta que dejó que esos pensamientos fluyeran en voz alta.

—Bolsas de deporte. Sabíamos que el miércoles, el jueves y el viernes de la semana pasada, Carlos salió de su casa con una bolsa de deporte, pero no hemos encontrado su nombre inscrito en ningún centro deportivo. ¿Será que el tío sigue yendo a alguno y no hemos sido capaces de pillarlo? ¿Irán Adolfo y él juntos a hacer deporte? Miles de policías buscándolos, y ellos se mueven tranquilamente por Barcelona... No puedo creérmelo.

La mala leche que destilaban estas palabras y el gesto con el que el inspector las decía provocó el silencio de los demás. Hasta que lo rompió Eulalia.

—¿Y si llevan otra cosa en las bolsas de deporte?

—¿Los explosivos? No —rechazó Samuel—. En casa de sus padres, Carlos no tenía los explosivos y ya salía con la bolsa. Está haciendo deporte en algún sitio. Hay que volver a revisar todas las inscripciones en los centros deportivos de Barcelona. Hay que pateárselos, pero esta vez no sólo con el nombre de Carlos, también con las fotos, la de él y la de su acompañante, sea éste Adolfo o no. Organiza tú esto, Eulalia.

La reunión se disolvió, aunque no del todo, porque los cinco entraron juntos en el despacho del inspector y se colocaron frente a la pantalla de su ordenador. Samuel abrió su correo electrónico y comprobó que María le había enviado ya el video y la foto del acompañante de Carlos. Antes de visionar el vídeo, el inspector escribió a Pere Llop para remitirle la foto.

El video duraba ocho segundos. El tiempo que pasaba desde que Carlos y su acompañante aparecían por la parte izquierda del campo de visión de la cámara, hasta que desaparecían por la derecha. No hablaban entre ellos, aunque Carlos giraba ligeramente la cabeza hacia su acompañante como a la espera de que éste le dijera algo; quizá le había hecho una pregunta instantes antes de aparecer en el campo de la cámara. El acompañante miraba sólo al frente, con gesto adusto e inmutable, como si estuviera absorto en sus pensamientos, como si no se sintiera acompañado por nadie. Era delgado y atractivo, de unos treinta y cinco años, vestía ropa elegante.

Repasaron varias veces el video, lo pararon en algunos momentos para observar detalles sobre la vestimenta de ambos jóvenes y especialmente sobre las bolsas de deporte. La pregunta que antes hizo Eulalia los obligó a concentrarse en la forma que adoptaban las bolsas y en la apariencia sobre su peso, pero no lograron llegar a conclusión alguna. Y mientras estaban entretenidos con estas observaciones, llegó el correo con la respuesta de Pere Llop: el acompañante de Carlos era, sin duda alguna, Adolfet.

—¡Es Adolfo! —gritó el inspector.

En el correo, Pere Llop añadía que le había sorprendido lo poco que había cambiado la cara de Adolfet desde que lo tuvo como alumno, pero esto no interesó ya al inspector, que se levantó de la silla para apremiar a los demás a que se pusieran en marcha con sus respectivas tareas.

—¡Por fin tenemos su imagen! —dijo la subinspectora con cierto aire de euforia.

Los demás la secundaron con gestos y palabras similares.

La investigación daba, efectivamente, un salto cualitativo, y Samuel compartía el entusiasmo que había surgido entre los suyos.

—Sí. Seguimos sin tener ni idea de dónde se esconden, pero ahora les llevamos ventaja, porque tenemos la foto de Adolfo y esto es algo que él no sabe. Él creerá que puede moverse por la calle sin ser identificado.

Mientras los miembros de su grupo acababan de salir del despacho, Samuel reflexionó sobre lo que él mismo acababa de decir. Un soplo de duda se había cruzado en su mente al instante de pronunciar esas palabras, «esto es algo que él no sabe». De hecho, Carlos y Adolfo habían sabido otras cosas de las que tampoco deberían haberse enterado, como la localización que los Mossos hicieron del piso de José Catarata o el hecho de que hubieran detectado la cita entre Carlos y Matilde. El inspector pensó que, ahora que tenían la foto de Adolfo, cuantos menos policías lo supieran, mejor. Y, como tenía delante el correo que María Guerrero acababa de enviarle, utilizó este medio para comentarle a ella esa precaución. «El que acompaña a Carlos en el vídeo es Adolfo. Pere Llop lo ha confirmado», comenzó escribiendo después de un saludo. «He pensado que ahora que tenemos su foto deberíamos tomar algunas precauciones, por aquello que hablamos sobre la posibilidad de que hubiera una fuga. Te propongo que esperemos tres o cuatro días antes de divulgar la foto entre los mossos y guardias urbanos, a ver si en estos próximos días él sigue moviéndose y lo captan las cámaras en algún otro lugar. Luego hablamos y me dices cómo lo ves».

Tras enviar el correo, el inspector repasó mentalmente los últimos acontecimientos. Pensó que si Carlos y Adolfo habían pasado ayer a las siete de la tarde por la estación del Clot, era muy posible que hoy hicieran lo mismo. Seguramente, esa estación se encontraba en la trayectoria que realizaban para ir a donde hacían el deporte, lo cual obligaba a prestar especial atención a ese punto.

En ello cavilaba cuando vio entrar un nuevo correo de la inspectora. «Me parece bien lo de esperar a divulgar la foto de Adolfo. Te llamo en unos minutos: la intendente Truyol me ha pedido que vaya a su despacho», decía el correo.

Pasados veinte minutos, cuando ya eran las diez y media de la mañana, recibió la llamada de María.

—Hola Samuel, la intendente no aprueba lo de no divulgar la foto de Adolfo entre los compañeros.

—Me lo temía. No importa. Seguramente ha sido una ocurrencia descabellada por mi parte. Aunque sigo teniendo la sensación de que tenemos una fuga.

—Ya, pero...

—¿Qué más ha dicho Pilar?

—Vamos a organizar una operación específica de vigilancia de la estación del Clot.

—Sí, eso me parece buena idea.

—Y extenderemos la vigilancia a toda la red de metro y trenes de cercanías. La estación del Clot es un punto de interconexión entre ambas redes y, si ayer Carlos y Adolfo pasaron por allí, ello puede indicar que se mueven en metro o en tren, o al menos que podrían volver a hacerlo. Por eso no podemos dejar de mostrar la foto de Adolfo a todos los que participen en este operativo.

—Entiendo.

Hablaron luego de la posibilidad de que Carlos y Adolfo pasaran hoy a la misma hora que ayer por la estación del Clot, lo que obligaba a poner especial esmero en la vigilancia que había de hacerse esta tarde. A sugerencia de María, Samuel aceptó ir él mismo a la estación y supervisar el dispositivo de observación.

46

En el jardín la temperatura era agradable. Los rayos de sol que masajeaban su cara y su torso desnudo le generaban una sensación placentera de laxación muscular. Tras el desayuno que hicieron a las diez, el Pulga se había ausentado —unos minutos, dijo— para comprar algunas cosas, y Carlos optó por sentarse en una tumbona para disfrutar de la soleada mañana de primavera. Ya no pensaba en Matilde —se repetía a sí mismo constantemente—. Ya no le interesaba. Ella sólo era una mujer, mientras que él era un guerrero. Un ser independiente. Un líder llamado a realizar grandes hazañas. Algún día, ella se enteraría de que él fue el autor de la gran explosión, de la liquidación de cientos de enemigos, y no le quedaría más remedio que admirarlo por ello. Pero eso a él poco iba a importarle, porque Matilde ya no sería más que un débil recuerdo de su pasado anodino, de esa etapa pueril de su vida que había quedado atrás. Él era ahora un hombre nuevo, y más aún desde que salió del mercado esta mañana. Hoy había quedado culminada su transformación. Tendría otras hembras, de eso no debía preocuparse. Un líder revolucionario siempre podría tenerlas.

De pronto, su mente se vio invadida por la imagen de esas piernas escasamente cubiertas por la falda que él vio hacía tan sólo cinco horas, y recordó el momento en el que metió la mano por la zona oscura que quedaba entre ellas, y se imaginó a Matilde aceptando de buen grado ese gesto y cogiéndole el antebrazo para empujar más su mano hacia dentro, bajo la falda, y notó cómo sus dedos hurgaban por debajo de las bragas, y lo que hizo fue desabrocharse el botón de su propio pantalón y bajarse su cremallera, y… Y oyó el ruido de la puerta al otro lado de la casa y se subió la cremallera de golpe. No, no volvería a acordarse de Matilde. Él no necesitaba pensar en ella, ¡joder! ¡Él era un guerrero de sangre vikinga!

Fue Oriol quien apareció por la puerta de la cocina, cosa que Carlos no esperaba pero recibió con agrado, y a Oriol lo seguía el Pulga, que también salió al jardín.

—¡Sieg heil, camarada! —gritó Carlos tras incorporarse y extender su mano a Oriol.

—Sieg heil —respondió Oriol, mientras se daban un apretón de manos—. Veo que tomas el sol. Vaya…, disfrutando como si estuvieras en un balneario.

Carlos se temió que estas palabras fueran de reproche, pero la sonrisa de Oriol indicaba lo contrario. Iba a decir algo, pero Oriol continuó hablando.

—¿Estás a gusto aquí, con el Pulga? ¿Te trata bien?

—De puta madre, Oriol. El Pulga es un gran camarada; te lo digo de verdad. Pero tengo ganas de entrar en acción. Sueño con el momento en el que enviaremos al infierno a todos esos moros que van a reunirse en el polideportivo. Joder, qué ganas tengo de hacer bum, y a tomar por el culo: que se hubieran quedado en su puto país. Se lo tienen bien merecido.

Dijo esto mostrando entusiasmo. Quería dejar bien claro ante Oriol que sabía lo que iban a hacer y que no le temblaba el pulso. Quería que Oriol supiera que podía contar con él hasta el final y que su lealtad no tenía fisuras. Pero el mohín de extrañeza que apreció en la cara de Oriol le generó la duda de si había hablado demasiado. Quizá no debería haber dicho esas cosas delante del Pulga.

El gesto de Oriol, sin embargo, se suavizó, y sus labios esbozaron una sonrisa.

—Eres un valiente, Carlos. ¿Ves —inquirió volviéndose hacia el Pulga— por qué Carlos está donde está? ¿Ves por qué es el jefe de la sección de Barcelona? Soldados como él son los que marcan el camino a los demás.

—Lo sé, Oriol —repuso el Pulga—. Yo también sé apreciar la

presencia de un líder. Y te agradezco que eligieras mi casa para que Carlos disfrutara de su clandestinidad.

Carlos estaba conmovido y exultante. Qué lejos quedaba el momento en el que se sintió una piltrafa, cuando Matilde lo rechazó, pese a que sólo habían pasado unas horas de ello.

—Bueno, vamos a trabajar —ordenó Oriol—, que no estaré aquí mucho rato y quiero que preparemos los líquidos que vamos a llevar esta tarde. Volveremos a ir juntos hasta el polideportivo ¿Conseguiste ayer la llave de una nueva taquilla?

—Sí. Ya tengo las cinco que me encargaste. ¿Son suficientes o consigo alguna más? Tres las tengo llenas con los bloques de masa y las botellas que coloqué ayer. —Carlos se puso la camisa para seguir a Oriol y al Pulga hacia el interior de la casa.

—Ya veremos —respondió Oriol.

Entraron en la habitación donde estaban los líquidos, y Oriol se descolgó la mochila que llevaba a la espalda y comenzó a colocar su contenido sobre la mesa. Primero, varias botellas vacías, y después, unos aparatos electrónicos pequeños que ordenó con esmero.

—Esto también lo tendrás que llevar —le dijo a Carlos, señalando las piezas electrónicas—, pero ya te diré cómo. Ahora vamos a preparar los líquidos que has de llevar hoy.

Cuando cogió la primera vasija, sonó su teléfono y volvió a dejarla donde estaba.

—Dime, Chirla.

Oriol escuchó durante unos segundos en los que su rostro fue tornándose sombrío.

—No puede ser. Yo tenía controladas todas las cámaras del metro.

Siguió escuchando.

—¡Hostia puta! Ésa no la vi. ¡Joder! ¿Y se me ve la cara con claridad?

Comenzó a dar paseítos en torno a la mesa de los líquidos. Carlos supuso que hablaba del recorrido que ayer hicieron juntos, porque, cuando iban a entrar en el metro, Oriol le advirtió sobre las cámaras que había por todas partes. Le dijo que iría señalándoselas y que había bastantes puntos por los que no les quedaba más remedio que pasar ante la cámara. En esos lugares, él tenía que llevarse la mano a la cabeza, como para rascarse o colocarse el pelo, pero de forma que tapara parcialmente su cara. Y así fueron haciéndolo hasta que entraron en el metro, y después, cuando salieron de él.

—A ese hijo de puta de Pere Llop le daremos su merecido —manifestó Oriol—. Por traidor. Por colaborar con el enemigo.

Se detuvo y fijó la vista en el techo mientras seguía con el teléfono en la oreja. Carlos lo miraba con preocupación: lo que el Chirla estaba diciéndole no parecían buenas noticias.

—O sea que no van a divulgar mi foto durante tres o cuatro días. Eso me tranquiliza. Menuda sorpresa van a llevarse. Bueno, sigue pegado al ordenador. Necesitamos la información al minuto. Eres el más grande, Chirla.

Esta expresión con la que Oriol se despidió del Chirla no le gustó a Carlos. ¿Acaso Oriol les decía a todos las mismas cosas? Estaba claro que el Chirla no se merecía el reconocimiento de ser «el más grande». Aunque, tal vez estaba deprimido y Oriol sólo había intentado animarlo.

—Cambio de planes —dijo Oriol, dirigiéndose a Carlos—. No podré acompañarte esta tarde. En adelante, no podremos ir juntos a ningún sitio. Hasta que hayamos concluido la acción, te moverás tú solo y no volverás a coger autobuses ni metro. Irás y volverás en taxi. Pero siempre cogiendo y dejando el taxi en La Llagosta. Desde La Llagosta hasta aquí lo haces caminando. Siempre. ¿De acuerdo?

—Claro, camarada. —Carlos hubiera querido preguntar por qué, o que Oriol le hubiese dado alguna explicación *motu proprio*.

—Y esta tarde, en lugar de ir a las siete al gimnasio, te vas a eso de las cuatro. Y no estés mucho tiempo haciendo gimnasia; con media hora es suficiente. Cuanto menos tiempo pases fuera de esta casa, mejor, menos riesgos correrás.

Carlos asintió y percibió una mirada dubitativa en Oriol. Como si éste no acabara de confiar en que él pudiera hacer las cosas cabalmente. Pensó en decir algo que renovara la confianza de Oriol, pero éste ordenó: «vamos fuera», y se dirigió de nuevo hacia el jardín. Carlos lo siguió y salieron los dos solos. El Pulga se quedó dentro: había entendido que ésta iba a ser una conversación privada, entre jefes, pensó Carlos.

—Camarada, antes has dicho que sabías lo que íbamos a hacer. —Oriol hizo una pausa, pero Carlos no osó interrumpirlo. Ambos caminaban despacio por el jardín—. Sé que estás preparado, pero no creas que no te surgirán dudas en algún momento. Para matar hay que saber muy bien la razón por la que se mata. Porque nosotros no somos asesinos, ni somos mala gente, ni disfrutamos con el sufrimiento de los demás. Nuestro odio es purificador, es justo, nace de nuestra entrega a un ideal identitario. Defendemos el futuro de una cultura milenaria. Simplemente, tratamos de evitar la extinción de la raza blanca y de la cultura indoeuropea. Nos enfrentamos a la injustica que supone el mestizaje y odiamos a unos gobernantes que están destrozando nuestra civilización, que están ciegos ante la perspectiva de desaparición de las naciones europeas. Odiamos a los invasores que vienen de otros continentes porque no tardarán, si nosotros no lo impedimos, en hacerse dueños de nuestras tierras y en enterrar para siempre nuestras tradiciones. ¿Lo entiendes, Carlos?

—¡Claro! Odiamos a los invasores. Lo entiendo, camarada. Yo los odio con todas mis fuerzas.

—Los invasores ya no vienen con armas, ni ejércitos poderosos, Carlos. Vienen con una tasa de natalidad que triplica la nuestra. En menos de un siglo, nosotros nos habremos extinguido y toda Europa será musulmana. Nuestra raza, nuestra identidad, nuestro idioma, nuestra cultura, todo se habrá perdido por el sumidero de la historia. ¿Vamos a consentirlo, Carlos? ¿Te das cuenta de la magnitud de nuestra lucha? ¿Ves cuan trascendental es nuestra misión?

Carlos iba a contestar ya a la primera pregunta, pero como Oriol siguió haciendo otras, se percató de que no esperaba respuestas. Oriol sólo quería que él meditase sobre esas cuestiones, por lo que Carlos fue asintiendo de forma bien visible, dando muestras de que escuchaba con atención.

—Nuestra acción, Carlos, será comentada por las generaciones venideras. Nosotros detuvimos ese proceso de destrucción, así lo reconocerán nuestros descendientes. ¿Lo entiendes, Carlos?

Ahora parecía que Oriol sí esperaba respuesta.

—Lo entiendo, camarada. Y estoy preparado.

—Si te surge alguna duda en el último momento, deberás recordar la grandeza de tu misión, deberás pensar que de ti depende la perpetuación biológica de tu pueblo. Deberás reavivar tu odio hacia quienes han venido aquí para destruir todo lo que somos.

—No tendré dudas, Oriol. Mi odio es fuerte y está al servicio de nuestra causa —dijo Carlos, y de inmediato se sintió satisfecho por la calidad de sus palabras. Ya hablaba casi como lo hacía Oriol.

—No deberá importarte si entre los asistentes ves algún niño, mujeres…

—¿Mujeres? ¿Por qué habían de importarme las moras?

—No todos los asistentes serán moros. Pero tú has de saber que todos los que se encuentren allí son partícipes de la misma conspiración para destruir nuestra identidad. Todos son enemigos, Carlos. ¡Todos deberán pagar por su crimen!

—¡Todos pagarán, camarada!

—¡Sieg heil! —gritó Oriol, alzando la mano derecha.

—¡Sieg heil! —gritó Carlos, haciendo el mismo gesto.

—¡Sieg heil! —gritó el Pulga desde la cocina, que parecía haber oído los gritos de sus compañeros.

**

A las cuatro de la tarde, Carlos llegó con el taxi hasta la boca de metro que se encontraba a tres manzanas del polideportivo y desde allí siguió caminando. No lo había acompañado el Pulga, lo que indicaba que éste no se tomaba muy en serio lo de hacer de guardaespaldas, pero a Carlos no le importó, porque no veía la necesidad de ese tipo de protección. Rodeó el polideportivo hasta la puerta de acceso y, procurando que no lo viera la mujer que estaba en la recepción, se dirigió a los vestuarios. Todo debía hacerlo con el máximo sigilo, como le había ordenado Oriol. Cuanta menos gente le viera la cara, mejor. Abrió una de las dos taquillas que aún le quedaban disponibles y metió la bolsa de deporte dentro: no pudo sacar los líquidos ni los bloques marrones en ese momento porque había dos jóvenes vistiéndose cerca. Se entretuvo por allí, fue a mear, volvió y, cuando no había nadie en el vestuario, recuperó su bolsa de deportes y colocó dentro de la taquilla los bloques y los envases. Las tres botellas con acetona estaban sólo medio llenas, y sobre cada una de ellas fue vertiendo el agua oxigenada hasta el nivel que Oriol le había indicado. Hecho eso, sólo faltaba añadir el ácido sulfúrico, pero era importante hacerlo en la cantidad indicada y con el cuidado que Oriol le había exigido. Además, una vez echado el ácido, las botellas no podían moverse. Así lo hizo, como también lo había hecho el día anterior, y cuando hubo terminado, cerró la taquilla, se secó el sudor de la cara y el cuello, guardó la bolsa de deporte en la taquilla en la que aún no había líquidos y se fue a hacer un poco de gimnasia.

En la sala de fitness se subió a una bicicleta estática, comenzó a pedalear y se entretuvo observando a los demás gimnastas. Había dos chicos haciendo músculos con unas pesas, una chica corriendo sobre una cinta y otros tres en las máquinas de musculación. Menos gente de la que solía haber a las siete de la tarde. Él estaba a espaldas de la chica y ello le permitió fijar la vista, sin problemas, sobre el movimiento que sus glúteos hacían mientras ella daba una zancada tras otra a ritmo constante. Era alta, delgada y rubia. Tenía un tipo que en nada debía envidiar al de Matilde. Parecía aria. De buena raza, en cualquier caso. ¿No debería avisarla de que no viniera al gimnasio el día del encuentro de los moros? Carlos se percató de que ese día morirían también todos los que estuviesen haciendo gimnasia, porque esta sala de fitness estaba tan cerca de los vestuarios como lo estaba la cancha de baloncesto que se habilitaría para el encuentro. Y él sólo había visto a nacionales desde que comenzó a venir a este gimnasio. Iban a morir también los blancos: ¿había que considerarlo daños colaterales?

Siguió mirando a la chica, y particularmente al movimiento de sus carnes. Se le ocurrió que si le decía que el polideportivo iba a llenarse de moros, ella misma desistiría de venir el día del encuentro. Bastaría con decirle: «¿te has enterado de lo que va a hacerse aquí...?», y hacer mención al nauseabundo olor que habría ese día en el gimnasio.

Carlos se bajó de la bicicleta y se acercó a la rubia.

—Hola, no te había visto otros días por aquí.

—Mmm —emitió ella, girando sólo un instante la vista hacia Carlos y haciendo un leve levantamiento de hombros.

—Es que yo suelo venir a eso de las siete, pero hoy he venido antes.

La chica hizo una mueca de asentimiento pero sin quitar la mirada del punto en el que la tenía fijada.

—¿Sabes lo que se hará en el polideportivo el viernes...?

Antes de que Carlos acabara la frase, ella soltó un bufido, frunció el ceño, detuvo la cinta, se giró hacia él y le echó una mirada cargada de rabia con la que parecía decir: «¿quién te has creído tú que eres como para dirigirme a mí la palabra?».

Carlos dio un maquinal paso hacia atrás, como si se tratara de un movimiento balístico de autodefensa, pero esperó a ver si el gesto de la chica se suavizaba. Sin embargo, lo que ella hizo fue volver a poner la cinta en marcha de un puñetazo y reiniciar la carrera hacia ningún sitio, alejándose así de él, pese a que la distancia entre ellos no varió ni un centímetro.

Él fue separándose a pasos cortos, avergonzado y herido, mirando hacia los otros chicos y preguntándose si habrían visto la escena. «Sólo le faltaba haber dicho: ¿acaso no te has mirado al espejo?, como dijo Matilde», pensó, mientras volvía hacia la bicicleta.

Odio purificador. Odio cargado de justicia. Rememoró las palabras de Oriol y salió de la sala de fitness saboreando el placer de la venganza: era bastante probable que el estallido pillara también a esa rubia engreída y repelente.

Después se fue hacia la casa del Pulga en un taxi. Deseaba estar con él, sentir el confort de la compañía de los buenos camaradas. Se dio cuenta de que eso que le había pasado con la rubia del gimnasio era lo mismo que le había ocurrido con todo el mundo, durante toda su vida. Su padre fue alejándose de él y su actitud se volvió cada vez más humillante; sus amigos, si alguno había tenido, lo marginaron las más de las veces, cuando no lo vilipendiaron; las chicas nunca le duraron demasiado y siempre le dieron la patada con reproches cargados de desprecio; en los trabajos sólo recibió broncas, y tampoco le duraron más que las chicas. Sólo con sus actuales camaradas recibía reconocimiento, amistad y afecto.

Poco a poco, fue librándose de la ansiedad y reforzando la idea de que ahora era un hombre nuevo. El pasado ya no importaba; el Carlos insignificante había muerto; el nuevo Carlos era un ser diferente. Y lo sería aún más después de la gran explosión. Tenía que asegurarse de que todo saliera bien, porque sólo con sus nuevos camaradas tenía sentido su vida.

47

A las cinco de la tarde, el inspector Montcada tenía cumplida información sobre el dispositivo que habían montado desde la Central para vigilar la estación de metro del Clot y toda la red circundante de metro y trenes de cercanías. Si Carlos y Adolfo volvían a moverse esta tarde por esos medios, sería difícil que no fueran detectados, pero Samuel quería observar personalmente los puntos cercanos a la cámara que ayer había captado a los dos perseguidos y por ello salió de la comisaría para dirigirse en metro hasta el Clot.

Sobre lo grabado ayer por las cámaras del metro, además de esos ocho segundos en los que aparecían Carlos y Adolfo de forma clara en un pasillo, había otras imágenes captadas por otras cámaras en las que también se dejaban ver. En ninguna de ellas se los distinguía de forma clara, pero como ahora sabían la ropa que llevaban, podía deducirse que eran ellos. La secuencia de todo el conjunto de imágenes indicaba que habían entrado en el metro en la misma estación del Clot, es decir, no venían de realizar una conexión desde el tren de cercanías o desde otras líneas de metro, y se dirigían a la línea lila, la que conectaba el Paralelo con Badalona, o a la roja, que conectaba Hospitalet con Santa Coloma. Pero no podía saberse hacia cuál de esos puntos fueron porque las cámaras de tres de los cuatro andenes no habían funcionado a la hora que ellos pasaron por allí. La única que funcionaba era la del andén de la línea roja con sentido hacia Hospitalet, y en ese andén ellos no aparecían.

Montado en el metro, lo primero que hizo el inspector fue llamar a su hijo, cosa que no había hecho en los últimos días.

Raúl respondió al primer timbre, y Samuel pensó que el chico tenía el móvil en la mano porque estaría jugando con alguno de los muchos juegos que se descargaba a diario. Cuantas más restricciones le ponía él al tiempo que podía dedicar a los entretenimientos electrónicos —móvil, iPod, Nintendo, PlayStation...—, más medios descubría el chico para burlarlas —como jugar con el ordenador al mismo tiempo que lo usaba para hacer los deberes—; pero Eduard Punset había dicho un día por la televisión que los padres se equivocaban al imponer esas reservas, porque las habilidades que los chicos adquirían con los aparatos electrónicos eran fundamentales para su futuro, de modo que Samuel seguía poniendo limitaciones a su hijo, pero con menguante convicción.

—¿Cómo te ha ido en el cole estos días?

—Bien.

—¿Bien y qué más? ¿Algún examen, alguna nota de algo?

—Luego te llamo, papá, que un compañero estaba enseñándome una cosa. Una cosa del cole, ¡eh!

—Vale. Luego hablamos.

Sí, una cosa del cole: la última aplicación de descarga gratuita, pensó Samuel. Pero, pese a la brevedad de la llamada, advirtió que tenía otras dos perdidas. Una de María y otra de Jaume, de la policía científica. Llamó primero a éste.

—Hola Samuel. Tengo información sobre la pieza electrónica que se encontró en el piso de José Catarata. Acabo de pasársela también a la inspectora Guerrero, pero, por si entre vosotros no hablabais en las próximas horas, quería comentártela también a ti.

Puede que en las palabras de Jaume hubiera algo de retintín. ¿Sabía ya todo el cuerpo de policía de los Mossos d'Esquadra que Samuel y María estaban liados? Fuera como fuese, por asociación de ideas, esto evocó la necesidad que Samuel tenía de decírselo también a su hijo, y lo antes posible.

—Cuenta.

—Se confirma que es una pieza de un detonador de radio. Y, si la reponen con otra similar, no será un detonador de largo alcance; se necesitará estar a menos de cien metros para enviar la señal.

—¿Con qué tipo de aparato lo harían?

—Un dispositivo del tamaño de un teléfono móvil, con algún botón y una pequeña antena, o sea, se distingue claramente de un móvil.

El inspector Montcada le agradeció la información y pensó que era importante. Si los terroristas querían generar la explosión en el encuentro euromediterráneo, quien lo hiciera debería estar por las inmediaciones. Aunque, enseguida se dio cuenta de que esta idea carecía de sentido: no podía celebrarse el encuentro si antes no se había desbaratado el complot. Esto le recordó que no deberían tardar mucho en comenzar a hablar de la suspensión del encuentro con los organizadores; pero hasta mañana, jueves, no volvía Hamid Halef de Marruecos, y el profesor Nadal le había dicho a Samuel que ese asunto sólo podía tratarse con Halef.

Mientras caminaba por los pasillos subterráneos de la plaza de España para enlazar con la línea roja, el inspector Montcada llamó a la inspectora Guerrero.

—Hola, Samuel. Justo había cogido el teléfono para volver a llamarte.

—Tenía a mi hijo al teléfono cuando has llamado antes.

—Pues, hablando de hijos: el fin de semana…, éste no, el siguiente, podríamos irnos los cuatro a hacer una excursión. A una casa rural o algo así. Yo ya lo he hablado con Rebeca. ¿Qué me dices?

—Eso sería estupendo —clamó Samuel, tratando de disimular el malestar que le habían producido estas palabras. En esta relación, él iba a remolque en todo momento, se dijo para sí; aunque al instante se dio cuenta de que lo que le producía ansiedad era saber que el próximo lunes, cuando se iniciara la semana que Raúl estaba con él, tenía las horas contadas para explicarle que se había echado novia y que la cosa era tan importante como para que el chico pasara todo un fin de semana con dos mujeres de las que, hasta el momento, no había oído hablar en su vida—. Pero todo depende de que tengamos el caso resuelto. No podremos ir a ningún sitio si no…

—Sí, claro —cortó ella, que quizás había detectado algo de vacilación en el asentimiento de Samuel—. Yo te llamaba ahora por algo importante. La policía francesa ha detenido a Saíd, el yihadista que…

—…que proporcionó los explosivos.

—Sí. Ya les hemos explicado que su Adbul no es otro yihadista, sino que es un neonazi. Bueno, el hecho es que han interrogado a Saíd, y éste les ha dicho que su contacto con Abdul se produjo a través de otro yihadista egipcio, pero que no sabía nada sobre Abdul, ni siquiera su nombre, porque nunca lo dijo y los correos los firmaba con una A. Nuestros colegas franceses suponen que Saíd dice la verdad. Pero lo interesante es que ha confesado que el explosivo que proporcionó a A, o sea a Adolfo, es semtex. No sé si sabes...

—Es un explosivo que se ha utilizado en distintos atentados. —Samuel bajó la voz porque había llegado al andén para coger el metro de la línea roja y tenía gente a su alrededor—. Se fabrica en la República Checa, creo.

—Así, es. Antes se fabricaba en más sitios, pero ahora sólo allí. Además, Saíd ha hablado de las conversaciones telefónicas que sostuvo con A, y éste le comentó que quería mezclar explosivo plástico con explosivo líquido.

—De modo que la acetona que se encontró en el piso de José Catarata...

—...indica —continuó María— que están fabricando peróxido de acetona y lo quieren hacer explotar junto con el semtex.

—O sea que Carlos y Adolfo quieren detonarlo todo a la vez para dar lugar a una explosión de grandes dimensiones.

—Has utilizado las mismas palabras que uno de nuestros artificieros: de grandes dimensiones. Capaz de hacer volar un edificio entero.

Samuel y María se mantuvieron unos instantes en silencio.

—Bueno, luego hablamos —dijo él—, que llega el metro y voy a entrar.

—¿Vas a la estación del Clot?

—Sí. Te llamo cuando esté por allí.

—Hasta luego, cariño —dijo ella, para sorpresa de Samuel.

Esa última palabra le levantó el ánimo.

Cuando bajó del metro en la estación del Clot, el inspector se encontró con el agente que estaba esperándolo. Éste le explicó cómo estaban colocados sus compañeros y fue guiándolo por los puntos en los que se hallaban, al tiempo que le mostraba las entradas, salidas y lugares de paso que podían utilizar los perseguidos. Samuel se entretuvo observando especialmente el lugar al que apuntaba la cámara que había captado a Carlos y Adolfo el día anterior. Como ya sabía, era un pasillo que conducía a cualquiera de los cuatro andenes de las líneas lila y roja, pero nada más cabía deducir por mucho que escudriñara las bifurcaciones.

Dos horas se mantuvo el inspector Montcada paseando por la zona. Llegó a conocerse a la perfección los andenes, pasillos y conexiones del intercambiador del Clot. Pero de Carlos y Adolfo no hubo señales de vida. Cuando decidió abandonar e irse para su casa, a eso de las ocho de la tarde, volvía a tener la sensación de que los terroristas sabían siempre con antelación los pasos que daba la policía.

48

El jueves, Carlos fue al polideportivo por la mañana. Esta vez, cargó su bolsa de deporte con más peso que los días anteriores, porque Oriol quería que los bloques de masa marrón quedaran ya todos trasladados y distribuidos entre las cinco taquillas, y además, tuvo que cargar también con la porción diaria de líquidos. En el vestuario, hizo la mezcla de los líquidos en una de las taquillas y después se fue a hacer gimnasia. Había tres chicas en la sala de fitness, pero no estaba, por suerte, la rubia desabrida que ayer lo había mirado con asco. Él se dedicó a hacer ejercicio en lugares que quedaran a espaldas de las chicas para poder observar los movimientos de sus carnes sin que ellas lo notaran, y así estuvo durante casi tres cuartos de hora, hasta que vino otra gente, chicos y chicas, y él sintió que se había roto el clima de intimidad que producía entre él y las tres primeras chicas. Cuando la libido se desvaneció, su lugar, en la mente de Carlos, fue ocupado por una evidencia: esas chicas, y los otros que acababan de entrar, morirían con el estallido si los pillaba en el gimnasio. Ayer había deseado la muerte de la rubia montaraz, pero no podía desear la muerte de toda esta gente. Oriol había dicho que los que estuvieran con los moros eran traidores que merecían el mismo destino, pero éstos sólo venían a hacer gimnasia. Éstos eran personas normales. No eran moros ni amigos de los moros, eran personas. De pronto, sintió un fuerte malestar interno, físico, se le revolvió el estómago y sintió ahogo. Salió con premura de la sala evitando mirar a los presentes: no quería ver sus rostros, no quería saber nada sobre ellos. Cuando llegó al vestuario estaba temblando y, por primera vez, temió no ser capaz de detonar los explosivos. Pero en ese instante supo que si no hacía lo que tenía que hacer, su vida no valía nada. No podía defraudar a Oriol y a los demás, porque si lo apartaban de su lado quedaba convertido en un despojo. Despreciado por su padre, repudiado por Matilde, sin amigos…

Fuera de la organización sólo había un inmenso vacío.

Ahora que era un jefe, y que pronto podría presentarse ante su padre con un sueldo y una responsabilidad política; ahora que, por primera vez en su vida, iba a ganarse la admiración de los suyos; ahora no podía echarse para atrás. Tenía que recuperar el valor y sacarse de encima esa congoja que lo había invadido. Bastaba con no pensar en nada. Los que se habían cruzado con él en la sala de fitness no eran nadie. ¿Acaso alguno lo había saludado al entrar? ¿Se habían percatado de su presencia? ¿No lo hubieran tratado con el mismo menosprecio con el que siempre lo había tratado todo el mundo de haber tenido la oportunidad? ¿Por qué tenía que preocuparse por ellos? ¡Que se fueran todos a tomar por el culo!

Agarrado con las dos manos a la taquilla, como si tratara de evitar que volcara, se repitió esas y otras frases similares hasta que sintió haber recuperado el denuedo.

Entonces le sonó el móvil.

Se sobresaltó. Quizá porque desde que tenía el teléfono que le dio Oriol el viernes pasado, sólo lo había utilizado dos veces para hablar con él. Cogió la llamada, dando por sentado que era de Oriol y temiendo, al mismo tiempo, que su amigo hubiera detectado, en la distancia, la flaqueza que lo había dominado en los instantes anteriores.

—Hola Carlos —era la voz del Pulga.

—Hola…

—¿Estás todavía en el polideportivo?

—Sí. Ya salía…

—Yo estoy fuera. Te he traído más líquidos en una bolsa.

—Ah. Vale. Ya salgo.

El Pulga lo esperaba sentado en un banco de la zona ajardinada que había frente al polideportivo. Le explicó que Oriol le había pedido traer más líquidos porque quería adelantar el trabajo, y le dio la bolsa para que volviera a entrar con ella al vestuario. En la bolsa, no sólo había líquidos, también había dos dispositivos electrónicos que

Carlos debía dejar en dos de las taquillas.

—Te espero a que salgas de nuevo y nos vamos a tomar una cerveza, ¿vale? —propuso el Pulga.

Carlos volvió a hacer las mezclas de líquidos en las que ya era experto y dejó los dos aparatos en sendas taquillas. Supuso que eran los detonadores. Después se encontró de nuevo con el Pulga y se fueron caminando en busca de un bar.

—Gracias por haber cargado con esos líquidos, Pulga. Has hecho parte de mi trabajo.

—Me gusta ayudar en lo que puedo, Carlos. Sobre todo, cuando estoy con camaradas tan entregados como tú. Joder, eres un ejemplo para mí.

A Carlos lo conmovía la pasión con la que el Pulga hablaba de los vínculos de camaradería que se daban entre ellos. En los tres días que llevaba en su casa, habían hablado largas horas y siempre se había sentido bien con él. El Pulga lo reconocía como dirigente, como superior, y eso era algo que jamás le había ocurrido con nadie. Carlos ya había decidido que cuando tomara definitivamente las riendas de la sección de Barcelona de Nuevo Renacer Luminoso, nombraría al Pulga su lugarteniente.

Caminaron hacia el interior de Badalona mientras charlaban amigablemente hasta que llegaron a un bar con terraza que el Pulga ya conocía. Se sentaron, pidieron dos cervezas y siguieron conversando.

—Tú has tenido un gran maestro —dijo el Pulga cuando estaban hablando sobre la formación que debían adquirir los nacionalsocialistas—. Ser hijo de Emili Milletino es partir con ventaja. Yo he leído algunos libros de él. Tú te los habrás leído todos.

—Claro —dijo Carlos, con la esperanza de que el Pulga no le hiciera preguntas concretas sobre la bibliografía de su padre porque, en realidad, no había leído ninguno de sus libros.

—De él aprendí yo —agregó el Pulga— muchas cosas sobre el paganismo ario.

—Bueno, ahora se ha hecho amigo de la gente de la Conferencia Episcopal y se ha vuelto un meapilas —repuso Carlos, satisfecho por haber encontrado algo que decir acerca de su padre, que, además de probar que sabía de qué hablaba, ponía en evidencia que él ya estaba por encima de las influencias paternas.

—Los viejos se ablandan. Por eso su lugar ha de ser ocupado por los nuevos líderes. Seguro que tu padre se siente orgulloso de ti.

Carlos comenzaba a desear que acabara cuanto antes esta conversación sobre su padre. ¡Qué lejos estaba Emili de sentirse orgulloso de su hijo! Pero, por otra parte, lo que decía el Pulga no carecía de sentido: Emili acabaría por sentir ese orgullo cuando supiera el lugar que estaba ocupando Carlos.

Iba a decir algo con lo que cambiar de conversación, pero el Pulga siguió hablando.

—Yo también tengo un gran maestro en mi familia: mi abuelo. ¿Sabías que tengo sangre alemana por parte de madre?

—No, la verdad. —Carlos no pudo evitar pensar que lo último que hubiera dicho del Pulga era que su físico respondía al prototipo ario.

—Mi abuelo fue miembro de las Juventudes Hitlerianas.

—¡La hostia! ¡Qué bueno! ¿Y vive aún?

—Joder si vive. Y es de los que mandan. Menuda mala leche tiene.

—¿De los que mandan en Nuevo Renacer Luminoso?

Al Pulga no le dio tiempo a contestar porque su teléfono estaba sonando.

—Hola Chino. —El pulga miró al cielo—. Estoy con un camarada, aquí, en tu puta ciudad. En el bar que nos hemos visto a veces, delante de los bloques de los gitanos. —Hizo una pausa—. Sí, joder, en Sant Roc. ¿Vienes?

Se guardó el teléfono, echó un trago de cerveza y miró a Carlos.

—Viene el Chino con otro camarada. Los dos se han apuntado a Nuevo Renacer Luminoso, pero no saben nada sobre lo que estamos haciendo en el polideportivo. De eso, con ellos, ni una palabra. ¿Vale, Carlos?

—¡Claro!

Siguieron hablando sobre el abuelo del Pulga, si bien éste no llegó a aclarar si el hombre formaba parte de la organización o no. Lo que explicó fueron sus andanzas en Bolivia y Brasil, del lado de conspicuos nazis como Klaus Barbie y Josef Mengele, y después en España, cuando se vino con su hija en los años setenta. Habló de la fe que tenía su abuelo en el resurgir del nacionalsocialismo, y de lo activo que estaba últimamente, pues decía que la crisis económica era perfecta para ese resurgimiento. Carlos escuchaba al Pulga no sólo con agrado, sino también con cierta admiración por sus amplios conocimientos y firmes convicciones. Pero ello evocaba en algún lugar de su mente una duda que en un principio no había sabido cómo definir, aunque ahora sí: le resultaba extraño que el Pulga le profesase a él tanta reverencia y lo reconociera como líder, cuando estaba claro que la formación del Pulga era mucho mayor que la suya. Los continuos gestos y frases de pleitesía que el Pulga tenía hacia él encajaban cada vez menos a medida que iban conociéndose mutuamente. Cierto era que Carlos se esforzaba en decir frases algo crípticas para que pareciera que disponía de razonamientos profundos que no se molestaba en expresar, pero resultaba curioso que tales frases funcionaran siempre bien: el Pulga respondía invariablemente con alguna deferencia hacia su liderazgo y su condición de jefe. Carlos no sabía cómo interpretar esto, pero estaba comenzando a pensar que quizá su propia capacidad intelectual era superior a la que él mismo creía, y que sus frases crípticas, en realidad, sí encerraban significados profundos, aunque ni él mismo los reconociera.

La conversación siguió hasta que el Pulga vio que se acercaban sus amigos y se levantó para saludarlos.

Carlos también se puso en pie y tendió la mano a los recién llegados. El Pulga hizo las presentaciones y Carlos supo a quién llamaban el Chino —que chino no era— y que el otro se llamaba Antonio. Después, el Pulga reclamó al camarero para que trajera más cervezas y todos se sentaron en torno a la mesa. Los amigos del Pulga eran muy jóvenes —veinteañeros—, fuertes, tenían la cabeza rapada y vestían el mismo tipo de ropa de estética skin que Carlos había lucido quince años atrás. A él lo miraron con cierto desdén, sin sonreír en ningún momento, por lo que no sintió ninguna empatía hacia ellos desde el primer momento. Hubiera preferido que no aparecieran por allí para inmiscuirse en la amigable charla que tenía con el Pulga.

—Carlos es el jefe de la sección de Barcelona de Nuevo Renacer Luminoso —dijo el Pulga a modo de complemento a la presentación que ya había hecho.

—¿De Barcelona? ¿Eso nos incluye a los de Badalona? —preguntó el Chino, mirando hacia Carlos con el ceño fruncido.

Carlos esperó un instante a que respondiera el Pulga, pero como no lo hizo, aventuró él la respuesta que le pareció menos conflictiva.

—No, sólo Barcelona ciudad.

—¿Y qué es eso de la sección de Barcelona? No sabía que estuviéramos organizados por secciones. Primera noticia —inquirió Antonio.

Carlos trató de urdir una respuesta, pero el Chino se le adelantó con otra demanda.

—A ver, explícanos cómo coño estáis organizados.

Carlos volvió la vista hacia el Pulga, a la espera de que éste aportara alguna aclaración, pero el Pulga también lo estaba mirando a él, como presto a oír lo que Carlos tuviera que decir.

Sintió pánico.

Pero la suerte quiso que llegase el camarero en ese instante, y que al depositar las cervezas sobre la mesa, una se volcara y rodara hasta el suelo, y que una de las botas Doc Martens del Chino quedara mojada de cerveza, y que ello lo irritara tanto que incluso se levantó de la silla y alzó el puño en actitud amenazante, lo que impelió al camarero a dar dos pasos atrás y desvivirse en demanda de disculpas. Así, cuando el Chino volvió a sentarse, todos los comentarios giraron en torno a sus botas, y después a otros elementos de su vestimenta, y finalmente nadie se acordó de la cuestión que antes le había planteado a Carlos. Salvo él, naturalmente, que se preguntaba para sus adentros cómo era que el jefe de la sección de Barcelona no sabía absolutamente nada sobre tal sección.

—¿Os habéis enterado de lo que van a hacer los moros en el polideportivo? —preguntó Antonio. Y, sin pausa, añadió él mismo la respuesta:— Van a hacer no sé qué cojones y los van a acompañar unos cuántos políticos. Incluido ése que tú votaste para alcalde. —Miró al Chino—. El hijo de la gran puta. Y decías que era de los nuestros.

El Chino frunció el ceño.

—Yo nunca dije que fuera de los nuestros. Sé distinguir perfectamente a un oportunista de un auténtico nacionalista español.

—Sí lo dijiste —terció el Pulga—. Tú siempre le llamas «mi alcalde», y a mí me comentaste que le habías votado.

—Eso es otra cosa. Se vota a quien se acerca más a tu postura. Pero eso no quiere decir que sea de los tuyos.

—Podías haber votado a Resistencia por la Libertad —el Pulga seguía chinchando—. No me negarás que son más próximos a nosotros.

—¿A Mateu Estrada iba a votar yo? ¡Venga ya! Al moro que se lo cargó sería al único que no expulsaría yo de España. Además, aquí no se presentaba.

Dicho eso, agarró su cerveza y la elevó a modo de brindis. Los demás también cogieron las suyas y bebieron.

—Y os diré una cosa —añadió el Chino, con aire de querer sentar cátedra—. Yo me fijé bien en lo que decía un partido y lo que decía el otro, y era lo mismo. Y no era difícil de comparar: sólo hablaron de inmigración en toda la campaña. Que si fuera gitanos rumanos, que si fuera mezquitas…. Hasta ahí bien, pero los de Resistencia no tenían posibilidades. Así que, ¿qué teníamos que hacer nosotros? Pues votar al que sí las tenía. Hay que hacer las cosas con cerebro, joder —concluyó, golpeándose la frente con el dedo índice de la mano derecha.

—Ya. Y ahora —repuso Antonio— se reúne con los moros para celebrar no sé qué. Menudo farsante.

—A lo mejor quiere darles por el culo a todos —dijo el Chino en tono de chanza, como si diera por finalizada la parte seria de la discusión.

—Lo que podría hacer es ponerles una bomba cuando los tuviera a todos dentro —añadió Antonio entre risas.

—¡Hostia, tío, que buena idea has tenido! ¡Eso podríamos hacerlo nosotros! —exclamó el Chino a voz en grito.

Carlos miró al Pulga con gesto de preocupación. Este par de gilipollas podía ir soltando por ahí bravuconadas que alertaran a la policía sobre lo que iba a hacerse. El Pulga le devolvió una elocuente mirada y luego se giró hacia el Chino.

—Nosotros no vamos a hacer eso ni ninguna otra cosa hasta que no hagamos la asamblea. Oriol está preparando las directrices para la organización, y hasta que no…

—Era broma, joder —cortó el Chino.

Antonio dijo entonces algo que Carlos no entendió y, de pronto, sin solución de continuidad, estaban hablando de tías. Antonio aseguró que por fin ayer se había tirado a una que mencionó, y el Chino tuvo necesidad de doblar el montante. El otro dijo que a las dos que se había tirado el Chino ya se las había tirado él con anterioridad, y así continuó la conversación. Carlos no sabía que tema lo incomodaba más, si el anterior o éste: él hacía casi dos años que no se acostaba con ninguna mujer. Por un momento, pensó en contarles que se había tirado a la rubia del gimnasio, y en su mente se construyó con rapidez una historia de seducción en la que la rubia desabrida no era tal cosa y en la que él acababa montándola en el vestuario. Pero enseguida supo que no podía hablar con ellos sobre el gimnasio y, además, el Pulga comenzó a decir que tenían que irse.

Y así ocurrió. Dejaron al Chino y a Antonio donde estaban y ellos dos se montaron en un taxi.

Comieron en La Llagosta y después se fueron caminando hasta la casa del Pulga. Carlos dejó la bolsa de deporte en la habitación y se fue directo al jardín con la intención de hacer la siesta en una de las tumbonas. Pero, al traspasar la puerta de la cocina, vio a Oriol sentado junto a la mesa de jardín y con el teléfono móvil pegado a la oreja. Se saludaron alzando las manos, y Carlos se sentó a su lado sin decir nada para no interrumpir la conversación que mantenía Oriol.

—Tú sigue pegado al ordenador —dijo Oriol a quien estuviera al otro lado de la línea, que sería el Chirla, supuso Carlos, porque con él siempre hablaba de ordenadores—, que hemos de estar seguros de que seguimos llevándoles una semana de ventaja. Yo enviaré esta tarde un correo electrónico para alimentar eso. Hablamos por la noche.

Oriol se guardó el teléfono y le preguntó a Carlos cómo le había ido en el gimnasio, a lo que él respondió informando sobre cómo lo había dejado todo en las taquillas. Oriol se dio por satisfecho y dijo que ahora tenía que marcharse pero que se verían más tarde.

—Y si no puedo venir hoy por aquí, nos vemos mañana, pero no te vayas al gimnasio antes de que nos hayamos visto. Me esperas, ¿eh? Es importante. ¿De acuerdo?

Carlos hubiera querido hablar más con él antes de que se fuera. Preguntarle por la reunión que iba a celebrarse el domingo de los militantes de Barcelona de Nuevo Renacer Luminoso, por cuál había de ser su papel en esa reunión, por qué significaba estar organizados por secciones... El encuentro con el Chino y Antonio le había generado dudas que necesitaba aclarar lo antes posible. Pero Oriol parecía tener prisa, y Carlos se limitó a decirle que estaría esperándolo, tanto si volvía por la tarde como si no lo hacía hasta mañana.

49

Cuando el coche que los llevaba se detuvo ante la puerta del edificio que albergaba al Instituto Europeo del Mediterráneo, el inspector Samuel Montcada aún no tenía claro qué proposición debía hacerle a Hamid Halef. Por ventura, la subinspectora Eulalia Planells lo acompañaba, y esperaba que ella tuviese alguna inspiración para atinar con la propuesta más conveniente. El inspector se inclinaba por pedir a Halef la supresión del encuentro euromediterráneo que había de celebrarse el viernes de la semana siguiente, pero sabía que las evidencias sobre que tal encuentro fuese el objetivo de los terroristas eran débiles.

—Tú hiciste aquí un cursillo recientemente, ¿no? —dijo Samuel, mirando la fachada del edificio, cuando ambos habían bajado ya del coche.

—Sí, hace un par de meses.

—Yo no había estado aquí desde hace más de tres años.

El inmueble no sólo albergaba el Instituto Europeo del Mediterráneo, sino también la Escuela de Administración Pública de Cataluña, y era éste el motivo por el que ellos dos lo habían visitado en diversas ocasiones, aunque Samuel nunca había estado en las plantas que ocupaba el Instituto.

Tras saludar al agente que custodiaba la entrada, Samuel y Eulalia hablaron un rato con otros dos mossos que vigilaban el salón de actos de la planta baja, y después se dirigieron a los ascensores para subir hasta el despacho en el que los esperaba Hamid Halef.

Halef había llegado de Marruecos a primera hora de la tarde y, cuando habló con el inspector, le dijo que desde hoy mismo iba a pasar muchas horas en el Instituto para la organización del encuentro, de tal modo que incluso le habían cedido transitoriamente un despacho para que lo convirtiera en su cuartel general hasta que hubiera finalizado el evento. Samuel no tuvo ningún inconveniente en celebrar la cita en el Instituto, puesto que ello también le permitía observar la vigilancia que los Mossos hacían en el edificio.

Un empleado los guio desde el rellano de los ascensores hasta el despacho en el que se encontraba Halef. Allí los recibió un hombre de edad y estatura parecidas a las de Samuel, vestido con un traje gris claro de corte tradicional, camisa blanca y corbata de rayas azules, que lucía unas gafas de escasa montura y un rostro afable que parecía estar sonriendo desde antes de que ellos aparecieran.

Eulalia ya conocía a Hamid, porque lo había tenido de ponente en un cursillo, y, por tanto, hizo las presentaciones. Enseguida dijo él que estarían mejor en una salita que había en el mismo pasillo y les ofreció agua o café mientras iban hacia ella. Los policías rechazaron con amabilidad ambas cosas y al punto se encontraron sentados frente al médico en torno a una mesa pequeña.

—Hubiera querido adelantar mi vuelta de Marruecos un par de días pero me ha sido imposible —dijo Halef—, aunque estoy impaciente por saber cómo está el asunto... En fin, nosotros seguimos preparando el encuentro euromediterráneo, pero si tuviéramos que suspenderlo, cuanto antes se lo avisemos a los participantes, mejor. Todos los que vienen desde Marruecos están comprando ya los billetes de avión; aquí hemos hecho la reserva de los hoteles...

—Eso es lo que querríamos tratar con usted —repuso el inspector—. Quizá nuestra investigación avance en los próximos días y detengamos a los terroristas. Pero puede que no sea así, y en tal caso, deberíamos hablar ya sobre cuál podría ser el mejor momento para dar por suspendido el encuentro.

—Lo que me gustaría saber, si es que a ustedes les está permitido decirlo, es qué evidencias tienen de que esté preparándose un atentado contra este evento.

Samuel miró al suelo, ladeó la cara y enarcó las cejas. Iba a contestar cuando oyó a Eulalia.

—Evidencias tenemos pocas. Sabemos, con razonable certeza, que un grupo neonazi prepara un atentado, y tenemos la suficiente información sobre los explosivos que quieren utilizar como para suponer que lo que preparan es de grandes dimensiones. El difunto Mateu Estrada tenía una implicación muy lateral en el caso, y sabemos que estuvo recopilando información sobre este encuentro.

Samuel y Eulalia se miraron, como esperando cada uno que el otro aportara algo más, algo que diera sentido a la petición que habían venido a hacer a Hamid Halef. Pero los dos sabían que no había nada más, que sólo disponían de un conjunto de conjeturas que los conducían a suponer que ese encuentro era el objetivo de los terroristas. No habían localizado el folio que el Viejo entregó a Estrada con el listado de informaciones que le pedía y, por tanto, tampoco sabían si el encuentro euromediterráneo estaba en ese listado. Mateu Estrada podía estar recopilando información sobre el encuentro por cualquier otro motivo; quizá quería hacer una campaña política contra él. Pensando en qué podía explicarle de todo esto al doctor Halef, Samuel se hizo aún más consciente de que sólo navegaban en un mar de cábalas.

—¿Sólo eso? —preguntó Hamid, tras el breve silencio que sucedió a las palabras de Eulalia.

—El encuentro euromediterráneo es el único posible objetivo que ha aparecido en nuestra investigación —respondió Samuel.

—Entiendo —Hamid se mostró abatido—. Hemos dedicado muchos esfuerzos a la organización de este encuentro. La cooperación internacional está pasando por un momento muy duro. Con la crisis, todos los gobiernos han reducido drásticamente los fondos de cooperación. De esto no se habla mucho en los medios de comunicación; se habla de los recortes en sanidad, en educación, en atención social..., y naturalmente ha de hablarse de ellos porque están aumentando terriblemente la pobreza y trayendo muchas desgracias a la población; pero los recortes en cooperación para el desarrollo son, proporcionalmente, de una magnitud muy superior a todos los demás. Son recortes de los que la población de aquí no va a quejarse y, por tanto, le salen gratis a los gobiernos, políticamente hablando. En cambio, están frustrando muchos proyectos de desarrollo que afectan a millones de personas. En fin, les explico esto porque las oenegés que trabajan en desarrollo están inmersas en un gran debate sobre cómo seguir actuando en este contexto en el que tanto se han reducido los fondos que aportan los países donantes, y éste es el tema principal que se aborda en el encuentro. Podemos suspenderlo, naturalmente, pero será difícil que encontremos fondos para volver a organizarlo.

Samuel miró de soslayo a Eulalia, pero ninguno de los dos sabía muy bien qué contestar a lo dicho por Hamid.

—Quizá podría esperarse tres o cuatro días a tomar esta decisión —propuso el inspector—. Entre tanto... Bueno, hay otro asunto que queríamos tratar con usted. Para atentar contra el encuentro, primero han de introducir los explosivos, claro está. Nuestros compañeros han rastreado todo el edificio, con perros y con todos los medios disponibles, y podemos afirmar con cierta seguridad que los explosivos aún no están aquí. También será difícil que los introduzcan en los próximos días, porque la vigilancia que mantenemos es permanente.

—Sí, ya he visto a los policías en el salón de actos.

—Las reuniones y cursos que iban a hacerse en estos días —continuó Samuel— se han suspendido todas, para evitar que haya por aquí mucha gente que resulte difícil de controlar. De modo que...

El inspector titubeó y Hamid acabó de decir lo que él tenía en la punta de la lengua.

—...Los explosivos serán introducidos por algún participante del encuentro. ¿Es eso lo que suponen?

—Sí, esa es una posibilidad. Aunque hay otras: pueden tener algún cómplice entre el personal que presta servicios en el edificio; podrían intentarlo con un coche bomba... aunque será difícil que sea un coche en movimiento a juzgar por el tipo de explosivo que preparan... En fin, los terroristas también podrían haber ideado algo que a nosotros no se nos ha ocurrido por el momento. —Samuel hizo una pausa. No quería irse por las ramas, de modo que volvió a primera la posibilidad planteada—. Entre los participantes del encuentro...

—Conozco a casi todos los participantes y a todas sus organizaciones, y me cuesta creer que alguno pueda ser un neonazi camuflado —dijo Hamid con el ceño ligeramente fruncido—. Pero bueno..., nunca se sabe... ¿Y ustedes qué sugieren?

Hablaron de los controles que habían previsto y los policías dejaron claro a Hamid que, de celebrarse el encuentro, tendría que hacerse en un clima estricto de seguridad, lo que comportaba mucha presencia policial y muchas molestias para los participantes. Hamid dijo que él se encargaría de explicar la situación para que todos lo entendieran, y después pasaron a hablar sobre las personas que iban a participar. Hamid afirmó que ya tenía la lista cerrada y el inspector se la pidió para que los Mossos pudieran hacer sus propias pesquisas.

—En circunstancias normales no le pasaría esa lista a la policía —dijo Hamid, esbozando una sonrisa—, pero en este caso... Espero que la usen con prudencia, porque hay participantes de algunos países que son opositores a sus gobiernos.

Mientras decía esto, ya estaba con el ratón en la mano y mirando a la pantalla del ordenador.

—Voy a por ella —añadió—. Tendrán que esperar un momento, porque la única impresora que hoy funciona está en la planta de abajo.

Hamid Halef salió de la sala y Samuel se levantó para acercarse a una máquina expendedora de agua que tenía a su izquierda.

—¿Qué opinas? —le preguntó a Eulalia mientras llenaba el vaso.

Ella dudó un segundo.

—Que, si no averiguamos nada más en los próximos días, tendremos que afrontar el hecho de que se realice el encuentro y adoptar todas las medidas de seguridad necesarias.

—Yo también lo veo así. No podemos obligarles a que lo suspendan con lo poco que tenemos.

Samuel llenó un segundo vaso, se volvió con ellos a la mesa y le acercó uno a Eulalia, pese a que ella no lo hubiera demandado.

Tras una pausa en la que los dos se mostraban pensativos, el inspector dijo:

—Este hombre..., Halef, es jefe de una unidad en el hospital de la Vall d'Ebron; es no sé qué del Consejo Islámico de Cataluña, y, por si eso no fuera suficiente, se dedica activamente a la cooperación internacional. Debe de tener una capacidad de trabajo inmensa. ¿Habrá muchos así?

—¿Qué quieres decir? ¿Muchos... de quiénes?

—No, es que, mientras nos hablaba antes sobre las dificultades por las que pasa la cooperación para el desarrollo, me pregunté por qué no hay ningún político de origen magrebí en el parlamento catalán, o en el español, claro. La gente de origen magrebí es el cinco por ciento de la población catalana, ¿no? Y muchos están nacionalizados, como Halef. ¿Por qué no hay un cinco por ciento de diputados de ese origen?

—Vaya, vaya, inspector. Veo que comienzas a hacerte preguntas interesantes —dijo Eulalia, dando una palmadita en el hombro de Samuel.

—En realidad, si me vino a la cabeza fue porque supuse que tú estarías haciéndote esa pregunta. La que tiene credencial antirracista eres tú.

Eulalia sonrió y los dos bebieron agua.

—Hubo un diputado catalán de origen marroquí —comentó la subinspectora.

—Lo sé, pero duró sólo una legislatura. Por la proporción de población que representan, debería haber siete u ocho en cada legislatura.

—Si lo que quieres es tirarme de la lengua, te diré que nuestros políticos hablan mucho de la integración de los inmigrantes, pero la mayoría se olvidan de hacer lo que a ellos les toca para que la integración se produzca. Ya me lo has oído decir otras veces: exigimos integración a los inmigrantes pero no nos preguntamos si nuestra sociedad es integradora.

Samuel iba a interpelar a Eulalia, con ganas de seguir tirándola de la lengua, pero se oyeron pasos por el pasillo y, de inmediato, apareció Hamid con unos folios en la mano.

—Aquí la tienen: la lista de los participantes con todos los datos que a nosotros nos constan de cada uno: organización a la que representan, participación en otros encuentros, correo electrónico, nacionalidad, lugar de residencia... Aunque, lo mejor sería que quedemos en otro momento y yo les informe de lo que sé sobre cada participante.

—Sí, pero eso tendría que hacerlo con los policías que se encargarán de analizar esta lista.

—Ningún problema. Me llaman y me reúno con quien ustedes decidan.

Con esto, dieron por concluida la reunión, hablaron de seguir en contacto permanente y Hamid los acompañó hasta el rellano de los ascensores.

—¿Qué le parece mañana para hacer esa reunión con otros agentes y analizar la lista de participantes? —preguntó el inspector a Halef, justo en el momento en que Eulalia entraba en el ascensor.

—Mejor pasado mañana, el sábado. Mañana tengo un día muy ajetreado. Se hacen siete encuentros religiosos en siete municipios distintos de Cataluña y quiero asistir a varios de ellos.

—Vale, pues el sábado —dijo Samuel.

Ya en la calle, Samuel y Eulalia se acercaron al coche que estaba esperándolos. Montaron y, como ya eran las ocho de la tarde, le dijeron al conductor que los llevase a cada uno a su casa.

—¿Qué te dijo Hamid cuando entrábamos en el ascensor? —preguntó Eulalia— ¿Por qué no puede reunirse con nuestra gente mañana?

—Dijo que tiene que participar en varios encuentros religiosos.

—¿Musulmanes?

—Supongo.

Sus propias palabras le generaron una repentina transformación: sus ojos se abrieron más de lo que estaban y su cabello se erizó.

—¡Hostia! —añadió—. ¡Para! —le dijo al conductor.

Eulalia no soltó ninguna exclamación pero su gesto indicaba que estaba pensando lo mismo que Samuel.

—Espera —dijo ella—. Antes de volver a hablar con Hamid, puedo llamar a mi amiga Alejandra. Ella está ahora en la Dirección General de Asuntos Religiosos y sabrá qué tipo de encuentros son, donde se hacen…

El inspector asintió, aunque igualmente bajaron del coche porque no descartaba volver hacia el edificio del que acababan de salir para hablar de nuevo con Halef. Pero contuvo su impaciencia mientras la subinspectora hablaba con su amiga y daba pequeños paseítos por la acera.

Sin cortar la llamada, Eulalia se dirigió a Samuel.

—Lo sabe todo. Dónde se harán, quienes asistirán, por qué motivo se han organizado…, y está dispuesta a verse con nosotros. ¿Quedamos con ella en Les Corts?

—Sí, pero se lo diré también a María… y a Pilar.

Eulalia concluyó la conversación con su amiga cuando Samuel ya tenía su propio teléfono en la oreja. Llamaba a María, pero antes de que ésta descolgara, él le hizo una pregunta a Eulalia.

—¿Dónde se harán los encuentros religiosos?

—En centros polideportivos —respondió ella.

50

A las nueve y cuarto de la noche, los cinco que iban a participar en la reunión se sentaban en torno a la mesa de una sala de la comisaría de Les Corts. La intendente Pilar Truyol y la inspectora María Guerrero acababan de llegar con un coche que las había traído desde Sabadell, y un poco antes había llegado Alejandra Ortiz, que vino en metro desde el centro de Barcelona. Cuando apareció María, Samuel le echó una furtiva mirada acompañada por un guiño, a la que ella respondió con otra de la misma factura, pero ahí quedó todo en lo relacionado a la química que los unía, ya que de inmediato se comportaron como si nada hubiera entre ellos distinto a lo que había con los demás.

No hicieron falta presentaciones, porque Alejandra había colaborado con los Mossos d'Esquadra en diversas ocasiones y era bien conocida por todos los presentes. Ello facilitaba las cosas, ya que, pese a no ser policía, era funcionaria del Departamento de Gobernación y con ella tenían la suficiente confianza como para tratar asuntos policiales. Lo que sí hubo fue un primer intercambio de preguntas y, tras las primeras respuestas de Alejandra, la intendente le dijo que explicara con detenimiento en qué consistían los actos religiosos que iban a realizarse, porque no acababa de entenderlo.

—Es que no son exactamente actos religiosos —advirtió Alejandra—. Son encuentros que la comunidad musulmana quiere compartir con personas no musulmanas de la sociedad civil. Están invitados representantes de asociaciones de vecinos, de asociaciones escolares, de clubes deportivos, de otras comunidades religiosas... Ah, y también políticos locales, claro, de los partidos y de las instituciones.

—¿Se había hecho antes algo así? —preguntó Truyol.

—Así exactamente, no. Esto ha sido una iniciativa dirigida a evitar que sigan produciéndose acciones vecinales contra los musulmanes. Como bien sabéis, cada vez que la comunidad musulmana de algún lugar quiere construir una mezquita, hay movilizaciones vecinales para impedirlo. Enseguida aparecen pasquines con eslóganes contra la mezquita, recogida de firmas para que no se construya... Los argumentos son siempre los mismos: que en torno a la mezquita habrá venta de droga, que las mujeres no podrán pasear tranquilas, y cosas así, incluyendo eslóganes que advierten contra la presencia de terroristas.

—Sí, eso siempre es lo mismo —dijo María—. Y suele estar alimentado por políticos racistas como los de Resistencia. En esos casos, siempre aparecen sus panfletos por allí y muchas veces son ellos los que promueven la recogida de firmas.

—Pues sí, tienes razón —concedió Alejandra—, pero aunque no estén por medio los de Resistencia, la perspectiva de levantar una mezquita suscita habitualmente posturas de rechazo entre la población. Nunca ha podido comprobarse que en torno a las mezquitas se produzca más delincuencia, ni que los vecinos sufran más problemas que los que da la presencia de cualquier otro local público; pero frente a las percepciones irracionales..., ya se sabe.

—Sí, claro —atajó la intendente—. Pero continúa con lo relativo a los actos organizados, por favor.

—Lo que las comunidades musulmanas pretenden es crear puentes con su entorno social. Se han dado algunas experiencias que han servido de modelo: en algunos sitios, para inaugurar una mezquita, han invitado al vecindario y a las asociaciones, y ello ha servido para que desaparezcan los problemas de rechazo. En los encuentros que van a hacerse mañana, lo que quieren es hablar de los objetivos y proyectos de la comunidad musulmana, invitar a té y a pastas a los asistentes, y crear, en definitiva, un clima de fraternidad. Además, harán unos rezos en presencia de los invitados y después les explicarán su significado. Lo que esperan...

—¿Dónde van a hacerse estos actos? —cortó la intendente.

—Son siete. Todos se hacen en polideportivos. El de Barcelona se hace en Can Ricart, el polideportivo del Raval. Los otros se hacen en Hospitalet, en Badalona, en San Adrián del Besós, en Sabadell, en Tarrasa y en Lérida.

—¿Cuánta gente puede asistir?

—Entre cien y ciento cincuenta personas en cada polideportivo. Puede que más en alguno.

—¿Por qué mañana, 9 de mayo? ¿Tiene algún significado la fecha? —preguntó Samuel.

—No. Simplemente han querido hacerlo antes del Ramadam, concretamente, dos meses antes, porque lo que esperan conseguir es que este año puedan evitarse los problemas que han tenido en los anteriores para encontrar lugares de rezo.

—Has dicho que acudirán autoridades locales —señaló Eulalia—. ¿Se sabe quiénes...?

—Sí, concejales, generalmente, aunque en algún sitio acudirá también el alcalde.

—Bueno, vamos a lo nuestro —exhortó Pilar Truyol—. ¿Qué hacemos?

Cuando dijo esto ya no miraba a Alejandra, lo hacía alternativamente a los dos inspectores.

Samuel miró a María, y María miró a Samuel, pero fue la subinspectora la que habló.

—¿Qué pasaría si les pedimos que suspendan estos actos? —preguntó, dirigiéndose a Alejandra.

—Sería muy mal recibido por los colectivos musulmanes. Y hasta puede que lo interpretaran como un nuevo acto de agravio de los muchos que sufren a diario. Para una vez que han logrado que la sociedad acepte que sus rezos son también una actividad ciudadana... Llevamos años poniéndoles dificultades para rezar. Es un poco arriesgado suspenderlos.

—La cuestión no es ésa —espetó la intendente—. La cuestión es qué tenemos nosotros como para pedir que se suspendan esos actos. Sabemos que un grupo neonazi va a realizar un atentado; hasta ahora, creíamos que era contra el encuentro euromediterráneo de la semana próxima; y ahora pensamos que podría ser contra uno de los actos de mañana. Pero, ¿tenemos algo, por mínimo que sea, que nos indique que puede ser así? ¿Samuel? ¿María?

—No, no lo tenemos —reconoció Samuel.

Durante más de cuarenta minutos, estuvieron dándole vueltas a lo planteado por la intendente. En algunos momentos, se inclinaban por la conclusión de que no podían pedir que se suspendieran los actos de mañana porque nada indicaba que fueran el objetivo del atentado, pero en otros, pesaba más la prevención: la posibilidad de encontrarse con un centenar de muertos antes de veinticuatro horas abonaba la idea de que los actos deberían suspenderse. Barajaron ambas posibilidades y repasaron varias veces las medidas que habría que tomar en caso de que finalmente se realizaran los actos: inspección policial de los polideportivos desde esta misma noche, detectores en las entradas...

Pero, cuando estaban inmersos en este debate, vibró el teléfono de María y ella dijo que cogía la llamada porque era de uno de los compañeros que hacían el seguimiento de los correos de Adolfo, y cuando colgó, dio a los presentes una nueva información que cambiaría la perspectiva que estaban adoptando.

—Adolfo ha enviado un nuevo correo a Saíd.

—¿A Saíd? ¿No está detenido por la policía francesa?

—Sí, pero Adolfo no tiene por qué saberlo.

—¿Qué dice el correo? —preguntó el inspector.

—Le pregunta por los explosivos que le pidió. Recordaréis que el domingo pasado le envió un correo pidiéndole más explosivos, pues bien ahora le propone la fecha de entrega.

—Eso quiere decir —alegó Samuel— que esta nueva tanda de explosivos aún no le había llegado.

—Eso parece, pero lo importante es otra cosa: le propone que la entrega se haga el martes de la semana próxima.

Se produjo un denso silencio.

—Bueno... —dijo, al fin, la intendente—, parece que hemos de volver a la tesitura anterior. El atentado no es para mañana.

***

Las horas pasaban y Samuel no conciliaba el sueño. Le hubiera gustado contar esta noche con la compañía de María, y no tanto por deseo amoroso como para poder seguir hablando sobre lo que convenía hacer mañana, pero María había dejado a su hija con una canguro y se fue a su casa nada más acabar la reunión. Él no estaba nada satisfecho con las conclusiones de esa reunión, y esto era lo que lo desvelaba. Los actos que los musulmanes iban a realizar este viernes se habían descartado como objetivo de los terroristas, aunque se señalaron algunas medidas preventivas a tomar. Pero, en el caso de que se hubieran equivocado, y que los neonazis fueran a actuar en alguno de esos actos, tales medidas serían del todo insuficientes, en opinión del inspector. Cierto era que si tuvieran la intención de realizar el atentado en las próximas horas, no tenía sentido que hubieran pedido más explosivos para el martes de la semana siguiente, pero en esta investigación, los Mossos se habían visto lo suficientemente burlados por los neonazis como para que Samuel desconfiara de todo lo que parecieran evidencias irrefutables.

A las tres de la mañana, despierto aún, el inspector decidió levantarse temprano para visitar él mismo los polideportivos, y también pondría a trabajar en ello a los miembros de su grupo. Cuatro de los siete actos se hacían a las doce del mediodía, y los otros tres a las seis de la tarde. Los primeros eran: el del Raval de Barcelona, el de Sabadell, el de Tarrasa y el de Lérida. Él iría al polideportivo del Raval, Eulalia al de Sabadell, Bernat al de Tarrasa, y a Lérida enviaría a Ramón y Catalina. Obviamente, debería hablar antes con los responsables de las comisarías de cada zona. Por la tarde se hacían los actos de Hospitalet, San Adrián del Besós y Badalona. Ya decidiría cómo se los repartían. Con esta determinación, puso el despertador a las siete de la mañana, pese a que no contaba con haber logrado dormirse antes de esa hora.

Pero a las siete lo despertó el reloj, sacándolo de un sueño profundo que le generó dificultades para ubicarse en los primeros instantes.

Se duchó y se vistió con rapidez, y de inmediato comenzó a hacer llamadas de teléfono. Primero a los suyos, a los que dio instrucciones sobre los polideportivos que deberían visitar: cada uno se haría acompañar por un par de agentes e irían de paisano y con ropa informal, para no despertar sospechas entre los que estuvieran haciendo ejercicio en los polideportivos, pero se presentarían a los responsables como policías y harían una minuciosa inspección visual de todas las dependencias. Después llamó a las comisarías cercanas a los polideportivos para informales de lo que iban a hacer y pedirles colaboración. Y, por último, llamó a María para que supiera lo que se proponía hacer en las próximas horas.

Ella estuvo de acuerdo y se ofreció a acompañar a Eulalia en la inspección del polideportivo de Sabadell. Además, María dijo que ya estaba organizando las otras acciones preventivas que habían decidido ayer, y de las que ella y Alejandra habían quedado encargadas: hablar con los líderes de las comunidades musulmanas para instarlos a que tomaran ciertas precauciones, poner vigilancia policial en los actos, repartir las fotos de Carlos y de Adolfo, así como el retrato robot del Viejo, entre todos los policías que participaban en el operativo, etcétera.

María también informó a Samuel de que ya estaba concluido el análisis de las grabaciones realizadas por las videocámaras del metro en las horas y días previos al momento en el que captaron a Carlos y Adolfo en el Clot, y el resultado era que no aparecían en ninguna. La conclusión estaba clara: el miércoles fue el único día que se movieron en metro, es decir, el día en el que Carlos ya no estaba alojado en el piso de José Catarata. ¿Cómo se desplazaba mientras estuvo en ese piso?, se preguntó el inspector.

Cuando Samuel llegó a la comisaría de Les Corts, a las ocho y media de la mañana, ya estaban esperándolo los dos agentes que iban a acompañarlo hasta el polideportivo del Raval. Vestían sudaderas, tejanos rotos y deportivas viejas, lo que a Samuel le pareció un poco excesivo como ropa informal, pero recordó que estos compañeros eran de los que a veces iban a las manifestaciones para camuflarse como jóvenes antisistema, y supuso que esa ropa la consideraban uniforme de trabajo. No eran los compañeros que más simpáticos le caían, pero eso poco importaba para la labor que les tocaba realizar hoy.

En el polideportivo municipal Can Ricart, el inspector y los otros dos mossos se presentaron como policías ante la mujer que estaba en la recepción. Lo hicieron acompañados de un uniformado que vino desde la comisaría del Raval, algo que el inspector consideró necesario para evitar que la recepcionista pensara que era de ellos de quienes tenía que precaverse, dada la pinta de sus dos acompañantes. Con ella, Samuel intentó dar la impresión de que se trataba de una inspección rutinaria, habitual cuando se hacían actos masivos en lugares públicos, para no crear más alarma de la necesaria. La recepcionista pareció entenderlo bien y les facilitó, muy amablemente, el paso para que entraran e hicieran el examen que creyeran conveniente de las dependencias. Y, caídas ya las barreras, el uniformado se volvió para su comisaría.

—¿Habrá gente en la piscina y en las salas de gimnasia mientras se haga el acto de la comunidad musulmana? —preguntó Samuel a la mujer antes de separarse de ella.

—Sí, porque son accesos independientes. El acto de las doce se hace en el pabellón polideportivo, y la gente no entrará por donde han entrado ustedes, lo hará por la puerta que da a la calle Sant Pau.

—Entiendo. ¿Se puede pasar al pabellón desde esta zona?

—Los usuarios del gimnasio y la piscina no pueden, porque la puerta que comunica está siempre cerrada, pero si quiere se la abro.

—Ahora veremos esta parte y luego la llamaré para que la abra.

Lo primero que vio Samuel fueron las taquillas. Estaban dispuestas a ambos lados de un ancho pasillo, y las de la derecha apoyaban sobre la pared que daba al pabellón. «Perfectas», dijo para sí, «para alguien que quiera depositar en ellas explosivos suficientes como para hacer volar el pabellón». En ese instante se dio cuenta de que los Mossos d'Esquadra no estaban haciendo bien las cosas. Deberían haber pedido una orden judicial para abrir todas las taquillas de los siete polideportivos en los que hoy se celebraban los actos musulmanes, pero se habían dejado imbuir por la idea de que estos actos no eran el objetivo de los terroristas, y ello los había llevado a definir medidas preventivas demasiado laxas.

Dominado por esa sensación de inseguridad y de desconfianza hacia las medidas adoptadas, siguió haciendo el recorrido por las instalaciones junto con los otros dos policías. Miraron por todos los rincones, observaron a todos los presentes y lo inspeccionaron todo, incluidas las oficinas. Samuel fue haciendo también llamadas a los miembros de su grupo para ver cómo iba la inspección de los demás polideportivos, y con ellos intercambió ideas sobre lo que debía mirarse y cómo hacerlo.

Cuando el inspector y sus dos compañeros llevaban una hora

en Can Ricart, se los sumaron otros tres agentes de la comisaría del Raval que también tenían la misión de velar por la seguridad del acto de las doce. Estos policías se incorporaron a la labor de inspección, de modo que, quince minutos antes de esa hora, cuando ya estaba entrando gente en el pabellón, hubiera podido asegurarse que no quedaba espacio alguno, por pequeño que fuera, que no se hubiera escudriñado a fondo.

Samuel, sin embargo, seguía pensando en las taquillas. Su contenido seguía oculto al escrutinio del inspector. Pero ya era demasiado tarde para solicitar una orden judicial de registro y lo más razonable era confiar en la conclusión a la que habían llegado en la noche anterior: los actos de hoy no eran el objetivo de los terroristas.

No podían serlo, insistió él para sí mismo.

Pero cuando volvió a entrar en el pabellón, toda certeza desapareció de su mente. Junto a la pared de la izquierda, la que tenía las taquillas al otro lado, estaban instaladas las mesas con tés y pastas, y la gente se había ido concentrando en esa zona. El escenario, sobre el que había un par de micrófonos, también estaba a ese lado del pabellón. Y seguía entrando gente. Pronto se llenaría todo el espacio.

Un escalofrío le recorrió la espalda. El centenar de muertos que podía producirse se le incrustó como un clavo en el cerebro.

Recordó el repaso que hizo el día anterior por Internet de atentados perpetrados por la extrema derecha. La masacre de Oslo de 2011 se saldó con setenta y siete muertos. Tres décadas antes, se produjo el atentado perpetrado por el grupo neonazi italiano Orden Nuevo en la estación de Bolonia con ochenta y seis muertos. Entre medio, hubo el de Oklahoma, con ciento sesenta y ocho muertos. Había otros muchos, pero éstos los tenía desde ayer muy presentes en la memoria por el elevado número de muertos que produjeron. ¿Pasaría este viernes 9 de mayo a la historia como parte del funesto listado de grandes atentados de la extrema derecha?

Con esta inquietud, que crecía al mismo ritmo con el que entraba gente en el polideportivo, lo pilló la llamada de teléfono de la inspectora Guerrero.

—Dime, María. ¿Estás en el polideportivo de Sabadell?

—Hola, Samuel. Estaba. He dejado allí a Eulalia hace media hora, y yo me he vuelto para la Central porque hay novedades.

—Cuenta.

—Los compañeros que analizan el listado que nos dio Hamid Halef de las personas que asistirán al encuentro euromediterráneo se pusieron ya anoche al habla con la policía marroquí. Tenemos allí un contacto de mucha confianza. Pues bien, uno de los que han de venir de Marruecos está fichado por los colegas marroquíes. Es un turco de cuarenta y siete años de edad que trasladó su residencia a Marruecos hace ocho años. En Turquía estuvo en la cárcel por pertenencia al grupo neonazi Lobos Grises. La policía marroquí lo mantenía bajo control, pero no sabía que se hubiera vinculado a una oenegé. Te he enviado por correo electrónico los datos que nos han pasado sobre él.

—¿Y no podría tratarse de una trasformación ideológica, o sea, que hubiera abandonado las ideas ultraderechistas?

—Ellos dicen que desde Marruecos ha seguido en conexión con neonazis europeos. No se trata de un cambio de chaqueta. Podría ser nuestro hombre. El colaborador necesario de Adolfo y Carlos.

—Eso parece, sí.

—Allí están haciendo gestiones rápidas para pincharle los teléfonos y averiguar más cosas. Dicen que nos mantendrán puntualmente informados. Parece que se lo han tomado muy en serio.

Esta conversación tranquilizó a Samuel. Tras guardarse el teléfono en el bolsillo notó que recuperaba el sosiego.

Hoy no era el día.

51

Hoy era el día.

Por eso Carlos había pasado una mala noche.

Tuvo muchas pesadillas, de las que ahora sólo recordaba pequeñas secuencias: encendía una cerilla y la llama le abrasaba la cara, abría la puerta del gimnasio y lo cegaba una luz intensa... Todo habían sido fuertes destellos, golpes de calor y quemaduras. Pero al levantarse de la cama, poco a poco había ido recuperando la serenidad, sobre todo desde que se juntó con el Pulga para desayunar. Éste había estado especialmente amable durante toda la mañana y se había esforzado para dar a Carlos conversación y ánimo. Tal era el carácter del Pulga: siempre atento a prestar a los amigos el aliento que requerían. Era una buena persona.

Pero a quien Carlos esperaba con impaciencia era a Oriol, que había dicho que vendría a las cuatro de la tarde y ya pasaban unos minutos de esa hora. Necesitaba hablar con él porque no había logrado quitarse del todo la comezón que parecía recorrerle las entrañas. El apoyo y el afecto del Pulga no eran suficientes. Faltaban sólo dos horas para hacer lo que sabía que tenía que hacer y, si Oriol no venía pronto, temía verse sumido en una crisis de ansiedad.

Oriol llegó. Carlos lo vio entrar en el jardín desde la puerta de la cocina y fue hacia él para tenderle la mano. Estrecharon las manos, pero, además, Oriol dio un abrazo a Carlos y éste comenzó a sentirse liberado de los fantasmas que lo habían invadido.

—Todo va bien, Carlos —dijo un Oriol más sonriente de lo habitual.

Carlos no supo qué añadir pero asintió.

—Los hemos engañado por completo —añadió Oriol—. A los Mossos, me refiero.

Tampoco ahora encontró Carlos las palabras adecuadas. No entendía muy bien en qué consistía el engaño.

—Ven. Sentémonos.

Ambos ocuparon dos sillas junto a la mesa de jardín y el Pulga desapareció hacia el interior de la casa. Una vez más, Carlos sintió que las conversaciones privadas con Oriol eran un privilegio que sólo tenían los elegidos, y él era uno de ellos.

—Al inspector Montcada le llevamos una semana de ventaja, creo que ya te lo había dicho. Los Mossos están convencidos de que el gran estallido liberador se producirá el viernes de la semana próxima. Esto quiere decir que tú y yo podremos ir luego al polideportivo, cumplir nuestra misión y volvernos a casa sin problemas.

Estas palabras infundieron confianza a Carlos, pero pensó que no cuadraban del todo con otras cosas que Oriol le había ido diciendo.

—Tú dijiste que debíamos tomar precauciones porque estaba buscándonos la policía...

—Sí, nos buscan por nuestros ideales nacionalistas, pero no saben lo que vamos a hacer hoy. Y cuando esté hecho, no podrán relacionarnos con ello. Dentro de unos días, tú aparecerás públicamente como líder de Nuevo Renacer Luminoso sin problemas. Hasta te harán entrevistas de prensa como la que le hicieron al Botas. Ellos no sabrán lo que hiciste en este día maravilloso, pero para los nuestros serás el héroe del año. ¿Estás preparado, Carlos?

—¡Claro, camarada!

—Lo que vamos a hacer tendrá trascendencia histórica. Una nueva era comienza hoy; esta misma tarde. Las futuras generaciones sabrán que el nuevo orden que dominará el mundo tuvo como comienzo el sencillo acto de dos revolucionarios, que iluminaron el camino con la luz que generó su acción. Y no hace falta que se sepa quiénes fuimos. Nadie reivindicará la acción. No es necesario. El silencio cumplirá su papel regenerador. Toda posibilidad de mestizaje racial o cultural habrá quedado enterrada para siempre. Primero serán los musulmanes quienes realicen actos de venganza; después, los blancos responderemos a esos ataques. El odio se instalará en las relaciones entre razas. La lucha racial será devastadora.

Oriol miraba al horizonte que se perdía más allá de los árboles y de los tejados de las casas, y hablaba como si lo hiciera para sí, como si hubiera olvidado la presencia de Carlos a su lado.

Pero no la había olvidado del todo, porque, tras un breve silencio en el que sólo se oyó el graznido de una urraca, se volvió hacia Carlos, le puso una mano sobre el hombro y le repitió la pregunta que le había hecho antes.

—¿Estás preparado, Carlos?

—Lo estoy. ¡Hostia puta, lo estoy, de verdad!

—Te diré cómo lo vamos a hacer, camarada. No podemos ir juntos porque se nos detectaría con mayor facilidad. Tú te vas a las cinco de la tarde. Dentro de una hora, más o menos. Te llevas los dos detonadores que faltan. Allí, te pones a hacer gimnasia tranquilamente, como si nada. A las seis, acabas, te duchas y esperas en el vestuario a que yo te llame para darte las últimas instrucciones sobre cómo has de colocar los detonadores en una taquilla. Te llamaré a las seis y media. No te muevas de allí hasta que te llame. ¡Y no te olvides de llevar el teléfono que te di! Después, sales y te juntas conmigo en el parque que hay enfrente. Luego, los dos nos apartaremos unos cien metros y enviaremos la señal. Será maravilloso ver cómo se ilumina el cielo. Será lo más bonito que hayamos visto en nuestra vida.

—Y cuando hayamos enviado a todos los moros al infierno, nos vamos a celebrarlo.

—¡Bien hablado, Carlos! Pero podemos irlo celebrando ya. ¡Pulga, trae unas cervezas!

Apenas unos segundos después, aparecía el Pulga con tres botellas de cerveza y se sentaba con ellos. Los tres amigos brindaron e hicieron comentarios alegres sobre la hombría que distinguía a los buenos camaradas, y Carlos quiso demostrarla acabándose la cerveza antes que ninguno, lo que impulsó al Pulga a ir a por otra a la cocina. La charla distendida siguió, y Carlos fue experimentando una euforia creciente, al tiempo que sentía un vínculo de amistad tan fuerte con estos dos camaradas como nunca lo había sentido con nadie.

A las cinco menos cuarto de la tarde, se levantaron de sus asientos y Carlos preparó su bolsa de deportes. Hoy apenas tenía que llevar peso, porque ya sólo había que trasladar dos pequeños detonadores.

En la puerta de la casa, Oriol le dio las últimas instrucciones, insistiendo sobre todo en que esperase su llamada dentro del gimnasio. El Pulga le dio un abrazo, se despidieron y Carlos comenzó a caminar calle abajo hacia La Llagosta para coger un taxi.

Ahora se sentía bien y no entendía por qué había pasado la mañana tan angustiado. Lo que iba a hacer era lo que tenía que hacer. Él era un soldado. Un heroico soldado que se dirigía a cumplir una misión de trascendencia histórica. Si su padre lo supiera, no le quedaría más remedio que sentirse orgulloso de él.

Se subió a un taxi, pero al instante de dar al taxista la dirección a la que tenía que llevarlo, se percató de que no había cogido dinero. Indignado consigo mismo por semejante descuido en un día tan señalado, se bajó del taxi sin dar explicaciones al taxista y se dirigió de nuevo hacia la casa del Pulga. Deseó que Oriol no se disgustara por la pérdida de tiempo que ello suponía, ya que el paseo de ida y vuelta le haría perder casi veinte minutos.

***

Subía a zancadas la calle del Pulga cuando divisó frente a la puerta de su casa un coche grande, de color gris oscuro, que antes no estaba. Un Mercedes supo que era al aproximarse más. Él entró en la casa y se dirigió a su habitación. Cogió el dinero mientras oía voces en el jardín y dudó sobre si comentar con Oriol la razón por la que había vuelto. Se aproximó a la cocina sin tener aún muy claro si traspasar o no la puerta del jardín. Las voces se oían más cercanas porque la ventana de la cocina estaba abierta. La que sonaba en estos momentos no era de Oriol ni del Pulga, parecía más bien la de un anciano. Carlos decidió no presentarse ante ellos y volver a salir de la casa con sigilo. Al fin y al cabo, el tiempo que había perdido no importaba: él estaría en el gimnasio a la hora que Oriol tenía que hacerle la llamada; no necesitaba dar explicaciones.

Pero no acabó de salir de la cocina porque oyó su nombre. El anciano lo había mencionado aunque Carlos no entendió la frase. Se aproximó un poco más a la ventana, si bien con la intención de darse la vuelta de inmediato.

—No hay problema —respondió Oriol a lo que fuera que le había preguntado el anciano—, todo está ya en el polideportivo; los detonadores que se ha llevado hoy no son necesarios, los buenos están ya allí.

—No era eso lo que te preguntaba.

—No se moverá del polideportivo. Carlos hace lo que yo le digo.

—Sí, abuelo, no te preocupes —agregó el Pulga—. Carlos es un mierda que no tiene voluntad propia. Hace lo que dice Oriol.

—Espero que sea así, porque ya ha habido demasiadas cosas que no han salido como tenían que salir.

A Carlos le habían comenzado a temblar las piernas y un molesto cosquilleo le subía desde la ingle hasta el estómago. Pese a todo, dio unos pasos hasta el fregadero de la cocina, más para apoyarse sobre él que para captar mejor la conversación. Las láminas de la persiana dejaban ver parcialmente a los tres hombres sentados en la mesa del jardín. Y había otro más, de unos cincuenta años y trajeado, también sentado en una silla pero un poco apartado de la mesa, situado detrás del anciano. Las palabras que Carlos acababa de oír resonaban en su cerebro y temió que su vida estuviese desmoronándose, pero se dijo que quizá lo que había oído tenía un significado distinto al que él había percibido; acaso era una forma de hablar entre ellos; acaso estaban simplemente engañando al anciano, que parecía ser el abuelo del Pulga.

—Todo tenía que haber parecido como un atentado de Carlos Milletino —continuó el anciano, con enfado—. Él moría en el atentado y ahí se acababa la investigación policial. Pero ahora tienen tu fotografía y el nombre de tu hacker.

¿Morir en el atentado? Carlos se sintió aturdido. ¿Qué estaba pasando aquí? Se apoyó más sobre el fregadero para no caer.

—Siguen sin saber quién soy. Me llaman Adolfo —dijo Oriol.

—¿Crees que tardarán mucho en saberlo?

—Yo ya me habré ido cuando lo sepan. Lo tengo todo preparado para marchar esta misma noche.

—Eso es lo que más lamento. Habrá que buscar un nuevo líder para Nuevo Renacer Luminoso.

—El que más lo lamenta soy yo. Pero así han ido las cosas. Saíd parecía un tío limpio, joder. Tú viste las garantías que me dieron de que no estaba fichado por la policía francesa.

A Carlos le crecía un fuerte dolor en el estómago. Unas lágrimas surcaban sus mejillas y le faltaba el aire para respirar. Pero no podía jadear porque cualquier ruido delataría su presencia, y si lo encontraban ahí, estaba perdido. Recordó la pistola que el Pulga tenía en su habitación. Lo matarían como a un perro, sin miramiento alguno.

—¿Estás seguro de que no sospechan nada de lo de hoy? —inquirió el anciano.

—Seguro, Viejo. Mi hacker ha desmontado sus ordenadores hace media hora, pero hasta ese momento, ha seguido al minuto todo lo que aparecía en el ordenador y el correo electrónico del inspector Montcada, y todo lo que tienen se refiere al encuentro que va a hacerse el próximo viernes en el Instituto Europeo del Mediterráneo. Hoy mismo hemos tenido una ayuda inesperada: les ha llegado información de que uno de los que vienen a ese encuentro fue miembro de los Lobos Grises en Turquía.

—Pero saben el nombre de tu hacker —insistió el anciano—. ¿Qué vas a hacer con él?

—Sí, ese fue otro traspié: aquel puto correo que el imbécil de Carlos escribió...

—Ves como no es de fiar. A ver si hoy...

—Tranquilo, abuelo —intervino el Pulga—, ahora Carlos ya tiene el cerebro completamente lavado.

—Se han cometido muchos errores —el anciano volvió a dirigirse a Oriol—. ¿Cómo se te ocurrió acompañar a Carlos por el metro?

—Tenía que evitar que él fuera a un cibercafé, y que se viera después con Matilde. Él está enamorado de la golfa ésa, y podría haberle contado nuestros planes.

El cuerpo de Carlos había ido resbalando, apoyado sobre el borde del fregadero, y él ya estaba hincado de rodillas en tierra. Sus manos y su cara, ahora llena de lágrimas y mocos, apoyaban sobre el fregadero. Seguía oyendo la conversación, pese a que ya sabía todo lo que tenía que saber, y nada nuevo que oyera podía tener importancia para él.

—No me has dicho qué vas a hacer con tu hacker.

—Se viene conmigo esta noche. Nos vamos a Austria, con mi familia.

—Estaríais más protegidos en Alemania. Allí aún tenemos buenos apoyos dentro de los servicios de inteligencia. O a Estados Unidos, donde tenemos una red potente de protección.

—En Austria tengo apoyos de sobra, Viejo. Lo único que lamento es que no me dé tiempo para ajustar las cuentas con Pere Llop por delatarme...

—No te preocupes, de eso me encargo yo. Ajustaremos cuentas con Paulino Lacapilla por hablar de mí, y con Pere Llop por hablar de ti. Las delaciones se pagan con la muerte. —La voz del Viejo sonó con ecos de caverna—. Pero no hay prisa.

Hubo unos instantes de silencio.

—Bueno, vámonos —dijo el Viejo—, que ya son las cinco y media, y tú tienes que irte para el polideportivo. Tú ven ahora conmigo —añadió, quizá dirigiéndose al Pulga— para ayudarme con una cosa del ordenador, y cuando vuelvas aquí, limpia todas las superficies para asegurarte de que no queden huellas de Carlos, ni de ninguno de nosotros.

Carlos oyó movimiento de sillas y su cuerpo reaccionó con un acceso de pánico. Pese a que un segundo antes creía haber perdido todas sus fuerzas, fue capaz de levantarse del suelo y salir raudo de la cocina en dirección a la que había sido su habitación. Allí se colocó detrás de la puerta, haciendo un esfuerzo sobrehumano para no jadear. Temía, no obstante, que los latidos de su corazón se oyeran por toda la casa, o que el orín que le resbalaba por la pierna se dejara ver en el suelo del pasillo.

Nada de eso alertó a los cuatro hombres, que pasaron por delante de esa habitación y salieron por la puerta exterior de la casa sin advertir de la presencia de Carlos.

Enseguida oyó el ruido del coche, primero por la puesta en marcha del motor y luego al alejarse de la casa. Después sólo oyó sus propios quejidos.

Salió al jardín, pero no se sentó ante la mesa como había hecho otras veces; se fue al extremo más alejado de la casa y apoyó la espalda sobre un árbol. Después, fue resbalando hasta quedar sentado en el suelo. Lloraba intensamente.

Así estuvo casi un cuarto de hora, gimiendo y lamentándose de su propia estupidez. Y, más aún, de su soledad. ¿Qué le quedaba en este mundo? Hubiera sido mejor no haberse enterado de nada de esto y que la explosión lo hubiera pillado dentro del polideportivo. Aún estaba a tiempo: podía coger un taxi, irse para allí y esperar en el gimnasio la llamada telefónica de Oriol. Cuando éste llamara, él le diría que sabía que había sido traicionado pero que estaba listo para el sacrificio.

Sin embargo, sabía que nada de esto iba a hacer porque era incapaz de separarse del árbol sobre el que apoyaba la espalda.

Otra idea se cruzó en su mente: hablar con su padre.

Tenía el teléfono que le dio Oriol en el bolsillo, y ahora podía utilizarlo porque ya todo daba lo mismo.

***

Intentó calmarse antes de hacer la llamada. Tampoco sabía muy bien qué iba a decir a su padre. Trató de ordenar un poco las ideas.

Se sonó los mocos, se secó las lágrimas, respiró hondo varias veces y llamó.

Oyó la voz de su padre. Formal, porque no sabía quién le hacía la llamada.

—Soy yo, Carlos.

—¿Carlos? ¿Se puede saber en qué andas metido?

Sonaba enfadado.

—Quería que estuvieses orgulloso de mí —intentó no gimotear.

—¿De qué hablas?

—Me han traicionado.

—¿Quién te ha traicionado?

—Los que van a hacer el atentado. Tienes que ayudarme, padre.

—¿De qué atentado hablas?

—Del que hacemos…, del que se hace…

—¿Quieres hablarme en cristiano?

—Siempre quise que me prestases un poco de atención, que supieras que estaba a tu lado, de tu parte.

—¡Joder, Carlos!

—Traté de seguir tus pasos para que te fijases en mí.

—¡Deja de decir estupideces, y dime dónde estás y qué coño estás haciendo!

—Estoy en el infierno. —Dejó salir sus sollozos—. Tienes que sacarme de aquí.

—¿Crees que es momento para bromas? ¡¿Sabes los problemas en los que me estás metiendo?! ¡Siempre fuiste un idiota, Carlos! ¡¿Quieres decirme de una puta vez…?!

Carlos colgó.

Ya tenía suficiente.

Había cosas que no cambiarían jamás.

Recordó la ilusión con la que, al cumplir los dieciséis años, se compró las botas Doc Martens, con sus puntas de hierro y sus cordones blancos, la cazadora bomber, la sudadera Three-Stroke, el cinturón con una hebilla de hierro como la palma de su mano… Se gastó todos sus ahorros. ¿Y qué dijo su padre cuando llegó a casa y lo vio así? Que se quitara todo eso porque parecía un payaso. Para su padre, nunca hizo nada bien. Aunque, seguramente, Emili tenía razón: él siempre fue un idiota ignorante. No supo aprovechar las posibilidades que le otorgaba ser hijo de uno de los teóricos nacionalistas más importantes de España. Pero tampoco su padre se había esforzado mucho en su formación; a veces parecía, incluso, que le molestara que él hojease sus libros o le preguntara cosas.

Bah, ahora, qué más daba todo.

Alrededor de él no quedaba nada. Sólo había desolación. La vida se había esfumado.

Ya no lloraba.

De repente, toda su vida anterior también le pareció vacía, como si no hubiera estado en ningún sitio, ni hubiera conocido bien a nadie, ni hubiera hecho nada que valiera la pena recordar. Al mirar hacia atrás, advirtió que no había nada, y que nadie iba a echarle de menos si desaparecía. Nada había en su pasado; nada en su presente y nada en su futuro. Nada. Sólo un monstruoso vacío. Una fosa que producía un vértigo aterrador.

Volvió a pensar en ir al polideportivo para que lo pillara allí la explosión. Quizá vería, por un instante, la luz del estallido de la que Oriol le había hablado. Pero creyó tener otra idea mejor. O más que una idea, fue un impulso.

Se levantó, se apartó del árbol y sus pies fueron guiándolo hacia la casa y hasta la habitación del Pulga. Allí, abrió el cajón en el que sabía que estaba la pistola. Él sabía manejarla.

Salió con ella al jardín, se sentó en una silla y depositó la pistola sobre la mesa. Comprobó que estaba cargada. Quitó el seguro. ¿Sería capaz de hacerlo? Siempre fue un cobarde. Jamás tomó una decisión atrevida. ¿Tendría hoy la determinación que nunca había tenido?

Pensó en su madre.

No recordaba haber pensado nunca en ella. Toda su atención la había centrado siempre en su padre. Ella sólo fue el apéndice silencioso que estaba ahí, como parte del mobiliario. Hubo un tiempo en el que Emili pegaba palizas a su mujer, y Carlos recordaba haber sufrido en alguna de aquellas ocasiones. Pero un día dejó de sufrir porque se puso del lado de su padre. Si él la pegaba era porque ella se lo merecía. Los hombres debían imponer su autoridad. ¿Cómo si no iba a funcionar una familia, o una sociedad? Su padre, un hombre tan lúcido e insigne, no podía estar equivocado; lo que hacía era lo que tenía que hacer. Y su hijo, como hombre que era, debía estar de su parte.

De pronto, lo asaltó una duda que pareció surgir de un abismo en el que las cosas no eran como él las había creído siempre: ¿fue aquel día, en el que justificó las palizas que su padre daba a su madre, cuando él se perdió? ¿Acaso tomó un sendero en el que sólo había falsas verdades, destellos artificiosos, metas que conducían al precipicio? ¿Empezó ahí todo lo que iba a acabar hoy, con esa pistola que tenía ante sus ojos?

Sintió vértigo. Parecía estar rozando una cordura aterradora. Pero precisamente en ello encontró la fuerza que necesitaba para hacer uso de la pistola.

La cogió con la mano derecha y puso el índice ante el gatillo.

Pero volvió a apoyarla sobre la mesa. Antes tenía que llamar a su madre.

52

Apenas faltaban diez minutos para las seis de la tarde, cuando llamaron al inspector Montcada desde la Central para decirle que acababa de grabarse una conversación telefónica que Carlos Milletino mantuvo con su padre. Samuel estaba en su despacho, porque había decidido no ir a ningún polideportivo. Ya habían descartado que el atentado terrorista tuviera que producirse hoy, y tanto él como los demás volvieron a concentrar su atención en el encuentro euromediterráneo que se celebraría el viernes próximo. Lo que él llevaba casi una hora haciendo era un repaso de todo lo que tenía escrito sobre el caso, desde el momento en el que inició la investigación por el asesinato de Estrada, para ver si había algo a lo que no hubiera dado la importancia que merecía. Cuando recibió esa llamada telefónica, acababa de abrir un archivo en el que aparecían los objetos que se llevaron a la Central, tras el registro que se hizo en la casa de Mateu Estrada: dos ordenadores, una agenda, tres libretas con apuntes, cinco archivadores con documentación, notas sueltas que había en su escritorio, una pistola Smith & Weson 38 falsa, tres llaves...

El inspector apartó la vista de ese listado cuando sonó el teléfono, y después de lo que le dijeron abrió su correo para escuchar el audio de la conversación entre Carlos y Emili. Era corta y la escuchó tres veces, pero ya desde la primera, sintió un malestar que no supo calibrar del todo. Quizás era porque cambiaba la imagen que él se había formado de Carlos. No parecía el neonazi curtido que se había imaginado; su voz se semejaba más a la de un niño extraviado y atormentado. Hablaba de traición. Se percibía una honda pesadumbre, y hasta puede que arrepentimiento, o algo similar.

Pero había algo más, y enseguida lo descubrió: Carlos no parecía hablar de un atentado para el que faltara aún una semana. El inspector se estremeció. ¿Y si se habían equivocado al descartar los actos en los polideportivos como objetivo de los terroristas? Eran casi las seis de la tarde y había tres actos comenzando en este momento: el de Hospitalet, el de San Adrián del Besos y el de Badalona.

—¡Joder! —exclamó en voz alta, pese a que se encontraba solo.

Hizo un esfuerzo por repasar los hechos de forma racional. No debía dejarse llevar por aprensiones. Los terroristas esperaban explosivos para el martes próximo y al encuentro euromediterráneo venía un neonazi turco camuflado de activista social: ¿qué más evidencias hacían falta? Hoy no era el día. No podía serlo.

Con todo, él continuaba nervioso, y su mente comenzó a trabajar en un plan hipotético sobre los recursos que debería movilizar y lo que él debería hacer para impedir un atentado que fuera a producirse en los próximos minutos. Absorto en unos pensamientos que parecían surgir del inconsciente, como si se tratara de alucinaciones, cerró el archivo del audio y, ante sus ojos apareció el que estaba leyendo antes de que sonara el teléfono. Puso su mirada en ese archivo, pero no su mente. Ésta estaba planificando todo lo que el inspector tendría que hacer de inmediato, pese a que él no tenía intención de hacerlo.

Se levantó de la silla sin acabar de salir de la enajenación en la que se había sumido y se dirigió hacia la puerta. Pero antes de llegar a ella, se quedó clavado en el suelo. ¿Qué era lo que acababa de leer? Volvió a la pantalla del ordenador: «...tres llaves, halladas envueltas en un ajado folio de papel».

¡Un folio de papel!

¿Y si ese papel fuera el tan buscado folio que el Viejo entregó a Estrada? El listado que tenía en pantalla se refería a las cosas que los Mossos se llevaron de la casa de Mateu Estrada el lunes veintiuno de abril, dos días después de iniciada la investigación sobre su asesinato, en un registro en el que no participó Samuel. ¿Sería posible que el folio del Viejo hubiera estado en poder de los

Mossos todo el tiempo en el que ellos lo buscaron por todos los locales de Resistencia, despachos y casas de los implicados, y no se hubieran percatado de ello?

Marcó el teléfono de la compañera de la Central que custodiaba los objetos obtenidos en los registros.

—Escucha, compañera. Lo que voy a pedirte es de una urgencia máxima. Hay muchas vidas en juego. Entre los objetos que se trajeron del registro de la casa de Mateu Estrada había tres llaves envueltas en un folio de papel. Necesito que encuentres de inmediato ese folio y me digas si hay algo escrito en él.

—Voy.

La agente pareció haber entendido la urgencia, porque el inspector oyó por el auricular los pasos rápidos con los que se alejaba.

Treinta segundos después, la tenía de nuevo al habla.

—Lo tengo.

—¿Está escrito?

—Sí. Es un listado. ¿Se lo leo?

—Sí. Rápido, por favor.

—"Información sobre el encuentro euromediterráneo que se celebra el 16 de mayo. Lugar de celebración. Horario. Participantes. Hoteles en los que se hospedarán".

Al inspector le dio un vuelco el corazón. ¡Acababa de encontrar el folio del Viejo! Y lo que era más importante: hablaba del encuentro euromediterráneo. En décimas de segundo, se cruzaron en su mente un par de ideas: se confirmaba que el objetivo de los terroristas era ese encuentro, lo que podía llevar a tomar ya medidas drásticas, y por hoy podían respirar tranquilos en relación con los actos de los polideportivos.

Pero la agente no había acabado.

—"Información sobre tres de los encuentros que se celebran el 9 de mayo en los polideportivos de varias ciudades. El del Raval de Barcelona, el de San Adrián del Besos y el de Badalona. Horario. Tiempo de duración. Autoridades que asistirán. Medidas de seguridad..."

El inspector Montcada colgó la llamada sin siquiera dar las gracias a la compañera y salió disparado del despacho.

Llamó a gritos a Eulalia, le explicó someramente la situación y ambos se dirigieron al parking para salir cada uno con un coche patrulla: Eulalia hacia San Adrián del Besós y Samuel hacia Badalona. —El acto del Raval ya se había hecho por la mañana—.

Sentado en el coche, con la sirena ululando y con su reloj marcando las seis y diez de la tarde, comenzó a hacer llamadas para dar instrucciones. Habló con los responsables de las comisarías de Badalona y San Adrián para que iniciasen de inmediato la evacuación de los polideportivos: tenían que hablar con los organizadores de los actos y con las autoridades que estaban en ellos. Los policías que atendieron sus llamadas le advirtieron de que eso no iba a ser fácil porque los polideportivos estaban ya llenos a rebosar de gente, pero Samuel les dijo que había riesgo de atentado con explosivos, y su tono expeditivo no les dejó duda de que tenían que ponerse en marcha de inmediato. Antes de colgar la llamada con el policía de San Adrián, Samuel le hizo una pregunta.

—¿Tenéis algún tirador bueno?

—No..., bueno, ahora casualmente sí. Están aquí unos compañeros del GEI que han venido con su *roberta*. Vinieron para...

Samuel cortó la explicación. No le interesaba. Que hubiera allí un vehículo camuflado —una *roberta*— y un tirador de élite del Grupo Especial de Intervención era algo caído del cielo.

—Envíalos hacia el polideportivo y que se coloquen donde crean que pueden tener mejor visión. Y ponte en contacto con la comisaría de Badalona para que envíen a su polideportivo algún agente que sea buen tirador. Acabo de hablar con ellos pero esto no se lo he dicho.

Se despidió y pensó en las llamadas que aún le quedaban por hacer. Debería telefonear, con carácter preventivo, a la comisaría de Hospitalet para que hiciesen lo mismo que las otras dos con las que ya había hablado —su polideportivo no aparecía en el listado del Viejo, pero era el otro acto que se hacía a las seis de la tarde—, pero quizá era más urgente llamar a la intendente Truyol. Iba a hacerlo cuando le entró una llamada de la inspectora Guerrero.

No dejó que ella le dijera el motivo por el que le llamaba. Habló él primero.

—María, no lo puedo asegurar, pero he encontrado indicios de que el atentado se hace hoy, en Badalona o en San Adrián. Yo voy a un sitio y Eulalia está yendo al otro. He pedido que inicien el desalojo... Ya sé que lo último que teníamos iba en otra dirección, pero...

—No, Samuel, no iba en otra dirección —ella también hablaba con apresuramiento—. La policía marroquí acaba de informarnos de que habían cometido un error. El que ellos tienen fichado como antiguo miembro de los Lobos Grises no es el que viene al encuentro. Se llama igual que él, pero…

—¡Joder! Dile a Pilar que envíe tiradores de elite del GEI con vehículos camuflados hacia los polideportivos de San Adrián y Badalona. Primero al de Badalona, porque había un vehículo del GEI en San Adrián y ya está yendo hacia su polideportivo. Y que envíe patrullas, pero sobre todo, policías de paisano. Y todos con las fotos de Adolfo, de Carlos Milletino y de José Catarata bien metidas en la sesera.

—Vale —dijo ella.

Samuel se dio cuenta de que debía decirle algo, por mínimo que fuera, acerca de los motivos que lo llevaban a pedir eso.

—He encontrado el folio que el Viejo entregó a Estrada. Pedía información sobre esos dos polideportivos.

—Entiendo. Te llamo en cuanto esté todo en marcha.

A las seis y veinte aún le faltaban unos kilómetros para llegar al polideportivo de Badalona. Por algún motivo, el inspector tenía la intuición de que ése era el objetivo de los terroristas. Llamó al compañero al que le había pedido que iniciara el desalojo, y le preguntó cómo iba.

—Muy lento. Ha costado convencerlos.

—¡Joder! Bueno, tratad de acelerar la salida de la gente. Yo llego en unos minutos.

Iba a llamar al compañero de San Adrián cuando le vino una idea a la cabeza. Más que una idea, fue una imagen, una distribución espacial. Al recordar el polideportivo que él había visto en cierta ocasión en el municipio de San Adrián del Besós, separado sólo por unos jardines del río Besós, se dio cuenta de su proximidad con el barrio de la Verneda de Barcelona. ¡De la casa de José Catarata, en la que Carlos había estado alojado, hasta el polideportivo de San Adrián no había ni trescientos metros! ¡Bastaba pasar el largo puente que cruzaba el río y ya se llegaba al polideportivo! ¡Esto explicaba que las cámaras del metro no hubieran captado ninguna imagen de Carlos ni de Adolfo antes del miércoles!

En el instante en el que el inspector llegaba a estas conclusiones, el conductor le decía que ya estaban cerca del polideportivo de Badalona.

—¡Da la vuelta y ve hacia el de San Adrián!

El conductor obedeció al grito del inspector con un volantazo que a punto estuvo de provocar un choque múltiple.

Samuel llamó a Eulalia.

—Estoy ya en el polideportivo —dijo ella antes de dar tiempo a que hablara Samuel—. Está empezando a salir la gente, pero...

—¡Eulalia! ¡Escucha: es ahí! Creo que ése es el polideportivo elegido. Si estás dentro, sal de inmediato. Puede estallar en cualquier momento.

—Estoy dentro, sí, pero no puedo salir porque tengo que ayudar a abrir algunas puertas que aún no se habían abierto. Dentro queda mucha gente. Han tardado mucho en convencer a los organizadores de que debía hacerse el desalojo.

—¡Joder! Yo estoy llegando, pero tú sal de ahí, por favor.

—No pierdas el tiempo, Samuel. Aquí hay mucho descontrol. Saldré cuando tenga que salir.

—¡Cagüen la leche!

Cuando dijo esto, ya tenía a la vista el puente sobre el Besós. La calle por la que circulaban, continuaba sobre el puente para adentrarse en el municipio de Barcelona. Ellos llegaban al puente desde el lado de San Adrián, lo que implicaba que el polideportivo se hallaba antes del puente, a la izquierda. El conductor iba a girar, pero Samuel vio cómo una furgoneta blanca daba un giro brusco en la mitad del puente y se detenía en el lado que daba al polideportivo. Él la reconoció como uno de los vehículos camuflados del GEI.

—No gires. Entra en el puente y párate a la altura de aquella furgoneta. Pero quédate en este lado, que no quiero que desde el polideportivo se vea el coche patrulla.

Así lo hizo el conductor y, en cuanto detuvo el coche, Samuel salió de él a toda prisa y cruzó los seis carriles, tres en cada sentido, que tenía el puente, sorteando los coches que pasaban a notable velocidad.

Entró en la furgoneta con tal precipitación que uno de los policías echó mano a su pistola, aunque de inmediato lo reconocieron y le hicieron un hueco ante una de las ventanas. Había tres agentes: uno tenía un rifle con mirilla telescópica cuyo cañón apoyaba sobre una de las ventanas, y los otros dos tenían sendos prismáticos en la mano.

—Toma, inspector —uno de ellos le tendió los prismáticos—, que tú conocerás mejor que nosotros los rostros de los terroristas. A nosotros acaban de pasarnos sus fotos.

—Gracias. ¿Qué se controla desde aquí? —preguntó Samuel, al tiempo que comenzaba a mirar con los prismáticos en dirección al polideportivo.

—Hay una visión bastante buena, como ves, de toda la parte frontal del polideportivo, y sobre todo de la gente que se mueve por la orilla del río.

Samuel se quitó los prismáticos de los ojos para ver el panorama con toda su amplitud. Desde el lugar en el que estaban, se veía, a la izquierda, el polideportivo y su puerta principal, por la que salía gente pero con una lentitud que a él le resultó exasperante. Más hacia su posición, estaban los jardines, en los que también había gente, paseando y sentada en los bancos. Samuel pensó que nadie que quisiera detonar una carga que podía hacer volar todo el polideportivo se situaría en esos jardines, tan cerca del objetivo. Los jardines acababan ante el pretil de un muro construido a lo largo de la orilla del río, de forma que el suelo de esta parte quedaba a unos cuatro metros por debajo del nivel de los jardines y el polideportivo. Éste sí podía ser un buen sitio para provocar la detonación, porque ese muro protegería a quien lo hiciera. El suelo de esta parte era el de la orilla del río y también estaba ajardinado, con zonas verdes en las que había niños jugando a la pelota, carril para las bicicletas, y todo muy bien arreglado para los paseantes.

—Fijaos bien en la gente que pasea por la parte baja —dijo el inspector a los otros policías.

—Sí, eso estoy haciendo. Si yo tuviera que provocar la explosión, me pondría en esta zona —comentó el policía que tenía el rifle, dando muestras de que había llegado a la misma conclusión que Samuel.

Apenas llevaba un minuto en la furgoneta, tratando de atisbar uno por uno a todos los paseantes que había en su campo de visión, cuando el inspector oyó el grito de uno de los policías que tenía a su lado.

—¡Eh!, ¡el de la bicicleta que se ha parado!

Samuel miró primero sin los prismáticos hacia donde señalaba el agente, y después los enfocó en ese punto. Un joven muy delgado de unos treinta años se había parado junto al muro, sin bajar del todo de la bicicleta, y buscaba algo en su bolsillo. A Samuel se le aceleró el corazón. El tipo al que veía no se parecía a ninguno de los que ellos perseguían, pero acababa de sacar un móvil del bolsillo.

—¡¿Es un teléfono o es otra cosa?! —preguntó el inspector.

Hubo un largo segundo sin respuesta, hasta que habló el que tenía el fusil.

—Es un móvil.

Samuel siguió observando a aquel ciclista, pero apenas llevaba dos segundos en ello, cuando oyó el grito del agente que no tenía prismáticos y observaba el panorama con la sola ayuda de sus ojos.

—¡Eh!, ¡mirad!, ¡bajando la rampa!

Samuel dirigió hacia allí su visión con los prismáticos. Era la rampa que unía los dos niveles, el superior de los jardines contiguos al polideportivo y el inferior de la orilla del río. Enseguida vio a una mujer bajando muy pegada al pretil, un ciclista que la sobrepasaba y un joven...

—Pantalón tejano azul, camisa blanca y americana gris —añadió el otro policía que tenía prismáticos.

Efectivamente, ese era el joven al que Samuel ya enfocaba, y cuando pudo verle bien la cara, de su garganta salió un grito contenido.

—¡Adolfo!

Lo siguió mirando un par de segundos más y confirmó su primera impresión. Era el mismo hombre que aparecía junto a Carlos en la grabación de la cámara del metro: su mismo rostro, su misma complexión corporal, su misma forma de caminar...

—¿Lo tienes en la mirilla del fusil?

—Lo tengo.

—No lo pierdas porque es él. Y vosotros seguid mirando por la zona —dijo a los otros dos policías—. Podría estar también Carlos, o José. Pero creo que el que viene a detonar los explosivos es Adolfo.

Cuando acabó de bajar la rampa, Adolfo se detuvo, pegó la espalda contra el muro y sacó de su bolsillo un...

—¡¿Qué es eso?! ¡Dispa...!, no, espera, parece un móvil.

—Sí, es un móvil —dijo el agente del rifle.

A Samuel le martilleaba el corazón dentro del pecho. El detonador que se suponía que utilizaría no era un teléfono móvil, pero no podía saber si los terroristas habían decidido prescindir del detonador de radio y cambiarlo por otro sistema.

—¿Tenemos algún policía por ahí abajo que pueda acercársele?

—Creo que no —contestó el que no llevaba prismáticos.

—Da orden de que vayan varios policías de paisano.

En ese momento, Samuel ya había visto cómo Adolfo tecleaba sobre el móvil y se lo pegaba a la oreja. ¡Y ninguna explosión se había producido todavía!

Adolfo tuvo medio minuto el teléfono en la oreja y después lo miró con gesto contrariado. Se lo guardó en el bolsillo del que lo había sacado, metió la otra mano en el bolsillo opuesto de la chaqueta y sacó un...

—¡¡¡Dispara!!!

El oído izquierdo del inspector recibió el impacto sonoro del fusil, al tiempo que veía cómo Adolfo se doblaba sobre su cintura y el aparato que tenía en la mano se le caía al suelo.

Adolfo puso sus dos manos sobre el abdomen y, mientras éstas iban tiñéndose de sangre, su espalda fue resbalándose por el muro hasta que todo su cuerpo quedó tendido en el suelo. Pero no quedó inmóvil. Giró la cabeza en busca del aparato, estiró su brazo izquierdo y comenzó a arrastrarse hacia el aparato que tenía a escaso medio metro de su mano.

Con el primer movimiento, avanzó más de la mitad del espacio, y enseguida recolocó su cuerpo para hacer un segundo movimiento.

—¡Dispara! —gritó el inspector. Pero la orden salió de su garganta al mismo tiempo que su oído soportaba el segundo disparo, ya que el agente había visto lo mismo que el inspector y había actuado siguiendo su propio impulso.

Los prismáticos le permitieron a Samuel observar la convulsión con la que el cuerpo de Adolfo recibió ese segundo impacto y la total inmovilidad en la que quedó.

Había sido alcanzado en la cabeza.

53

Samuel salió de inmediato de la furgoneta para cubrir, a la carrera, la distancia que lo separaba del cuerpo de Adolfo. Antes, pidió a los agentes que estaban con él que siguieran en el vehículo, y que continuaran observando la zona por si detectaban la presencia de otro neonazi con algo que pudiera ser un detonador. También les ordenó que hicieran las llamadas de teléfono necesarias para que se acercaran algunos policías al lugar en el que se hallaba el terrorista abatido, y que los avisaran de que tenían que custodiar el detonador que había quedado en el suelo, pero no podían tocarlo.

Llegó al final del puente y giró a la derecha para bordear el polideportivo. Cuando pasó por los jardines que se encontraban frente a la entrada principal, advirtió que la gente salía ya muy deprisa, pero lo que se llenaba era la zona por la que él corría. Si aún hubiera algún riesgo de explosión, toda esta gente podría sufrir los efectos. También observó cómo se llenaba de curiosos el pretil que daba a la orilla del río, sin duda atraídos por el cuerpo sangrante de Adolfo que desde ahí era observable. Alcanzó, al fin, la rampa y, mientras la bajaba, pudo ver que ya había tres guardias urbanos rodeando el cuerpo de Adolfo e impidiendo que se le acercara nadie. Tuvo que identificarse ante ellos, casi sin resuello, como inspector de los Mossos d'Esquadra, para que lo dejaran avanzar, y, al llegar hasta el muerto, se arrodilló ante el detonador que se encontraba a escasos veinte centímetros de su mano izquierda. Respiró aliviado. Ya podía custodiar el detonador hasta que llegara algún agente de los TEDAX.

Tras un breve descanso, necesario para poder articular las palabras, llamó a la inspectora Guerrero.

—Adolfo ha sido abatido —soltó de sopetón.

—Sí, acaban de decírmelo.

—Yo tengo ante mí el detonador que iba a usar, pero tendrían que venir los compañeros de explosivos para...

—Está yendo hacia allí un equipo de los TEDAX. No puede tardar mucho en llegar. También he avisado al juez y al forense.

—Y por aquí sigue habiendo mucha gente.

—Lo sé, pero están llegando varias patrullas para agilizar el desalojo.

Mientras escuchaba estas palabras, también oía las sirenas de los coches policiales que se aproximaban al puente en el que él había estado momentos antes.

—Y otra cosa —añadió María—: Carlos acaba de hablar con su madre. Ya he escuchado el audio. Te lo paso...

—¿Podría estar por la inmediaciones de este polideportivo?

—No, tranquilo. Está en La Florida, una urbanización cercana al municipio de La Llagosta. Él mismo ha dado la dirección a su madre.

Samuel se lo pensó un segundo, antes de contestar.

—Un poco extraño, ¿no?

—Toda la conversación es extraña.

—¿Dice algo sobre los explosivos que convenga saber aquí de inmediato?

—No, nada en absoluto.

—Vale, pues envíamelo y luego lo escucho.

Se despidió de María pensando en llamar también de inmediato a Eulalia.

Mientras marcaba su número, lo que Samuel tenía en la cabeza eran las incertidumbres que le crecían sobre Carlos: ¿qué podía haberlo llevado a dar la dirección del lugar en el que se encontraba, cuando debería suponer que cualquier llamada que hiciera a su casa sería intervenida por la policía?

—Supongo que sabes que Adolfo está muerto —dijo en cuanto la subinspectora cogió la llamada.

—Sí —la voz de Eulalia sonaba entre el ruido de otras muchas.

—Yo custodio el detonador, pero aún podría haber riesgo de explosión. ¿Cómo están las cosas en el polideportivo? ¿Ha salido ya todo el mundo? ¿Dónde estás tú?

Samuel estaba nervioso, pero hasta él se dio cuenta de que había infringido una de las normas del buen interrogador: no hacer más de una pregunta a la vez.

—Estoy saliendo con los últimos que quedaban dentro. En cuestión de segundos estará esto vacío.

Samuel le pidió que viniese hacia la posición en la que él se hallaba y, al despedirse y mirar hacia arriba, pudo ver que el pretil, convertido en observatorio para decenas de personas, estaba vaciándose a los requerimientos de los policías que estaban por arriba. Lo que ahora se llenaba de curiosos era el puente desde el que él ordenó disparar contra Adolfo, pero ya había también policías por allí que no tardarían en despejarlo.

Siete minutos más tarde, llegó un agente de los TEDAX y, por fin, Samuel pudo traspasar a un especialista la custodia del detonador. Él se alejó del cuerpo de Adolfo y subió la rampa, desandando así el último tramo que antes había hecho a la carrera. Frente al polideportivo, pudo observar que ya no había por allí otras personas que no fuesen policías, y enseguida divisó a Eulalia viniendo hacia su encuentro.

—Los TEDAX están ya dentro con varios perros —dijo la subinspectora.

—Bien. Confiemos en que no haya otro terrorista con un detonador por aquí.

—Si lo hubiera, ya habría explotado todo esto, ¿no crees? —dijo ella, sin amago de ironía.

—Tienes razón. Supongo que nosotros ya estamos de más aquí. Poco podemos hacer dentro de este belén policial que se ha montado en pocos minutos. —El inspector dijo esto mientras miraba a su alrededor y hacía un semicírculo con el brazo levantado. Por todas partes refulgían las luces de los coches policiales y por el puente seguían llegando más.

Sacó su móvil del bolsillo para abrir los mensajes, al tiempo que comentaba con Eulalia el motivo.

—María iba a enviarme una conversación que Carlos ha mantenido con su madre. Sí, ya la tengo. Vamos a aquel banco a escucharla.

Se sentaron, y el inspector la puso en marcha, pero la detuvo al instante porque lo llamó otro policía desde su espalda.

—Inspector Montcada, el hombre abatido llevaba la documentación encima —dijo, no bien estuvo al lado de Samuel—. Los de la científica están llevándose todo lo que tenía en sus bolsillos, pero supuse que usted querría saber…

—Su nombre. Sí, claro.

—Oriol Serra Strauss. El segundo apellido escrito como el del compositor austriaco, el de los valses.

El inspector tuvo un instante de confusión. Él lo había identificado tanto con el nombre de Adolfo que ahora tenía la impresión de que no estaban hablándole de la misma persona.

—¿Oriol? Está bien. Gracias —dijo, pensativo.

—Abdul, Adolfet y Adolfo tienen, finalmente, un nombre real —agregó Eulalia, cuando el otro policía ya se había apartado.

—Sí. Me costará no llamarle Adolfo cuando escribamos el informe del caso. Bueno, vamos a escuchar la conversación de Carlos con su madre.

Puso el audio.

***

—¿Mamá?

—¿Carlos? Pero hijo, ¿dónde…?

—Sólo quería que supieras… Sólo quería pedirte perdón.

—¿Estás bien, hijo? ¿Por qué has desaparecido todos estos días?

—Nunca te ayudé, madre. Lo siento. No he sido un buen hijo. Perdóname.

—¿De qué te tengo que…?

—Nunca te defendí. Cuando te pegaba…

Se produjo un instante de silencio, y se volvió a oír a Carlos.

—Un día, él te tenía tirada en suelo. Amenazaba con pisarte la cara y tú me miraste. No he podido olvidarlo. Me pedías ayuda. Bueno…, creía que sí lo había olvidado, pero no, ahora…, ahora lo recuerdo…, lo recuerdo bien.

—Carlos, ¿dónde estás, hijo? Tienes que volver a casa.

—Aquel día quise ayudarte, te lo juro. Pero me oriné de miedo. Después me puse de su lado.

—Aquello ya pasó, hijo.

—Cuando se enfadaba conmigo, tú sí me defendías. Me decías:

vete a tu habitación y no molestes a tu padre, como si te pusieras de su lado. Pero yo sabía que lo hacías para apartarme de él. Te interponías para que no me pegara. Yo nunca me interpuse.

—¿Por qué me dices todo esto ahora? ¿Qué te pasa, Carlos? —preguntó ella con suavidad, sin tono de reproche y como tratando de contener un sollozo.

—Nunca acepté tus consejos. Ni siquiera te escuchaba. Sólo quería escucharlo a él. Pero él no me daba consejos, lo único que hacía era insultarme. He vivido engañado. Lo siento, madre.

Se oyeron los sollozos de la madre, muy leves, casi como suspiros. Después, siguió hablando Carlos.

—No soy nada, madre. Todos me engañan. Todo el mundo me desprecia. Ahora veo que sólo te he tenido a ti. Por eso quería despedirme.

—¿Despedirte? ¿Te vas?

—Sí. Me voy. Donde no sigan humillándome. He sido un idiota de los que se creen todas las patrañas que les cuentan. Me voy.

—¿Lejos? Hijo, ven a casa y lo hablamos.

—Quise ser como él. Pero yo soy un cobarde y un ignorante. No podía ser como él. Ahora tampoco quiero serlo. No quiero ser nada. Me voy.

—¿Pero, dónde, Carlos?

—Llama a la policía. Diles dónde pueden encontrarme. Coge un lápiz y anota la dirección.

—Vale, haré lo que me pides, hijo.

Se produjo un momento de silencio y, cuando ella dijo que estaba lista, Carlos le dio la misma dirección que María ya le había comentado a Samuel. Después, se volvió a oír la voz de Carlos.

—Diles que aquí me encontrarán.

—Entonces... ¿no te vas? No te entiendo, hijo.

—Me voy, madre. Sólo quería pedirte perdón y despedirme. Tú no tuviste la culpa. Me voy... —hizo una pausa—. Espero tener el valor necesario para irme. Nunca lo tuve para nada. Pero esta vez...

Se cortó la comunicación.

***

—¡Joder! —exclamó el inspector Montcada— ¿Qué te parece a ti esto?

—Suena como si... Supongo que María habrá enviado alguna patrulla a esa dirección —dijo la subinspectora Planells.

—Sí, pero vamos nosotros también.

Se pusieron en marcha para abandonar la zona del polideportivo, pero cuando pasaban por delante de la puerta, otro policía que venía de dentro llamó al inspector. Se había quitado el casco que llevaba en la mano, pero el resto de su atuendo semejaba al de un buzo.

—Hemos localizado los explosivos. Estaban en cinco taquillas de los vestuarios. Semtex y peróxido de acetona, como ya nos habían advertido, pero muchos kilos de lo uno y muchos litros de lo otro.

—¿Ya no hay peligro de explosión? —preguntó la subinspectora.

—No. Hemos retirado los detonadores. Aunque tenemos que manejar con mucho cuidado el peróxido de acetona.

Se despidieron, y Samuel y Eulalia se dirigieron a un coche patrulla. Samuel hubiera querido ver cómo estaban colocados los explosivos, pero era más urgente descifrar el enigma que planteaba la conversación mantenida por Carlos Milletino con su madre.

Veinte minutos después, cuando casi daban las ocho de la tarde, cruzaron el núcleo urbano de La Llagosta y ascendieron, siguiendo las indicaciones del GPS, por una calle que llevaba a la dirección que había dado Carlos. No necesitaron mirar el navegador en el último tramo ya que las luces de los coches policiales que cortaban la calle eran la prueba de que habían llegado al punto de destino.

Samuel y Eulalia se bajaron del coche y enseguida fueron reconocidos por algunos agentes. Superaron el precinto que los uniformados habían colocado en torno a la casa al mismo tiempo que veían a María saliendo de su interior. La inspectora también los vio y fue a su encuentro.

María saludó primero a Eulalia con dos besos en las mejillas, y Samuel se preguntó cómo debería besarla él, dado el contexto en el que se hallaban. Temió ser dubitativo, pero María resolvió la situación con presteza dándole los mismos dos besos cruzados que antes había dado a su amiga.

—La situación está controlada —dijo al punto la inspectora—. No hay explosivos en la casa, ni peligro alguno.

—¿Y Carlos? —preguntó el inspector.

—Enseguida lo veréis —respondió, mientras comenzaba a caminar hacia el interior de la casa.

Samuel y Eulalia la siguieron, entraron en la casa y avanzaron hasta la cocina. En ella había una puerta abierta que los llevó a un amplio jardín bien iluminado en el que lo primero que vieron fue a varios policías en actitud de vigilancia.

También Carlos estaba allí.

No le vio la cara en el primer instante, pero el inspector Montcada reconoció las mismas ropas que llevaba el miércoles, cuando fue captado por la cámara de videovigilancia de la estación de metro del Clot. Ahora estaba sentado en una silla de jardín, inmóvil y con el cuerpo inclinado hacia la mesa. El brazo izquierdo le caía a peso por un lado, mientras que el derecho apoyaba en la mesa, como también lo hacía la cabeza, ambas extremidades bañadas en el charco de sangre formado sobre la superficie.

La sangre también mojaba la pistola que descansaba junto a la cabeza.

Samuel se dio cuenta de que la imagen que tenía ante sí no le causaba ninguna sorpresa. En realidad, esto era lo que se temía ver desde que oyó la conversación de Carlos con su madre. Pero sintió el malestar de quien ha errado en sus apreciaciones. Carlos Milletino no parecía ahora el curtido extremista neonazi que él había imaginado desde que conoció su vínculo con Abdul —Oriol—, y más aún desde que lo burló cuando pudo haberlo detenido en el taller del Poblenou, o cuando se le escapó por los pelos de la casa de José Catarata, o cuando no fue a la cita con Matilde en la que también habría caído. Todo ello había configurado, en la mente del inspector, una imagen de Carlos como activista sagaz y escurridizo, pero desde que oyó la conversación que sostuvo con su padre, y más, desde que oyó la que mantuvo con su madre, esa imagen se había desmoronado.

No sabía nada sobre Carlos Milletino, se dijo a sí mismo.

Y Carlos ya no podía aclararle ninguna duda.

Epílogo

Nadie apareció esa noche por la casa en la que se halló el cuerpo de Carlos Milletino, pero al día siguiente fue detenido Benjamín Roca, del que enseguida supieron que lo apodaban el Pulga. Éste dio las suficientes pistas como para detener, cuatro días más tarde, a José Catarata —apodado el Chirla, como supieron por el Pulga—. Ninguno de los dos dijo conocer al Viejo, aunque el inspector Samuel Montcada tuvo la impresión de que el Pulga mentía.

Dos días antes de la detención del Chirla, el inspector fue informado desde la Central de que su ordenador y su correo electrónico habían sido *hackeados*, y los interrogatorios realizados al Chirla permitieron saber que él era el hacker. Samuel recibió esa información con alivio, por haber encontrado la causa de que los terroristas supiesen lo que él iba a hacer antes de que lo hiciera, pero también con preocupación, por la vulnerabilidad a la que las actuales tecnologías sometían a todo el mundo, incluida la policía.

Las declaraciones del Pulga y del Chirla acabaron de aportar las piezas necesarias de información para que el inspector Montcada completara su narración sobre cómo se había preparado el atentado contra el polideportivo de San Adrián del Besós, y dejaron claro que el líder y principal artífice de ese proyecto asesino había sido Oriol. Pero como no dijeron nada sobre el Viejo, tampoco nada se desveló sobre el vínculo entre éste y Oriol. Los detenidos reconocieron saber que Oriol había decidido matar a Mateu Estrada después de que éste se desmarcara del proyecto de atentado, pero afirmaron no conocer los detalles. En los interrogatorios, el inspector pudo ampliar la imagen que, tras oír las conversaciones de Carlos Milletino con sus progenitores, había comenzado a hacerse sobre él: los dos detenidos coincidieron en que Carlos sólo había sido un títere en manos de Oriol. El Chirla fue condescendiente al hablar de Carlos como persona ingenua y bisoña, en cambio, para el Pulga, la idiotez de Carlos no tenía parangón.

El Pulga y el Chirla hablaron de Nuevo Renacer Luminoso, y ello condujo a la detención de varios miembros de esta organización en Zaragoza y en Valencia. Pero los jueces los soltaron sin cargos aduciendo que no podía imputárseles nada. El inspector recordó lo que le había dicho el profesor Nadal: que al auge neonazi no se le daba la importancia que merecía.

Ninguna pista nueva apareció sobre el Viejo en las semanas que siguieron, y Samuel se temió que jamás llegarían a saber quién era, pese a que él daba por sentado que ese anciano nazi había sido el cerebro del atentado que pudo haber costado un centenar de víctimas. El inspector también se quedó con las ganas de saber quién era el *tapado* del que se habló en la reunión a la que asistió Mateu Estrada horas antes de que lo mataran. Pero eso era simple curiosidad y no formaba parte de ninguna investigación. Además, parecía que aquel intento de unificación de los grupos ultras del nacionalismo español no había prosperado y, por tanto, ni el *tapado* se daría a conocer, ni el valenciano Rigoberto Carnaza podría seguir haciendo uso de ese as que decía tener en la manga.

De este tema, no obstante, Samuel habló con el profesor Nadal un día que lo invitó a comer para agradecerle la colaboración que le había prestado, y lo que el profesor dijo fue que lo más probable sería que ese tapado, si realmente existía, apareciera en algún momento montando un partido propio, como escisión del PP, lo que daría lugar a una fuerza política de derecha radical-populista al estilo de las que seguían prosperando con la crisis en casi todos los países europeos. A principios de 2014 ya se produjo de esa forma el surgimiento de un pequeño partido de derecha radical en España, y podían aparecer otros; pero el profesor no creía que de los actuales grupúsculos de la extrema derecha pudiera salir, sin más, un partido político con posibilidades electorales. Sin embargo, no le cabía ninguna duda de que tal partido podría surgir con fuerza si aparecía el líder adecuado y acertaba con el discurso propicio. La prolongación de la crisis, el empobrecimiento de la población y el profundo desprestigio de la política ofrecían las condiciones idóneas para ello. De momento, el voto de protesta parecía irse a Podemos, pero nada garantizaba que en un futuro próximo no se desplazara parte de él hacia la extrema derecha, dividiéndose de la misma manera que se había dividido en Grecia. Así veía las cosas el profesor Nadal, y Samuel Montcada pensó que debería prestarse más atención a este asunto. Después de lo que él había visto, no tenía dudas sobre el peligro que comportaba el auge de la extrema derecha.

Dos meses más tarde de las muertes de Oriol y de Carlos, Paulino Lacapilla fue hallado muerto en la bañera de su casa con las venas de las muñecas cortadas. Y, al día siguiente de este hecho, Pere Llop murió en un accidente de circulación. Al inspector Samuel Montcada le resultaron muy extrañas estas muertes tan seguidas de dos de los implicados que él había tenido en el caso Estrada. Pero eso fue todo, porque no le correspondía a él investigarlas. El caso Estrada ya estaba cerrado, y la investigación sobre el atentado antimusulmán también.

El encuentro euromediterráneo se celebró sin incidentes una semana después de los actos en los polideportivos; y al día siguiente, Samuel, María y los hijos de ambos se fueron a pasar el fin de semana juntos en una casa rural del Pirineo aragonés. Hicieron excursiones, comieron mucho y los niños disfrutaron y se entendieron bien; incluso pareció que se hacían a la idea de que los cuatro iban a componer algo parecido a una familia. Sin embargo, cuando llegó el mes de agosto, los niños aún no habían vuelto a verse, y nadie habló de pasar las vacaciones de verano juntos. Samuel y María se habían amoldado a una relación que para ninguno de los dos comportaba cambio de domicilio: se veían una vez por semana, pasaban la velada y la noche juntos, y después, cada uno a lo suyo.

Samuel hubiera querido algo más, pero a María le bastaba con eso, o así lo decía ella.

Nota del autor

Lector o lectora: puedes escribirme a **miguel.pajares.novelas@ gmail.com** y darme tu opinión sobre la novela que acabas de leer. Dime también si quieres que te informe de la próxima entrega de la serie que protagoniza el inspector Samuel Montcada.

Te adelanto el caso. Samuel Montcada se verá obligado a investigar los crímenes que se cometen en la frontera sur. Deberá informarse sobre actuaciones concretas de la Guardia Civil española y de las fuerzas policiales marroquíes. También tendrá que seguir el rastro de algunos migrantes africanos y averiguar qué fue de ellos. Todo para desvelar los asesinatos de dos personas, padre e hijo, cometidos en Barcelona.

Quedo agradecido

A Leo Craciun y a José Ignacio Bustamante, hijos de sendos amigos míos, por las nociones sobre *hackeo* y otros aspectos informáticos que me facilitaron, aunque he de advertir que no todo lo que aparece en la novela relacionado con tales aspectos sigue con rigor sus ilustraciones.

Al inspector de los Mossos d'Esquadra, Jordi Ollé, por aceptar la lectura del borrador de esta novela y por sus siempre valiosos comentarios; así como al subinspector de los Mossos d'Esquadra, Josep Ramon Porta, por sus instructivas explicaciones relacionadas con el grupo de homicidios de Barcelona.

Al fiscal coordinador del Servicio de Delitos de Odio y Discriminación de la Fiscalía de Barcelona, Miguel Ángel Aguilar, por la lectura que hizo del borrador y por sus preciadas observaciones.

Al diseñador gráfico, Josep Febrer, y al fotógrafo, Valentin Hîncu, por la colaboración de ambos en la edición de esta novela; así como a Juan Antonio Herrero por las correcciones finales que me propuso.

Y, finalmente, a todos y todas las activistas que militan en la lucha contra el racismo, en asociaciones como SOS Racismo, el Movimiento contra la Intolerancia y otras, porque de ellos he aprendido muchas cosas en el camino que hemos recorrido juntos, y algunas están reflejadas en esta novela; así como a los autores de los textos que he manejado para escribirla, entre los que quiero destacar a Xavier Casals y a Esteban Ibarra.